石城

戴明贤 著

广西师范大学出版社

·桂林·

石城
SHICHENG

图书在版编目（CIP）数据

石城 / 戴明贤著. -- 桂林：广西师范大学出版社，2024.7
ISBN 978-7-5598-7009-4

Ⅰ．①石… Ⅱ．①戴… Ⅲ．①长篇小说－中国－当代 Ⅳ．①I247.5

中国国家版本馆 CIP 数据核字（2024）第 105040 号

广西师范大学出版社出版发行

（广西桂林市五里店路 9 号　邮政编码：541004）
网址：http://www.bbtpress.com

出版人：黄轩庄
全国新华书店经销
广西广大印务有限责任公司印刷
（桂林市临桂区秧塘工业园西城大道北侧广西师范大学出版社集团有限公司创意产业园内　邮政编码：541199）
开本：880 mm×1 240 mm　1/32
印张：13.25　　　字数：320 千
2024 年 7 月第 1 版　　2024 年 7 月第 1 次印刷
定价：59.00 元

如发现印装质量问题，影响阅读，请与出版社发行部门联系调换。

引　子

　　他像块太湖石矗在房间里。院子里太阳很大，屋子里光线很暗。

　　民国时期的所谓花园洋房。这间屋子与客厅隔一扇梭门，开间不大，四扇窗子也小，一扇窗子分四格，嵌的是厚厚的凸花玻璃，白色、黄色、猪肝色。窗子外面是个小偏院，青麻石地。两堵对角花墙，毛石基脚，砖面，盖顶一溜小青瓦拼组的镂空图案，沿墙顶嵌一溜碎玻璃，尖刺朝上，锯齿狼牙，叫小偷翻墙无处下脚。两堵花墙交角处一棵石榴树高高伸出墙去，看它青枝绿叶的，倒给小偷当了垫底，有一晚上帮他接脚翻进来，废了碎玻璃的功夫。但也进不了正房，只把厨房储物间大柜里的细瓷器皿掳了一些去。那些瓷器很薄，很轻，半透着光线，画了浅绿嫩黄的兰草、萱草、水仙和蚂蚱、煎蛋菇、黑翅膀蜻蜓。有的还烧得有赠者和受者的名号。几十年了，不知道还有几件留在世间。

　　靠墙有几个石礅石条，石上有几钵桩头盆景。一棵银杏，一棵水杉，一棵细叶黄杨，一棵虬干针叶披头散发的澳洲杉，都青枝绿叶的，健康状况良好。边上还有两盆什么花，只剩下枯枝枝。

他盘桩头盆景不盘花，绿颜色比红颜色好看；树桩用不着养花的那些肥料。去年有一天给澳洲杉浇水，他发现杂草中居然冒出一小片蕨芽，非常惊喜，之后小心翼翼不敢伤着它。现在蕨芽长成一大蓬了，又绿又密又挺，从盆边垂下来自成一景。蕨是山野之性，不受人工塑形的。偶然得之，太侥幸了。蕨是世代山民度灾荒的恩物，他曾亲身经历。另外那几盆长出许多杂草，他也不除，任它们开出碎米一样的白花，结出灰尘一样的细籽，然后枯死，走完它们自己的路。

屋里，一张小床，一张三抽桌，一把椅子，四面墙壁黄黄的没了亮色。最大的家具是一个三开柜，两边开门，中间是穿衣镜。这个精雕细刻的三开柜总有百把岁了吧，一副忍辱负重的老态。柜子旁边挂个镜框，一张印刷的好莱坞明星赫本的黑白照片直接贴在玻璃外面。玻璃里面原来放的是从早年《电影杂志》上剪下来的费雯丽照片。镜框的主人后来觉得赫本更美，就把年轻时候的偶像覆盖了。

家具都跟主人一样风烛残年，油漆发黏，这里那里留下些残纸片和小黑粒（偷油婆的屎），但表面都抹得很干净。穿衣镜相当考究，四边围一圈小凸镜，指尖大小，晶亮。往镜子前面一站，里面一张正常的脸被二三十张变形的小脸围着。镜面水银有点发黑，起些黄斑，但一尘不染。里面的家具比它们在外面灰头土脸的双胞胎弟兄还显得体面些。

他正对镜子坐在木床上，眯着眼睛，泥塑木雕一般。外边传说他一天到黑啄瞌睡，不晓得他是在对人讲话。别人看镜子里是老态龙钟的他，他看镜子里是一个女子，有时候像年轻的费雯丽，有时候像晚年的赫本。他成天和她说话，不出声，心里讲。就像法国诗人说的：无论是在黑夜，还是在孤独中，无论是在小巷，还是在人群中，她的幽灵有如火炬在空中飞。不过镜子里的这个她不像火炬，她只是一只萤火虫。

那年的今天你第二次来你舅舅家。他说，才四年时间，我认不出你了，你也忘记我了。一算几十年了，倒跟昨天一样。他说，你一见你舅妈就行洋礼，拥抱碰脸，还嗯呀嗯呀，吓她一大跳，差点站不稳。先生笑出声音来。你舅舅我一辈子喊先生。那天你一身上海女学生打扮，旗袍毛衣。上海话夹国语，又夹两句家乡话。你舅妈对先生说，一转眼慧珠成大姑娘了！你看兹副长相！兹身打扮！胜过周璇！先生说，女大十八变，蛾子变蝴蝶；书也读得好！她的人生楷模是吴健雄！开学要升大二了吧？你舅妈问，大学毕业还要留洋吗？你说，我爹是这样安排的。婵孃说，你爹也舍得放你去漂洋过海，要我才舍不得！你舅妈我一辈子喊婵孃。先生说我们慧珠是要成大器的！婵孃说那是，从小争强好胜。

那天我和小冬姐、挑水刘大哥站在院墙边看你们边讲边走，穿过院子，走到四进客厅坐下。婵孃把我叫出来：老三，兹是上海来的姑小姐。我就对你一鞠躬。你睬我一眼，一拳头砸在我胸口上：小赤佬，装不认识我！我心想，我是不敢认你，你是真记不得我。婵孃笑起来：老实的我还忘记你们从小就熟的了。慧珠，你爹说你嘴刁，爱吃零嘴，爱变花样，叫我们随你，不用多操心。那你就不一定天天跟到我们吃，想吃哪样就叫老三做。你不要看他年纪不大，掌瓢大师傅的手艺嘞。想吃只管点，没有他做不出来的；又爱干净，一年四季白衬衫蓝裤子青布鞋洗得亮堂堂的。他还爱读书。他读的书怕不比你少！已经考进省立县中的人，苦在死了爹。你眼睛睬我一下，学石城话说，小老三，舅妈把你夸上天喽！你舅妈带你去看收拾出来的房间，我站在那里真觉得自己浑身上下脏兮兮，真的体会到贾宝玉说的"水做女子、泥做男"。

才几年呀，你真的是毛毛虫变大飘带蝴蝶了。兹时候那只叫老白的猫阴悄悄梭来，围着我绕了一圈走开去。好像它都嫌弃我。

老白全身白毛，两只耳朵和一根尾巴是黑的：雪地一杆枪，有讲究的。它后来成了你的伴，现在的称呼叫宠物。你带起它这个学校那个学校搬迁，越搬越远。它哪时候死的我都想不起来了。

外面走廊一阵响动。

瓦雀们来了！他小声咕哝。

五颜六色的女娃们拥进来，叽叽喳喳，嘈杂问候：嗨，下午好！他道：好好好！她们道：老老还记不得我们？见过的。他说：记得记得，你们是媒人。一阵笑骂：媒体人媒体人！一个说：你说记得我们，那我是哪个？你是小王嘛。那个才姓王，你的本家。这个呢？曹。又一阵哄笑：姓曹的在那里！他认输：分不清楚。指着一个拿小调羹刮纸杯的：髁膝头破大洞了，少吃两杯冰激凌买条新裤子嘛，姑娘家也不怕出丑！又惹来一阵笑：人家穿的是牌牌货，乞丐装。

带头的吴蔚说明，她是奉命来问老人家，方志稿审读的进展如何；那几个是顺路来看望老人家。吴蔚是他和有司之间的联络员，性情开朗。她大名吴蔚，他就叫她"无所谓"。她说难听，他说无可无不可是大智慧。

不要催。他说，篇篇要大改。顶好另请高明。她连声说：不催不催！

那几个只管叽叽喳喳。议论之中这个手机响那个手机响，挤出去接，接完回来接着议论。先是研究一个闺蜜的儿子该报考哪所院校，见解有分歧，莫衷一是；有一位后发制人道：网上介绍有四所学校，毕业出来就当官，别的啥都不用考虑。有人惊叫，嘿！早点讲嘛！又有人不以为意，这倒无所谓，反正要出国的。转而研究玲玲网购的一件衣服，看上去不时尚了，应该如何处理。七嘴八舌。一个说退货，马上被否定：费事。一个说转让给别人，马上挨反驳：自己都不要，谁要！一个说别麻烦了，塞柜子，我买来不合心的都塞柜子。啁啾不已，莫衷一是，最后衣主说，干脆给老妈，穿起显年轻。转而研究何种香水的香型最贵族。吵闹半天告辞，这个喊厨王拜拜，那个喊大师再见，喧哗而去。巷道一阵杂沓脚步声，忽然有人唱：宁愿相信我们前世有约。立马几个声音加入：今生的爱情故事不会再改变……歌声渐唱渐远。

这条短短的巷道闪动过另外一群五颜六色的青春背影。他想，一样的曼妙年华，一样的无忧无虑，一样的叽叽喳喳，也一样的爱唱歌。只是歌曲不同。今天这几个唱的是"在人群中多看了你一眼"；昨天那几个唱的是"爹娘啊，爹娘啊，什么时候才能欢聚在一堂"。

屋子安静下来，好像热乎乎的空气结了冰。一只蚊蚊从阴暗墙角飞出来偷袭，差点钻进耳朵。伸手一巴掌，嗡一声逃了。他想起一个农家姑娘说：蚊子最不要脸，臭虫虼蚤吃血就吃血，不出声音；蚊子呢，先在你耳朵边喊得亲热：公——公——公——得你的血吃了，你一伸巴掌，它"孙儿——"一声走了。也就是伪君子不如真小人的意思吧，同样一个意思，一用方言方谚讲起来就生动传神。所以报告新闻要用规范普通话，写小说用提炼的方言更好。

他摸摸挨自己打过的脸，在镜子对面坐下来。

有些人老来爱清静，我不。他对镜中人说，我取陈老总的一闲对百忙。时不时有些年轻人来热闹一下，人老得慢些。领头的兹个吴蔚不错，开"亦家也客舍"的常老辈子也喜欢她直爽，肯动脑筋。有一回常老叫我去认识一个人，一见面是她，老熟人。她是去约常老写文史稿。聊起来，她说她是你家的亲戚，喊你舅妈婵婆婆。常老说：我晓得你是哪门子亲戚。你是大路边吴家。打抗战那时候，你家太爷辈三弟兄抽一个壮丁上前线，三丁抽一五丁抽二，这没得话说，上前线打仗嘛！哪晓得过几个月又有亲戚通风报信说还要抽你家一个。名目是把两房人算成一家，加上你叔太爷家就是五弟兄了，就要五丁抽二。知情人讲兹是收了哪家的现大洋，拿你家娃儿去顶缺。你家老祖祖得高人指点，连夜到象园求救，你爷爷第二天就到先生号上做了学徒。收钱买顶替的那家哑巴吃黄连，另找替死鬼。就这样认的本家。吴蔚说不是亲戚胜似亲戚。常老说这倒不假，四辈人了还在走动。石城人念旧。

吴蔚咚咚咚跑回来，气喘吁吁：我们领导说，《饮食志》请老人家抓紧先看，准备做经开大会献礼。你是《通志》编委执行副主任，主要是文字请你把关。

娃娃非常之啰唆。他说。

非常之非常之！我那些闺蜜就是喊你"非常之"，以后我就喊你非老。

手一扬，非老拜拜！咚咚咚一阵，又回来了：我们领导说，过一段时间要亲自来看你。他赶快说：不敢当不敢当！他们日理万机，千万不要亲自来，我兹点不成个坐处。有事你来传达就可以了。工作我会认真负责一丝不苟的。吴蔚说好，我如实汇报。他说，你一定要替我化解了兹件事哈！吴蔚说，明白。拜拜！

房间安静下来。

怪得很！他说。我们小时候看到的大人，论穿着人人差不多，论人呢一个不同一个。现在的人呢穿着打扮不同，人呢分不清楚记不住。连手机自拍都有统一角度，个个标准美女：宽额头大眼睛尖下巴，你像我我像你；还要加美颜处理，光溜溜一个个瓷娃娃。老话说得好：捏起鼻子哄眼睛。

有一次他说，以前几辈人像一辈人；现在一辈人像几辈人。若是面碰面，他们要吓死；你们要笑死。吴蔚问，那你呢？他说我小时候看过老一辈，老来看过小一辈，历经民国抗战、新中国成立、改革开放，见多识广，不惊不乍不会死。吴蔚说：我也见过我妈用搓衣板洗衣服，劈柴发煤炉子，见过我爹进趟城走两个小时，我哥抽的圪螺自己砍，我姐踢的毽自己做。你们这辈人很可怜的。他说，你们吃喝玩乐赛过以前的千金小姐是不可怜，可怜的是手脚脑壳退化。媒体一呼，从者云集；一个偶像包装出来，几万人顶礼膜拜。

那天吴蔚很有斗志：老老搞清楚哈！那是没文化的。我们个个本科以上！晓得，他说，一本二本，七本八本。有一位诗人说：金钱已经分裂成符号、话语、权力、虚无、实体等的碎片。有一天我过小十字，两个小青年夹起书从图书馆出来，矮个的大声武气说：《教父》就是我的圣经！有钱打得天穿！我很是吃了一惊。以前说有钱能使鬼推磨，现在连天都打得穿了。网上成人学历提升中心的招生广告，只报名不上学，"偷偷拿个本科"，只开两门课，不脱产一年硕士。吴蔚说：看样子老老对教育产业有点看法？他说：我没得看法，又提高平均学历又拉动内需又消解就业压力，三赢，好事。吴蔚说：那老老是担心教学质量。我也不担心。优者自优劣者自劣，出水才看两腿泥，走上社会才是起跑线。他说，我讲个笑话给你听。吴蔚说：你老老就喜欢笑话，回回都是讲个笑话、讲个笑话。他说：笑话是智慧针灸。我要是富豪榜上人，就设一个民间笑话大奖。

说是有个富二代娃娃在课堂上埋头玩手机，老师发现，喊他起来答问题：圆明园是哪个烧的？娃娃说，不是我！满教室一阵哄笑。真的不是我！娃娃说，真的不是我！同学们又起哄，有的趁机怪叫。老师就叫他站到教室外面去。他一出教室就打手机：爸爸，老师诬赖我烧了圆明园。爸爸说：老实讲是不是你烧的？不是！不是？你哪样事干不出来？去跟老师讲，该赔好多钱我们赔！娃娃妈在旁边劝，还是问清楚再说！爸说，好大个事，该赔就赔！赔赔赔！妈说，那回不是说鸦片烟也是他烧的，调查下来是个姓林的老者烧的？

编来搞笑的！她说。不错。他说，搞笑现实主义。

她哈哈一笑：回家写学习心得去了，还差两千字。拜拜，祝老老牛气冲天！

我不炒股，哪来"牛气"。

鬼老老！我惹到你了？咚咚咚一阵风走了。

多讲几句话，嘴歇下来瞌睡上来。他闭上眼睛，一只大蜂子嗡嗡嗡飞进来吓他一跳。挺个圆滚滚的啤酒肚，黄一道黑一道的闪光缎子裤把粗腰大屁股紧绷绷地裹起，非常之气派，就是个了不起的盖茨比。绕个圈圈，嗡嗡嗡扬长而去。嫌简陋了！他想。目送它飞过花墙，去了别人家。

这种鼓肚子蜂，多年没见到了。不晓得是不是翻译小说里面说的熊蜂？以前先生的花园里蝴蝶蜂子见天无其数。有一种灯盏花一点不好看，倒是非常之招蜂子蝴蝶。穿着简朴的打工仔蜜蜂、腰杆扎得细细的短打武生马蜂、肚子圆鼓鼓的花脸野蜂，轮起班地来。那些大飘带蝴蝶就像电视里头的时装模特，各人一套打扮：蓝底子撒金粉的；黑底子衬白斑的；黄底子走墨绿条条的。桃红柳绿，花枝招展。它们晓得自己尊贵，细爪爪挨着花瓣，两只翅膀闪闪颤颤不轻易停住；你想捉它们，才挨边就飞了，像片枯叶一样顺风飘过墙去。等你不在了,它又悄悄飞转来。有一次来了个空前绝后的大公主,衣裳之色彩配搭美到不可思议,我隐在假山边跟踪她,心子跳到喉咙口。她像是非常迷恋那朵大灯盏花的气味,两次遭我吓到飞过墙去又回来;第三次遭我两个指头夹住,她使劲一挣,留下一小片翅膀在我手里,带着残疾飞了。我又是悔疚又是庆幸,把这片小翅膀夹在书页里,哪个看见都忍不住要惊叹一声。后来我参观过好些热带蝴蝶展览,再也没有见过兹样豪华的品种。回想起来,那时候喜欢逮蝴蝶,要分析成残忍天性中的占有欲也无不可,但也确实有一种想把惊鸿一瞥留驻下来的审美本能。

有一种鼻烟色的蝴蝶,两只后翅膀各印一只眼睛,老百姓称它鬼蝴蝶,说是专门跟着死亡的气息飞,飞到哪家,哪家不吉利,非常之不受待见。前几年韦家老祖太在省城病危,坐救护车回石城,一只鬼蝴蝶飞来停在汽车行李舱的门边;一路飞飞停停,总不离开这架车。老祖太过世,它停在灵堂的门柱上;办完白喜事上山回来,不见了。有一回在茂兰生态保护区的林间小路上,我一个人落在后面,一只大飘带蝴蝶从林子出来绕着我的脑壳飞,全身透明黑,小翅膀上各有一只蓝金黑瞳的眼珠。我心中惊叹:好一位高冷贵族!它绕着我飞了好久,小圈大圈,不即不离。我忽然想捉住它,让前面的队友们眼见为实。才一动念,它就向林子飞去,无影无踪了。我想起书上那个住在海边的人,海鸥们每天飞来同他玩耍,随意停在他肩上。有一天他起了个念头,想捉一只去给老父看看,才一动念鸥鸟们就飞走不来了。想不到我也会遇上这样的异事。

还有一种采花的大蛾子,鼻烟色,抓在花瓣上,嘴里头一根黑须须一伸一卷吸花蕊。你大表妹说它就是蜂鸟。她从外国童话里头看来的。其实中国没得蜂鸟，也很少见夜莺。夜莺这种鸟在我心头欠了半辈子，从你大表妹的《安徒生童话》《王尔德童话》里看到的，近些年从休闲音乐碟里听到了，其实没得画眉叫得好听。古人形容美人倾国倾城，见到真人怕酒杯都倾不了。很多名胜风景也一样，见面不如想象。文学就厉害在引诱你去想象。向往几年、几十年，不见则已，一见则仅此而已。

你舅舅的园子，晚上归萤火虫出场。绿荧荧的，绕着沿墙脚的草花飘来飘去，天女散花一样。有一回你大表妹捉了一些装在纱布、白纸袋袋里头，带起弟妹钻到堆杂物小房子的黑角角，实践书上的囊萤夜读。一个字照不见，失望收场。你表弟捉到过一条毛乎乎的怪虫，比蚕子大比豆狗小，五节，每节有一坨萤光，比萤火虫亮得多。放在桌子上爬，身上的刺抓得桌子嚓嚓嚓响，五点萤光一起一伏。没得听说过，也不见书上介绍过。放在盒盒里头的菜叶、南瓜饭颗颗一样都不吃，那五点萤光渐渐暗下去。怕喂死可惜了，我劝他放回园子草蓬去。再没得见过二条。也不晓得它活过来了没有。

园子里头有一种白天合拢晚上开的草花，四瓣，雪白，展开像十五的月亮，就叫月亮花，也是再没得见过。月亮花不香。大蓬大蓬的夜来香才香，香得闷脑壳。

热天是蛐蛐。顺墙脚躲起。晚上从街上回来，一脚踩进院子，它就"吱吱吱"唱起来欢迎你；一踩进下一个院子，它又吱吱吱欢迎你。再进下一个院子，它又在那里吱吱吱了。我们说它是鬼蛐蛐，比人跑得快；长大才悟出其实是几只，各住不同的小院。

他一脑壳的虫虫脑脑花花草草，不警觉屋子里光线在悄悄撤退，渐渐暗淡下来。

还知道这个园子的，还记得花墙外面传过来女娃娃打秋千的惊笑声音的,只剩我了。

庄稼一茬又一茬,人也是一茬又一茬。三绺胡子的唐朝诗人说:"人事有代谢,往来成古今。"络腮胡子的法国诗人说:"多少火成了死灰,多少人成了新鬼。"不留胡子的英国诗人说:"靠近那不能跳过的溪边/矫健的少年们在此安眠/玫瑰嘴唇的女郎们长眠/在草地上,那儿的玫瑰开了又枯萎。"

他起身去厨房给自己做晚饭。

柜子里有一个厚厚的牛皮纸档案袋，他拿出来旋开封口线，抽出一摞泛黄的纸。有剪报也有手写稿，都是他的旧时习作。他从中找出一篇《石城引》。

"敝乡是一座小小的莹白石头城。居民住在石础石阶石院的木屋里，口腹之需也不离石头——盐巴用石钵擂；米面用石碓舂；糍粑用石臼打；小石磨不紧不慢旋转，四面流下洁白豆汁，在大锅里点豆腐。身上穿着也离不开石头——新布用石磙碾轧，浣衣放大石板上捣。"

出门走石街，过石巷，穿越城中央钟鼓楼石洞门。石甬道东西南北十字交叉，挑水夫每日通过，甬道永远湿漉漉。成人绕楼而过，小孩偏爱穿过阴凉沁人、石壁长满厚苔的门洞，还要冷不防大叫一声，嗡嗡震响。卖水人肩挑特大木桶，自城内大龙井、双眼井、五眼井等十多口石井汲水，先送长约人家，然后走街串巷零卖。井口均罩石盖，镌刻精粗图纹，盖沿满布数百年井绳磨出的深深凹槽。甜水叫大井水，供饮用；苦水叫小井水，供浣洗杂用。收费不同。东郊马槽龙井水质最为甘甜，因其形窄长如马槽而得名。

城里城外石牌坊众多。东大街短短里许长,据府志记载就有三座牌坊,民国初年扩建马路拆去。两秀山石塔是小城标志,象征文运昌盛。府文庙牌坊、龙柱、小桥、院子全是白石雕刻。大成殿前透雕龙柱是镇城之宝,传说錾刻者的工资是按凿下石屑粉重量计算,一两石屑一两银子。

文庙外直街则为武举骑射刀枪考场,崇文尚武。老媪邓罗氏逼养女为娼不遂,杀女碎尸。这是小城空前的大案,县官将她处以凌迟之刑,然后刻石立碑,以警后世。

出城必经东西南北四座城门。出城即见环城皆山——金钟山、凤凰山、飞虹山、盔甲山、小金山、观音山、武当山,等等,多为一座座小巧孤山,俗话:石城有桂林山,无桂林水。甚至有金斗不移、天鹅抱蛋、交椅大坡等奇异山名。金钟、观音二山,高林蓊郁,遮天蔽日;其余诸山多是浅草灌木,露出斑驳石骨。有螺蛳山满布青色田螺化石,是古海遗留的实证。小学男孩多邀约朝拜。

石山多洞。常年游客不断的是城南近郊华严洞。端午游此洞成为风俗。洞口几只绿苔大石缸,长年贮岩浆水供和尚食用,端午节即论杯收费。玩家租殿堂打围鼓唱川戏,办酒席过端午。城东二十里有清凉洞——"天开一窍,前后通明,中有古刹,下有内外二城"。老百姓称之为粮仓洞,说是诸葛亮七擒七纵的孟获在此囤粮。城南五十里有两洞合称二仙洞,传说当地山民办婚丧筵席,可在洞口求借仙家锅瓢碗盏,后一户贪心人家不如数归还,仙家生气,从此再不借出。此外众多山洞是历代山民躲避兵灾匪乱的处所。太平年月,则在洞里熬硝。

石城人在此石世界中,经历各自一份生老病死,苦辣酸甜。

到得"昨暮同为人,今旦在鬼录"之时,即退居一块石碑之后,销声匿迹。环城众山,密布层层匝匝墓碑如满天星斗。

石城计时,沿古习昼炮夜更。北校场的"午时炮"像棋盘上楚河汉界,把白昼一分两半。入夜以更夫沿街敲锣报时打更。一更不打,二更"当当"连打,三更"当,当当",四更"当、当、当当",五更天亮。三更前后,市声俱寂,常有"炒米糖开水——"叫卖声响起,格外凄清,其实是以糖水之名卖"膏精"(即"白粉")。深夜偶有怪异啼叫,声如"巫吾",冰冷短促,绝无余音。城人认为是冥土传报死讯。识者或判为夜枭之鸣。

北校场号兵常坐城墙上习练。号声单调悠远,苍劲寥廓,身后衬火烧云。城中顽童闻号声,依其调参差而和:"死猪起床!死猪起床!天麻麻——亮——"

《贵州图经》云:"普定卫治在城内西,洪武十五年建,经历司、卫、镇抚附焉。左、右、中、前、后五千户所,分置于卫治之前。卫城围七里一百五十步(旧志作"围九里三分,高二丈五尺",殆重修后增广)。周辟四门:东曰朝天,南曰永安,西曰怀远,北曰镇夷。洪武十四年安陆侯吴复建。"又云:"朝天楼即卫城东门楼也,洪武十九年建;怀远楼即卫城西门楼也,亦洪武十九年建;镇夷楼即卫城北门楼也,洪武二十一年建。(按:《图经》抄稿"公署"项云,城有四门,而"宫室"项只载朝天、怀远、镇夷三楼,缺南永安;而别列有鲸音楼,云"在崇真观内,上悬巨钟"云云,未知是否即永安也。)卫冲要剧地,众山环绕,为边鄙一都会。山川阨塞,屹为边垒。襟带三州之区,控引百蛮之域。"

《滇行纪程》云:"(石城)府城围九里,环市宫室皆壮丽宏敞。人家以白石为墙壁,石片为瓦。估人云集,远胜贵阳,昔尝议立省会于此,因秤土轻重,不及贵阳,故舍此从彼。今移提督驻此,以镇盘江。附郭有普定卫,明初设军民指挥使司,以襟带三州,其权甚重……威之所慑久矣。"

我进你舅妈家比你早一点。他对镜中人说,从那天起我一辈子喊她婵孃。

那天两娘母吃完饭收拣碗筷,吹灯出门。我妈走前,我夹起白布包袱随后。天上一朵云没得,一大个黄黄的月亮寸步不离跟着我们走。两娘母过街走巷都是悄悄走屋檐影子里头,活像两只梭出来找食的耗子,心里头空落落的。

头天晚上我妈摸到你舅妈家诉苦,说是听一个师叔讲,我在跟几个师伯学喝酒划拳打字牌了,她害怕时间长了要学坏。婵孃想想说,要不就叫他来我家灶房?我妈高兴得念佛。婵孃想想,又说:只不过顿顿居家小菜饭,可惜了他的手艺。我妈说,他老子在的时候常说他们那一套手艺即使是炒家常小菜,也不是吃一回图新鲜,是一年到头吃不厌的真本事。再说,先生也时不时要请客的嘛。婵孃说倒也是,有亲朋好友家请客他也可以去帮忙的。

我妈回家一讲,我二话不说就同意了,心口怦怦跳。为啥?为的是你舅舅那一墙壁书。我自小想的不是学老爹掌瓢炒菜做幺师,是想做志斋老师那样的读书人。我不是进小学才发蒙;同班娃娃还在念"来来来,来上学,好好好,来上学,大家来上学。去去去,去游戏,游戏真有趣",我都在看四年级的国文课本了。老街坊们都记得王二戥子(我爹的绰号)家小老三天天放学回家,走到巷巷口就从书包扯出本闲书边走边看,进家接到看,上桌子边吃边看,筷子伸到盘子缝缝里头,大人一筷子敲来才警觉。我咋晓得你舅舅有书呢?我跟到老爹去办席,踮起脚隔着玻璃窗看那面墙上的书柜,那些书厚的厚,薄的薄,高的高,矮的矮,挤成一排又一排牵我的眼睛，馋得我心子钻进书缝缝去。

第二天我就进了你舅舅家。

你晓得我只是个小学程度，肚子里这点文化是个人读出来的。我读得太杂，活像志斋老师那个长年不管的园子，花草树木乱长一堆。又不好意思请教人，到现在好多字会用不会读。我真正的老师是书。内心佩服的是三个人：敬畏你舅舅；喜欢韦公；羡慕志斋老师。

我只得志斋老师教过初一上学期的国文。我爹过世了，我就读不成书了。我们那时候一个班的同学有相差三四岁四五岁的，随娘老子送，不限入学年龄。女生普遍年龄大过男生，还是家景过得去的才有这种待遇。那时候姑娘读书没得用，读不读都是嫁人。男娃读书是要变换门庭，责任大过泰山。好多人家姊姊妹妹帮到爹妈供一个儿子读书，读出来光宗耀祖，不成器白苦一场。我爹心细有远见，天天嘱咐我要比别人发愤，超过同班的，他好去求学校让我跳级，早点读出来分他的担子。我最喜欢开学第一天发新书，半堂课把国文课本从头到尾翻一遍；下了课又去找别班的来看。听说最老的新式国文课本第一课是"人、手、足、刀、尺"，我没得见过；我读的第一课是"来来来，来上学，好好好，来上学，大家来上学"，高班的国文课本比我们的好看。有一课《卞庄子刺虎》，我读两遍就记得了，到今天没有忘记：卞庄子，和朋友，走到山谷口；看见两只白额虎，在吃一头大黄牛。那朋友，忙伸手，一口宝剑提在手，上前要刺虎咽喉。卞庄子，忙开口：你的力气虽然大，一人恐难敌两兽！我想两虎夺一牛，将来一定要争斗，非到死伤不肯休；那时候，你动手，杀它好像杀只狗。不多时，两虎果然斗一场，一只死，一只伤。卞庄子，不声响，不慌张；轻轻走到伤虎旁，一剑刺在肚子上，伤虎无力来抵抗，大吼一声就死亡。这种押韵的故事又好听又好记。还有说孙叔敖杀双头蛇的：义侠儿童孙叔敖，散步到城郊，看见一条两头蛇，顿时吓一跳。想起传说真可怕，眼看横祸到！……还有写武训乞讨办学的：自古道有志竟成语非假，铁杵磨针事可能。古今来多少奇男子，最难得，山东堂邑姓武人！武先生，名叫训，父母既早死，兄弟又不存。饥寒交迫难度日，沿街求乞倚人门……记不全了。

给我发蒙认字的是同巷子住的胡老先生。他在省里教了二三十年书，告老还乡安度晚年。一出太阳他就在门口摆张帆布躺椅晒背看书，石磴上摆壶茶。我去翻看他书上的绣像，他就教我认字。我初小、中小、高小都跳过级，三年多就小学毕业。爹说中学不用指望了，个人发愤用功，头悬梁锥刺股。我在屋檐脚坐了一晚上不进屋，第二天不吃饭。我妈都发了脾气，爹只好松口，我才进了县中。志斋老师瘦小，寿星相，眉心拱起好高，两只凤眼很凹，清亮得像大太阳天气的马槽龙井。我放学讲给胡老爷爷听，他说志斋是他的得意门生，他那双眼睛在《世说新语》里是有说法的，叫"灿灿如岩下电"。又说我既成了志斋的学生，就该喊他师太爷，我立马喊他师太爷。他选了几本书送我做改口钱。我只要一捧起书，爹妈就不使唤我做事，上街打酱爹都替我去。

胡师太爷和气，爱逗我玩，一见我就招手叫过去陪他讲话。他爱吃零嘴下茶，盐酥豆、酱油豆腐干、盐葵花、花生米，我过去就跟着吃。有一回左手拿个磕破头头的盐蛋，右手拿双筷子挑出一点蛋白蛋黄，吃得有滋有味的。有一回是一块山楂糕，我去了他才撕开印有店铺名字的白纸包封掰给我吃，说是这两天有点隔食，要吃点消食化气的。一边吃，一边爱考我。有一回手板心摊起几颗盐酥豆，来猜个谜谜："两山相背背相连，两山相对对相连。两山相对不相连，一道文光直上天"，打三个字。我听得蒙头蒙脑，咋猜得出。他提醒说，《孟子》上有的。《孟子》我更晓不得了。他说，那豆就归我了！把豆拍进嘴巴，咔嚓咔嚓嚼得非常之香的样子。嚼了一阵，喉结一动一动地吞完了，又喝两口茶，才拿手指头沾起茶水在我手掌心写出王、曰、叟三个字，又解释一通。明白没得？明白喽！好！拿起盐酥豆纸角把剩的抖在我手板心。有一回出的是"明月松间照，清泉石上流"，打一个双音词。我哪晓得啥子双音词。只听到：影、响！又得几颗盐酥豆。又有一回逮住我慢慢念了四句："蒋介石出了将令，北伐军两路而行。吴佩孚不知天命，熊克武有志无能。"猜一个字。见我木头木脑的，个人笑起来：蒋介石就是蒋委员长你晓得，军训教官教学生听见兹三个字就要啪一声立正。另外三个人你就不晓得了。看好了！右手指拇在左手掌心上画：蒋字除去将字是啥？是个草头。北伐军两路而行呢……我赶紧止住他不忙说。我拿手指拇沾点口水在手掌心边念边画：北字分……两……边。吴字不要天……口！熊字不要能……四点！凑成一个燕字。胡师太爷重重拍我眉心一下：开窍喽！赏胖鼓鼓一包盐酥豆，一颗都没得回扣。

不多久过中秋节，学校办灯谜，我们几个初一新生在那一大串纸飞飞下面转，不说猜，字都认不全。但是我遭胡师太爷敲打过几回，还真猜中了两条！都是我看过的小说书里头的。一条是"黑子战败"四个字，打水浒人物一个。白胜，白日鼠白胜。一条是"板起了面孔"五个字，打三国人物一个。何国梁说猜到了，郑成功的儿子郑经！我说，郑经不是三国人物！他不信，跑去对答案。他一走我就猜出来了：严颜！两个谜得了一个月饼两支铅笔。月饼一人一口分吃了，铅笔归我。第二天去向师太爷款嘴，他不在门口坐躺椅，在屋里头埋起脑壳抄书。听我讲了，看了两支铅笔,拉开抽屉把两包盐酥豆拿出来:今晚的下酒菜都赏了!这几个简单字谜我到现在还记得,也算是没有辜负他老人家的盐酥豆。但是这门学问非常之精深,不敢沾边,钻进去挣不出来。在农村和山民猜谜,他们出的农具谜农活谜我更是摸不着头脑。

多年以后,红卫兵"大串联"到石城,街委会推荐胡师太爷去写标语。他隶书写得好,何绍基的回腕执笔法。家里人不让他去,左劝右劝;他说士为知己者用,去了。从中午写到擦黑,有一个"席"字,红卫兵说写的是"帝"字,押他挂牌牌游街。回家又受埋怨,犟牛脑壳九斤半,不听好人言,吃亏在眼前。想不过,半夜摸到东水库自行了断。"士为知己者死"了。我听到消息,晚上悄悄摸去他家,已经埋了。我对到那张躺椅行了三鞠躬,又悄悄摸回家。

我每回路过师太爷家,只要他坐在门口的躺椅上,不论是在吃盐酥豆还是闭起眼睛晒太阳,喉咙里总是在哼那个调调。听多了问他,他说他在唱《礼记·礼运》篇。兴致勃勃地边哼边讲半天,我只记住个题目。后来进了中学,听见高班同学上音乐课也在跟着老师唱兹首歌,听会了前面几句。多年以后才看到原文。开头几句是:大道之行也,天下为公。选贤与能,讲信修睦。故人不独亲其亲,不独子其子,使老有所终,壮有所用,幼有所长,矜、寡、孤、独、废疾者皆有所养,男有分,女有归。货恶其弃于地也,不必藏于己;力恶其不出于身也,不必为己。是故谋闭而不兴,盗窃乱贼而不作,故外户而不闭,是谓大同。曲子就谱到这里。兹个理想,我觉得无比美好。

志斋老师上头一堂课不是讲课本第一篇。讲的是我们中国的国文又古老又年轻,古老的有《诗经》、《楚辞》、《史记》、《汉书》、唐宋八大家、唐诗、宋词、元曲，用的是文言文；年轻的有胡适、鲁迅、茅盾、巴金，用的是白话文。都要认真学。他上课总要带几本书来教室，下了课同学想看可以借，一次借一本，看完再换。后来我退学，唯独舍不得的就是志斋老师。我摸黑去向他辞行。他非常诧异，读得好好的咋想起要退学呢？我讲了家里的事。他半天不说话，不停地轻轻点头。我不敢看他，车脸对窗子，洋油灯昏昏黄黄地照出一块小园子，除了一棵瘦筋筋的树就是髁膝头高的杂草。后来读到一首《四时读书乐》，读书之乐乐何如，绿满窗前草不除。我就想起老师的园子。

告辞的时候，老师从书架上取下一本砖头大小的洋装《古文观止》送我做念想，说是看不懂的地方随时可以来问他。这本书我认得，是商会组织店员开班学习的课本。志斋老师和胡师太爷都是那时讲课的先生。我都跨出门槛了，老师又喊我转去，招手叫我坐下。他默了一阵才开口，中学开的这些科目，你喜欢哪门？我说国文和历史。代数几何物理化学呢？我有点害羞又不敢扯白，就摇摇脑壳。英文呢？我也只好说实话：舌头拿不过来。他拿那双神光湛湛的眼睛看我，轻轻点头，那还好！那还好！若是喜欢数理化呢，要在学校按部就班学才行的；国文呢，就可以自己读书。这样好不好，我在学校图书馆有个借书证，一次可以借五本书，限期半个月，你拿去用。我会跟管理员打招呼书是我派你去借的。我接过那个硬纸壳借书证，心口咚咚跳，问开头借哪几本呢。先生想想，这样，我给你开份书单，你去办退学的时候到教员休息室来拿。

忽然又问，中医呢？想不想学？我有朋友是名医。我耳朵烫起来，结结巴巴说，责任太大！他点点脑壳。我才走几步又喊住说，记住！书分两类：实用的和不实用的。实用的可以比起样子做；不实用的有无用之用，叫作陶冶性灵，变化气质。好比两个方子：一个治标解决问题；一个治本受用终身。我倒懂不懂答应了。这回才真放我走了。

我好舍不得走出他那间小书房啊！墙上挂了一幅小小的横批，用毛笔模仿拓片做成"还我河山"四个黑底白字。是从岳飞写的诸葛亮《出师表》草书里头集出来的。那时候正在打抗战，"还我河山"这四个草体字很流行。这种用毛笔做的假拓片叫颖拓，颖就是毛笔。《古文观止》有一篇《毛颖传》说的就是毛笔。颖拓是我们贵州姚茫父先生发明的。姚先生诗词曲书法国画样样精通，还会刻铜墨盒铜镇纸，全能冠军！鲁迅先生非常之称赞他。志斋老师是书法家，又会作诗词，我们小学的校歌就是他写的，女校长女主任都是他的学生。后来他也和我讲过书法，讲他老师鲍斋先生说要得俏，欧兼赵；但他主张随性随喜，哪一派都是好的。那个学期我顶喜欢《桃花源记》和《木兰诗》，到现在还背得一字不差。"晋太元中，武陵人捕鱼为业""唧唧复唧唧，木兰当户织"，还有"折戟沉沙铁未销""千里莺啼绿映红"。有一回老师一上课不开口就拿粉笔在黑板上吱吱吱写了几行字："山林欤皋壤欤使我欣欣然而乐欤乐未毕也哀又继之"，叫我们打标点。全班又笑又闹，我也乱打一通。长大才知道是《庄子》里的话。新小说我看过《呐喊》《彷徨》，觉得阴森森的很瘆人，多年以后才开始晓得鲁迅的厉害。巴金的《家》《春》《秋》好看，通夜看放不下，活灵活现的，就像是我们身边的人和事。后来又从图书馆借看了整套新文学大系，新诗、小说、散文、理论好多卷，都是鲁迅、周作人、朱自清、郁达夫这些大作家选编的，他们写的导读文章像耐心细致的老师引我入门。废名写的《桥》百读不厌。中学的国文书，我现在还记得两篇课文，一篇是《为学一首示子侄》："天下事有难易乎？为之，则难者亦易矣；不为，则易者亦难矣。"用两个四川和尚作例子，两个都准备去朝南海，穷和尚去了回来了，富和尚还在筹钱。一篇是《浮生六记》节选，沈三白小时候喜欢把微小的东西当成巨大的东西，蚊子当成白鹤，杂草当成树林，蚊虫当成野兽，小土堆当成高山，小土坑当成深谷；他想象把自己变得比它们还小，钻到里面去神游。有一次看见两只大虫打架，正看得高兴，一只猛兽排山倒林而来，伸舌头一卷就把两只虫吞了，吓他一大跳，原来是只癞蛤蟆。我也有他的这个变大变小的本领，到现在还喜欢玩这个游戏。

吴之俊《屯堡村寨小地名撷趣》（摘录）

　　参加工作一晃十几年过去了，我这双脚几乎踏遍了石城的山林沟壑，河潭水塘。闲下来偶尔翻翻旧日积存下来的那一本本当年随手记下的"工作笔记"，难免会生出一丝难以名状的沧桑感。但抛开"剪不断，理还乱"的往事和记述的内容不谈，单就地名而言，玩味起来就十分有趣。

　　地名是一个地区的传统积淀、文化素养、地形地貌、风俗民情直观而具体的表现，石城的地名，就充分体现了中原文明与夜郎文化交会融合而别具一格的地域色彩。兹顺手从多姿多彩、妙趣横生的地名里，拈出几组蕴含宗族姓氏、方位颜色、地形地貌、土产风情的例子。

　　在村名前冠以数字的有：头铺、二桥、三井、四旗、五翠、六塘、七星、八番、九溪；也可排列为一碗井、二铺场、三股水、四方田、五官屯、六角山、七眼桥、八哥洞、九道门、十二茅坡、百斗山、千峰山、万仙洞、独龙寨、双眼井、两所屯……

在地名前饰以色彩的有：红土、黑秧、黄腊、绿宝、白坟、蓝翠；还有红仡佬、黑石头、黄泥河、白果寨、青龙山……

按阴阳五行的次序可以排列的有：金官、木厦、水洞、火麦、土桥；也可以按金钟院、木山堡、水西庄、火镰井、土地坡的次序排列。

以花果林木命名的村寨有：花牌坊、果木场、桃子洼、花红园、核桃寨、青冈林、毛栗坡、杉树林、晒苇、把柿、樟树、竹林……

表现民族风情与当地特产的有：漂布河、跳花坡、银子山、胶泥坝、花鱼井、斑竹园、泡木山、滑石堡、萝卜冲、油菜河、砂锅寨、炭窑、石厂、茶坡、麦湾、荞窝……

与飞禽走兽有关的地名有：凤凰山、麒麟屯、龙潭寨、牛角洞、云鹭山、马挂岭、狗爬岩、羊昌坝、鹞子岩、老鸹岩、鸡笼寨、燕子窝、石龙湾、蚂蟥箐、鱼良坝、蜂子坡、猴昌坡、鸡场、猫洞……

表示村寨的地形地貌的有：尖山、平寨、陷塘、围坡、屯脚、窑上、长冲、半山、陇头、箐口、圆贝、扁山、大洞口、小关上、下河头、上陇灰、落水岩、吊箩屯、对门寨、望城坡……

保留有诸如屯垦戍边之类特定色彩的地名有：营盘、大寨、关口、小屯、戈什、林哨、将军岩、炮台街、磨刀井、跑马场、关帝庙、盔甲山、观音洞、仙人坝……

可以组合成平仄押韵、意趣丰饶的对偶句的地名有：龙陷坑／马过河；麒麟屯／凤凰山；雷打岩／火烧寨；小马槽／大龙潭；岩上庄／河边坝；冒沙井／卖酒山；龙眼山／猴耳洞；一碗井／百斗山；莲花塘／樟树寨；小米山／老豆园；萝卜冲／刺梨坝；漂布河／跳花坡；轿子山／驿马寨；山冈／湖坝；荞窝／麦湾；木尬／板掌；土桥／玉山；茶坡／菜寨；马堡／牛山；陇头／箐口；长地／横田……

　　退学回家在锅灶边帮爹打下手，书看得慢，老师家也不好多去打扰。有一回在银行襄理方家办席碰见他，鞠个躬退开。他把我喊过去说，你就好好做这门家传手艺也不错的，老话说天干饿不死手艺人。食衣住行，食是排头名的。这一行全凭经验，有空闲时间就读书，行有余力乃以学文嘛。你在图书馆借了哪些书看，邹馆员都告诉我的。有问题晚上来家问，不要害羞！学问学问，会学还要会问。

　　他当着主人客人夸我，臊得我埋起脑壳耳朵发烧。我鞠个躬走开，他又把我喊转去：你去问邹馆员馆里有没有袁子才的《随园食单》这本书，有就借出来看，没有就来我家。后来我去图书馆，没有，就去借了老师的来看。先包一张夹纸免得搞脏封面。从头到尾看了，随手抄了一些。送去还老师，他接过去又递过来，送你了！它在我是闲书，在你是师父。我像捧个宝，差点一扑趴绊倒。我读了这本书才晓得，锅灶这门手艺，说浅就是个手上功夫，说深就是门文化，非常之有内涵。

　　后来到了婵孃家，得知志斋老师和你舅舅原来是至交，园子那块园记刻石就是他写的。欢喜得我哟！这算得是缘分吧。

　　他泡一壶茶，翻出方志稿来看。看完一篇叹口气：口水话太多。慢慢喝了，动手修改。一改改到天擦黑，晚饭都没有做。原本清清爽爽的打印稿成了垃圾场。

袁枚《随园食单·序》

　　诗人美周公而曰"笾豆有践",恶凡伯而曰"彼疏斯粺"。古之于饮食也,若是重乎!他若《易》称"鼎烹",《书》称"盐梅"。《乡党》《内则》琐琐言之。孟子虽贱饮食之人,而又言饥渴未能得饮食之正。可见凡事须求一是处,都非易言。《中庸》曰:"人莫不饮食也,鲜能知味也。"《典论》曰:"一世长者知居处,三世长者知服食。"古人进鬐离肺①,皆有法焉,未尝苟且。"子与人歌而善,必使反之,而后和之。"圣人于一艺之微,其善取于人也如是。

　　余雅慕此旨,每食于某氏而饱,必使家厨往彼灶觚,执弟子之礼。四十年来,颇集众美。有学就者,有十分中得六七者,有仅得二三者,亦有竟失传者。余都问其方略,集而存之。虽不甚省记,亦载某家某味,以志景行。自觉好学之心,理宜如是。虽死法不足以限生厨,名手作书,亦多出入,未可专求之于故纸;然能率由旧章,终无大谬。临时治具,亦易指名。

　　或曰:"人心不同,各如其面,子能必天下之口,皆子之口乎?"曰:"执柯以伐柯,其则不远。吾虽不能强天下之口与吾同嗜,而姑且推己及物;则食饮虽微,而吾于忠恕之道,则已尽矣。吾何憾哉!"若夫《说郛》②所载饮食之书三十余种,眉公、笠翁,亦有陈言。曾亲试之,皆阕于鼻而蜇于口,大半陋儒附会,吾无取焉。

　　你爹头一回把你送到舅舅家那年,你十二三岁吧?那年你妈

---

① "鬐"通"鳍"。进鳍,指取鲨鱼之鳍制作鱼翅菜肴。《礼仪·士虞礼十四》:"鱼进鳍。"离肺,指割肺制作祭祀用的菜肴。——编者注
② 《说郛》,元末明初陶宗仪编的大型丛书,内容极为丰富。——编者注

生你兄弟难产，母子都没得保住；你爹在前线，顾不了你，把你送来石城。那时候我妈已经把我托付婵嬢了。可以说我是和你还有你表妹表弟们一起长大的。我比你们大几岁，又是穷人的孩子早当家，就成了你们的娃娃头，事事找我。馋起来找我要盐酥豆、山楂糕，领起去铜匠街吃剪粉裹裹；扯起皮来找我断公道。一天跟在我背后，我成了《封神演义》的九尾狐。你又比他们几个胆子大，惹祸都是你带头。有一回抬起泥水匠搭架子刷墙的大木枋垫在长板凳上，做成个大跷跷板，连后门辛表舅家娃娃都来了。一头坐四五个，一高一低翘起来，小崽崽们又怕又高兴，呜啦喊叫。正翘得欢，哪个歪了一下，一个二个摔将下来，哭的哭喊的喊，气得你舅妈拿起鸡毛掸子追起你大表妹打。又有一回你带头搬些旧木料破油布，在窗子下面搭房子；房子搭起又抱垫单枕头被窝在里头睡觉。玩尽兴丢了走了。晚上下大雨，被窝枕头淋个浇湿。有一回你表妹把摆客厅的花瓶耳朵打掉，吓得哭起来；你说不要紧，跑去"自首"说成你打的，你舅舅说犯了错敢坦白，诚实！你表妹吃醋说，要晓得是我打的，怕不挨板子！我解释说，她是客人。

有一回我见花园外面那块草坪上的芭蕉高过屋檐了，在下面安起小桌子小板凳，让你们开茶馆，你跟你的两个表妹争当堂倌小二，把茶客小弟弟推一个屁股蹲，茶壶都打破。

姑娘爱玩跳大海，北方叫跳房子。在院子里拿粉笔顺石板缝画个马褂形的大格子，顶上画个半圆就是大海。跳的人打金鸡独立、一只脚把"派"从一格踢二格，二格踢三格，踢到"大海"不碰线就算赢。为碰线不碰线扯皮，也来找我去当裁判。

那时候大人们天天说大后方，大西南，福地，其实是自家安慰自家；实情是国土日蹙，中国百姓逃到哪块地方，日本强盗脚跟脚追到哪块地方。最害怕的是敌机轰炸。人说省城不到百把里，"二四"轰炸惨绝人寰；而我们石城躲警报像是踏青玩游戏，应个景。福地！实际是石城不比省城值得敌人费炸弹。自称福地是事后诸葛亮，一看见塔山上挂起警报灯笼，听见鬼哭狼嚎的警报声音拉起来，照样心惊肉跳朝有大岩洞的山上跑。三岁娃娃都会念"天不怕地不怕，只怕飞机屙粑粑"。你舅妈就带起你们跑过几回嘛，我是她的帮手，好比茶马古道上的马帮，要只猴子断后。

我们躲的那个大岩洞，洞前面是个大草坡，长满宽叶子长秆秆、伸出朵紫色毛笔似的野花。我以为就叫木笔，有人说叫豆豉叶，有人又说都不对。还没有争出所以然，呜呜呜解除警报，大岩洞不进去了，一个人捧一把紫色毛笔回家。还没得进城门洞，紫色毛笔就蔫巴了。好多年以后我才晓得兹种野花学名叫鸢尾。一直到今天，想起抗战，我就会想起那些悲壮的抗日歌曲和满山坡的紫蓝鸢尾花。

虽说没得亲身经历过千里流亡，枪炮炸弹，但塞满四条大街的下江人地摊是亲眼得见的，新旧衣裳、帽子、鞋子，连娃娃没得用完的橡皮擦、作业本、半截铅笔都摆出来卖。我就买到过一支扁形活动铅笔。有手艺的就卖馄饨、烧饼、臭豆腐、白糖方糕、粑粑。开过东大街震得地动的军车大队是我们亲眼得见的。近在眼前的省城挨日本人轰炸，那样热闹的大十字炸成平地是亲耳听见的。本地人过日子比下江人是要安定些，但同样想着悬在头上的那把日本刺刀随时会杀下来。这是我们这一代人的永恒记忆。最近看一部关于南京大屠杀的电视剧，冷到心子里骨头里去！记起一首小学老师教的歌，后来不见流传，歌名叫《安全土》：南奔向北，北奔向南。在这边望到那边是安全；在那边望到这边是安全。搔首问苍天：究竟哪里是安全土？快快起来！快快起来！用我们的热血去洒！用我们的头颅去拼！打退了敌人，祖国到处是安全土！

　　开头几句，真能刻画出当年平民百姓仓皇恐惧的心态。后来果然到处是安全土了。我们哪个都不怕了，越来越不怕了。几十年许多坷坷坎坎走过来，见得多想得多了，慢慢自己心头有杆秤，任何问题不光知其然还要知其所以然，是其是非其非。不情绪化，不极端化，也不跟哪个争论。人心不同各如其面，你想让别人长你的脸？

孟昭恺《"二四"惨遭大难》（摘自《岁月留痕》）

　　1939年2月4日，这一天是头一年的腊月十六，人们正在准备过大年的时候，中午11时，18架侵华日机突然从东方飞来，投下大量炸弹，对贵阳狂轰滥炸，造成一场空前的大灾难。这次18架敌机轰炸贵阳，弹着点有大十字、小十字、中华南路、三山路、禹门路、金井街、光明路、盐行街、河西路、次南门、大南门等处，投下各类炸弹百余枚，炸毁房屋1326幢，炸死520人，受伤的有1526人。金井街是重灾区，原因一是地处市中心，位于小十字与省府路之间，即现今富水中路；二是国民党省党部也在这条街上，是日机轰炸的目标。当时7岁的我（已在复旦小学就读）躲在一扇大门背后。金井街上的"孟家巷"里有三个院落，第一进是我家即幺叔家，第二进是大伯家，第三进是六伯家。听到空袭警报，我便跟着一些人到庭院最后的大道观附近的空地躲藏，忽又听说警报解除，便很快回家，到第二进大门时敌机突然到来。

　　回家时我与大伯家的大嫂走在一起，她怀里抱着小儿，听见飞机轰鸣声，见她躲在那边门后，我也赶忙在这边门后蜷缩着躲藏起来。紧接着听到猛然巨响,头顶上许多瓦块和椽片砸了下来,一片尘雾顿时蒙住了我的双眼,我随即被埋在一片废墟中。

突然,我见到一些光亮,用力挣扎露出了头。哥哥昭慈已上中学,此时正与一些小孩在巷里玩耍,还在数着天空里的敌机有多少,看到炸弹落下大难临头,赶快往家跑,手忙脚乱地做着各种救援工作。我就是他扒开周围的瓦块、椽片,从废墟中拉出来的。真是大难不死,不说别的,单是那扇倒塌的厚实大门足以把我幼小的身躯压成肉饼。我竟然只是头上留下一点小伤,真是不可思议。

我爬起来后,赶快要奔回不远处的家,此时哪里还有家啊?只见母亲呆愣愣地坐在一片瓦砾中,怀里抱着只有一岁多的小妹昭伦。受重伤的二哥昭祥躺在旁边,他已在志道小学上五年级,现在头上的伤洞在流血,一只脚被炸断只剩下一些皮和筋连着,不停在呻吟:"痛啊痛啊!妈妈妈妈!"但母亲似乎已无感觉。

躺在旁边的满孃(小姑母)孟广运,是省立女师附小的校长,伤情十分严重,反而显得清醒一些,见到自己左腿已断,右臂被炸飞了,绝望而又伤心地哀叹:"这是在做噩梦吗?怎么会是这样?我是不想活也活不成了!"她看见自己残存的左手上还戴着一枚金戒指,就用口咬下塞进呆坐在旁边的母亲的衣袋。

那戒指上有一小粒晶莹亮绿的玉石,每当我想到当时的情景,那幽幽绿光便会在脑海里闪耀。

满孃和二哥因流血过多于当日死去。

与我同时躲在大门后的大嫂,当房屋倒塌时用尽全身力量护卫怀里的孩子,孩子却因空气不足窒息而死。可怜名为"百寿"的侄儿,本来希望他长命百岁,竟在襁褓中离开人世。

母亲刘琴华腰部被弹片炸了几个大洞,弹片取出后,长时间要用涂有药膏的纱布条塞在烂肉里。她身材矮小、瘦弱，几块弹片足以夺去她的生命，她却奇迹般活了下来，痊愈以后的伤疤仍是几个深陷的大洞，伴随她度过一生。她活了90岁。

我和弟弟昭提伤及头部，弟弟的伤口比我的大，留下的伤疤很显眼，像把刀。中学时代他喜打篮球，球场上常听对方呼叫："注意关刀！"

金井街死伤惨重。据我所知，从南京逃难来此住在孟家巷内的张家夫妇和从北京逃来的关家夫妇以及他们的孩子，还有周老太太一大家共计十余人在轰炸中全部遇难无一幸免。他们躲过了南京大屠杀，逃到大后方也难逃敌人魔掌。

这条街落下炸弹无数，我家院子里落下一颗，留下一个直径十多米深数米长的弹坑。炸弹落下后，紧接着浓烟四起，火光冲天，街上挤满慌乱逃亡的人群。敌机走后，我跟着大人逃到街上的时候，看见满街房屋只剩下一些残存未倒的屋架，有家鞋店，麻绳吊着的几只布鞋摇摇晃晃地在凭吊那一片空落和悲凉。

第二天早上，人们看见金井街到处都是死尸。敌机投下炸弹使大片房屋倒塌，又投下一种燃烧弹使屋架起火，很快使全街化作一片焦土。许多尸体因烧焦萎缩，面目全非难以辨认，一口棺装下了许多人。

今天他要接待一位特邀客人，还特意准备了见面礼。

客人是个七岁男娃。他听了这个娃娃的无数故事。娃娃他妈和吴蔚是闺蜜，娃娃是她们朋友圈的网红，名叫小松，网友有的叫他松哥，有的尊其为松二爷——话剧《茶馆》里黄宗洛扮演的角色。这位"松爷"开口讲话比一般娃娃晚，开口之前见人就笑。最先会讲的话是"出去"二字。晚上抱进小床拉拢蚊帐关了灯，他安安静静吮奶瓶，一直吮到睡着。要是有人进来掀帐子看他，对人家咧开嘴巴笑笑，然后清清楚楚说：出去。有一次妈妈带他去美术学校接姐姐，把他放在办公室，自己去看学员画画。他坐在空荡荡的大房间里；忽然校长进来，正诧异哪来的娃娃，松爷一声：出去！校长晕头晕脑应声而去。松后来能言善辩。有一次说梦见一个人非常可怕，妈妈问，男的女的？他说：不是男的也不是女的，是老太婆！大家听了发笑，越想越觉得精辟。

他听出来这娃娃的特点是耽于幻想，经常生活在虚幻世界里，玩游戏马上进入角色，玩完马上还原自己。舅舅和他在空荡荡的大走廊上玩鬼游戏，松发现到处有鬼，害怕得不得了。舅舅说不玩了，进屋去吧。松边走边说：其实世界上根本没有鬼。有一次打秋千，舅舅送得太高，他没抓稳跌下来，幸亏有惊无险。松说：你们以为我真的是空中飞人吗？其实从来没有人以为过。大概他在荡来荡去的时候自认为已经是空中飞人了。和姐姐去北京奶奶那里过寒假，奶奶教他理财，松爷马上成了财迷，信封装钱，一天数几次，一百的几张，二十的几张，放回去后还要亲信封一口。坐的士去机场路上，他对司机说：我有很多钱，三张一百的、好多好多张二十的！一摸，钱信封忘在枕头底下没有拿。回到家连有过装钱的信封也忘了。

这个松哥有时候精，抓别人的手去摸电灯开关；有时候蒙，和姐姐躲猫猫，他躲姐姐找，一眼就被发现，乖乖钻出来。交换角色，姐姐躲得无影无踪，他蹲在"猫洞"里半天无动静。妈妈把他拉出来：找呀！他完全忘了要找什么，抓起外公看书的放大镜凑眼睛上弯腰乱找。舅妈提醒他：姐姐躲在那屋。他才想起来跑过去，姐姐已经等不耐烦自己出来了。早晨上学听姐姐说不喜欢上第一节语文课，中午在食堂，他去问语文课的老师：我姐这堂课怎么样呀？老师说：很好的呀。他说：那就好！端着盘子走开。班主任老师单独召见一个一个同学，对话交流，训练公关能力。轮到松，老师说：请做一下自我介绍。松不懂：什么？老师又说：请介绍一下你自己。松大惊：老师我是小松呀，你不认识我了？

松最严重的缺点是全无团队观念。学前班毕业典礼，八九个同学站成一排，接受老师颁发证书，然后班主任老师致辞。这时候松把毕业证书卷成筒筒当望远镜，左看看右看看，走出队列朝台下扫描，边扫边走，一路扫进侧幕后面去了。表演节目，他跟着跑圆场出来，跑到边上离队发起呆来，一个女生过来把他拉去站好。做操，他照着别人举起手，左弯腰右弯腰，弯一半又站着不动；瞥见别人在转圈，赶快跟着转。人家转一圈，他连转三四圈。他妈问老师咋不严格训练松，老师说：就这样子都已经使尽"洪荒之力"了！

松从小会忽然冒出意想不到的话。有一次吴蔚带他打车去看他姐姐学校的运动会，路上堵车，他望着窗子外面自言自语：蓝蓝的天，白白的云，太阳很亮。的哥笑：这娃娃还出口成章哩！他就问的哥：你怕吗？的哥问：怕什么？他答：怕大猫！的哥说：没有大猫呀！他说：房上有大猫。的哥说：大猫不怕。他说：怕吧！的哥哈哈大笑：好好好，那就怕。那时候松四岁。又有一回出口成章：太阳在天上，黑暗在门外。有位老教授说：这就是王阳明先生的"此心光明"嘛！他要舅舅听他弹钢琴。两只手动来动去，脑袋时不时抬一下，好像在看琴谱。弹完了从琴凳上爬下来，舅舅问弹的是什么，他说：天上的时间，地上的未来。舅舅说听不懂。松说：你脚底下是什么？大地。对呀！大地的未来就是人类的未来呀。

故事听多了，他说：兹娃娃有点特立独行，比那些大人训练出来的小老者小老太婆有趣。带来见见。

吴蔚说：见见倒不难，怕你招架不住！他说：不怕，我喜欢认输。

下午四点过钟，客人来了。瘦高瘦高，穿一件红里子黑披风，戴一顶高耸耸尖梭梭的黑帽子，手拿一根奇形怪状的棍子。吴蔚说：叫爷爷。爷爷好！小朋友好！吴蔚说：行个礼！浅浅弯一下腰。再问几岁上几年级都不吭声了，由吴蔚代答。再问一句：今天的作业做了吗？回答：珍惜生命，远离作业。他问：哪个说的？答：全班都说。让喝水吃巧克力都摇头。他拉开三开柜门拿出个长毛绒小狗：爷爷送小松一个见面礼。接过去：谢谢爷爷！端详了一下：天下第一犬！他一听大喜，买对了。吴蔚说过这娃娃的偶像全是网上的游戏里的超人角色，还有变形金刚、奥特曼之类，隔一段时间换一个。家里也不养宠物，于是特意选定这只造型可爱的小狗，诱导他一下。果然成功，不觉生出些成就感来。

正和吴蔚讲闲话，忽听松爷哈哈大笑，一看趴在床上看手机，两只手乱挥乱舞，身子打滚。吴蔚喊了几声，哪里听得见。他乘机问：兹是哪样打扮？吴蔚说：哈利·波特。魔法学校的制服。哦！他点点头。这本小说流行的时候他找来读过，还有趣；第二部看半截觉得重复，就放下了。吴蔚说：有一回小松穿偶像装参加活动，回家舍不得换，要等他妈回来看，等来等去等睡着了。第二天他妈来叫他，掀开被子看见说：奥特曼起床啦！松气得大哭：变形金刚你认不出来吗！他说：小声点！吴蔚说：放心，你放开喉咙喊他都听不见的。过去拉松：起来和爷爷说说话呀。松坐起来：说什么呀？吴蔚道：你喜欢的都可以说。松问：你确定？确定。那好吧！松转身子向着他：你知道五大神器吗？他说：试试？松点头。他掰着手指：金箍棒、风火轮、乾坤圈、芭蕉扇、降魔杵。他说一样，松说一句不对。他认输；松揭秘：五大神器是创世之刃、灵魂战骨、死神镰刀、完美之斧、咸鱼。还说了五件神器归哪五位大神使用，他问：孙悟空打得赢这几位大神吗？松答：秒杀。看过《西游记》吗？四大名著都看过了。看得懂吗？怎么会看不懂。吴蔚解释，看的是图文童书。问：最喜欢《西游记》吧？答：最喜欢《水浒传》。他问：怎么，《西游记》不好看？松说：其实唐僧根本用不着去西天取经，叫孙悟空一个筋斗翻过去，刚好十万八千里，拿回来交给唐僧就行了。他连连点头：有道理有道理。松说：其实孙悟空本来没有毛的，石头会生毛吗？顶多脑袋上长一点青苔。他是后来杀死很多小猴子，吃了他们的毛，才长出毛来的。他道：有道理有道理！会背古诗吗？会呀！前不见古人，后不见来者……这是一个瞎子。他笑得呛咳起来：说得对说得对！听说你还会作诗？松说：我不会作诗，我们班王乐天会作诗。他问：能念一首来听听吗？松道：可以呀。"我儿不倒翁，三日留家中。我有难预感，愿他永平安。"吴蔚说：啥意思？听不懂。他说：兹个娃娃把一个不倒翁作儿子，大概有三天去爷爷家了没见着，担心它。默了一遍笑起来：老翁儿子九岁爹，真的是好诗。松说：王乐天的爸爸会写文言文。他说：怪不得。这时候小松急着回家了，他要给妈妈做一样最好吃的东西。他问：哟，你还会做吃的？松反问：是呀，不行吗？吴蔚说：松哥真会做。有一天晚上我们几个人在他妈妈家聊天，松悄没声地端出一盘油煎蛋饼放在我们面前，一句话不说，自己去睡觉。松说：我还会做红烧鸡腿。今天还要做豌豆、胡萝卜。他：真的？吴蔚说：他奶奶每年寒暑假在大理给朋友家小孩办耕读营，什么都学，背书、画画、茶道、棋道、柔道，还有劈柴生火、挖土、撒种、拔萝卜、拣菜，门门动手。一日不作，一日不食。他说：哟，了不起！这位奶奶应该另办一个营,教大人如何当父母。她说:真的哈!那天有个老同学带起姑娘来我家,考上重点大学,来告别。她这个姑娘优秀得很,又漂亮气质又好。我放一个苹果,一把水果刀在姑娘面前,就同她妈讲话。讲了半天,一看苹果没有动,以为她不爱吃苹果。她妈说,爱吃的,不会削皮。拿起刀给她削好递过去。

小松说:走吧走吧!吴蔚说:再跟爷爷玩玩嘛。松说:玩什么?吴蔚说:讲中子星怎么样?松就问:宇宙里面有黑洞对吧?如果你的飞机飞近它会怎么样?他说:会被"嗞儿"一下吸进黑洞里去吧?松问:那怎么办?他说:……那还真不晓得。松说:你绕开它呀!他点头:对对对,绕开它。再给爷爷作首诗就让你走。松说:我不会作诗。吴蔚说:你不是说,天空像大海……松说:不对!我是说晚上的天像海,有人把月亮扔在里面了。他说:这就是好诗。松摇手:爷爷拜拜!吴蔚一转身把小松碰了,他一跟斗倒在地上,眼睛闭起。吴蔚伸手去拉,睁开眼睛:一加一等于八。吴蔚问:啥意思呀?松道:我摔成傻瓜了。他笑得咳起嗽来:二天好当演员。吴蔚说:这是朋友圈的共识了,叫他表情包。他三四岁那些照片,衣服一换就变样,有的是得道高僧一脸庄严,有的是小沙弥种菜一本正经,有的是老大娘吃小鸡眉开眼笑,只有一张跟跟跄跄哭着追姐姐,还原成普通小孩。有一张背个双肩包望着一栋老房子,很苍凉的样子,网友配词:我也曾豪情万丈,归来却空空的行囊……忽然大叫一声:人呢?拔脚就冲出去。房门悄无声息推开,小松贴墙站着。他连忙大声把吴蔚喊回来。

两人迪迪笃笃去了,他发现那只长毛狗还在床上,赶紧拿起连喊带追:松爷!你忘记天下第一犬了!松不情不愿地接过去说:其实就是只普通的狗。

现在的娃娃太聪明。他对镜子说，老师多！家长、学校、社会、游戏机……到处都是老师，能不聪明？那位教娃娃事事动手的奶奶了不起。现在有兹种见识的家长太稀有了。他忽然来了兴致，发微信叫师弟过来陪他喝酒。

他欢喜看小孩。天天打开平板找有小孩的视频。那些不可思议的神童叫他吃惊：心算神速的、认万国国旗的、成语接龙的、弹钢琴拉提琴的，都像有特异功能似的。更好看的是混沌初开的奶娃娃，啄瞌睡、吃东西、做吃的、引线穿针，爷爷带的背起手弯腰驼背走路，奶奶带的一板一眼跳广场舞，都好看。奶娃娃混混沌沌更逗人爱：小胖子有滋有味地咂大脚指拇儿，双胞胎这个吮那个的手，多胞胎一个拉一个衣领列队进厨房进卫生间，百看不厌。动物视频也好看，把动物只有本能无智力的老观念彻底推翻。熊猫尤其好看，又贪玩又笨拙，动不动摔跟头，耍赖皮缠人，天生的喜剧演员，动物世界的卓别林。

有一天下午路过附近小区，广场里太阳正好，就进去坐在长椅上。正是幼儿园放学时候，一些娃娃跟着大人回家，一些还要玩一阵。三个小姑娘在滑旱冰：一个要大几岁，大步上坡，下滑旋转，很有点运动员的样子；两个小的小心翼翼，老远就向长椅伸出两只手来。一个男娃娃在朝天上扔小皮球，落下来稳稳接住。还有个刚会走路的，从缓坡高处跌着跟头往下走，一脸的又怕又喜，走到头又转身重来。有几个无缘无故地尖叫，拖着竹竿一样又长又细的身影飞跑，小鞋上红光绿光闪烁。两边长椅上坐几个爷爷奶奶，眼睛不离自家的娃娃。他一直坐到风力胜过太阳力才站起身回家。后来，只要太阳好，他都会去那里看娃娃放学。

师弟来了。进门就问：今天有喜事？他说：见了个好玩的娃娃。现而今的人太实际，听得涨耳朵的总是兹件事那问题，今天遇到个形而上的了。好久没有兹样开心了。

　　于是把松爷的逸闻趣事讲起来。第三件还没说，师弟就打岔了：真的现在娃娃个个聪明，年轻人更不得了！我那孙姑娘三天两头约起伙伴来家玩，叽叽喳喳一讲几个钟头。声音又脆，我蜷在小房间句句入耳。个个大学毕业，门门精通！在我看，开悍马、路虎、摩托车就了不得吧，听她们讲起才晓得还有捷豹、劳斯莱斯、沃尔沃。不光论牌子，还要讲款式。她们有个富二代同事开一台保时捷上下班，有人羡慕，她们说其实是最低的一款。名牌服装皮鞋包包要分 A 货 B 货。法国香水有几百种香型，哪种香得高贵哪种香得豪华哪种香得俗。有一个姑娘，官二代……他打断话头：最后选中哪个牌子哪一款呢？师弟笑起来：她几个不过是说来香香嘴过个干瘾。买？下辈子！他说：也不见得。女娃娃嘛，嫁个豪门就心想梦成了。师弟说：倒是这个理，不过也要看条件和运气。忽然笑起来：她们像是真有这么个盘算嘞……他伸手指指：去拿酒。酒是不错，下酒菜只有麻辣胡豆。师弟：我看一下冰箱有啥，再炒两个小菜。哟，山药果，好东西！

　　喝完酒，好脾气师弟乐呵呵去了。他微醺微醺的，想找人说说话。没有人。起身洗脸刷牙洗脚。想起有一次坐公交，正值下班放学，一路下的少上的多，挤得满满的，有一站上来两奶孙，小孙女大声说：我要坐座位！奶奶说：人多没有座位了。小孙女喊：我要坐座位！奶奶不吭声，她又喊：我要坐座位！奶奶生气了：你看哪里有座位嘛！小孙女大喊：我不管！你叫他们起来让我坐！另一回，他抓着横杆站在人丛里，面对车窗呼吸顺畅些，面前坐的一个男子在闭眼入睡，一只手揽着个五六岁的男孩。他发觉小男孩两次轻轻推男子，见男子睁眼就指指他，男子看看他又闭上眼睛。第三次，男孩悄声说：爸爸你不尊敬老人！他很感动,对男孩笑着点点头,赶快挤到另一个空隙去。

娃娃就像些晶明透亮的玻璃杯,小异大同;家长却是千种百样。他泡着脚想。一百个家长往自家那只玻璃杯里倒进自己选择的饮料,一百个儿女就大不相同了。现今还真是该办办成人学校,进行"三知"教育:好学为知,践行为仁,知耻为勇。我读的小学,校训是"教学做合一,知情意并重,智仁勇兼备"。现在像凤凰沈先生说的:多的是唯实唯利。

他想起旧俄一位谢作家的小说,说是良心被丢在路边,受众人践踏。先是一个醉汉稀里糊涂捡起它,然后又到酒店老板、警察局长、高利贷者手上。谁摊上它谁倒霉:强烈的自我审判,对罪孽的悔恨,还要用行动来赎补,受不了,偷偷塞给别人。被逐的良心在大千世界颠沛流离,在千万人那儿待过,但是没有人愿意收留,只想把它甩掉。最后它求人把它埋进一个小孩的胸膛,让小孩和良心一起成长。孩子长成大人,他心里的良心也会成为大的良心。那时候一切的虚伪、奸诈、强暴都会消失,一个强大的良心能够支配一切。他想,这跟大先生的"救救孩子"差不多意思吧?作家的美好愿望。网络流行语言说的:理想很丰满现实很骨感。有首歌咋唱的?小小少年,很少烦恼,眼望四周阳光照,但愿永远这样好;一年一年时间飞跑,小小少年在长高。随着年岁由小变大,他的烦恼增加了……兹人呀,长大了烦恼找上门来;不长大呢,成个憨憨,爹妈走了又靠哪个来养呢?

幸亏我无后。他幸灾乐祸起来。

《民国府志·社交》

一、平时酬酢。石城苗、汉异俗，客、土殊风，各族之间大多不相往来。男女界限极分明，汉族女性尤甚。汉族女性成年以后，不能随便在社会上抛头露面，行不与男子同路，坐不与男子同席。晋谒亲友，如无同性者在室，即不敢入门。

普通相见，大都行点首礼，如系生客而登堂拜访主人者，彼此必揖（女子则行敛衽）。客人入座后，主人款以烟茶。如系熟客，坐久则留食便饭；若系生客，须正式备饭招饮，或备筵席而请亲友作陪。

腊下宰猪或春首，多备酒饭或筵席宴会亲友，谓之"请杀猪饭"，或"请春客"。被请者亦多备酒饭或筵席以报，称为"还席"。

二、四时馈赠。农历端阳节，以粽子面条互相馈送；八月中秋节，以点心、月饼、石榴、梨子等相馈赠；年节则以粑粑、点心、猪肘、腌鸡、黄果、橘子等物相送：均系食品。

三、庆贺。除逢元旦彼此祝福外，凡遇人有婚嫁与生子、寿诞、迁居、建成、营业开市、考试中选以及其他可喜之事，俱应备办礼（或以食品、用品，或以对联、花炮、金钱）往贺。主家接受贺礼，则款以酒席，以示酬谢。

四、吊唁。闻亲友逝世，即备香烛纸钱前往丧主家吊唁，俗称之为"烧纸"，丧主确定出殡与大祭之期再讣告于亲友，闻讣者，于期前备办礼物（或以楮币，或以酒果，或以货财，或以诔文、诔联，或以酒席、祭幛）相馈，主家则赠以孝布或孝衣，并设宴相酬。至亲有以猪、羊下祭者。

除吊唁之外，遇亲友遭受灾害，如水火、疾病、牢狱、盗贼以及其他不幸之事，俱须备办礼物前往慰吊。受灾之家，是否收受礼物，听其自由；收受以后，亦只随意款待，无须正式酬谢。

你没有吃过"会酒",他对镜子说,搞笑得很。

"来会"是一种民间互助筹款的形式。某人需要用钱而手头不足,就邀几个亲友各人拿出一股供他使用;然后定期一集,归另一个人使用;直至每个人收支等量为止,称为"来会"。人数多少,股额大小,会期多长,利息计算,等等,由众人协商议定。发起人是首次得款者,以后就由摇骰子来定:每集一摇,得点子最多的得款,称为"摇会"。每次摇会聚餐一顿,称为"吃会酒",由摇胜者会账。

会酒既是窘急者为筹款而设,席面简单当然就不言而喻。而赴会的也是出钱的,无主客之分,下起筷子来当仁不让也就理所当然了。所以民间俗谚就以"吃会酒"来形容吃相粗野。还有个笑话:某甲傍晚吃会酒回家,半路把手上的"鲊包"[①]掉在地上,吃得太饱弯不下腰去捡。正在为难,对面走来一个女子,连忙开口:"请大嫂帮忙捡一下!"殊不知那是一个孕妇,以为他故意轻薄,骂了句:"你眼睛瞎了?"此人一看女人挺起个大肚子,赶紧连声道歉:"对不住对不住!不晓得大嫂也才吃会酒来!"

《饮馔志稿》(潘玉陶撰)

据考,石城至清末有面馆无饭馆,民国初年始出现饭馆。厨师分为面、饭两大系统。面馆制作单一,专攻易精;饭馆则须烹调多样,要求较高。旧时面馆和粮食行业供奉"雷祖"(即雷神);

[①]地方习俗,主人在酒席后把各种食物打包起来,让客人带走以表情谊,叫"鲊包"。——编者注

饭馆供奉"詹祖"(一位被某皇错杀后追封的宫廷厨师)。饭馆又分"餐堂""兰堂"两系。餐堂即随堂小炒,服务一般市民;兰堂承包酒席,由师傅自带家私和预制拼盘上门操作,服务上层人家。清末石城兰堂出了一位出类拔萃的赵姓厨师,技艺精湛,蒸、炒、溜、炸、酥无门不精,众多徒子徒孙尊之为祖师爷。祖师爷姓名失传,只知绰号"赵大花脸"。民国初年,赵厨收了三位关门弟子:李兰亭、郑春亭、龙海云。其中李兰亭最为出色,郑春亭次之,龙海云徒有虚名;民间有"要吃口味李兰亭,要吃干净郑春亭,糊里糊拉龙海云"的顺口溜。地方官员、富商缙绅应酬多召李兰亭,生意兴隆,逐渐殷富。遂在大同路斜阳巷买地建"走马转角楼",承包酒席场面。他喜好川戏,雇了一班川剧子弟来家,一为满足戏瘾,二为从见多识广的伶人们谈论饮馔见闻得到助益。为适应上层社会讲阔气比排场风气,他斥资购置大批精美餐具,铜锡制品、名窑瓷器,数量之多,档次之高,省城也绝无仅有。一桌席面的象牙筷重约一斤,上门服务时,徒弟担船箩在前,师父挟白布包象牙筷在后。每逢寿庆喜宴,斜阳巷轿子成行。李兰亭因之渐成一方人物,人称"李二太爷",甚至一言可动官府。传说有一懵懂青年,言行吊儿郎当,因小隙得罪军阀,竟要处斩。身背斩条游街示众三日,在东街大同路口邂逅李兰亭,双膝跪地求救,李兰亭问明缘由,惊怒不平,应允相助。经他游说斡旋,青年终于得赦,只挨了一次"陪杀场"。后来这位青年发愤立志,闯荡江湖,成为家乡京果业头面人物。

民国初年军阀连年混战,军费依靠鸦片"特税";石城周围一些胆大机巧的乡间人士从事鸦片经营发迹致富,跻身社会上层。他们起居奢侈,出手阔绰,但未经文化涵养,时有突兀之举。民间称之为"土老肥"。一次,李兰亭主厨商家宴会,有一道鸡汤鸽蛋照例每客一枚。一位客人不知,把稍迟入席者的那一枚也舀来吃了。端菜小徒弟多嘴,到厨房说给师父。李兰亭顺口说了句"乡巴佬没有见过世面"。不想此话传至他们耳中,视为耻辱,商议从此再不照顾李兰亭生意以示惩罚,但又苦于无有能够取代者。后杨云安想出一计,资助郑春亭之子郑干臣在南街办起天顺园饭馆与李兰亭对峙。在商界着意照顾下,市民婚丧筵席也日渐增多,几年之间成为石城餐馆首席,郑干臣也成为"郑四爷";斜阳巷李兰亭则迅速没落,真成了黄昏夕照。民间谓为"风顺只需几桡板,背湿(时)不须几瓜瓢。"

然而李兰亭和郑春亭同门之情不减,李兰亭也有海量,赞赏师侄之青出于蓝,索性把整套餐具转让给天顺园,收了自家馆子,唱川戏泡茶馆,优游以终天年。

对祖师爷我爹另有说法,他对镜子说,爹说厨行祖师爷原先供的是易牙。这易牙是春秋时候齐桓公的宠臣,擅长调味,专门做好吃的巴结主子。有一回齐桓公说了句"吾尽尝天下之味,唯蒸婴儿之味未尝",易牙居然把亲生儿子杀了煨汤给主子吃。后来桓公死了,诸子争立,他又兴风作浪,引发大乱。后来厨行有明白人说,这样丧尽天良的马屁精,奉他为祖师爷对我们是天大的侮辱,不认!

后来不光是躲躲警报了,他对镜子说,真的血光之灾临头了!消息传来,日本兵从广西进了独山。独山是贵州的南大门。石城福地的人也要学下江人逃难了。大十字出现好多捆起铺笼被盖锅瓢碗盏的马车板车鸡公车,北门的朝南门跑,南门的朝北门跑,逃向有亲友关系的乡下。兹是自古以来老百姓"跑反"的传统。你舅妈也带起你们去郭家屯躲避。才住下几天,说是那支日本兵又退回广西去了,我们又转回城来。再过半把年,热天尾巴,忽然说日本鬼子投降了。街上挤满人,兹头那头放炮仗,放多少年没得放过的烟火架。接着内迁机关学院陆续复员,下江人纷纷动身回家乡。忽然之间热闹起来的石城忽然之间又冷清了。后来,你爹也得了假期亲自接你,和你舅舅一家人亲亲热热聚了几天。

你爹一身呢子军装,肩章和纽子金晃晃的,斜皮带,小手枪。非常之英俊威武。他也喜欢我,夸我做的菜好吃。有一回他拿出左轮手枪,转出装了子弹的几个洞洞给我和你表弟看,叫我们各开一枪。我们哪里敢!他就伸直膀子瞄准花园,手指头勾住枪舌头。你表弟马上蒙耳朵;我不好意思蒙耳朵,心咚咚跳。他手指头一扣,咔的一小声。原来枪没有开保险。他看着我们开怀大笑。

那几天,你一下巴不得快快跟你爹回上海,一下又说要跟舅舅舅妈表妹表弟们在石城。临走那天,又哭又笑地跟着你爹去了。婵嬢叹气说,还真舍不得这个娇娇!你表妹们也眼泪汪汪的。你舅舅说了一句"天下无不散的筵席"就进屋去了。

想不到四年过后你又来了。大学生了。女大十八变,打扮又洋气。我和小冬姐刘大哥在厨房外面的草坪边欢迎你,你远远地喊了小冬姐刘大哥,瞟都不瞟我一眼。我不敢打招呼,鞠了个躬。你忽然转过脑壳来恍然大悟:老三呀!小赤佬长大了!认不得了!走过来伸手就送我胸口一锭子。

兹回你是来过暑假的。说是在上海常常想念石城的吃食,尤其是过街调。这回来了要吃个够。

神仙也算不到,你兹一来就是一辈子。

《民国府志·氏族变迁》

　　石城地方原为土著聚居，自楚顷襄王使将军庄蹻溯沅水出且兰以伐夜郎以后，始有汉族足迹。汉武时开西南，讨平且兰；此后历晋、隋、唐、宋、元诸朝，或置郡，或置州，或置路，以资统治。既曰讨，必以兵；既曰置，必以官：兵、官自非汉人莫属。是则历代汉族之往来于其间者必非少数。然此等汉人，多视石城如逆旅，公毕即返中土；少数留居者亦以形单势孤，习俗移人，久即与土著同化。故石城氏族者，鲜知有明以前之汉人。迨至明洪武时，为长治久安计，徙江南巨族号称二十万入云、贵两省，是为今日云、贵两省诸氏族之始祖。石城各氏族始祖如夏官屯张氏之张义，石板房王氏之王大禄、王大绶，交椅王氏之王家，幺铺陈氏之陈再兴等皆是。

　　其有在明洪武以后入黔省者自另成宗派，成为某姓某派之始祖，而不与洪武时因调北填南或征南而来之氏族同宗共派，盖入黔时期先后既不同，原籍又各异。如平原黄氏之始祖黄占魁系于明正德间由湖南浏阳迁来，当不与旧州黄氏同宗；欢喜岭陈氏之始祖陈滚系于明弘治时由湖北石首迁来，当不与幺铺陈氏或绍寨陈氏同宗是也。其余可以类推。

　　我头一回去象园是跟我爹去的。你舅舅要请一桌客，约我爹去做。爹头天晚上去见婵嬢，定下菜谱，把随身带去的菜刀铁瓢留下，告辞回家。胳肢窝夹起白布包的菜刀铁瓢去，谈妥以后留在主人家是行规，相当于签了约。

　　第二天起个大早，我拎起大提篮跟在爹后面去菜市备料。我一路打大呵欠，打出声音来。北校场吹号了，嘟嘟嘟飘过来，爹跟着那调子唱："死猪起床！起床死猪！天麻麻亮！"人家吹完号了，他就唱川戏："出庄来（呀）——夜——黄——（啰）昏——"

  走到场坝，菜摊子还没得摆齐，到处是菜农送菜的担子。爹两只手反背起，一挑菜一挑菜看。乡下人现割现送的菜新鲜，又替主人家减省二贩手的加价。菜贩子们不冷不热地和爹打招呼，生疏点的、年纪小的喊"王师来了"；熟悉点、年长点的喊绰号：王二戥子又来赶早市啦！随便一样菜，哪怕葱葱蒜蒜，爹都要货比三家，选顶鲜嫩的。讨价还价也认真，总要来去几个回合才成交。斤两分量那更是锱铢必究。有一回手伸进鸡笼摸一阵，拎出一只金红公鸡，鸡贩子提起秤杆，爹说不消称，四斤八两。鸡贩子说，我倒不信你真的是戥子！打个赌？爹说打就打嘛。一上秤四斤九两。爹说，如何？这只鸡归我！鸡贩子说，戥子争一两差大喽！爹在菜市有个外号：戥子。菜场熟人见他爱喊王二戥子。戥子是称金银参茸的小秤，牛骨杆子甚至象牙杆子，争钱争分，比秤精确得多。人说就是做个菜嘛，何至于这样精较。爹说，隔行隔山你不懂！炒菜哪个不会，奥妙几人晓得！差之毫厘失之千里晓得不？

  材料买齐，爹挽起满当当的大提篮，我倒提起金红公鸡跟后面。爹说我跟他上菜市，不要带嘴巴，手带不带不紧要，要紧的是带眼睛耳朵，看明白了听清楚了。红案红案，买占一半。等于是对我现场教学吧。

  到了婵嬢家，从后门进园子，爹去上房请女主人过目认可，报费用；我去厨房等。两个大灶眼，平素不用的那眼也烧得红红的了。爹拎菜进来开始料理，指挥小冬姐择菜洗菜，自己动手杀鸡砍肉剔骨头拣香菌，一个灶眼大鼎罐，装起鸡骨架、猪肋巴、黄豆芽、洗去辣椒的榨菜熬高汤；一个灶眼坐起大蒸笼，蒸腊肉、香肠、血豆腐、粉蒸排骨、盐菜肉糯米饭。鼎罐蒸笼安顿好了，坐下来切菜。转眼案板上摆开两排码好待下锅的碟子：红椒绿椒、韭黄茭白、金黄的虾仁焦黄的鱿鱼丝、透红的火腿透黑的香菌、银闪闪的竹荪、黑沉沉的玫瑰大头菜、红的绿的山柳蕨。

他手不闲嘴也不闲，哼川戏还带帮腔打锣鼓：更阑尽，夜色哀，月光如水照楼台哪呀——咿——啊啊啊——月光如水照楼台，透出了凄凉一派！唱半句端盘子中断了，放下盘子接到唱。透出了凄（起身端盘子）……凉一派。答答——苔（放盘子）。小冬姐哧哧笑，爹睒她一眼。爱听？爱听就接到唱嘛！不该不该大不该，王魁做事大不才！住口不唱了，说是下面要出鬼，这个样子：眼睛珠直起。身段子僵起。腿弯弯硬起。两根长袖子拖起。耳朵边吊一绺纸钱。在台上飘过来——飘过去——小冬姐怔怔听着；爹忽然车过冷脸朝她一看，吓得小冬姐大叫一声跳起来冲出去。爹喊转来转来——小冬姐又转来接着拣菜。爹拿个圆萝卜几刀削成个耳朵贴背上的兔儿递给她：带回家送娃娃玩。切下的碎萝卜叫我吃干净，生消熟补，好东西莫糟蹋。我谨守爹的吩咐，跟脚狗一样围到他转，不错眼地看他的一举一动。他时常手里炒嘴里考：该下哪样了？起得锅了不？炒鸡丁，抓一撮油渣撒进灶心喷明火，油锅大火熊熊，爹叫我注意动几铁瓢起锅。喷醋尤其要紧。记住不要朝灶孔泼水喷明火，伤腿，老来才晓得后患无穷。我听多了看多了，相信爹成为通城公认的"红案第一份儿"不是侥幸白捡的。

爹办的席总要受称赞，主家就要把爹叫出来见见客人。爹恭恭敬敬抱拳作揖，抿起嘴不说话。客散席撤，小冬姐把剩菜回锅热了给我们开饭。爹坐在一边，掏出短烟袋皮烟盒细细裹根叶子烟，吧吧咂，吐一蓬先青后白的烟。端起大洋瓷缸喝一口泡了好久的酽茶。这个奶黄色的大茶缸瓷特别厚，说是瑞士国出产的东西。先生的朋友送的，后来婵孃碰到地上掉了一块瓷。有一回爹来办席，婵孃拿它在厨房泡茶，我爹夸它肥厚，婵孃就要送他。老爹死活不肯接，就每次来都用它泡茶喝。我们忙半天饿了吃得很香，爹只胡乱扒一碗茶泡饭，拣着素炒菜凉拌菜下几筷子。说是油烟吃够了不想油荤。不办席的日子在家吃饭，都是我妈做，他看都不看，一进嘴就夸好吃。我怀疑他是故意说给我妈听的，有一回挽起大菜篮跟他去赶早市，想起来问他，他说咋不是真话，酒席手艺好比过年，居家小菜饭好比过平常日子：三百六十五天过一回年热闹好玩，天天过年那要烦死人。居家小菜饭吃不厌就真是好手艺；酒席好不好只吃一顿。老辈人说得好，一年只能过一回年，天天过年就没得味道了。其实百事都是兹个道理。

有一回他几个师兄弟来家扯闲话，话碰话地争起川戏京戏哪个高哪个低来。有位师伯认为京戏堂皇川戏乡气，爹说不然不然大不然，光凭锣鼓点子就晓得川戏富贵京戏寒酸。那师伯不肯信，爹说：听好了，京戏小生一出来，"吃的是汤——！吃的是汤——！穿的层层一层层！层层一层层——！"川戏生角出来呢，"兜兜钱！兜兜钱！兜起兜兜钱！兜起兜兜一兜红铜钱！"逗得那些师伯师叔笑岔气。

现在的老年人，你教育我，我提醒你：第一要心态好！心态好延年益寿。我爹一个小厨子，不争名不争利，一天乐呵呵，心态最好，咋就只有那点寿元呢！

他是在华严洞小河沟给人氹死的。

你常讲，你爹疼你不如你舅舅舅妈。你爹那是身不由己莫奈何。

你舅舅我喊先生。通城喊他先生。他一早起来先临帖写字，临《集王圣教序》和《郑文公碑》；写完字下楼浇几个院子的花，要施肥就和挑水刘大哥一起抬粪桶。完了才洗脸刷牙过早。过完早出去办公事。中午回家吃饭，下午又去办公事。晚饭要是外面没有应酬就在家吃，吃完还要去号上理事，九点过钟才回家洗漱睡觉。他爱吃素茄子、冬寒菜、豆花、老瓜焖饭、豇豆焖饭，都是从小吃惯的四川农村口味。你晓得他事多。号上，公司，银行，商会。号上是两个：他和沈二爷主持泰丰字号，同雷大爷主持新业公司。两处他占的都是小股，主要是靠他处事的能力。商会事务最繁杂，但凡用钱的事，县政府就找商会，商会出面把大小商家召拢来凑钱。大商号多认，小店铺少认。大到修桥补路迎送军队，小到打扫街巷，施棺济贫，稳定盐价，都是商会出头。

有一年南街失火，县里没有消防队，小火烧成大火，损失非常之惨重。先生就召拢商家开会，凑钱买水肠、抽水机，各店家派年轻店员组成救火队，从省城请专业人员来培训。那些店员戴起白头盔就变样了，英俊了，气派了，娘老子都认他们不出。据传有个店员追一位女学生，人家瞧不上；占优势的是一位有点娘娘腔的银行职员。有一天放学姑娘碰见店员戴起白盔盔训练救火，英姿飒爽的，另眼相看了，终成眷属。石城商号采用新式会计簿记，废除旧式流水账，也是先生主持的。先是借中学的教室开班，临近结业的时候教室不能用了，就搬到自家院子来上课。我们在厨房做十几个人的伙食，一连做了两个星期。这批学员后来是商界会计的主力。石城商会从民国初年就有，下设头十个行业分会，旧式大家庭式的管理，随意性大，一议事就扯皮。先生做理事长开始立规矩定制度，井井有条，工作效率有较大改观。前些年档案局清理民国档案，发现两套非常之完整的商业档案，一套县商会的，一套新业公司的；都是你舅舅主持的。去年一个外地大学课题组偶然听见这件事，专门来借看，非常之惊喜，说他们跑了好多省份，像兹样完整的民国档案非常之稀有，非常之有价值。

转去就把商会档案出版了。新业公司是你舅舅和魏公创办的完全现代的股份公司，在好些省市有分庄，专做地方特产的交流。先生是总经理。

新业公司和泰丰字号都是在你第二次回石城那年解散的。那年腊月尾，泰丰字号各分庄经理陆续回总号，上海庄、广州庄、香港庄、昆明庄、百色庄、长沙庄、梧州庄，个头高的高矮的矮，身材胖的胖瘦的瘦，衣服深的深浅的浅，一律棉布长衫，貌不惊人，智慧超群。东大街两排店铺的先生向店员学徒一一指点他们的姓名身份，惊叹各路诸侯齐聚朝廷过团圆年，前所未有。不料竟是散伙前的最后晚餐。不多久，沈二爷就全家移居香港，事业交给二公子，两老安度晚年；那位二公子是上海大学学金融的，会讲英语，志大才疏，哪里晓得上海滩那些拆白党的套子陷阱，听那些人怂恿搞金融股票，有去无回。幸得上海庄倪经理稳健，把财政劈给他三成，各行其是，他虽亏光了，也没伤及根本。后来又跟一个党棍争交际花，被扣了顶汉奸帽子坐牢，花了大把银子才捞出来。等到字号结束，迁居香港，家财交他经营，依然故我，两三年就败光了。多年以后韦公的儿子从美国留学毕业到香港招商局做事，听人讲起，说沈二爷带到香港的家财，当年可以买一条街。五四年省里想劝说他把资金转回来建设新中国，先生受命去广州和二公子商谈，他才据实相告，已然破产了。先生邀他回来走走看看新气象，他说了一句无颜见江东父老。兹位沈二公子我见过，白白胖胖的赶他母亲，上海人打扮，西装皮鞋飞机头。大公子清瘦赶爹，少言寡语也赶爹。做贵阳庄经理，商界评他是守成有余开拓不足；二公子则相反。后来大公子得病早故无法守成；二公子开拓有余就把家产开销了。沈家两老哪年故世说法不一，只听说晚景很寂寞。有一年想念家乡的嫩蕨菜，带信回来，族人买了几束用红丝线扎起带去。

有个地方文史学者写的文章说，沈二爷在师从盛公的时候，同少当家发生见解分歧，盛公支持徒弟不支持儿子，投资他另立门户获得成功；到他晚年历史重演，儿子同大徒弟意见分歧，他支持儿子不支持徒弟，导致彻底失败。其实二公子在上海时期就已经充分显露了纸上谈兵、轻信上当的天赋。亏得上海庄倪经理处理得当，没有伤元气。盛先生是个大胖子，心思缜密，处事谨慎。不到六十岁因为高血压从省城烟厂退休。生活很拮据，为买一种便宜实惠的青茶末，要从北城慢慢走到南城，顺便去你舅舅家叙叙。他嗜油荤，进面馆吃牛肉面先嘱咐油重，面端来还自己端去厨房加油；你舅妈每逢做点好吃的都要叫你小表弟去请他来共享。

你舅舅一天事繁心不闲，在家话不多，和颜悦色，从不见他冒火发脾气。我们都非常之敬畏他，有事只找婵孃。家务事完全是你舅妈做主。有一回婵孃的寡嫂家失盗，地方小报烂记者乘机放暗箭，说失主的亲戚即十二年前从四川扛根扁担进石城的钜商某某。好多人愤愤不平，约起来商量对策，有人主张找主编说理，有人主张写文章反驳，有人主张诉诸法律。先生耐心听完之后说：最好是不理他就完了。他说我是扛根扁担来的，无非是说我穷，当年我虽然没有扛扁担，穷是真的，一个店员当然穷嘛。若果他说我偷人抢人，我可以告他；说我穷不算个事。他兹样一说，那个烂记者想引出大新闻的算盘也就落空了。

有一天婵孃把我叫到上房安排明天有客人的事。我经过楼下那间书房，忍不住停脚探脑壳瞄那些书柜。婵孃在楼梯上看见说，进去看嘛！我就进去隔玻璃一格一格瞄。婵孃伸手打开书柜的折叠玻璃门，还说想看哪本自管拿回去看。我大着胆子取下一本《水浒传》。开了这个头，以后我就自己找书柜里的书来读。婵孃告诉我，先生祖上是重庆一个耕读之家，爷爷是贡生，父亲虽中了举人，没等到考进士朝廷就废了科举，只得学做小贩，跑单帮赶乡场，养活妻儿和两个弟弟。身子单薄不禁累，四十多岁就病死了，丢下一儿一女。那年先生十四岁，还在族里的私塾读书，家庭担子落到肩膀上，就跟着三叔步行到遵义当学徒。半路上三太爷还把带在身边的女儿卖到了养龙司。先生在盐号做学徒，诚信干练吃得苦，满师升店员，能独当一面，很得老板的器重。后来经一位很有身份的前辈推荐给他的好朋友——石城做大生意的沈二爷，兹样一步一步走过来。有一回吃饭，凉拌豆丝盐味不够，我去厨房拿盐罐来加。他想起说，他小时候盐巴是拿麻线吊在灶上面，锅里头水开了，拎起盐巴涮三转，多一转都舍不得。

婵嬢说先生走经商这条路是不得已，他想的还是做读书人。所以置这些书，天天临帖，在花园石鱼缸上刻"淡泊明志，宁静致远"八个字自警。他的书你尽管看，只要不弄脏，不染油烟气。他爱干净。书柜里头有好多和我无关的书，什么《中国医学大辞典》《中国人名大辞典》《六法全书》，我心想跟先生也无关，备而不用就是了。有书名很怪，叫《巢经》《巢集》，一函几大本；几十年以后才知道作者郑子尹先生是我们贵州的第一流大学者大诗人。《东方杂志》又大又厚，我翻过两三本，多数是说些严肃枯燥的大问题；但也能发现好看的文章，比如程砚秋考察欧洲戏剧的连载就好看。他讲在巴黎看一个戏，骑马的人上场，前面捆个木马脑壳，后面捆个木马屁股，又丑又笨又妨碍演员动作，倒不如我们一根马鞭潇洒灵活；他们的神仙下凡坐一架笨重的车从上面"嘎嘎嘎"吊下来，也不如我们一把云帚就交代了。

我最用得着的是一大套商务印书馆的乙种本"万有文库"，小本小本的一两百种，哪方面的内容都有。我先后看过挪威、丹麦、波兰的小说，叶圣陶选编的苏辛词、周姜词、纳兰词，梁启超评点的《桃花扇》，等等。记得有一篇挪威小说，某个村庄外面有个山洞，藏着死亡的秘密。每一代村民中总有一个好奇不怕冒险的钻进去，想破解死亡之谜；可是只有进去的没有出来的。到了这一辈人，到底出了一个进洞去又出洞来的！村民们一窝蜂跑去围到他想知道洞里的秘密，只见他非常之激动，手舞足蹈，目光炯炯，但是嘴里只发出哇啦哇啦的声音，哑了。还有一篇《伊凡的烦恼》，俄国的，说是因人口过剩不堪重负，这位伊凡提出一个对全国人口实施优胜劣汰的方案，得到政府批准并委任他负责执行。从此他夜以继日审查国民档案，对当汰的劣者判死刑，留下优者继续活。开始他兴致勃勃，精力弥满；后来砍头渐多，心力交瘁，神经衰弱，他渐渐开始怀疑起自己的判断来：被处死的真该死？留下的真该活？方案完成以后的世界会是什么样？后来连自己这个执行者该留该汰也说不清了。最后的最后是伊凡选择自杀。这两篇小说，现在想起来好像还有点嚼头。有一部《比较文学史》，傅东华译的，上中下三册，我觉得这书名太怪，只听见过比较重要、比较简单，没得听见过比较文学的，啥意思呢？还有好些书名记不得了，反正碰到合心的地方就抄。白纸订的本子抄了二十多本。

打扫先生临帖的起坐间，我就翻看他那些碑帖画册。字帖多数是商务印书馆印的，青山农写的隶书签条非常之好看。国画多数是艺苑真赏社的珂罗版印刷品，很细致，但是只有黑白两色，在当时就算是顶尖的了。我欢喜看写意的米点山水、八大的减笔山水；特别欢喜看书画上的印章，所以我学刻图章比学写字在先。

后来先生听说我爱看他柜子里头的书，很高兴，把"万有文库"附赠的一个储蓄盒奖励我。这只盒子是铜的，样子做成一本洋装书，封皮封脊是枣红色印凸纹图案的皮子，三面书页黄灿灿的像那种金书边的《圣经》。有一头开个投镍币毫子的缝，正面有暗锁，插起一把小钥匙。打开锁里面有两枚洋毫子，一大一小，小的一个是波浪边。这个小箱箱是我这辈子得过的最珍贵的玩意儿。睡觉放枕头边，白天想起就看一眼。

　　款句大话不怕你见笑：先生的这柜子书和中学的图书馆，我受用了一辈子。我靠这些书脱了胎换了骨。你不晓得我有个外号叫作斯文幺师。餐饮业北方叫勤行，川黔叫幺师。手艺人贱称工匠；木匠、铁匠、泥水匠，尊称师傅，木匠师傅、铁匠师傅、泥水匠师傅。饮食行排老幺，就尊称幺师。我们也服气不埋怨。木活、铁活、泥水活都是专工，行外人干不了；独有做饭炒菜人人会，排末位不亏。后来合营改国营，我因为能提笔，调到公司坐办公室填表格写总结。他们只晓得我能写公文，不晓得我喜欢文学；闲书只能下班回家看，带到办公室就是不务正业，要挨批评。办公室坐多了，锅灶就丢生了，成了棉花匠的姑娘会弹（谈）不会纺。后来恢复高考，我又读了个成人高考中文专业，说白了就是读一张大专文凭。那些课程我早八百年读过，补习班老师里除了教古代汉语的顾老师，没有一个我佩服的。我敢说我读的书比这些照本宣科的老师读的多。

《民国府志·简易初等小学堂·简易识字学塾》

　　光绪末年劝学所总董柳惠希见私塾普遍，而课程陈旧，欲加改良，着手办理一年，当选咨议局议员去职。黄元操接任，继续进行，除以劝学员巡回劝导各塾增加新课外，并由府、县合设简易初等小学堂八所，规定教授课程为经学、修身、国文、算学、体操五科。学校经费由教员自行酌收学生学费。入校学生并由劝学所每人补助银五钱。八所简易学堂学生总数不过三百人。

劝学所总董黄元操为适应失学成人及幼童之需要,又于宣统三年筹办简易识字学塾十二所,教学时间为每日下午六至七时,功课为国文、国民道德、珠算三科。前两科教师以师范传习所毕业生充任;珠算则延请商号之司账者任之。

此种识字学塾最受群众欢迎:一、不纳学费,不买课本;二、授课时间不碍生计;三、不限年龄。

正开办间,武汉首义,贵阳响应,帝退位,遂告中止。

我们那时候国弱民穷,样样东西都金贵。一个针线簸簸传几代人;娃娃大年初一才穿一件不打补疤的衣服。玩具自己动手做,砍圪螺、扎风筝、扭铁环、粘风车、做水枪、削竹蜻蜓,和同伴比有自豪感,玩起来有成就感,收起来有富足感。现在的娃娃三天两头买玩具,再昂贵精致豪华也不当回事,堆一屋子不玩重复的。过于幸福了。过之犹不及,不容易有幸福感了。

这只储蓄盒现在就在三开柜里头。"封面"黑黢黢了,三道铜边黑黢黢了,锁打不开了。有时候想起摇一摇还会哗哗响。不晓得里面那两枚小镍币是不是也黑黢黢了。

档案袋旧文《民间玩具》

我想起那些传统的民间玩具。它们简单而巧妙,价廉而隽永,古朴中透露出高明的美学趣味。

芸豆大小一丸胶泥,对称地插上两小片染成五色的绒鸡毛;

四只一串用小竹弓穿起来，弓弦是三根马尾毛松松绞成。你把竹弓立起来，这小玩意儿便因重力而下降，因弦扭曲而滞涩，活脱脱就是四只小蜜蜂在蜂翼扑闪、款款下降。降到弓底，你把竹弓再倒过来，它们又闪闪地开始降落。那效果，真能与白石老人用水墨在生宣纸上晕出的蜂儿异曲同工。

通身蜂窝眼的"翻花"，不过一张彩色薄纸粘贴而成罢了。但你捏着那两根竹签，像拉手风琴那么伸展闭合，就能变出些悦目的形象，拉长是条五彩斑斓的小龙，卷一下成了张开的蚌壳中含着一粒大珍珠。轻轻一触，化成彩盘里叠着两枚彩球。再一碰，小球垒到了三只……它能把一个傻呵呵的小孩刹那间变成高明的魔术师。

竹蜻蜓，七巧板，九连环，竹节蛇，纸蜈蚣，水枪，射纸弹的竹枪……不能不叹服民间大师们的慧思巧手，匠心独运！

小侄女的玩具，在床下堆了满满一大箱。喷气式客机、小汽车、宇宙飞船、救火车……全是惯性型，手一推就凄厉地叫着往前冲。还有喷火的手枪、冲锋枪、机关枪，会开闭眼的洋囡囡……都很神气、昂贵，甚至豪华。但它们总使人觉得构思单调，缺乏想象力，造型呆板，对实物那份亦步亦趋的模仿，令人想起那句带刺的成语：东施效颦。往百货公司玩具柜前一站，五光十色，但哪一种能像竹节蛇那样简单而又活灵活现，像九连环那样引人聚精会神、久而忘倦，像泥塑那样面貌传神，像面人儿那样刻画入微、气韵生动？那些简朴、大胆、启迪智慧、陶冶心灵的民间玩具，妙不可言！

走廊一阵响，吴蔚带着个年轻男子进来，说是一个好朋友的侄儿，爱读书，有些想法想登门请教。说完在客人背后做个怪相，伸伸舌头，咚咚咚开溜了。等他回过神来，已面临一主一客的尴尬局面。见鬼！他想，今天要孤军奋战。

　　他最怕接待不速之客。信息社会，百家争鸣，人人有一套，切忌好为人师。但既已躲之不脱，只好连声请坐。其实客人已经把他常坐的转椅车（转）过来坐下了。他慢慢洗杯子舀茶叶冲水奉递，一边偷眼观察客人。看上去三十出头，眉眼清秀，一副黑框大眼镜遮了半边脸。头发乱乱的有点冲冠之态。两条腿叠起不住抖，两只眼睛四面打量。那眼光非常之惊悸。他以为是墙上出现了蝎子蝙蝠之类异物，赶快扫视一番，还好没有。刚刚安顿好坐下来，客人马上开始说话，好像已经等得不耐烦。嗓子尖细，说话飞快，字追字句撵句，像砸过来一簇又一簇水晶葡萄。足足刻把钟不见断线，那杯客茶从很烫到冰冷没碰一下。他一面听一面喝茶一面从葡萄丛里理头绪想对策。

　　慢慢听出头路来，这是一位怀才不遇一肚皮牢骚的才子。他已经炒了三个老板，还在寻找可以实现自我价值的平台。炒掉的三个老板，两个体制内一个体制外。一个不学无术的居然敢提笔改动他写的文字，通的改不通，顺的改不顺。另一个不学无术的居然拿他当陪衬物，一有机会就贬低他显示自己高明。第三个小小副处级，函授本科，不学无术还一天拿腔拿调，动不动"我只要结果不听过程"！实在忍无可忍！客人脸色发青，手指发抖。他赶快指指茶杯，客人勉强端起来。他逮住空隙问：眼下呢？那位把杯子放回去，说是正在一个文化单位上班。他点点头：那就比较对口，可以发挥专长。客人叫起屈来：日子更难过。又开始抛葡萄。听出来这差事是他一个老同学介绍得来的，老同学是这个单位三把手的秘书。

最叫人崩溃的还不是那个三把手，客人说，而是这个老同学。堂堂研究生，给一个不学无术的奇葩当秘书，还一副心悦诚服俯首帖耳的姿态。而且这个奇葩是难得一见的珍稀品种。学历倒是本科，不过也非名校。两次主动申请进藏，因为藏区工作艰苦有升级奖励。他驻藏六年虽有休假和出差机会，但没有探一次亲进一次家门，为此离婚而无悔。回内地后继续因公忘私，为此再次离婚而无悔。他以对原则问题决不含糊为底线，以对一切人实行纪检为己任，事无巨细，凡不符合原则者一律抵制之，不惮对面驳难，勤于往上反映。曾经惊动上级派出调查组入驻半月，发现他举报的问题都属于事出有因查无实据。过一段时间他又举报，上级只好又依法派人调查。全单位都烦了他，上级主管也烦了他；无奈他无私无畏，屡败屡战，都拿他莫奈何，赢得个"无解方程"的绰号。他痛斥起各种不良现象来，会激动得胡儿眼泪双双落……客人讲到这里，发现主人嘴角带笑，迟疑停嘴。主人端起茶杯连声说，请讲请讲！心里想起那位天下首席毒舌钱先生的话：

奸泣同妓，妓泣即奸。

其实，客人说，他管不到我，我也不会去睬他；只是看我那位老同学看不下去！你是给机关部门做秘书，又不是给他当打工仔；一开会，夹个皮包尾在背后，见他坐下就掏保温杯讲话稿。以前还要掏香烟划火柴，现在开会不准才不掏了。还要坐在他旁边看他念稿纸，怕他脱行念白字。前几天我上卫生间出来，顺便进他办公室聊两句，三把手走进来，要车去一个市属县出差。这个单位有两部车，一把手用了一部；另一部有车无司机，司机生病刚出院。秘书老同学说可以找一个代驾，他说，那不行，没有这条制度！那位说那就约个专车，他说，有报销这笔的制度吗？那位说，不要紧秘书长！我出代驾费。他来气了：我出公差你掏腰包，当我什么人！那位差点要哭了：那你说咋办吧？我蹬单车去，他说。我在旁边想，几十公里蹬单车出公差，想制造先进事迹吧。他两个研究来研究去，最后是叫出院回家的司机来执行任务……我实在忍无可忍了！

他逮住一个空隙：那你的想法是……客人道：我正在写一部长篇小说，构思七八年了！想找一个业余时间多的工作，工资不求多，能够维持生活，保证写作不分心就行。打欠条暂借，书出版以后用版税或者卖拍摄权来归还，都行。他问：小说是写哪样题材的？客答：写武夷山，我在武夷山住了半个月舍不得离开，风景太壮丽了！他问：你熟悉那里的生活？客人说：啊，你老误会了。我的小说没有人物没有情节的。他惊问：啊？小说有这样写的？客人说：所以才值得写呀！

他找不出话讲，又请客人喝茶。客人端端杯子又放下。他试着开口：恐怕你对我的情况不够清楚，我是小学文化，最不学无术的……客人抬抬手：你老误会了。你的学历我知道。我向来是乐于请教的。我是冲着你几十年阅历来的。我面临实现人生价值的关口，产生一些困惑，想听听你的见解……他一听来意如此严重，吓得坐直身子，连声说不敢当不敢当。但客人热切地看着他，那眼光仍然惊悚，像个吓坏了的小孩。原来是天生的。

　　他端起杯子慢慢喝茶，心想今天光拿耳朵听交不了差了。这个吴蔚太讨嫌，拿难题颠兑老人家！胡乱理理思路，轻轻咳嗽一声才开口：不错，我几十年走过来，听的见的亲身经历的是要多些。你的看法想法我非常之能理解。真的理解！照我的经验，一个人只要生活在社会上，不会事事如意的。我听出来你最讨厌不学无术，其实有些不学有术、有学有术的还更厉害。当然也会有不学无术难对付的，社会就是各种人混成一堆嘛。我的办法是分清关系分别对待：亲人是老天给的，血浓于水；同事是邂逅的，共事不共人，他为人如何与我无涉；朋友是自选的，才可能志同道合。书上说，山不听亚历山大的命令走过来，亚历山大只好自己向山走过去。社会就是座大山，不能指望它来适应你。我不懂人生选择、自我价值这些大问题；陶渊明的两句话沾点边：既自以心为形役，奚惆怅而独悲……客人打断：陶渊明不是我的偶像！我不取那种人生态度！他说：我不是劝你学陶渊明。学也学不来。种豆南山下，有地吗？几十万一亩。只是说他兹句话在如今也有价值。穷得无米下锅，出去做点小事拿工资，活得不开心；辞职回家开心了，又无米下锅。心和形，该听哪个呢？两难，但人人都躲不脱兹个选择。也有三种人不难：大智大勇、大奸大恶、大彻大悟。我们普通人不行。

　　其实我最怕的是，客人放低声音，我怕哪天那位同学熬到位子上，要提拔我给他当秘书……那我怎么办……

　　他想：所以呀，听心还是听形？

夹个皮包跟在后面，客人说，掏茶杯掏文件代写发言稿……生不如死！

其实还真有一条路……他说，找个庙子出两年家……不不不我不是开玩笑。进去衣食不愁，自有高官大款磕头礼拜送钱来。又轮不到你接待，你只管做你的写作计划，哪时候完成了，还俗就是。我听一位第三次还俗的讲，经书允许男人还七次俗，空间非常之大。

客人不说话。忽然起身告辞：说实话你老没有解决我的困惑，但还是要说声谢谢！

他连声说：惭愧惭愧！客人对墙壁弯弯腰，一点声音没有地走了。

他收拾茶杯，心里好笑：我都困惑，你来问我。

好像这种郁郁不得志的人才不少，他对镜子说，见过听过好些。不过为职位级别待遇工资生气的多，要写无人物无情节长篇小说的今天才见识，另类。

但是前些天听那群麻雀叽喳议论的一个人，又是另一种另类了。

那天一早，吴蔚就纠集一伙人拥进来，要吃他做的一锅香。纷纷放下按他吩咐买的鸭子红豆白菜香菇山药粉条豆腐果香葱蒜苗，在小后院里摆开架势，顺墙排一路盆盆盘盘，七手八脚拣的拣洗的洗。他巡回游动指挥一番，进厨房治番茄酱、飞酱、脆臊、软臊、红油，中午吃了一顿米粉，吃完继续去后院干活。这伙女娃娃，做正事笨脚笨手，发议论伶牙俐齿、叽叽喳喳，他在厨房听得一清二楚。

院子里盆盆盘盘顺序而空，厨房里一锅香渐次成形。等到一口大锅坐到电热板上，吃货们的点赞蜂拥而至。夸颜色搭配养眼，夸样子好看像图案一样，夸香味浓郁厚重，就想挤开别人自己独享。正在热闹，噼噼啪啪闯进一个男子，女娃们一齐惊呼：脸皮太厚了还是甩不脱你！他认出是区政府的小马。小马从拎包里取出啤酒雪碧葡萄酒，一一往桌上放：无酒不成席，不要狗咬吕洞宾嘛！女娃们又缠着主人把酒杯茶杯一齐搜出来，不够就用饭碗，一次性茶杯他这里也没有。乱了一阵安顿下来，筷子飞舞，杯子起落，无声胜有声。嘴巴稍稍松动下来，有人开口：老老，兹样的美食教一下我们嘛！不要保守机密嘛！他说：啥机密，非常之简单。几个人嚷起来：那快讲嘛！他：我问你们，还是兹几样小菜，各做一盘，味道如何？一齐叫起来：差远了，不能比。他说：老辈人过年，大年初一把年夜饭剩的菜烩成一锅杂和菜，一吃，咦，好像还比昨天好吃，渐渐就悟出来兹样一道菜。原来是真正的杂和菜，样子不好看，只能自家吃，上不得席，就又设计出可以待客的一锅菜。以前只叫一锅菜，现在才喊成一锅香，好听点。要问一锅菜为啥会好吃呢，拿白酒打比方：几样菜各做各的，味道你是清香、它是浓香、那个是曲香；烩成一锅菜，几种香味交融起来，就出现了新鲜浓厚的兼香。兹就是秘密。女娃们嘴巴不空，连连点头，表示懂了。那么做一锅菜要买哪几样菜呢？他问。一个女娃说：哪样都可以买。他说：还是要有一定的范围。适合一锅菜的材料是两类：一类出鲜味的——鸡鸭猪肉红豆；一类吸鲜味的——山药白菜腐皮粉条豆腐果。两类互亲互补，特别的味道就出来了，而且里面的菜比肉更好吃，对不对？众女使劲点头。他继续说：把兹些菜各炒各的，油轻点，盐淡点，装锅的时候，白菜铺底，肉类居中，其他的菜都分成两半对角摆，就像个图案，又复杂又有章法；然后浇清汤烧涨（烧沸）上桌子。大家一动筷子，图案不在了，越乱越好吃。是不是？听众连连点头。他说：只要知其然又知其所以然，操作非常之简单。吃客们纷纷表示这回真的学会了，并举杯祝贺。他又补充：沾五香有药味的菜比如盐菜肉、粉蒸肉、卤杂碎之类，带水腥味的鱼虾类都不宜做一锅菜，会抢醇香之味——可以单做另摆。

他发现那位小马一直埋头吃喝心无旁骛，就对他说：一锅菜最香的吃法是小半碗饭一大瓢菜拌起。吴蔚笑道：他都两大碗饭下肚了！小马不理她，站起身去添了小半碗饭，连菜带汤浇一大瓢。他又想起一个意思：我们石城自来是偏远小地方，生活简朴，烹调以家常小菜饭为主，讲究精洁爽口，常吃不厌。现在生活富裕了，口味丰富了，你们不妨根据刚刚讲的那个原则，设计新口味的一锅香，比如海味的、酸味的、斋素的之类。

说到这里，忽见吴蔚巴在门边往外瞄，还伸手在背后招。女娃们听得入神，无人理她。她转回来小声说：小马胀多了，在院子里头转圈圈、原地跳、抓院门做引体向上。女娃们哈哈大笑，要去颠兑。他连忙摆手劝阻：起先你们在院坝拣菜的时候，为一个人吵了半天，我听得倒明不白的，讲来听听。

一齐兴致勃勃起来，你说我补充，我讲她纠正，好容易听出眉目，是她们一个老大姐的女儿谈对象两三年了，最近遇到了瓶颈，要做出艰难的抉择。抉择为什么艰难呢？因为男方的优点很突出，缺点也很严重。他问职业，回答：大学艺术学院老师，科班出身。问优点，答：心灵手巧、兴趣广泛、正派温和、爱心强大。缺点呢？躺平。躺平啥意思？就是没有进取心、荣誉感、拼搏意志，遇事退缩躲避、忍让低调。问：不敬业？不，业务不错，又认真又和气，学生喜欢他。他问：日子过得很郁闷？她们：哪里哟！过得开心得很！他问：上咖啡馆跳舞厅？她们：哪里哟！读书练字弹古琴听音乐看电影两三点钟才睡觉，幸福指数很高的。

他：那咋说他躺平呢？答：该争的不争，评职称、评工资、开会发言、学习表态不关心，说当助教最自在。该教高班改低班，可以；替请假教师无偿代课，可以。无关的事又热心得很。有个老先生生病他主动去陪护，同日住院同日出院四个月只缺一晚上回学院办事。这种事做过三次，那两次时间短些。他：兹样的人还挑剔个啥呢？答：尿呀！任性！就是拿破仑说的不想当将军的士兵。他说：个个兵都当将军，名额够吗？拿破仑最不尿，当上将军想元帅，当上元帅想皇帝，结果呢？答：虽不说当将军元帅，该有的就该有。现代社会是成功者的社会。他：啥算成功？当官发财？那他万里长征还没有开步走；若是跟从自我选择算成功，那他已经成功了。答：别人瞧不起嘛。他：瞧不起还谈哪样恋爱呢？答：姑娘不是瞧不起他，是恨铁不成钢。他点头：明白了，他自己想做樗树，姑娘想要他做钢材，要搞改造工程。吴蔚：老老，依你看呢？他：依我看，他就是个不作诗的陶渊明，不褒贬人的宋荣子。吴蔚说：陶渊明知道，宋荣子不知道，老老讲来听听。他：书上的一位古人，人家夸他，他不得意，人家骂他，他不生气，自己明白是非荣辱就行。吴蔚说：那你说分好呢，合好呢？他：那不关外人的事。要我说呢，现在好多人就是古书说的，恨不得竭天地万物之至以奉无穷之欲；好容易出个爱清静的人，你们就放他一马嘛。标准件早就供大于求了，何苦又要复制一个。如果兹也叫躺平，那我点赞。

女娃们告辞的时候才发现，小马不知啥时候溜了。他笑：小马今晚上怕是不容易躺平。

一个想破屋称尊，一个要他活给别人看。谈不拢……他忽然灵机一动，把吴蔚叫回来，小声说：你去建议那美术老师买几张体育彩票，要有意让姑娘看见……吴蔚眼睛瞪圆了：啥意思？试一下，他说。

过些日子，吴蔚兴冲冲跑来说，老老还真有两手嘞！美术老师真的买了几张体育彩票，交给女方保管；女方非常满意，说并不是想中奖，而是从这个举动看出他对人生还是充满期待的，没有躺平。

娃娃聪明。他说。

《民国府志·杂事·王天龙》

清末民乱皆以粮。粮差下乡，粮户承迎唯谨；设席置酒，坐必垫以匹布，席罢卷归。差总某气焰尤炽，跷足倨坐，旁若无人。倏饭粒落裆，鸡啄误中其阴，惊起，杯盘堕地，粮户大骇。彼借此拍案大喝："草草如此，将谓我不足重耶？"粮户惶悚，听其横征，遂大得意。

王天龙者，粮户之雄杰也，知众愤难平，率众上控，奉批径赴仓完纳。至则按名次如数入仓，正供外不得浮收合、勺。王一旁监视，早出晚归，粮户大悦。而官府恨其无上，禀以奸民乱政，奉批就地正法。时王寓南街某客店，郡守刘某派兵围缚而杀于屠案。此咸丰丙辰（1856年）事也。

你第二次回来，人大了，眼界宽了，埋怨小地方不好玩了。你舅妈说，那叫老三领你把小时候去过的地方走走好不好？你冒一句上海话，哦哟，那交关好来！

第一处是塔山脚看三尊大佛。还记得不？三尊大佛有几层楼高，金晃晃的。庙子却是非常之小，没有山门、前殿，推门进去，七八根黄闪闪的柱子顶天立地歪起，是太阳从高窗子射进来的光柱。光柱里头灰尘翻滚，光柱外面一丝不见。三尊大佛金晃晃的靠墙站起。那香案只有他们的脚颈颈高，一排香炉塞满乱七八糟的绿颜色香棍。我们把脑壳仰得帽子都掉了才看见大佛的下巴和鼻子尖尖。我说陪你顺墙边上楼梯，一层一层从侧面看三尊大佛，你走到楼梯脚说，这么厚的灰呀！算了。

　　塔山也陪你爬上去过。那座塔是实心的，进不去。你说还不如从远处好看些。站在塔山上看石城，四条大街像四条黑龙争宝。密密麻麻的小青瓦是它们的鳞甲，高高耸起在中间的钟鼓楼就是它们要抢的宝。你望着黑沉沉的屋顶，叹口气说，哦哟，小地方闷煞人！

　　看三尊大佛是从顾府街走沐家井出南街。我就跟你讲明太祖朱元璋调北征南，三员大将打云南的故事。三员大将是傅友德、蓝玉、沐英，沐家井这些地名就是以他们住过的地方喊出来的。石城这种地名多得很。汪官屯，五官屯，宋旗，号营……数不完，都是官军驻扎得的地名。傅友德战功最大还救过朱元璋的命，儿子也是战功赫赫，后来下场最惨。朱元璋让傅友德把两个儿子叫来，他却带他们的头来见。傅友德仰天惨笑，你不过就是要我爷崽的命嘛，给你就是！当场横剑自杀。蓝玉受到指控犯有谋反罪并被处死。沐英镇守云南，天高皇帝远，荣耀一生，世袭王位。金庸《鹿鼎记》写的沐家小公爷就是他家的。爱浮水的都晓得，漩涡离远点好。

　　只要出街，少不得经过大十字钟鼓楼。它在石城的正中心。三层飞檐，塔形，宝顶，从上到下一层比一层大，底脚是几丈高的石墙，东西南北四个门洞。南北两向出了城门是下乡的小路。西门通云南，六百年前是明朝开国皇帝朱元璋为打云南统一版图开发的马路；八十年前是中国远征军出缅甸参加二战扩修的公路，号称"黔之腹""滇之喉",非常之重要。东门通省城,省城通全国:石城出的历代杰出人士,都是从这条路走出去的。自古云贵有人才,走出云贵才算人才。向东的楼墙上挂过土匪头子的人头,挂过新生活运动的夏时制标准钟。

钟鼓楼的东西南北四条巷巷,一年到头湿漉漉,汪起好多水坑坑,是卖水汉子长年累月造成的。挑起加大水桶,穿楼走直线要省几十步路,你的桶漏点,我的桶洒点,干巷变水巷。大人爱惜布底鞋,宁肯绕楼走;男娃娃偏生绕路也要走这条巷巷,啪啪啪使劲踩过水坑坑。有一回放学,我约起潘老五去走钟鼓楼,未先起下坏心,悄悄把裤脚提起,准备走近水塘塘溅他一身水。哪晓得他比我快,"劈呀"一声,挨一身水的是我;他大喊一声"王老三——"就跑了。四条巷子一齐嗡嗡嗡跟到喊,声音你串我我串你,混做一团,震耳心。我追出去,差点把个老婆婆撞一跟头。招来一声骂:"鬼崽崽抢水饭吃吗!"水饭是泼在路边犒劳孤魂野鬼的。

读小学的男娃娃,哪个有一样看家本领就受人尊敬,时不时应邀当众表演。我们班姚老四沙眼严重,手一抹两只眼睛,就上眼皮翻出来,像变魔术一样,外号就叫"沙眼"。董老幺把左手摊桌子上,叉开五个指拇;右手捏支毛笔,把铜笔壳当当当钉下去,都钉在空空里头,个个指拇无事。他说用小刀钉都不怕。叫他钉来看看,他说可以,先讲清楚钉出血来哪个赔。大家就散了。张小可踢花式毽比女生还厉害;孟宪林爬树赛过猴子;蒋宗伟敢玩老蛇。但潘老五是我们班男生的大王,没得人不服气。他鬼点子层出不穷,孽障得很。哪两个同学吵架,他就怂恿人家开打,大声喊:先摸鼻子为公!他逗起别个骂他,别个一骂他就要动手跟人家干仗。他打架是两只眼睛闭起,两条膀子乱舞乱甩,嘴里喊,我闭起眼睛的哈！打到哪个不负责的哈！边喊边冲，吓得男生女生边笑边跑。他一得意就扯起嗓子唱川戏：老代呃——王，登在高埠呃用目呃——望，见一个孺子呃——逞豪呃强。年纪不过十七十八二十上，三拳打死兽中呃——王……一唱就是兹四句。他只会唱兹四句，《打虎收孝》。我会唱的比他多多了，只是我不好意思开口。我一辈子没得放开喉咙唱过一句。他孽障得很，有一回发明一个理论：别个放屁难闻，自家放屁好闻，越臭闻起越安逸。过几天几个男生围在教室里头议论，说他讲的是真的，自家放的屁真的越臭闻起越安逸，还自报品种：我放的蚕豆屁，你放的洋芋屁，他放的酸汤屁……吓得几个女生捂起嘴逃出去，憋得耳朵根都红透。有一回他想出个坏点子：乱点鸳鸯谱。班上五个女同学，他乱抓五个男生来凑对子，第二天在教室大声宣布：张男王女是一对，李男赵女是一对。害得兹几对同学几十年后再见面都不讲话。潘同学十六岁就参军剿匪，打过窗子洞，后来保送西南警校，毕业进了公安局，再后来做缉毒警，在云贵川一带神出鬼没，和我们老同学就少联系了。只听说他立过二等功。再后来听说在边境殉职了。

我们班男生喜欢京戏的多。我算一个，但那时候难得看一回。看戏最自由的是唐国梁。他爹做大生意。他妈死得早，后妈不敢管他。他一进教室就讲昨晚上京戏园看的戏，学小丑念词：上山流水淅沥沥沥沥；下山流水哗啦啦啦啦。淅沥沥沥沥，哗啦啦啦啦，中间一个大王八……他本来就年纪比我们大，后来初二就退学结了婚，新娘薛淑华也是我们同学。唐同学先是在他爹商号学管账，公私合营以后做店员。性情完全变了，见老同学都客客气气的，不多说话。薛同学一直没有正式工作，在街道毛线组领活路来家打，从早到晚针不停手不住。有一次在西街口遇见她，她说她用七个月时间看完了长篇小说《红岩》。两口子都只享年五十多岁。一儿一女。儿子也当店员；女儿在京剧团乐队，时不时在街上撞见，笑眯眯喊三叔，两双细长的凤眼都赶爹不赶妈。他们妈是双大眼睛。

据府志说钟鼓楼是元时建，明末毁，乾隆三十三年知府吕正清重建。道光元年副榜杨春发发起补修。光绪中，知府汪仙圃改名"鼎甲楼"。楼上中间两层祀文昌、魁星像。我们小时候，石阶上站的是兵。想是做军政机关了。文昌魁星没得见过。四面石墙满是招贴，从政府公告到京戏海报："青衣花衫，劈纺皇后曹丽君过境路演"。还有好多纸条条："天黄地绿，小儿夜哭。君子念过，睡到日出"，"天黄黄，地黄黄，我家有个夜哭郎；过路君子来念过，一觉睡到大天光"，"西城小街黄家走失男童一名，两岁半，小眼睛凹鼻梁，头剃歪桃，身穿黑花蛤蟆衣，初六黄昏在街口走失，有拾到送回者当面重谢，报口大洋一元"。东门门洞上挂过土匪头子的脑壳。有一回挂脑壳，我已经上学了，路过楼跟前，先就把眼睛挪开，还是忍不住瞥见黑白紫混一团的东西。那是乱蓬蓬的黑头发，煞白的脸，血肉模糊的脖颈。听说有个娃娃跟到大娃娃们去看了一眼，晚上哭叫睡不着，闹了一夜。他奶奶老年人有经验，第二天领他再去钟鼓楼，押到他看了一遍又一遍，看到熟视无睹不害怕了才回家。这回睡落觉了。谢县长提倡新生活运动，东门洞正上方挂过一只圆的"标准钟"，标的钟点快一个小时，老百姓称为新钟。过路看一眼：哦，新钟三点一刻老钟两点一刻。新钟就是夏时制，前些年也兴过，那时候就有了。有一回两位戴手表的商家老板路过标准钟，对时间。两只表一只钟指的时间都不同。这位说，咦——依哪个呢？那位说，要依哪个？各玩各的！他是普定口音，"各"读成"哥"，后来成为石城通行的歇后语："金

××的表——哥玩哥的"。

有本《滇行纪程》说我们石城:"府城围九里,环市宫室皆壮丽宏敞。人家以白石为墙壁,石片为瓦。估人云集,远胜贵阳。昔尝议立省会于此,因秤土轻重,不及贵阳,故舍此从彼。今移提督驻此,以镇盘江。"不是省城,却是全省军事领导的驻地。徐霞客日记也是兹样夸石城,文字差不多。不过那时候的"壮丽宏敞",今天要称棚户区了。

我们石城这地方,六百年前屯堡大军带来了铁器、良种、风簸、自流灌溉、地戏、花灯;八十年前抗战难民下江人带来话剧、音乐会、大专学校、自由恋爱;七十年前南下老革命带来清匪反霸、土地改革、修水库、飞机厂。现在网络带来的东西更是百倍千倍,叫作信息爆炸了。我们兹座石头城墙围起的巴掌大小城,跟到这些新东西不警不觉地变,以前慢慢变,现在快快变。变得最快的是人。以前几辈人当得一辈人;现在一辈人当得几辈人。

清人杨文澜《郡城中外景情赋》

粤稽古传之普定卫,又号习安。马号未为褊小,成仪亦甚宏宽。虽属通商裕国,无殊蕞尔弹丸。冲名萝卜,石号磨盘。普利驿情,半是傈花仡佬;太和风景,皆为雨嶂烟峦。原夫交趾经张辅之平,云南本沐英之镇。岭称欢喜而无疑,洞谓华严而可信。东排盉甲,固已高超;西立烟墩,实为险峻。南修驿馆,行文卷以德扬;北设教场,练将兵而声震。

其为情景之各著也:一支笔秀,双眼井清,玉皇阁耸,钟鼓楼呈。四品黄堂专其职,八台总镇显其名。文官则府、县、经捕,还兼两学;武将则中军城守,共有四营。砚石潜藏于一处,莲社封锁于西城。关水二双，三水来而一水去；洞桥十五，九桥凸而六桥平。

而在中外之分陈也：玉笔之撑天最妙；金钟之扑地特隆。龙井既绕旋而有势，凤凰咸拱象以称雄。武当坐北，文帝依东。镇压三清，崇真有耀；朝阳五凤，提宪多功。分住两街，肖公庙与晏公庙；共由一脉，府学宫与县学宫。有城隍之在侧，惟关帝而居中。地藏、吉祥、清真无如寿佛；湖寺、进禄、长寿莫比圆通。又有唤白衣，名清泰。万寿称尊，三官为太。药王、总管，俱傍城垣；炎帝、龙神，曾分内外。公馆，门前之地，仕宦往来；考棚，背后之街，生童聚会。杀猪巷、杀羊巷、戕贼无穷；赶牛场、赶马场，生民有赖。青龙山、乌龟石，原在两头；龙井坎、马房门，竟连一带。上天梯，上者谓升；偏石板，偏之为害。则见东岳威严，黑神齐整。供天后于北街，塑马王于西境。鸡鸭市每当阳，龙虎街多僻静。玄坛、鞑子，无有奇观；五显、二郎，难称美景。观音阁、梓潼阁，亦可辉煌；莲社堂、善法堂，休言焕炳。自塔山以出去，青草坝而黄泥塘；由水洞以下来，三块田而四方井。尔其鲁班造就，罗祖修成。四官感应，九相昭明。箭道一双多阔大，牌坊十一最峥嵘。井唤胭脂而着色，局名火药而惊心。鸡笼甚小，狮子非轻。沈、宋、温、樊，巷因姓取；范、王、蒋、许，街以衔名。东仓、西仓，仓仓粟满；四眼、五眼，眼眼水盈。小井巷、杨家弯，或难营利；同知巷、铜匠街，竟可资生。其余孤老、落魂，尤须注意；此外炮台、漂布，未敢忘情。是知览菜园，观梨树，谷米成行，豆芽或遇。碧漾有湾，草鞋有路。汪公之庙甚单，土地之祠无数。张氏之水井难行，李家之花园偶步。大、小二巷不足观游，梅、牟两家差堪欣慕。乔家、卫口多转旋，黄鼓、兴隆实坚固。最爱亚魁丁字，殊非谈天藻采之文；咸欣六斗七星，聊作本地风光之赋。

记得不？有一天下午，一个瘦小老者穿过几个石院坝，站在你舅舅后楼石阶下面，举起一张红帖子，拖声曳气地唱：三月初六，炮台街帅大太爷家办孙少爷百日酒，早面午席，贵府老祖太姑太爷姑太太少爷小姐上海来的姑小姐阖府满请！一长串行云流水不打疙瘩。那中气又足，声音又清亮，跟唱歌一样。你站在客厅里头听得目瞪口呆，那人走了，你才回过神来笑得蹲到地下去。

你舅妈领起你们去炮台街帅家吃席转来，第二天你在厨房跟冬姐边讲边笑边比手势。在你看稀奇古怪，在我们自古如此。你不过是在上海住长了记不得了。男客女客分桌坐，分不匀了才能够血亲至戚男女同席。男席一个人面前一双筷子、一只调羹、一个蘸碟、一个酒杯；女席少个酒杯多一张染红绿颜色、折菱角形的餐巾纸。女客入座以后各人打开兹张纸，把四个角捻成绳绳，铺在面前。然后一桌最年高德劭的女老人就会被大家推举，客气两句之后，动筷子把桌面上的几盘下酒菜——油炸花生米、糖醋排骨、盐蛋、油炸野慈姑、卤鸡、皮蛋之类，一样一样平均分到那些纸上。分完了，各人动手对角打结，就成了带回家哄小娃娃的鲊包。这种染了彩的纸就叫鲊包纸。那时代，莫说在打抗战，就是太平日子，风气也非常之俭朴。大户人家的妇女一年到头也难得几回赴宴吃席。平时教娃娃吃饭不能抛撒，掉一颗饭都要捡起来放进嘴巴，要惜福，不准作福践灶。作福践灶就是作践饮食之神，成语叫暴殄天物。

进入新社会也讲究节约反对浪费。报上登文章介绍牙膏如何挤得干净彻底，洗脸帕如何延长寿命。再生用品无人嫌弃，困难时期还吃瓜菜代。有一段时期的风气是讲排场比阔气，三天两头下馆子，多种多样地点，铺张浪费，后来都被专项整改了。

兹个唱名请客的叫金不换，石城四大怪之一。他本姓田，爹死得早，孤儿寡母守着个小杂货铺过日子。后来染上大烟瘾，铺子败光老娘气死，他在老娘断气前发毒誓戒烟，改邪归正。没得文化能做哪样呢？就做了打更的。那时候钟表稀罕，正午放午时炮，晚上打更，从二更打到五更。打更人一晚上睡不成好觉，辛苦得很，按月领点米油，冬夏两件衣服，但凡有一丝办法哪个肯干。这田家娃娃不光肯干，还做得认真，从不失误。不晓得哪时候又学得了替人请客催客的本事。莫小看这一行，不光要对主客两家的关系一清二楚，把客家的老少人口记得明明白白，还要不换气不打顿地唱出来，考人得很。那时候，哪家办回席都当件大事，讲究得体，重要客人要前三天请以示尊敬，头天下午催以免忘记。田家娃娃这一手没得比的，主家乐意出钱，客家讲体面的会给赏。后来哪家娃娃走失了也找他敲起锣沿街喊：大梨树周家，走失三岁儿子娃娃一个，盘子脸，眯眼睛，脑壳梳冲天鬏鬏，讲话有点大舌头；上身鱼白大领衣，下身青布大脚裤，头戴黑缎子虎头帽。前天擦黑在西门上走失，请亲朋好友街坊邻居好心人帮忙寻找，抱送到家当面重谢，报口一块大洋。这些还不算，田家娃娃还兼了一门别个不肯做的活路：把包在片筒筒里头的夭折婴儿抱去放到城外悬岩上。那时候的风俗，死婴不能入土，入土是大忌，会绝了生育。那天我没有跟你讲兹一条，怕你害怕。天长日久田家娃娃成了通城离不得的人物，又得了个"金不换"的外号。浪子回头金不换。一九六一年，有户人家要找他去丢死娃娃，推门进去见他成了"木乃伊"，连忙到派出所报案。大家这才想起，不晓得从哪时候把这个人忘得一干二净了。

石城四大怪四小怪，小怪头一个是海马公爷。是个小小的富二代，也是孤儿。玩古董玩得倾家荡产，买匹小毛驴当海马牵起满街走。二是洪兴芝，地方绅士，专门想些稀奇古怪的办法惩治凶恶商贩。三是金不换。四是聂爪爪，天生手掌痉挛像鸟脚，民间称为爪手。爪字读"抓"的上声。聂爪爪是卖盐葵花的，左手掌蜷起伸不直，就都喊聂爪爪聂爪爪，大名倒失传了。他讲话含糊不清，要连听带猜；但有一项看家本领：一口说准笔画多少。商店店员们正闲得无聊，见他挽着葵花篮篮过街，就喊过来出题目考他。为字几笔，"因为"的"为"？九笔（繁体，下同）。"魏延"的"魏"呢？十八笔。"畏惧"的"畏"呢？九笔。孙中山？十八。蒋中正？二十三。不对，二十四！二十三。如此这般，多到四五个字要默一下。再多就不开口了，晓得是有意颠兑他。考问尽兴了，买二两盐葵花算奖励。嘴巴讨嫌的问他讨婆娘之类，他就黑脸透红，咕哝些听不明白的话。他脸又黑又瘦，疙瘩非常之多，嘴又小又薄，牙齿倒齐全。总是光膀子穿一件黑棉袄。既会算笔画，不消说是读过书的，可是没得人晓得他的身世历史。有一回我眼睛生挑针灌脓，婵孃叫我去福音医院看看。门诊是一间大屋子，几个科室都在里面。医生看我的眼睛，说是手不干净揉起麦粒肿，上药膏贴纱布，明天热敷。这时候听见像是聂爪爪在讲话，转脸一看真的是他。医生小声问了他两回听不懂，医生放大声音问，玩过没有？他脸红筋涨地咕哝点头。我那时候不晓得啥意思，多年以后想起才明白了。聂爪爪后来的结局也没得听人讲过。

海马公爷后来摆荒货摊卖他那些古董。三个儿子一天光条条地在床上滚。邻居老板送衣服，居委会送米，他都拒收，说是搞惯了，穿衣服起痱子，吃多了拉肚子。海马公爷的结局也没得听人讲过。蝼蚁小民嘛，哪个会关心他们的生死。

那时候觉得他们又可笑又可怜又可嫌；老来一想，几个怪人虽然穷的穷苦的苦，却是过得坦然，自在，自得其乐。

哪个地方都出怪人。几十年我见过的怪人也不在少数。可以分两大类,怪得讨人喜欢的和怪得不讨人喜欢的。

那回我陪志斋老师去省城,走在街上,对面走来个老先生,走近些两个人就一个拿眼睛看一个,走拢干脆站住了,伸出手指拇一个点一个,边点边想:……志斋!……柯木兄!四只手捧起一阵摇:两只见骨头,是我们老师的;两只又粗又壮,是那位柯木兄的。就那样站在人行道中间讲,志斋老师轻言细语,柯木先生声如洪钟。来往行人把他们擦来擦去,我赶紧把他们引到行道树下面。听出来他们是老同学老同事,后来一个回石城一个留省城,几十年没得再会面。正是下班时间,急匆匆赶路的人多起来。柯木先生一把抓起志斋老师的手,饿了饿了,吃饭吃饭,边吃边叙!老师跟不上他的脚步,走得跌跟打斗的,我赶紧过去扶着。柯木先生带起我们进了一家小面馆,开口就要九碗面,老师连声说吃不了,先生毫不理睬。我赶紧协调说吃了再加吃了再加,先生这才松口,六碗。结果老师吃了一碗,先生和我各吃两碗。剩一碗在桌子上,先生端起来:我帮你一半。老师抈开五指罩住碗说,饱了饱了!柯木先生车脸看我,我连连拱手求饶。他不由分说拈了一箸在我碗里头,自己几口把他的任务完成了。

分手走在街上,我说兹位老人中气太足,讲话像打雷。老师说,是!他耳朵有点背,讲话就更大声。这位先生记性之好无人能比!至少有几百篇文章诗词背得滚瓜烂熟,讲课张口就来,顿都不打。学生最喜欢听他上课。在操场上体育课的学生都坐在教室外面石坎坎上听,听得清清楚楚。后来被当成反动学术权威批斗,胸口挂起大牌牌,他都要昂起脑壳纠正发言人的错别字和用词不当,惹起台下哄笑,气得那些人使劲按他低头,一松手他又昂起来叫人家去查《辞海》。有一个当了"司令"的勤杂工上台批判他，列举他的罪状，对着一张别人写好的大批判稿子念。有一条说他重用"黑五类"子女当课代表，收发作文本，"红得发柴！是可忍热不可忍！"诸如此类的匪夷所思层出不穷。台下戴红袖章的革命群众和台上挂黑牌牌的书记校长教导主任尽都憋不住笑，柯木老师哈哈大笑，顾不上纠正错别字。那位司令不晓得出了啥事，只晓得言是发不下去了，气得踢柯木老师一脚，各自下去。

兹种怪人就怪得可爱。宋人笔记说有一位读书人很有点名气，宰相慕名想见他。他到时候去了，守门兵卒拦住他左盘右问。他说你们搞清楚哈，是你们宰相想见我不是我想见你们宰相，掉转头回家了。宰相知道了，再请他，他不去了。这个人也牯得可爱。

听说柯木先生后来双目失明了还照样上课，旁征博引，左右逢源，就靠他那份超常记忆力。过世开告别会，历届学生把殡仪馆最大的一个厅挤满又挤到草坪上。有的老学生是从北京上海广东香港赶来给老师送行。

我们地方上的四大怪之一洪兴芝，据考家住围墙街，大约是同光年间的人。从小聪颖好学，弱冠之年就取了秀才。同治年间参加乡试中举，时值父亲病故，依制应当丁忧停考；但他热衷仕途，隐瞒不报，被人检举革掉功名，终其生止于秀才。因此愤世嫉俗，玩世不恭，演绎出许多以聪明才智捉弄人的趣事，真真假假，流传于众人之口。比如说他擅长作对联，求者很多，他就作来颠兑人家。城中有个暗娼诨名周大脚的请他写春联，他作了两句："周官一部多经济，大学十章半理财"，横额"阳春有脚"，把周大脚三个字嵌在里面。周氏以为得了夸饰，连声道谢。有个染坊主人请他写门联，要突出行业特点，又热闹好看。洪兴芝作了两句：入进去不分长短，扯出来方知浅深。横批"好色者来"。染坊主人不识字，张贴出来引起街坊邻居过往行人指点笑骂。坊主又羞又怒去找洪兴芝理论，我开的是染坊，你为何比作娼院？洪兴芝说，白布放入染缸，不晓得哪匹长哪匹短；染了取出来晾晒，才知道颜色深浅，正是染坊的特点呀，与娼院无关呀！坊主说那"好色者来"又咋说呢？洪兴芝说，不爱好颜色的人会拿白布来找你染？染坊主人哭不得笑不得。

　　又说光绪末年东街有两隔壁商铺，一家绸缎铺傅仁昌号；一家贩鸦片杨永发号，两家店主都以吝啬刻薄出名。洪兴芝撰联：富人（傅仁）开仓（昌），穿不完绫罗绸缎；洋（杨）烟瘾发（永发），吃尽了苦楚难艰。又传有个富二代徐竹贤，因累试不举，出银三千两捐了个候补知县，谁知还未补缺就病死了，洪兴芝作了一副挽联：三千纹银向京去，一面铜锣归家来。敲铜锣沿街报丧是当时的习俗。洪兴芝爱逗才捉弄人，但也爱打抱不平。说是某年大年三十，一对古稀老人互相搀扶，蹒跚来请洪兴芝写春联。洪兴芝说，区区小事叫儿子来就是了，何劳老年人动步呢？二老说膝下无儿只有十个女儿，皆已出阁，年年都是过了初一才回娘家。洪兴芝就写了副对联送给二老。大年初二，十对姑娘姑爷齐来拜年，到大门口见新春联写的是"家有万金不富，膝下五子受孤"。横批"初二拜年"。众人气愤，是哪个作来羞辱我们的？问知是洪兴芝作的，兴师问罪。洪兴芝解释道，女儿俗称千金，十个女儿岂非万金？女婿号称半子，十个半子是不是五子？二老虽有万金五子，然而诸位初二才拜年，除夕之夜大年初一二老岂不是形影相吊又是什么？说得那十对夫妻哑口无言，心里惭愧。又说某年某月某日省城大吏要过石城，洪兴芝想去看看迎官盛况，走到城东迎晖门，已经错过了热闹场面。这时候听有哭泣喊冤之声，跨出城门见是一个披麻戴孝的妇人，头顶诉状，跪在路旁哭泣喊冤。一问得知是家住郎岱的寡妇，丈夫病亡后家资被族人夺占，告到郎岱厅衙，官员受了族人贿赂，硬将家产判给对方。上诉到府衙，官官相护不接诉状。听说今天省中大官要过此地，特来拦轿喊冤。她还不知道官轿早就过去了。洪兴芝动了恻隐之心，就近找纸笔写了张字条交与妇人，嘱她回郎岱照计行事。妇人回到郎岱，到厅衙击鼓鸣冤。同知老爷升堂，妇人跪举一张巴掌宽的纸条大呼冤枉。差役接过纸条呈给老爷，纸上只有一行字：天，天呀天！只说遇青天，谁知遇黑天，须知黑天之上有青天！老爷问哪来的字条，妇人回道：是昨天撞藩台大人的驾拦轿喊冤，大人问明冤情写下此条，嘱民妇交与同知老爷。同知吓出一身冷汗，只怕乌纱难保，和颜悦色道，此案确有误判，本厅已经查明冤情，自当择日再判。很快就将家产判归妇人。

  民国时期，洪兴芝的逸闻轶事众口流传，版本众多，真假难辨，甚至把笔记轶闻中的故事也附会到他的身上。比如论斤两买瓦缸、斜桌面数鸡蛋，就见于江南徐文长的故事。济公和尚也是这种角色。学者称之为"箭垛人物"。

  讲洪兴芝的对联，想起另有一副非常之精彩。说是一个大富翁别无嗜好，就喜欢听人拍马屁，以此标准选了个最擅长此道的秀才做女婿；并且操办寿庆，让女婿做一副登峰造极的祝寿对联当众显摆一回。宾客云集只待入席之时，女婿面对众人展开对联长声吟诵：

  三十三重天，天顶顶上立棵桅杆，桅杆顶上站着老丈人，寿高百斗；

  七十二层地，地底底下挖个窟窿，窟窿底下爬出小女婿，敬贺千秋。

寿联唱完，众宾客哄然喝彩。独有一位老先生对寿星老说：好确实好！只是隔远了些，怕你听不清楚贵婿贺的哪样。另一位说，听不见不要紧，晓得是好话就行。

还有一副也好玩。某年朝廷下令全国为慈禧光绪做双万寿，省城大街要扎许多花街彩棚，广征楹联，正是文人墨客逞才炫技的机会，无不呕心沥血绞尽脑汁。最后公认艺压群伦的是模仿锣鼓响声的一副：

普天同庆，当庆当庆当当庆；
举国若狂，情狂情狂情情狂。

兹副对联是听寿老医生讲的。寿老也算得个怪人，一肚皮的掌故。

怪得乖张就不招人喜欢，只好敬而远之。比如在任何场合专唱反调的，一天到黑骂骂咧咧的，一门心思损人利己的，等等。夹抠（吝啬）过分了会留下脍炙人口的典故。有位老贵大外语系毕业的老兄，讲究穿着打扮，上班经常咬起根象牙烟嘴，文质彬彬，挨边四十岁了找不到对象。同事朋友介绍过几次都谈不成。一位女同事帮他物色到一个条件很不错的对象，嘱咐他这次一定要主动热情些，安排由她作陪看场电影，以后就好单独约会。他一一应允。到电影院见了面做了介绍，他站在那里稳如泰山，女同事只好掏钱买了三张票。进场时已经开映了，两位女士发觉他不见了，周围座位上坐的是个陌生人。看完电影出场在大厅见到他，他说他眼睛近视把甲座票换成乙座票坐到前排去了。气得女同事再也不想管他的闲事。

《民国府志·杂事·黄鳝井》

　　出县城西门大道二十里曰杨家桥，桥侧里许有一井名黄鳝井。井位田之中央，深尺余，阔约二尺，天然石底，四侧平石如砚。井侧有石隙，大如指许，为水出入之所。晨则水逐渐退缩，至午尽涸；底为日光晒干，与平地无异。薄暮，水又渐出，至晚则盈，但盈而不溢。每日如是，终而复始，晴雨寒暑皆然。

　　我在亦家也客舍见识过一位人物。

　　那天坐公交车去看常老，下车顺便买了一袋麻辣蚕豆，常老喜欢拿它下酒。到地方看见有个客人先到了，常老介绍是史老先生。我一看，嘿，就是刚刚在公交车上的那位嘛。他上车的时候已经没有座位了，费劲抓住横杆站得直杪杪的。有个年轻人站起来：老人家坐！他齐笃笃甩一句过去：不坐！站惯了的！弄得年轻人很尴尬。想不到他也是来看常老的。

　　寒暄两句，两个老老又接到讲他们的话题。我听出来是电视上报道过的一桩农村凶杀案。在南方打工的一男一女，本来天南地北，在打工期间同居了两年多。女的想念儿女回乡去了，男的潜回去私会，要女的跟他远走高飞；女的说前情结束了，各自好好过日子。几次谈不拢，男的起下杀心，提把刀半夜摸进她家，一个不留。公安费了三个月把案破了。常老感慨说：太狠毒了！一条命填四条命便宜了他。史老先生说：这女人该死，偷人。常老说：现在这种事不少见，罪不当死……史老先生哼一声鼻音：死得好。常老说：她男人和娃娃总是无辜嘛！史老说：无辜而死的多得很。撞刀口上了有啥法？活该。常老笑笑，把话岔开，说些旧事老熟人。任随常老提某人说某事，那位史老没得一句好话。

忽然站起身说：走了。常老挽留：吃饭再走！史老先生说：不吃！饭哪天不在吃！咚咚咚去了。

　　常老看着我。我说：兹位老先生气性大！常老说：他和我是一起特赦出来的，不在一个组，身份是中校军需长。据说原先脾气很随和的，我认识他以后就是兹样子了；而且越来越乖张，最是幸灾乐祸，见不得哪个顺顺遂遂。好像普天下都对不起他。我们在里头集体看电视，要闻时事他悄悄看，一到社会新闻专题片电视剧他就来劲了，人家有好事他就冷嘲热讽；只要死人，不管该不该死他都拍手称快，理直气壮地幸灾乐祸。大家都烦他，又不想惹马蜂窝。后来各自出来，算是甩脱了吧，偏生又还不嫌弃我，冷不防就来我小店清仓消气。一见他跨进来我就脑壳痛。他有个习惯大家还真心佩服：自己掏钱订一份报纸，每天从头到尾认认真真看一遍，包括广告。看完折得整整齐齐压在褥子下面。满一个月，用塑料索索扎得方方正正的，拎去放在管教人员的办公桌子上。

　　常老把那杯客人一口没喝的茶倒了，进厨房把茶杯冲洗放好，出来说：我跟你讲，幸好他手无寸铁，要是让他开客车，他敢把一车人开下悬岩去。

　　无巧不巧，后来我们地方上还真出了这样一件事。一模一样，只是悬岩换成东湖。根据新闻电讯，这个张某是因生活不如意和对拆除其承租公房不满，针对不特定人群实施危害公共安全的个人极端犯罪，造成二十一人死亡，十五人受伤。就是常说的拿社会报私愤吧。不过这时候常老已经过世多年了。那位史老先生应该也不在世了吧，他比常老还大岁数，不晓得生啥病走的。该不是像鲁迅先生说的，愤愤而死吧。

《民国府志·杂事·叶如松毁南关厢》

太平军据归化，周夔阵设连升关，叶如松继任郡守。周视城垣，谓南关民舍不利城守，命皆拆去，于是鼓楼附近立毁数家。民众衷恳，余房始允暂留。本亦知兵之论，不意太平军至时，前锋宣告：只借路过，勿开铳！直达郎岱始驻军。叶拆屋之举遂成过虑。今之谈往事者，莫不归咎于叶不知己，不知彼，小题大做，降祸于民，叶者亦枉读兵书之流。

吴蔚惊诧诧跑来讲一桩新闻。说是有个的哥清点昨天进账，发现零整钞票里头夹得有一张香港的冥币。他说：晓得。见过。我们内地的冥币叫钱纸，草纸打四行从秦始皇就用起的小钱眼眼。香港的纸钱仿英镑钞票，伊丽莎白女王王冠标准像换成阎罗王冕旒像，背面还有冥国中央银行行长副行长的图章。中西合璧。见过。她说：的哥想来想去，只能是凌晨点把钟打车去火葬场的那个女子。鬼！难怪脸貌总看不清楚，只觉得身材很苗条。当时还奇怪半夜三更去那种鬼地方干啥，她说老爹走了，她从英国赶转来见一面。嗨！"英国"就是"阴国"嘛。兹样一想又害怕又惊喜，拿起那张冥钞到处找人讲。

见他笑扯笑扯不搭腔。吴蔚急了：真的不哄你！的哥姓名住址手机号都是有的。不信我马上打手机你和他讲。他说：我没有不信。我是笑"梅开二度"。早年间北街有家卖汤圆的，姓王，白天打开铺板在家卖，晚上挑起担子串街，通城喊他王汤圆。有天晚上从北街卖到东街小十字，卖到通街无人冷屁秋烟，才挑起担子回家。路过皮匠湾河边，有个人拦住他要了一碗汤圆。回家从围腰荷包掏出钱来清点，怪了！里面夹得有一张纸钱。仔细一想，冷汗透出来：撞到二五了！难怪眉眼不清声音含糊。二五就是鬼。石城人忌讳讲鬼字，称之为"二五"；为啥把鬼叫二五，我没得考证出来。王汤圆怕了一晚上，太阳出来又不怕了，去现场验证，一看地上明明白白五个汤圆。人变成鬼就只能享受香气，不能够真吃真吞。王汤圆兹一吓非同小可，挨回家大病一场。心想亏得碰上个吃货，若碰上找替身的，我就成李家花园的水鬼了。从此天擦黑就收摊，再不敢卖消夜。据说民国时候王汤圆确有其人，这段聊斋我们小时候家喻户晓，川戏班还编来演过。吴蔚眼睛都瞪圆了：咦，一模一样？他笑：炒冷饭当然一模一样。她：啥叫炒冷饭？他：旧衣服翻新。她：剽窃？他：三部曲。王汤圆实有其人，故事当然"聊斋"，的哥老歌翻唱。我猜是他得了张香港冥币，有人见了想起王汤圆的故事，他就古为今用，造个小轰动，拿你们耍猴戏。她：这有啥意思？他：成网红了嘛。秀才一开口子曰诗云，百姓一开口老辈人说，宋丹丹一开口俺娘说，你们一开口网上说。捡到封皮就是信。

吴蔚撇撇嘴，扫兴去了。

《民国府志》说石城老辈人信鬼神，妇孺坚信鬼神之存在，言之如家常柴米。他想，确实是兹样。妇道人家常说：不信药，信酒药；不信神，信雷神。酒曲把米变成酒，人人亲眼得见；炸雷劈死一个人，满街传他忤逆不孝。石城人相信某些人家有小神菩萨入驻，就是蒲松龄纪晓岚笔下那种狐仙宅神，惹恼了就闹事作恶。我一个同学，他爹是军阀时期的独立旅旅长，过世多年。他母亲跟我们讲，有一晚上家里请客，客人告辞，旅长送出去；她一个人坐在客厅，看见茶几朝前行鞠躬礼，茶几上的茶壶茶杯却不掉地下。神仙托梦、冤魂附体更是言之凿凿。韦家三女婿的兄弟在县里做公安，有一晚上约同事来家喝酒，第二天发现两个人都遭杀了。那正是"砸烂公检法"时期，随便查查不了了之。多年以后，县机关有个职工生病住院，昏迷说胡话讲起兹个案子，清清楚楚说凶手是某某和某某，都是县里的熟人。一时间议论纷纷，甲派说这正是冤魂托梦，应该立马调查；乙派说胡话算啥依据，不科学！最后不了了之，甲派痛心疾首。

老辈人对神非常之敬畏，堂屋神龛挂长明灯，晨昏三叩首早晚一炷香。对小神菩萨的态度比较复杂，小神菩萨气量小，爱闹点恶作剧；不惹他也就和平共处，请天师来收服反而要大闹。收不了的。有点像对付耗子，又恨又怕无可奈何。好在小神菩萨只是少数人家有，亲戚朋友都晓得，嘴上忌讳，手指头朝梁上指指就心照不宣。对鬼呢，好像既害怕又不太当回事，称为二哥，鬼二哥。一天挂在嘴上：脑壳撞门枋出个青包，骂声"今天撞鬼喽"，反驳别人吹牛：鬼二哥才信！三年困难时期有人说某街道食堂一斤米出五斤饭还不太稀，你舅妈说，哄鬼。那人说，报上登的！你舅妈说报上哄鬼。

哪家娃娃忽然病了，当奶当妈的就拿个碗放坨冷饭加点冷水，另拿三根筷子，到路口点一对小蜡烛，烧几绺钱纸，然后小声试探生病原因：是讲话冲撞了过路神灵？是亡故的亲人念他了？是短命少亡的弟兄玩伴想他了？边念边把三只筷子往水碗中央立，立不住倒下来就不对，另换事情念叨。念到哪一种立住不倒了，就确诊是哪位在想念病人了，就说些劝祝化解的话，说到筷子倒下来，就是达成协议了，烧钱纸酬谢。若是孤魂野鬼作怪，就还要说些恐吓的话，软硬兼施；恐吓归恐吓，退鬼钱是要烧的。

夜深听见老"巫吾"叫，老婆婆们就叹气：哪家要办白喜事了！巫吾是替阎王报丧的鬼鸟。样子没有人见过。名字就是它的叫声：冷冰冰一声"巫吾"，像石头敲石头，一点余音没有。隔一阵，又冷冰冰一声"巫吾"。三年困难时期有个区供销社几百尺布票被盗，最后侦破是一名干部监守自盗，还是破案小组成员，被判了死刑。传说执行的头晚上，满城老巫吾通夜啼叫。以叫声做名字，古书上称为自呼得名：猫和鸭子就是自呼得名。唐朝诗人写"为他人作嫁衣裳"那位，县衙差役作威作福，把他养的鸭子当成野鸭打死；他说一只鸭子不要紧，不过我这只鸭子正在学讲话，是准备训练好献进宫里去的。差役们一听祸闯大了，害怕。有个胆大的问，它已经学会哪些话了？诗人说，已经会喊自己的名字了。

比老巫吾更忌讳的是九头鸟。说是它半夜飞过哪家院子，留下一片带血的羽毛，那这家就非常之凶险了，宅子都会成为出名的凶宅。我听过一位教授惋惜《西游记》里的九头鸟写得不够分量，可见九头鸟在民间传说里的地位。但是也没有听说有人见过九头鸟。网上有人发布一只羽毛华丽的小雀子，颈部随着动作变色，说就是九头鸟，非常之离谱。

我们就是在兹种环境里长大的。所以多年以后读《百年孤独》，作者说他不是什么魔幻现实主义，就是如实写下来的生活，我很有同感。西方小说里有个人一觉醒来变成了讨人嫌的虫，我读起来也不奇怪，每一次运动都要出这种人。

《聊斋志异》专讲鬼故事，有首《〈聊斋志异〉题辞》说得好：姑妄言之姑听之。这些驰骋想象的虚幻故事，让人世的平淡日子多出些色彩和乐趣。何况还引人向善少做坏事。不能够一切领域讲实证主义，生活中无法证实的东西太多了。都说不信科学叫迷信，其实以为科学万能也是迷信。实证科学解释不了所有的事。我们小时候大人常说"不可不信，不可全信"。孔夫子干脆敬而远之不沾边。

说巧合比较保险。巧合无其数，福巧合祸巧合。多年前我们新华书店的会计去省店送款。那时候是大帆布袋背现金。他的汽车票靠着上车门，他觉得上下车的人都要从他面前过，怕出意外，就向一位坐后座的熟人商量调换。前座宽敞能看景致，那位高高兴兴换了。车到半路发生碰撞，一车人就门边那位遇难。唐山地震那年，农业学大寨，各地纷纷组织参观团。我们省某地区的参观团参观完了，带队老同志提出带大家去看看他老家。那时候难得出一趟远门，一致拥护。火车走在路上，夜里有个团员突然肠胃剧痛，上吐下泻，只好就近下车求医，一位同事自愿下车陪送。大队人马到唐山当晚正赶上大地震，无人生还。那段时间枪毙过一个私下刻印黄色小说卖钱的唐姓年轻人，正开着宣判大会，霎时间乌云低罩狂风大作飞沙走石雨挟冰雹，以致原定的游街示众取消，刑车直奔刑场。当然也是巧合。生活中巧合也太多了。

算命更说不清楚。他有位作家朋友，布依族，经历丰富：当苦力背毛石、锤石方、背粮包，石工木工泥水工，尽都干过。筋骨人，习武术，手劲像铁打一样。后来当代课老师。后来写小说，出手不凡，作协调来专业写作。有一回参加笔会去湖南，游电影《芙蓉镇》的拍摄地王庄。一位腿脚有残疾的湖南作家在船头给大家算命，算他只有三十七岁寿元。他告诉带队老师，老师叫他莫信。他说还有人算他只有三十岁。老师问他现在多少岁，他说三十七。老师说，所以！莫信！翻过年，他借住弟弟的新房写小说，弟弟在黄果树派出所，弟媳住婆家。农历除夕，他想着弟弟弟媳要回来住，去向朋友借单车回家。朋友说你看满天乌云要有大雨，不能走！就住我这里，明天雨停再走。他死活不听，出城不远大雨就来了。顶着瓢泼大雨骑了二十多公里，到家冲澡换衣服上床。到天亮咳嗽不止，肺炎转肺癌，北京上海大医院都去过，只拖了七个月。几年后他哥哥从县党史办退休,公安局朋友安排开车送他们几位退休人员出去玩一回。定好时间地点,头天晚上梦见二弟堵住门不让他出去,左走左挡,右走右挡,就是不放出门。醒来心头夹疑,推说夜里拉肚子不参加了。当天那辆吉普车翻下悬岩,五个人全部遇难。这两弟兄和他都熟,亲见亲闻的第一手材料。

一天好脾气师弟来约他去一个人家,说是可以见到一位大师。他说不去。师弟说,听讲灵得很嘞!好多大领导大款爷遭他算得哭的哭磕头的磕头。他说,越灵越不算。师弟说,哥,机会难得!一般人想见他一面都难,今天是那家熟人约我去炒菜……那我就去了哈。他喊住师弟:今晚上的世界杯直播你不要看,安心睡瞌睡,明天一早我告诉你比分结果,中午你再看重播。师弟说:哥你又颠兑我。那还有啥看头?他说对了,人兹一生也一样,精彩就靠那点悬念吊起。晓得比分再看,马拉多纳也无味道了。大师随口一句话,你得颗定时炸弹揣起,再也活不自在。师弟说:那我不开口求他,光看热闹。他道:兹些大师我晓得,你不找他他找你,一照面,哟,兹位先生最近有点小灾星——兹是小大师。大大师呢,不开口,盯住你看一眼,点点脑壳又摇摇脑壳,转身和别人讲话去了。你像吞了只苍蝇,越想越夹疑,自然会去求他。师弟说:兹位大师不收钱的嘞。他说:不收小钱收口碑,口碑自会来大钱。师弟问:那,那,又是答应好了的,咋办才好呢?我一去就进厨房,做完就溜号?他:你个人见机行事。

师弟心事重重去了。他车脸对着镜子。

信命的人日子好过,万事有它负责。我认识一个写歌词的朋友,两夫妇从西藏军区文工团回内地。他很崇拜夫人,结交新朋友都要请到他家里瞻仰一下。其实很一般,我见过。后来夫人移情别恋，文明分手。不到两年夫人竟然得了癌症。最后几个月，两位男士在医院陪床照顾，心平气和。朋友们给词作家介绍过好几个续弦对象，他最后选中一个从小县份调到省城印刷厂当工人的二婚女子。词作家来向我报喜讯，赞不绝口。我听说"文革"期间两口子打架，她一怒之下把前夫的日记上交军宣队，从中查出反动言论，把前夫抓进监狱，她"大义灭亲"调进省城，就提醒他考虑考虑。他说这正是原则性强的表现，我也就无话，还专程去省城送礼吃喜酒。这位女子长得小巧玲珑，口音像唱歌一样可以记下哆来咪发唆。半把年以后去省城办事顺便看看他，门上的喜字还剩半边，房间里头只剩桌子椅子床，他喜欢的那些小玩意一件没有了。他说想不到那样秀气的人有这样大的脾气，一屋子能摔的都摔了，只有屋角小茶几上那尊唐山白瓷领袖像没敢动。结果当然也是离婚。后来有朋友告诉他，有一回去看文化系统包场的电影，刚好坐在那位秀气女子的前面一排，听见她唱歌一样跟身边的人讲，她的命是半仙算过的，七夫之命，命中注定，摆不脱。

词作家过世多年了。小巧女子不晓得做到几婚了。她条件不错，任务是艰巨的，前途是光明的。

《民国府志·迷信》

一、迷信自然现象。日月星辰雷电均奉之为神，称为太阳公公，月亮婆婆，雷公，电母。遇有疾病灾难等事，常焚香、点烛、烧纸、鸣放鞭炮向神致敬，甚至于门外设香案，以菜、酒、斋饭、刀头、猪头、雄鸡等祭供，以求赐福祛灾。对雷公尤恐惧，以为上天赐罚多由雷公为之，每当雷电大作之时，闻者无不庄敬。

二、迷信土地，山神。村寨皆有土地庙，祀土地公公与土地婆婆；山有山神庙，祀山神。祈求子嗣或医治疾病者，常焚香楮、点烛，备刀头、猪头、雄鸡甚至杀猪宰羊祀之。以农历三月三日为土地公公及山神之诞辰，六月六日为土地婆婆之诞辰。故三月三日必以香、楮、酒饭等敬祀土地及山神；六月六日祀土地。

三、迷信人有灵魂并有冥界（阴曹地府），因而产生下列两种迷信活动：一曰"走阴"，即至阴间调查之谓。人遇不幸，延请走阴者查问休咎。走阴者应邀至，焚香化楮，念念有词之后，合眼而寐。睡半小时许，即以死者或其已死之祖、父、母声口训其子孙，或悲其败坏家声，或责其苛待某人，致有此祸。生者唯唯听命，移时始去。待走阴者醒后问之，则茫然莫对。二曰叫魂、招魂，诵经超度。县人病危时常延男巫（俗名端公）或女巫（俗名媒娜）叫魂，巫者焚香化楮，指名叫病者之魂归家。招魂，一名"招亡"，人死后用道士或男巫为之。又，人死后子孙恐其在冥界受罪，常延僧道诵经忏超度，认为诵经可使其灵魂自地狱上升天界。

四、迷信鬼神精怪。所信鬼神甚多，如关圣帝君、城隍、观音菩萨、杨泗将军、大王菩萨以及天、地、祖师、佛祖、东岳大帝、五显华光、汪公、福主、坛神、树神等。就中以信奉关圣帝君、城隍菩萨为最甚。遇有疾病常向上述诸神以香、楮、酒及鸡、羊、猪等物许愿，病愈则照所许祭祀之，谓之还愿。如病者回忆某月某日曾在某坛或某大树前有所触犯，则专向某坛神或某树神许愿，求神赦宥。亦有向城隍具状求赦（如"十保符"之类）病愈还愿者。此外，偶有一洞一石传闻有灵者，亦视之为神。县人除信奉上述诸神外，还深信有所谓小神、狐仙、山魈、水鬼、吊死鬼等，就中以信奉小神为最。据云家有小神者必于楼上设立神位，旦夕焚香祀之，并讳言"小"，否则必遭神谴。

五、迷信巫蛊。人遇疾病，除向神祈求庇佑外，亦有延巫禳解者。小儿有病，则以鸡蛋一枚，插针置枕边；次日将蛋煮熟剥看，传闻若被蛊，蛋内呈现蛤蟆、青蛙或麻雀、蜈蚣、蛇等迹象；然后手持竹扫帚，不断口念"古老古代，你死我在"。据云放蛊者闻之即自行收去。若非被蛊，则蛋上不现任何痕迹，与常蛋无异。

此外，当有迷信星算占卜，迷信风水及日时有吉凶之分，等等。

禁忌：遇喜庆事忌说破败语。过新年忌说不祥语。早起忌言鬼、兔、龙、蛇、豺狼、虎、豹、猴、鼠、狐狸、精怪等名词，其中尤忌鬼、兔二字。商人最信禁忌，早起听到鬼、兔二字，终日为之不快。是故简称鼠、马场为马场；鸡、兔场为鸡场；称虎场为猫场；蛇场为顺场或条子场。

建筑上之禁忌亦颇多。如落脚柱数宜单，正房间数与台阶级数亦然。地基宜步步高，忌步步低（俗呼为牛吃水）。正房宜高于左右厢房，忌与之平齐（俗呼为客欺主）。厢房宜在正房前，忌在正房后（俗呼为鬼推车）。天井宜作正方形（俗呼为一颗印）或横长形（俗呼为马槽形，取万马归槽之意），忌作直长形（俗呼为棺材形）。朝门与大门宜略偏，忌正对（俗呼为一条枪）；外壁侧尤忌开门（俗呼为白虎张口）。朝门、大门之左、右、前三方忌接近邻居高出之屋顶（俗呼为人字煞）。屋外街路或田埂宜横过或曲过，忌直形或交叉形正对朝门（直路正对者俗呼为箭射，交叉路正对者俗呼为人字煞）。墙壁宜朴素，忌彩画雕刻过甚（俗呼为庙宇派）。

孙姓同事老两口，由两位刚退休的侄女辈陪同，去北方看胡杨树。返程又遇上疫情，一回来就隔离二十八天；老两口在家隔离，那两位住饭店隔离。前后核酸检查三次，万幸都是阴性。七老八十的人本也不是天天下楼,但一经变成"奉命"就时时都想下楼,不能下楼就度日如年。好不容易隔离完毕,恰好在重阳节前后,就办了场盛大宴会。他作为老同事在受邀之列。

走进大包间,只见熙熙攘攘一屋子白头发、花白头发、黑头发、闪光无头发的各类脑袋。还有的染黑又长白根,像顶起一朵菊花的艺术化脑袋。定了定神,分辨出屋角有四桌麻将,此外是几簇大小不等的袖珍沙龙,各自踞席高谈。他就一路巡视过去,找熟人寒暄问候,顺便听听各组议论的内容。一堆在议养生,三高痛风糖尿病,对应哪些穴位。一堆在讲某家儿子跋扈,趁老父参加健身大赛之际,把他一立柜滋补营养品扔垃圾桶;等他捧了奖品回家,拉开柜门空荡荡。两爷崽大吵一架,当场背气,打120送医院。买到假货确实有害无益,老赵评论。假货也是真票子买的呀,老钱说,堆起不要你背不要你抱,看着也跟看一摞票子一样,丢它干啥!另一组研究收藏,说是有人八百八十八块钱买得个青花罐罐,专家一过眼,道咸年间放棺材脚的酒罐子。听众连声说,捡大漏了捡大漏了。单独坐一边的两位是儿女成大器定居发达国家的,都是与亲家半年一换去照料孙辈,两位在交流个中甘苦。问起一位同样身份的女同事,说是正该轮休回国,疫情发生了,机票紧张,登记排队遥遥无期;后经高人指点,每逢班机日,黑早起身去机场碰退票。去了四次,居然如愿。但只有一张,只好让老伴先回来。

这时候一个师侄看见了他,过来扶他去加入熟人多的一堆。他本来有兴趣多转几个沙龙,听些新鲜事,便跟着走。一走近,正讲得闹热的熟人纷纷大声招呼,欠身拉手,师侄扶他坐好,自己去坐沙发扶手。

有人递过来一只手机,就是今天做东老同事拍的十多张胡杨林景色。久闻胡杨非常树，活千年不死，死千年不倒，倒千年不朽。一看实景，一片金红云彩中隐现虬龙般的黝色铁干，果然气势非凡。一边看照片一边听他们争论，一个说亲眼得见这种景致，不枉自坐回禁闭。一个说我现在得这个景致看了，又不坐禁闭，还要得一顿吃，更不枉。那个驳：看照片能和看实景比？这个驳：性价比高嘛。有一个说我倒是欢喜旅游，就是怕一条，老来尿多出门不方便，开在高速路上一堵几个钟头，那不丢大丑！有人说穿尿不湿嘛！年轻人玩自驾游都是兹样。一个沙喉咙说：我就打麻将，一坐三四个钟头没得事，站起来才尿急。又一位说：我不爱打麻将，守起那十四张坐得屁股痛，枯燥得很！那位呵呵笑：麻将枯燥？外行话！一手一手不同样，一千回一万回绝对不重复！世界上没有绝对……一个公鸭嗓插进来：世界上没有绝对！几千万分之一的概率总是会有的。那位冷笑：几千万分之一等于见鬼！这位也冷笑：概率是科学，鬼是迷信。他有点诧异，悄悄凑近旁边一只耳朵：这位好像没得会过？……数学老师说：你不听他一口普通话讲得几多滑刷。麻将爱好者一言不发，站起身走去，大概是去找卫生间。

  这时候忽然远处有人凶叉叉大发脾气，外省口音，听不清楚骂的啥。接着就见一个瘦小老者怒气冲冲朝门外走，一只手拄拐棍，一只手甩开前来挽留的人。师侄小声说，哎哟兹是何方神圣，兹样大的火气！他说，我认得，两个都是文史馆的馆员，开会就见；性情很古怪的。

  他没有详说。这位老先生有会必到，每到必骂，背起手绕着大会议桌转，从贪官骂到奸商，从红十字会骂到黑社会，从空气骂到下水道，从房屋拆迁骂到小区物管，从用木箱栽行道树骂到种种手续烦琐。一切不正之风骂遍。不管骂谁，结论都是：这种人就该打死再活埋！馆员们私下就叫他"打死再活埋",简称"老打"。他只对师弟说:老先生一肚子不舒服,就靠骂人出气,不骂人恐怕能憋死。师侄说:他倒骂得高兴,你们就受罪嘛！他点点头:这倒是！他最喜欢有会开:别个一见有他就想溜会。还要溜得及时,等他一开口就不能溜了,你一溜他就认定戳到了你的痛处,在后面放大声音说,有则改之无则加勉。前不久一位馆员写了本书,反响相当热烈。兹就让老先生不乐意了,上访下访抹烂药;效果不大,干脆举报作者思想反动。其实都是低头不见抬头见的熟人。师侄称奇道:怕是病喽。他说:是病,还有治这种病的"三除汤"。师弟说常上药店没见过兹种药。他说:书上说,有个书生多愁善感,愁得病病恹恹,奄奄一息。亲友劝他少愁点,他说,要想我不愁,除非依我三件事:一要月不缺,二要花不谢,三要林妹妹嫁给贾哥哥。大家一回味,哄笑起来。气氛顿时和谐。

一位同事说:还算我们运气好,要是遇上兹种脾气的人当头头,怕要憋死。他说:是,我们老书记是个好人。同事问:不晓得还在不在了?他说:在的,我去医院看过他两回,他姑娘叫我不用再去了,反正一个植物人。同事纷纷叹气。忽然师侄说:师叔！今天来的都是退休多年的老老,各人过日子的玩法不同,照你说哪种玩法最好？叹气的那位笑道:不消问！他肯定要说钻书堆堆比哪样都好。他笑笑说:不,我说都好！合心就好。萝卜青菜各人心爱。一边把手机递给师侄:胡杨林真的太爱人！你帮我传到平板上去。

这时候,主人大声喊入席了。小心踩起软绵绵的厚地毡朝遥远的大餐桌走,一个人赶来把他拦住:听讲老哥子爱看书哈,志趣高雅得很！他笑笑:老来读书遮眼睛混日子,我人不雅喉咙哑！那人也笑笑:兄弟我呢,痴迷的是点书法。他说:书法高雅！那位摸出一个信封：我呢倒是入了中国书协当个理事，老哥子你看我还入不入省书协呢？我有点拿不定主意。他接过那位从信封郑重取出来的两张信笺纸，一张上几行打印字：

××先生：
你已荣幸地成为中国书协会员。
特此通知。

下面盖了个血红大印。另一张是手写便条，上写"今聘请××先生为中国书协理事"，下面是书协现任主席的亲笔签名。他把信笺还回去，问道：花销好多钱？那位说：会费！会费！不多！不多！按理事优惠，五百多块钱。他点点头往大餐桌走。那位追着说：我想既然全国的都入了，省里的就不一定入了。老哥子你说呢？那当然那当然！他忽然想起：我还会过一位得了"千年书法一百人"证书的。那位大惊：啊我还不晓得嘞！他说，网上查查。那位连连点头，是是是！

这位百分之一大师名片上印的地址是某革命文保单位隔壁。那次突然自己登门，不等坐下就递名片，然后开骂。除了王羲之逮谁骂谁，显示出百分之一不朽者的水准。听了半天，他说：艺术没有绝对标准，韩愈贬王羲之，王铎贬怀素。百一者眼睛一翻：王铎自己就写不好！他立刻噤声。百一摸出一本复印书法：请你看看我的作品！他赶快摇手：不敢不敢！看看有啥子关系嘛！不敢不敢！百一悻然离座，拂袖而去。他想：网络一普及，各行业的顶尖人才就如雨后春笋过江之鲫了，科学技术真不愧是第一生产力。

这时候发现有个老同事远远对他招手，就慢慢走过去，一边想起一个书上看来的笑话。说是有个书呆子见古书记载：蝉在树上叫而人看不见它，是因为它趴在一片隐身叶上，如果有人得到这片叶子，也可以隐身。于是此人一听见蝉叫就潜近窥探。经过多次失败，终于发现了一只蝉隐藏于后的叶子。一竹竿扫去，打下一大堆叶子，收拢起来放在身边，拈起一片挡在脸上问老婆：看得见我不？答曰看得见，扔开另取一片来问，还是看得见，再扔再问。问多了老婆烦了，说了声看不见，此人大喜，去到市上，举起叶子公然行窃，被摊主揪住痛打，他边挨边笑道：打随你打，反正你看不见我！网上看见一句话：装睡着的人喊不醒。说得太好！

　　过去在那位熟人旁边坐下，起眼一看，三十多个客人，把个超大圆桌围得像花栏杆游泳池，对面的面孔都难分眉眼，大家只能就近聊天，互致问候。血压血糖血脂、痛风糖尿病心脑血管。问熟人们的近况。为走了的人嗟叹。他拿眼睛扫射了一圈，问左手熟人：咋不见老徐？哪个老徐？徐唯物老徐！右手熟人说：遭老太婆拉起去庙上当义工去了。他奇怪：老徐信佛了？信个鬼！邻座说，他老伴忧心儿子昧心钱找多了遭报应，见天去庙上扫地敬香伺候菩萨，替儿子减灾求福。说着笑起来：无巧不巧，有一回正撞见儿子陪大官去进香，老徐退到大柱后面隐起，老太婆跟在住持和尚后面接待大施主，装认不得儿子。回家老徐埋怨，老太婆说：收起你那一套！你看那样的人拜菩萨几多虔心，磕头都是标准的五体投地，两只手掌摊得几多好看！你晓得大年初一烧头炷香要贡献好多钱？他问要贡献好多，老太婆笑：幼儿园的娃娃回家都不准讲中午吃的啥下午吃的啥，我会讲给你听？他也笑：谅你也不晓得！老太婆：敬菩萨求心安，我才不去打听那些。

他问师弟：那你晓不晓得这位官员的名字呢？师弟凑拢他耳朵：晓得。

这场席足足吃了三个多钟头。三次全体举杯：第一杯主人感谢大伙光临，衣裳新的好朋友老的好；第二杯客人感谢主人盛情，提供难得的叙旧机会；第三杯，主人起立，建议共同祝贺罗老哥入住豪宅。大家轰然响应。罗老哥站起双手乱摇：不对不对……主人：干了慢慢讲！一起干了，罗老哥说：啥子住豪宅，住深山老林还差不多！大老远买套房子把我丢起，儿女们一两个星期轮流来看我一次，热闹半天走了，接着守六天空房子。比荒山小庙还清静。一大片几十层的高楼把你围起，还都是空起的。白天像困在深山寡岩，密密麻麻的空窗子四面八方围起你瞄；晚上像掉进深林大箐，东一盏西一盏的灯光活像鬼火。开初还约了几个朋友打麻将，来两回，怕远，嫌钟点工做的难吃，一个都请不动了……有人插话：不要身在福中不知福！罗老哥拱手说：我两个换干不干？大家一阵笑。有人大声说：我喜欢跟着娃娃们去郊区玩农家乐，还真的搞不懂沿路一大排一大排高楼大厦，哪时候都空门空窗的，修来干啥？客人们各自议论，大厅一片嗡嗡嗡，活像蜂子朝王。忽然一个瘦小客人站起身拍巴掌，大家静下来。瘦客人说，我认认真真奉劝诸位老哥子，千祈千祈不要换新房子大房子，老年人最忌讳换新房子哈！说完坐下。有人问：为啥呢？有人答：累嘛！累啥，有搬家公司。瘦小客人又站起来：不是累不累的问题，是气场问题。老房子和你气场合一，气场满满，住起滔滔无事；新房子和你气场相斗，老年人斗不赢它，气场不满，病痛就来了。听众笑的笑驳的驳赞的赞，还都找出许多证明确实如此的实例。最后得多数票的观点是，这事真要慎重再慎重。随后秩序就松散了，纷纷找熟人敬酒，拍肩膀说废话：为健康！哪样都是假的，只有身体是自家的！健康第一！过好每一天！最后全体喝团结杯，各自寻找外衣帽子拐杖，纷纷散去。瘦小客人像买单主人一样站在大门边送客，一一握手，谆谆嘱咐：千祈莫要随便换大房子哈！

　　起先参加收藏组讨论的师弟快步过来扶他。这个师弟从小爱尾着他问这问那，脾气好，自小跟他亲。有一回在坟山开玩笑挨他一拳头还笑嘻嘻的。退休后各忙各的，见回面非常亲热。师弟说：哥，我现在在玩点收藏，你说好不好？他说：好呀！师弟说：师哥不要诓我！我从小顶拱服的人就是师哥，我要听师哥的真心话。他说：是真心话。只要自家合心都是好的。好！师弟说，哪天接老哥子去我家过过法眼！他说：我不懂你们兹一行。师弟说：别个不晓得哥子，我还不晓得！

　　两人边讲边走，站在街边拦的士，接连几部都不停。师弟说：现在饭约多，餐饮火爆得很。开车不能喝酒，都喜欢来去打车。所以兹时候打车不容易。……师哥！我想学你也看点书，你说呢？他说：肯看书当然好，比别的都耐玩。那你看看金庸的小说嘛，爱行侠仗义的就看《笑傲江湖》，爱谈情说爱的就看《天龙八部》，爱忠义救国的就看《射雕英雄传》，都热闹得很。师弟说：不嘞，哥！要看我就看点经典的。我孙女帮我买的郭敬明的签名本。她个人一本，送我一本。排大队嘞！他说：你咋晓得他经典呢？师弟说：网上的作家排行榜我看了的。他的稿费收入甩别个几条街！他说：稿费多就经典？师弟说：当然嘛，收入是硬道理嘛。世界五百强，富豪排行榜，哪一行不是排钱？硬磕十三假不得的嘛！他说：那你看看台湾李敖的书。自有白话文百来年，写得最好的前三名就是李敖李敖李敖，他一个人包了。师弟眼睛都鼓起来：哪个网评出来的？他个人评出来的。他说。师弟笑了一阵说：哥你还莫说，我孙女带我去听过一次大师演讲，骂了兹样骂那样，贬了兹个贬那个，学问大，恼火了，听不懂！他说：莫去惹他们。那是些超凡入圣的活神仙，修到第几层只有他个人知道。他把那些当垃圾骂，你们连垃圾都算不上，是灰尘。垃圾碍眼睛要动手扫除；灰尘看都不用看，吹口气八丈远。

他抬眼睛看四周，几面都是山一样的高楼，黑里面透出数不清的光斑，像是一片星宿万点的天空。他说：我们兹是在哪点哟？师弟笑起来：嘿，中华路嘛。我们就是在以前的大众饭店吃的饭嘛。他说：真的？变化太大，打不到山势了。师弟说：大众饭店还记得不？他说：咋会记不得，都属我们公司嘛。阳春面最出名，天天排大队，一角二一碗。小馄饨也出名，一角八。都是靠汤好。师弟说：现在改叫富豪大酒楼了，主打燕鲍翅。他说：那今天老孙很要破点费啰。师弟说：那当然。不过他侄儿的外甥媳妇家哥是大律师，美国留学的。人称包打赢，又称印钞机，是酒楼的会员，借他的金卡有优惠的。再说也没得点太贵的菜。他点点头：难得他把几十年同行同事邀拢聚一回，还是很念旧。师弟说：前些日子我吃了一台喜酒，那才叫开眼界！一个远房侄女，生得乖巧脱俗，号称校花，得个外号叫小林青霞。前不久嫁给一个富二代，我也接到帖子，包了个红包去祝贺。天啦！四五十桌，桌桌上茅台酒。一见那阵仗我就悔，不该在红包上落名字，太寒酸太丢脸！不落名字进门递过去几多好，他晓得哪个红包是我送的？不过以后也难得见回面。

他拿眼睛横扫宽阔的大街两边。一色大小店铺，不见头尾，闪闪发光。红红绿绿的霓虹灯招牌：希尔顿，维也纳，萨克斯堡，巴黎时尚，东方之都，豪门，皇室，王中王，皇上皇……争强斗胜，一直斗到望不见头的远处。想起一位退休外交官的文章说，他走过许多国家,这种以外国招牌为荣的现象绝无仅有;他说这是思想上的殖民地。

有些小店的招牌倒起得有想象力,逗人喜欢,他想,比如卖服装的叫衣拉客、女主角,卖烧烤的叫主烤官,还看见一家盲人按摩叫尼克松,让他笑了半天……

忽然听见师弟在说:哥!财运这个东西是真有的嘞!我坐南关厢老房子那时候,菜市角角有一小家干拌面馆,老板姓辜,干筋筋瘦壳壳的,左脸包有个旧伤疤,得了个外号叫疤脸干拌面。吃过的人都说味道好,我是没得去领教过。后来搬了家,也就忘记了。上个月和侄儿走在街上,路过一家坐得满满的面馆,当门坐起个收银人,拿起个遥控器在跟小电视下象棋。小桌子上一瓶茅台酒,一包中华软包香烟。我说,咦,兹不是那位吗?侄儿说就是他。财运来了挡不住,干拌面生意越做越火,先是图清闲招了个乡下姑娘管柜台,干得年半递了辞呈,回乡下立马起了栋贴瓷砖的大楼房。他一听晓得遭贪恼火了,银钱出入必须亲力亲为,就亲自坐柜台了。客出客进他眼睛都不抬,一只手收钱退钱。他点头说:老辈人讲小小生意赚大钱是不错的,但是要肯下力气耐得烦。有一家国防厂的职工,精简出来包饺子卖,十来年做成连锁,买房买车。我认得黔西乡下的两口子,进城卖力气;搬家送货洗车样样干,供三个娃娃大学毕业。现在的人肯稳扎稳打的少,想一锄头挖个金娃娃的多,这山望见那山高,越心急越垮得快,越做大越摔得惨。师弟连连说:合的!合的!

终于拦住一部车。师弟恭恭敬敬扶他走过去,忽然想起:哥,你也玩玩手机嘛,信息时代,网上知识多得很,太方便!

回家洗脸泡脚,对镜子说:今天兹顿饭,热闹有余,细致不足。菜式配搭粗糙了点,又都是堆起摞起上,热菜也冷了。不过也还过得去，好歹也是内行做东。现在的人下馆子，不怕花钱，怕的是不懂吃，讲脸面。《随园食单》有一节叫《戒目食》就专讲这个道理。想到这里，从抽屉里取出一个扁扁的山参匣，打开取出一个皮纸包，小心翼翼揭开，里面是志斋老师送的那本老书。翻到这一节，题目是《戒目食》，原文说："何谓目食？目食者，贪多之谓也。今人慕'食前方丈'之名，多盘叠碗，是以目食，非口食也。不知名手写字，多则必有败笔；名人作诗，烦则必有累句。极名厨之心力，一日之中，所做好菜不过四五味耳，尚难拿准，况拉杂横陈乎？就使帮助多人，亦各有意见，全无纪律，愈多愈坏。余尝过一商家，上菜三撤席，点心十六道，共算食品将至四十余种。主人自觉欣欣得意，而余散席还家，仍煮粥充饥，可想见其席之丰而不洁矣。南朝孔琳之曰：'今人好用多品，适口之外，皆为悦目之资。'余以为肴馔横陈，熏蒸腥秽，目亦无可悦也。"

这种逞财炫富绷面子漏出无文化的"土豪"，今天就更多了。

今天到的都是退休老者，他告诉镜中人：退休女同事只到了三个，多半周游列国、跳坝坝舞去了。老太婆爱玩，老太爷爱吵。自家的阳台，你喂鹦哥他种香葱，各玩各的几多好几多幸福，也要争个你输我赢。要论退休日子，最合我心的是一位吴老哥，农机厂工人，退休工资没几文。吃穿简单，烟酒不沾，一心一意盘菊花。几十盆菊花把个小院坝摆满，都是名贵品种。开得最整齐的时候，写些招贴贴在街头巷尾，欢迎市民去参观。还作些半文半白的诗，写在各人做的小本本上，二三十本码在老式木床的搁板上。活生生一段秋翁遇仙记。

可惜等我晓得这位秋翁的时候，他已经走了。

按说我是可以认识他的。他两个哥哥都是你舅舅他们字号的店员。他二哥也有闲情逸致，爱玩金鱼。字号结束，就在老宅开茶馆，前后两个石院子，在大小鱼缸之间摆些竹躺椅，茶客进来随意选地方，随意看鱼聊天说正事。口碑传开，金鱼茶馆成了石城一景，外地出差路过的人也要来体验一番。后来"革命小将""破四旧"，鱼踩死缸砸破盖碗敲碎，吴老挂"金鱼权威"牌牌游斗。前些年听说金鱼茶馆恢复了，我很高兴，特地去看他。石院子和几棵树还在，几张残破躺椅加几把小板凳。两口砂缸几只瓷钵养金鱼，都是些普通品种了。也不见有茶客。我安慰吴老：从头来过，慢慢恢复。他笑笑说：喝茶！后来人也走了，茶馆也走了。现在只有高等茶馆了，唐装女子翘起兰花指泡茶，旁边唐装女子弹古筝，脑壳昂起来又俯下去。泡一壶最低价的茶够买两斤屯堡园子茶。太高雅，不是我们俗人去的地方。

我后来看一篇文章才晓得这位秋翁名叫吴智仁。哪里是无智仁！是大智人。

档案袋旧文《秋翁小照》

这是一位爱花老人的遗照。最近托两位乡友，费了许多周折才辗转找到。老人名吴智仁，已谢世多年了。

大约是一九八七年，我回了一趟石城。一个晴爽上午，同几位乡友走在一条窄狭的石巷里，慧明忽然几步跑到一座古旧门廊下，大声问："你们看不看好花？"一边就推开了半边大门。我看她孟浪，阻止已来不及，里面有人声应答了，只好跟了进去。

实在难以想象，这道黑漆剥落的木板门，竟关着绚烂至极的一片秋色。

狭长的石院不过二十多平方米的大小，高高矮矮地挤着百十只花盆；墙边又栽着花树。我们就站在窄窄的甬道上。盆里全是菊花，五彩缤纷地浮动在凝重的墨绿色叶片之上。一位清瘦老人从花叶中直起身招呼我们。青明似是熟角了，上前介绍，老人姓吴，名字当时没记住。长脸，大口厚唇，一头斑白短发，袖口裤腿挽得高高的，露出黝黑结实的四肢。穿一身灰色泛白的对襟服，蹬一双军便鞋。我们小心翼翼地在花的夹缝中移行，旋转着身子看那些炫目的深紫嫩黄，看那些难以形容的宽瓣窄瓣管瓣针瓣和袅袅地垂下去又卷回一个弯弧的如意形长瓣。同时听老人念出一个比一个典雅华贵的花名：海天露。懒梳妆。陶然醉。绿云。这种是北京花友赠的，那种是从广州函购的，那一种又是与上海花友交换的。各自有着自己的身份档案。

浏览一通，还来不及道谢告辞，老人又邀我们看后园。跟着他上石阶，穿正屋，来到后园，见几株花树，一些残损的石桌椅。过正屋时，我看见房舍很敝旧，墙壁斑驳脱落，角落里立着些腐黑的旧木料。

这些都看完了，老人仍不让我们走。于是列坐在高高的檐阶石台上。老人沏了清茶，抱出几本照相册给我们看。照片有两种内容，一类是各种花卉的特写，旁边贴着小纸片标出花名：绿云、温云、温玉、麦浪、鹤顶红、玉触龙等等。另一类是人在花丛中，人物六七个十来个不等，大都是老年人，穿戴得整整齐齐，郑重其事地排排坐，菊花簇拥在身前身侧。也贴着小纸片，标明：××年人花同影，××年兄弟人花同影。此外还有些押韵的顺口溜，浅显直率，"白"得有趣。我边看边念，老人立刻跟着背诵。还额外朗诵了许多首，全都滚瓜烂熟，神情像个得意扬扬的孩子。他说，这样的俚句，他写了好几十本。说着走进内室抱了一摞出来，都是巴掌大小的册子，打印纸手工装订，上面写满了不常动笔的老年人特有的那种拗强稚拙的铅笔字。我浏览了一下,发觉这简直是一部韵文体的日记。封面左下角标着番号,头一本第一面的四句,似乎是总序或题旨的模样,文曰:

读过古书并不多,
偶然有感必记着。
逐年月日不断写,
自然风物来会合。

这些韵文记载了老人栽芍药的经历:"栽芍药花是七载,先后三年赏花开。每年花开独一朵,虽独朵花也可爱。一年一度赏花香,特拍彩照花常开。"记录了他培植菊花的过程:"一九五八栽菊花,白的先开花,花瓣已初闪,两窝各开一朵花。中秋佳节夜,赏月又赏花,高空悬明月,菊栽盆内佳。寒霜侵袭花不怕,菊花名为晚秋花。"有一阕词,竟是用二十多种菊名缀成,结尾说"京展名菊各地传,永久留光辉"。我向青明讨了纸笔,信手抄下几首,老人就硬要请我们进内室去看那另外几十本。卧室小而幽暗,老式床架的横板上,果然堆着许多小本和几本旧书。老人跪在床上,取下一些小册来,但时间有限,不让我们细看了。

在喝茶看照片抄诗中,同时进行着有一句无一句的闲谈,得知老人年轻时是店员,退休前是漂染厂工人。他微薄的收入,都花在养花和拍彩照上。这是他最大的赏心乐事。说着又背诵起一首抒怀的诗,内中说:"岁月增,骨既硬,心想很多事能做,岁增骨硬不由人。退休在家七年多,种植花木花养花,绿化园林。春夏秋冬,四季花卉,各自有春,各吐芳菲,助我神怡。"我由衷地觉得这真是美好的选择。青明忽然问我:曾经一道喝过茶的金鱼茶社，还记得不？那就是吴老的哥哥开的。我问金鱼茶社的近况。乡友们说，主人过世了，茶社也关了，子女们兴趣不在这上面。

谈话间，老人的女儿下班回来，捧着大碗在厢房前吃午饭，边听边说些父亲爱花入迷的笑话。她衣着饭食很简单，大约也是老人玩花的资助者。

实在要告辞了。老人送出来，口中介绍着沿墙的花树，说那株蜡梅是磬口的，约我们隆冬飞雪时来赏玩。走到大门口，慧明指着墙壁说：戴老师还以为我是乱闯民宅嘞，你看这是什么！我一看，是张红纸写的大海报："盆栽秋菊五十四种，内有数种正在茂放，多种含苞正待怒放，欢迎同志们欣赏"，下面是街道门牌。老人说，这样的海报他写了十多张，熬了糨糊贴在大十字小十字闹市街头，让更多的人来赏玩他的菊花。

走远了，我几次回头看那座敝旧不堪的门楼，想起"一箪食，一瓢饮，在陋巷，人不堪其忧，回也不改其乐"的老话。现在时兴把晚年生活称为"散发余热"。就我所见闻的，这位吴老人的余热是最可爱的了。它不像某些人的余热那样炙人、灼人甚至毁人，也不像另一些人的余热只是自温或自肥。五十多种菊花不算稀奇，那些似通非通的顺口溜不算高明，但这是一种襟抱，一种操守，一种境界。老人的小本上有这么四句，可谓夫子自道：

种植花木缓慢过，
社会主义新世境。
人生寿数有一定，
年年百花共生存。

我这么想着，不提防同行的一位朋友说，那株蜡梅不可能真是磬口的，听说我们省的磬口梅数不上三四个手指。我说，不见得，如果没有慧明，我们又怎么知道那扇破大门里住着这样一个可以入诗入画的老头呢？

几年十几年二十几年过去了，我忘不了这位清贫的老人，他那份辉煌得流光溢彩、富裕得要分溉全城百姓的财富。

俄国有一位诗人说："黄金在天上舞蹈，命令我歌唱"，他想，这位吴老兄是不听这道命令的人。

那年你再来石城，你舅妈嘱咐我：你爱吃零食胜过吃正餐，在上海时常想念小时候在石城吃的过街调，叫我一样一样端回来。你说小吃一定要在小摊小店现做现吃，端回家就没味道了。这话内行。你还说假期不长，要抓紧吃遍，后来差不多连中午饭都是变起花样吃过街调。没有忘记吧？

你不晓得兹成了我的苦差事。领你吃过街调简单，但你是女边我是男边，你是上人我是下人，同出同进就成了问题。老辈人连两口子都不兴一起上街的，实在要上也要一前一后隔多远。到我们那时候虽然风气变多了，也不能太出格。婵孃的吩咐我不敢违抗，你又是上海大学生的派头不当回事，非常之为难！想去想来从京戏名角的跟包找到办法。陪你上街我走你后面隔十步，做出两不相关的样子。要到地方了，我抢上前去点了东西结了账，就出来转悠，转菜摊、肉案桌、杂货铺，看银匠打手镯、洋袜机织袜子。洋袜机非常之好看，一摇手把，圆筒筒上一圈银光闪闪的大针就波浪一样你起我伏，像现在的音乐喷泉。瞅见你吃完出来，又远远跟着走。像是在拍谍战片。

档案袋旧文《石城小吃》

旧日石城多瘾君子，胃纳不健而嘴刁，非美味不能有食欲。影响家人，波及社会，形成烹饪精洁，甲于全省。民谚云省城人讲穿着，石城人讲吃喝。尤嗜零嘴、过街调，即风味小吃。

石城小吃富特色者：

荞凉粉。以甜荞磨浆，加卤熬制，冷却后成固体。切成小块，浇以腐乳、红油、姜水、蒜水，撒上葱花、炸黄豆、炸花生，拌匀后，以小竹叉叉而食之。香辣浓烈，极富刺激。青年男女最嗜此物，百吃不厌。如用铜制漏匙拉成条状，减辣加醋，称"醋丝丝"，味较清淡。荞凉粉一般作午后小吃。骄阳之下，聚而食之，汗出淋漓，有如曹孟德读陈琳檄文而头风顿愈，痛快之至。

油炸粑稀饭。所谓稀饭其实是米糊。撒上蘟子精盐粉末，再浇一勺锅中沸油，用筷子搅匀，再把炸得嫩黄酥脆的豆沙窝一切四瓣放入米糊，即可食用。其味醇厚甘糯，是早点中顾客最多的品种。豆沙窝之外，还有糍粑片，"手指头儿"（糍粑片一端切开几岔，状如手掌），任选。蘟子读如"引子"，有的地方叫苏麻。黑色小圆粒，状如油籽，香味极浓。油炸豆沙窝很多地方都有，这种吃法却是独有之巧思妙构。

油炸鸡蛋糕。非一般饼店蛋糕。以大米加适量豌豆磨浆调成糊状，舀入特制长柄六角形铁勺中，加葱肉馅，再添米糊盖满，入油锅炸脆。出锅后置白瓷碟中，用酱油瓷壶一压，脆响而破，淋上白酱油。外壳焦黄，内瓤洁白，葱花碧绿，酱油嫩黄，色香味俱佳。石城酱油分两种，一种色淡味鲜，称白酱油；一种色深带甜味，称红酱油，供烹调菜肴用。醋也有两种，凉拌菜者叫"漆醋"，色黑如漆，酸而香；淡者叫"酒醋"，只供烹饪调味。今时浇料用辣椒折耳根,已非原味。

碎肉豆沙粑,即加厚豆沙窝。然不用油炸,而以干锅炕透。然后破开粑面,食时浇以炒好的糟辣肉末。今时改为豆沙与糟辣肉末一并包入烘炕,虽简便而其味大逊。

糯米饭、糍粑。木甑蒸糯米至熟,甜咸二吃。咸糯米饭与豌豆、脆臊、蛋丝、葱花同炒,吃时浇红油,是广受喜爱的早点。甜食则只用白糖蘸子末。刚蒸熟的糯米饭倒入石臼,两人持粑粑棒相对舂捣,则成糍粑。吃法极多:如糖蘸作馅包团外滚黄豆粉末、切小粒煮甜酒(醪糟)、切片烤黄蘸糖蘸等。

糕粑。黏米与糯米按比例舂粉蒸熟,用粗木柱挤压成块,叫糕粑。吃法极多。如切条煮甜酒、切片烘烤蘸辣椒水豆豉等,尤以作酸菜粑最有特色。其法用腊肉丝与酸菜丝同炒后加汤,入糕粑丝同烩,食时加油辣椒、葱花。鲜酸浓郁,迥异他味,年节风味,莫过此品。如用鲜肉,其味尽失。米面蒸熟未压成糕粑则为松糕,浇上蘸子红糖汁食之。

卷粉。或称剪粉,现通称裹卷。以米浆浇于炽锅上,摊成半透明极薄粉皮。摊开抹油炙甜酱、油辣椒,铺绿豆芽、酸菜丝、炸黄豆或炸花生、葱花。卷成筒状,浇一点白酱油。凉食,鲜腴爽口。亦可切条加佐料,冷、热、汤食均可。

贼蛛粑。米、面混制,但非烧卖。是以肉末糯米饭为馅的厚饼,油烙起脆壳。米与麦二香互发,壳与心酥糯相济,其味别致。石城称蜘蛛为贼蛛,取其见人即逃匿之状。但此饼为何号及蜘蛛,殊不可解。

肉饼。石城肉饼小而极厚。平底大锅油烙久之,成酥脆大厚壳。食时一揭两半如开盒。肉馅灌汤,味殊鲜美。

油香、开花鸡蛋糕。石城油锅兼制甜点。一是小麻花绞,称

"油香"；一是芝麻鸡蛋糕，硕大裂口如国画石榴，故名"开花"，酥壳软心，小儿捧之如大元宝，眼饱心惬。

甜糕。热甜糕以米面发酵加红糖制成，状如厚大圆砧板；撒满芝麻。切开侧面呈蜂窝状。凉天热吃，大厚毛巾覆盖。卖时视顾客需要砍为大小三角形，侧面满布气孔如蜂窝。凉甜糕以荸荠粉制作，状如盖碗茶杯座，微褐色，晶莹如冻玉，撒满芝麻。是夏日美食。

锅炸、水晶糕。荸荠粉为石城甜品首选食材。出自另类荸荠，个头小，水分少，不同于水果荸荠；提制之淀粉涨性特大，远过于藕粉芡粉之类。用荸荠粉制作的锅炸（读阴平，"渣"音）和水晶糕为石城特有之甜食珍品。锅炸以荸荠粉调成稠糊，冷却后切为菱形小块；裹干荸荠粉入沸油炸起酥壳，置盘中撒白糖上桌。简单而不易完美，关键在于稠度与火候。须令外壳脆如薄冰，内瓤嫩如鱼脑。是冬令筵席的最佳甜品。吃法亦有要点：须用筷子将菱块压破散热，搅拌白糖，徐徐入口。因壳内热度极高，如整块入口会被烫伤。水晶糕则以荸荠粉加糖、碎花生、山柳红末等共调，撒芝麻，冷却后切为菱形小块，状如鱼冻，清凉柔腻，是夏令筵席甜品。

荸荠粉也可调羹如藕粉，有消食之功。或以冷水调成糊状后，加干粉若干粒；沸水一冲，会在羹内形成酷似石榴子的透明小粒。这种吃法就叫"石榴米"；如干粉用食用颜料染红，则更肖石榴子。可作席面甜品。

新苞谷粑。每年玉米灌浆，市上即卖新苞谷粑。有荤素两种吃法：素者一为以勺舀苞谷糊入沸水，粑软汤浓，纯然本味；一为新苞谷磨糊，以内壳包夹蒸熟，清新香甜。荤者以菊花形长柄铁勺盛新苞谷糊，夹洗沙馅，入油锅炸熟，外撒一小勺白糖食用。

润糯甜厚，又不失清新香味。

　　石城有两种食品，令外人见之咋舌。一是嫩木瓜，才如小指首节即上水果摊。食时剖嫩木瓜为两瓣，去子，状如小船，舀盐辣豆豉面入口，酸涩香辣均臻极致。嗜者往往越吃越香，欲罢不能，汗下如注，痛快淋漓。一是刚如桂圆大小的青涩花红（林檎），也下树上市，吃法与木瓜略同，只是单用盐和辣椒，不加豆豉。这两种食品，石城以外绝无二例。有若干旧时小吃已绝迹。如糯米面鸡肉大水饺，大而薄，漂浮汤中如蝴蝶，名"汤饽饽"，似为旗语。

这天晚饭他喝了两杯酒。收拣了碗筷，开电视看《舌尖上的中国》，不知不觉睡过去了。等惊醒过来，屋里黑得像山洞，一转眼家具们又隐隐约约浮出来。从窗子望出去，一个缺边的月亮，浅碟碟汤稀稀的。想起诗人的形容，月亮被岁月磨成一只贝壳。想起小松的话，月亮是遭哪个人随手扔到海里漂起的。

屋子黑下来，贝壳也钻进云里去了。

他打个冷噤，赶快开了电灯。

想起你的恐黑症。他说。

你后来好多脾气都改了，就是怕黑没改。不是习惯，不是脾气，是病。婵孃跟我讲过，你妈过世那天你爹出差在外，你一晚上紧挨到她，她握住你的手，她的身子从火炭变成冰，你都清清楚楚，又不敢动又不敢起又不敢出声气，睁起眼睛熬到天亮。从此落下兹个恐黑症。

那回你舅妈带你去五官屯看跳神，天黑下来你就闹回家，我还记得非常之清楚。

我们是坐的运货平板马车。马车夫就是大路边那家躲顶替壮丁的那位，你们喊他炳爷。他不喜欢做店员守铺子，憋到日本投降就出来赶马车了。我们分三面脸朝外坐，脚吊在车外边。你害怕，我教你反手抓紧那些捆货的粗索子。碰到下大坡，炳爷就用力拉手动刹车，轮圈发出钻心的尖锐声音，我从尾椎骨一直痒到颈椎骨。你腾出一只手遮嘴，满脸通红，憋得全身发抖。我赶紧车脸装看山。我从来没有对你提过这件尴尬的事。

我还坐过炳爷的马车去省城。他一路跳上跳下，唱山歌，甩响鞭，骂马，撸起大裤脚边跑边撒手，用一种特殊口型从牙缝嘘口哨。我真体会到赶马车比守商店要快活多了。在平坝住了一晚上马店，也是平生独一回。小院子满是干草和马尿混合的气味，也不难闻。我还在窄窄的过道上挨一匹走过的马踩了一脚，我痛得说了声"嘿"，它径自去了，我才想起它是马，跟马无道理可说。后来第一次读契诃夫的《草原》，马上想起兹一趟旅行。

那天，远远望见五官屯那一排石头寨你说好看好看。走到石拱寨门你说好看好看。走进寨门隔着石场坝看顺山势高高矮矮的石板房你说好看好看。你说高高耸起的石碉楼像外国的教堂，这些房子围起碉楼像一群小鸡围起老母鸡。外国也是这样，都好看。你说，只是交关脏！确实满地的牛屎烂泥，找不到下脚处，脏。现在屯堡成旅游景点了，到处干干净净的，你又看不见了。

那天晚上我们歇在婵孃的亲戚徐姑外婆家。其实也是认的挂角亲，不是真正亲戚。徐姑外婆活像电影里头的印第安老人，说是男的女的都可以。皮肤深成板栗色，头发白得像月亮，高鼻子凹眼睛。老伴儿女都走在她前头，一个人把孙女孙儿带大。她不用下田做活路，她有一门看家本事：小儿推拿治疗。娃娃积食吐奶、夜哭不睡、风寒感冒、惊风抽筋，都用推拿医治。一寨人老老少少都敬重她。娃娃们见她就躲，怕遭掐，不晓得受过这位威严老祖祖的恩惠。你舅妈学得她一门简单手法：掐。小娃娃睡不落觉、做噩梦哭醒，或是吃不下玩不欢，就放在床上用指甲掐关节穴位，从脚趾掐到脑壳顶，掐完扯几下小耳朵垂，抱着小脑袋左转一下右转一下往上一提，说声"抱头酒——醉"结束。当晚就能睡稳了。你四表妹生来病弱，满过两周岁，有一天发病，有出气无进气，眼看央不过来了。该抱出去放在露天坝的话都有人提出来了。那时候嫩娃娃是不兴在床上断气的。婵孃说死马当活马医，派挑水刘大哥把徐姑外婆接来施行最隆重的手法：爆灯火。那天我们都围在床边看这个慕名已久的可怕手术。耳听为虚眼见为实，实际也不可怕。就是点起一盏菜油灯，徐姑外婆捏着一撮药草（后来我分析大概是艾），在灯上点燃，往解开了包片的小四妹肉上一杵。杵的肯定是穴位，我们隔远了看不清楚。后来，小四妹真活过来了。长大还耐劳得很，儿女俱全。六十岁才诊断出先天性和风湿性心脏病加二尖瓣闭合不全，三病俱发过世的。

　　旧时候大人娃娃生病，首选都是物理疗法，刮痧、推拿、放瘀血、艾灸、拔火罐之类；不轻易吃药。不光简单易行省钱，主要是无不良反应，不伤身体。是药三分毒。现在的人动不动进医院大瓶输液大把吞药。西医看人像汽车一样是各种零件组合成的，哪个零件坏了修哪个零件，或者拆换。中医看人是一个五脏六腑相互关联的活体，哪里出了故障要从整体上去找原因。各有优长，能够相辅相成才好。有个学者写文章说，中医是一种文化，用实证科学观点批评它不科学是文不对题。我觉得有道理。

　　那天到下，我在徐家大柴灶上把带去的饭菜热来做晚饭。吃完天就黑下来了，大家就摸黑坐起讲话。你忽然要我送你回家。婵孃晓得你是怕黑要点灯。徐姑外婆家没有灯，天一黑就上床。后来想起有走夜路用的葵花秆火把，点起来斜插在柴灶边。你说，这还差不多。这句话后来成了亲友间的典故。那晚上你们几个横在床上过了一晚上。我在隔壁家同一个小兄弟挤了一夜。

　　第二天在寨子外面大场坝看跳地戏。先是放铁炮，火药配料筑在生铁炮筒里头，立在地上点引线。闷响一声。声音不大，重，震到心子里去。远远近近的山前前后后地应，一声比一声远。放完铁炮打鼓，打了一阵，地戏出场，演《薛丁山三请樊梨花》。七八个角色，都是穿青布长衫，青布鞋，扎腰带，青丝帕从脑壳遮到脸，脑眉心斜挂角色的木雕脸壳，樊梨花、薛丁山、歪嘴道士、兵兵将将。演员要斜顶脸壳才看得出去，所以樊梨花薛丁山歪嘴道士兵兵将将尽都眼高于顶瞧不起人似的。唱腔是拖声曳气的山歌。伴奏就是一面鼓。你边看边咕哝"这是啥戏呀笑煞侬"。我也觉得非常之不如京戏川戏好看。看完戏，寨子开流水席，八个人一桌坐满就上菜：一钵糟辣子炒肉片豆腐干，一钵烩红豆，一钵炒白菜。猪是现杀，菜是现拔，用不着手艺比有手艺好吃。

　　大明朝调北征南留下屯堡人，屯堡人创造石碉石寨跳地戏。讲屯堡文化就要去石碉石寨看地戏。老辈人把地戏叫跳神，现在把跳神叫地戏。有些学者专家管地戏叫军傩，明代军伍搬演战争故事自娱自乐的傩戏。傩是古老的祭祀形式，地戏是演绎故事的戏剧。虽然都戴面具，各是一家。另一派学者专家不认这种观点。地戏是屯堡文化的形象大使，面具是地戏的形象大使。现在研究地戏的人非常之多，出过几十种专著。还去台北和巴黎演出过。地戏专家帅爷筹办的国际面具展，邀请到好多个国家的脸子，墨西哥的，意大利的，非洲的，法国的，造型五花八门，非常之好看，看得我不想走。天擦黑帅爷约去吃一家私房菜，就开在小区的单元房里头，顶多只开两桌。帅爷进门就打招呼，今天的锅灶上心点，内行嘞！一盘青椒炒山药果和一钵烧茄子肉片汤确实做得不错，炒寡蛋火候过了点，兹是屯堡菜的代表。帅爷把老板叫过来喝杯酒。我说，小师傅你拈块尝尝是不是火候过了点？小师傅说老前辈说在点子上说在点子上。帅爷笑起说，你不认得兹位老人家，盘起来你恐怕要喊师太爷。后生说，认得的认得的！我师父才喊他师太爷，我们隔远了不敢攀。这顿饭他死活不收钱，帅爷哈哈笑，便宜我做一回不开钱的东！

城里人爱拿屯堡口音编笑话，跟北京相声拿唐山口音逗笑一个样。讲到地戏就长声吆吆唱："小军报到——元帅得知——肚子饿了——舀饭来吃——不得菜下——烧个辣子。"得字吃字不字菜字下字辣字都念阴平声，扬起来。其实城里人口音受屯堡影响，阴平声也很多。

恐黑症跟了你一辈子。在你舅舅家天天都是婵孃等你睡着了帮你关灯。后来你当了代课老师，有一回我去看你问起，你说你有办法了。把煤油控制好，你睡着它自会油干灯草尽的。你讲，不管大房间小房间，只要灯一黑，你就后背发冷，四面墙挤过来挤得你出不来气。

那时候五官屯好远是不是？现在坐年轻人开的车在高速路上走，听见地名是胶泥坝、干河、宁谷、武当山，天！都是小时候觉得遥遥远远的地方！现在都是高楼大马路了。四面的山，过去都是白石嶙峋的，现在一个个深深浅浅的绿。我听过好些外省人夸我们贵州的高速路一路好景致，立体风景，养眼，不会打瞌睡。他们说，在平原地区开高速单调，容易犯困，旁边有朋友讲话还好点，最怕送领导闷声不响开车。玩近处的新农村也有意思，老乡住的房子比城里人的要大要好，肉菜新鲜，有看的有吃的有听的，比玩名胜景点人挤人清爽。老寨子老房子都空起，窗子剩个

113

黑洞洞，门板龇牙咧嘴，像一伙瞎子晒太阳。屯堡姑娘们闲天同城里人一样低胸短袖紧腿裤，要接待游客才穿老辈人的宽带大袍凤头鞋。从前跳地戏要选日子行开箱典礼，现在只要有活路，随传随演。

屯堡文化是公认的石城名片。另一张名片是苗族英雄史诗《亚鲁王》。学者专家认为兹一部民间口头传唱作品的发现、记录、整理、翻译、出版，改写了国际学界认为中国没有英雄史诗的结论。

胡维汉《奇特的屯堡文化·神奇古朴的民间艺术》（摘录）

地戏（略）

唱书，是一些屯堡中老年男性的一种娱乐方式，偶尔也有女性参加。唱书通常在夜间进行，中老年男性聚集一室，由一位识字的人手持唱本，用一种既不同于地戏也不同于山歌的富有抑扬顿挫韵味的腔调唱出。这些唱本的内容都是流传甚久的历史演义故事、民间故事。历史演义故事与地戏的剧本有很多相似之处，但题材要广泛得多，如《白蟒台》《关公困土山》等故事就是地戏没有的。还有民间传说的爱情故事，如《白蛇传》《柳荫记》《彩楼记》《水打蓝桥》等，更是地戏所没有的了。

唱佛歌（或称唱佛调，或就叫念佛），在屯堡女性中盛行。屯堡女性多信佛，唱佛歌不仅是一种礼佛活动，现在还成了一种娱乐活动。在相传为菩萨诞辰或"得道"的日子，妇女们（主要是老年中年）要去"朝山"。她们穿戴一新，肩挎内装雨伞、食品、香烛之类的布袋，三三两两地邀约上路，到远近的寺庙去烧香化纸拜佛，唱佛歌。唱佛歌一般是集体活动，朝山时常在焚化纸钱的大铁炉前进行，妇女们全靠记忆齐声合唱，调腔悠扬婉转，很为动听，调子与"唱书"的腔调不同。至于佛歌的内容，则是个很有趣的值得研究的现象，那同"佛"或佛经简直没关系，而与唱书的唱本内容大抵相同，多为两汉、三国、唐宋的故事。也有别的内容，如"四季歌"之类的民间小调。唱完一个小段，要加上一句"佛啊，南无阿弥陀佛"。

唱山歌，是屯堡中与"神"或"佛"无直接关系的民间艺术活动，青年男女最为喜欢。山歌在贵州农村普遍流行，但屯堡山歌有其独特的风味。山歌在屯堡流行的历史相当久，康熙年间留存下来的《贵州通志》就说土人"种植时田歌相对，哀怨殊可听"。不过，后来唱山歌已不限于种植的时候，逢庙会也唱，甚至到茶馆唱，上大街唱……一位屯堡老人用山歌的形式对我做过介绍：莫说农歌没意思，其中含意有价值，短短二十八个字，唱尽古今千家诗。莫说农歌价值低，其中含意甚稀奇，其中含意无可比，看似桂花甜似蜜。他还说山歌越唱变化越多，内容变，句子变，腔调变，除了四言八句，还有飘带歌、滚带歌、盘歌、排歌、结巴歌。我向一位女山歌手请教，她逐一唱给我听，其中的"结巴歌"最有趣。女的唱：哥在山前山后山左山右左坡右坡南坡北坡上坡下坡栽葡萄，妹在楼前楼后左楼右楼上楼下楼走马转角楼上绣荷包。哥栽葡萄大大小小酸酸甜甜苦苦辣辣长吊长吊大个大个来送妹，妹绣个丁丁拐拐拐拐丁丁须须甩甩甩甩须须鱼跳龙门凤穿牡丹八仙过海的花荷包。男的则回唱：哥在山前山后山左山右左坡右坡南坡北坡上坡下坡栽葡萄，妹在楼前楼后左楼右楼上楼下楼走马转角楼上绣荷包。哥栽葡萄牵丝挂网挂网牵丝密密麻麻麻麻密密给妹吃，妹送哥一个红红绿绿须须甩甩甩甩须须丁丁拐拐拐拐丁丁鱼跳龙门犀牛望月喜鹊登梅鹭鸶闹莲野鹿衔花猴子盘儿的花荷包。这种歌是很考人的，一旦对答不上，在对手面前就输了。

跳花灯，在屯堡也很流行。花灯在云南、广西（叫"彩调"）、贵州都有，是群众喜爱的古老的民间艺术，并非屯堡独有，屯堡的花灯就属于贵州的西路花灯。屯堡人中有"地戏是屯军带来，花灯是老百姓带来"的说法，不一定准确，但也可见花灯在屯堡流行的时间不短。春耕期间，有些屯堡既演地戏又跳花灯，有的地戏班子的头子就是花灯班子的头子，但有一条规矩，白天只能演地戏，不能跳花灯，花灯只能在夜间跳，因为花灯尽是打情骂俏的内容，见不得天日的。有的屯堡则只演地戏，不跳花灯，因为花灯不属于屯堡的玩意。有的屯堡则只跳花灯不演地戏，屯堡人认为是有的地方"风水不好"，不能演地戏，或住的不是正经的屯堡人。说法不一定对，现象是存在的。

屯堡的刺绣也有特色，见于被面、枕套、帐檐、服装花边、鞋面、围腰、背扇、帽子等，地戏表演者身着的战裙、背靠和腰带上所系饰物，也常能见到精美的刺绣。一些图案比较古老，也很有讲究。

帅学剑《地戏集成·序》

地戏是石城屯堡人创造并喜闻乐见的古老戏剧。其古朴粗犷的艺术内涵，广受海内外学者关注，视为"中国戏剧活化石"。何谓屯堡人？"屯堡，屯军住居之地名也。"（《安平县志》）在黔中以石城为辐射中心，包括周围十余个县区方圆数千平方公里内，存在语调、习俗、服饰、信仰等方面有别于当地少数民族，也不同于其他汉族的一种汉族特殊群体。所居住村寨多以带军事性质的屯、堡、官、哨、旗、所命名，如詹家屯、双堡、金官、林哨、丁旗、中所等，尤以屯、堡为多，故"以其住居名而名之屯堡人"

（《安平县志》）。屯堡人非土著，而是外来户。"屯堡人即明代屯军之裔嗣也。"（《石城府志》）据史载，明初洪武年间，朱元璋为扫清元末势力，一统明朝版图，派颍川侯傅友德为征南将军，率步骑三十万远征云贵，大本营就在石城一带。征南战事虽很快平息，但西南反叛之火不时重燃。为此，明王朝采取征剿与安抚并举策略，并积极推行屯田制度，使屯军和家属在驻地立寨安居，"待以岁月，然后可图也"（《洪武实录》）。于是在这片地区形成了一种独特的汉族社会群体。漫长岁月中，屯军在忠于王命和怀乡念土的复杂情愫中，拓荒开垦于黔中峰林峡谷之间，自给自足，封闭发展，逐渐形成在语言、服饰、信仰、习俗、艺术等方面独具一格的汉族群体——石城屯堡人。屯堡人来自安徽、江苏、江西、湖北诸省，居住在贵州相对繁荣的地区，特定历史背景下形成的独特心态、相对集中的群居环境所发生的文化碰撞与融合，使其在生活习俗、语言服饰、文化爱好、宗教信仰等方面，既做出适应环境的智慧选择，又顽强固守着原乡原土的生活习俗，从而形成了具有鲜明个性的石城屯堡文化。地戏即其中最具人文精神者。

地戏俗称"跳神"。演出不在舞台而在场圃旷地。演出时间在新春和七月农歇时段。演员头戴木刻面具，在一锣一鼓伴奏下，一人领唱众人伴和，伴之以简朴粗犷的杀打拼斗。剧目取自历代征战故事，与屯堡人军旅生涯密切相关，赞美忠义报国的忠臣良将，不涉情爱冤案造反神鬼等题材。流传至今的二十几部戏谱均出自《三国》《说唐》《杨家将》《岳传》等说部。上自商周，下至明朝，尤以唐宋为最多。薛家将、杨家将、岳家将、三国英雄、瓦岗好汉最受村民喜爱。有的剧目甚至是几十个剧队同时演跳，极盛时期石城一带出现三百余堂（跳一书为一堂）地戏的壮观场面。

这份遗产，为中国戏剧学、文学、民俗学、人类学方面的研究探讨提供了原汁原味的范本。

地戏以其独特性、濒危性纳入国家非物质文化遗产保护名录。

茅草房子石头寨，外面看去入画入诗，诗情画意；真住里头又黑又闷又无下水道，壁缝养臭虫养偷油婆，茅厕生蛆生金苍蝇。有一位版画家，喜欢去深山古寨写生，住过我们招待所，和我成了朋友。有一回他约我去一个男人男娃用镰刀剃头的苗寨，村长带着我们参观。走在寨子外边的放牛路上，那些山腰和坡脚的茅草房，三间一簇两间一对，分布得自然而然、错落有致，衬着些高树低坎、弯路斜坡，草坡上还有个放牛的老二，天开画境。贝聿铭大师都摆布不出来。画家就向村长说，这个环境太难得了，要汲取外地教训，丝毫不要变动。这时候我们正走到放牛老人旁边，他大声说，对嘛！我们就一辈子住茅草房，好让你们城里人看景致！画家当场很尴尬。村长就把话岔开了。

晚上住在县招待所，画家说，今天弄得我很狼狈。其实我是好心，担心这样好的环境又被乱开发。我说，几十年读闲书，我发现文艺和现实是先天背向而行的。一个要审美，一个要实惠；一个要顾后，一个要瞻前；一个唱挽歌，一个吹进行曲；一个要揭出病苦引起疗救之努力，一个要动手解决问题。两难。几十年前，一位上大学时用文字画梦的天才诗人，走上社会后，在茶馆见一个小姑娘悄悄拈起一粒掉桌上的糕屑放进嘴里，在乡村看到农民的家缩小为一束农具，在海滨看到一排排别墅像妓女在等候大商贾光临，触动很大，写诗说：从此我要叽叽喳喳发议论，我情愿有一个茅草的屋顶，不爱云，不爱月，也不爱星星。后来他到延安去了。

我告诉画家，我有个远房重孙辈是青年作家，写乡愁很有点名气，屋后的青山，屋前的路，草房的炊烟，石井的水；草坡的黄牛房上的猫，啾啾啾的小鸡，汪汪汪的狗。有诗有散文。他头一次回老家补充乡愁，先告诉家里建一个洗手间，他觉得乡下别的都可以将就，只有牛圈茅坑无法克服。抵达老家，不光洗手间没有建（乡下没有下水道），蚊子苍蝇的列阵欢迎也招架不住。匆匆逃回县城，睡酒店喝矿泉水，在台灯下哀悼童年美景消逝不回。好评如潮，成了网红。有位洋诗人说得好，乡愁只在记忆里，人总是在找失去了的。在的就不用找了。再说，欧洲的石头建筑你不动它，它几百年不变；我们的木房子都要年年拣瓦翻修，更莫说茅草房。

两难！画家叹口气，关灯睡觉。

屋子里黑了一下又朦胧亮起来。他想起一位心理学教授说，人对过往的生活经历，会自然而然遗忘那些不愉快的人和事，记住并且美化另一些人和事：这是一种规律。俄国诗人说一切都会过去，过去了的就会变成亲切的怀恋，意思差不多。想想也真是这样：小时候闯祸挨打不准吃饭，回忆起来也很亲切，没有了当时的委屈和恼怒。有首歌唱得好：见面不如思念。

乡愁也就是一种过去变为亲切怀恋吧？既然都是规律了，那就用当下喂肚子，拿乡愁喂精神；让放牛老人住进有自来水下水道的新村，让曹画家用画笔留下美丽的乡愁。

都要眯过去了，突如其来想起一首从小姐们那里听会的歌：阳光明媚照我可爱的家乡，在夏天人们高兴。五谷丰登草木好百花香，枝头小鸟终日不停唱。孩童们玩耍在那小屋的门外，好快活好天真可爱。现在艰苦命运到来敲大门，我们可爱的家乡再会！莫再哭好姑娘，现在莫再忧伤。我们唱着歌赞美可爱的家乡，我们可爱的家乡在天边。

兹才是最无解的乡愁。

地戏《薛丁山征西》剧本

白：扫开场来扫开场，扫开乌云见日光。扫条大路好跑马，扫条小路好操枪。扫个大场卖牛马，扫个小场卖猪羊。扫个文场卖笔砚，扫个武场卖刀枪。和合二神仙，两手扒住肩，有人侍奉我，金银财宝万万千。二位小军扫场罢，奉请元帅下教场。

赞曰：蛾眉两道志气豪，罗成转劫第二朝。因与青龙结下恨，保驾征东有功劳。征东平辽班师转，官封一字并肩王。

白：吾乃薛仁贵是也。因跨海征东有功，蒙主上隆恩挂帅征西。今与辽兵对敌，本帅亲自上阵。（结束已毕，便叫）驸马公爷！你也打扮一番，好与辽军作战。（怀玉得令，连忙整顿）看看看，看我怀玉怎披挂，怎打扮，盖世英雄真好汉。

赞曰：头戴金盔凤翅招，斗大红缨顶上飘，身穿白银甲一副，内衬一件滚龙袍。左绣龙来右绣凤，二龙抢宝守中央。雄赳赳，气昂昂，摆开双铜鬼神降。若问咱的名和姓，姓秦怀玉驸马郎。吾乃秦怀玉是也。

（苏宝同见唐将十分威武，连忙整装披挂）

赞曰：威风凛凛志气高，青龙降生天下朝，金銮山上学法宝，随带飞刀乱唐朝。辽王驾前为元帅，要报祖仇把恨消。

本帅苏宝同是也。（宝同打扮已毕，便令）连度总兵，你也打扮一番，好与唐贼作战。（连度得令，急忙打扮）

赞曰：奉王旨意守界牌，百般武艺记心怀，英雄镇守此关隘，太岁闻名不敢来。咱乃黑连度是也。

仁贵骂道：辽贼少要卖弄威风，放马过来，见个高低。

唱：二家放马来交战，各凭本事定输赢。看看战上三五合，宝同心下自思忖。

宝同叫道：唐贼休得逞能，今日天色已晚，明日再与你决一死战。

唱：宝同说罢勒转马，收转儿郎马共兵。仁贵也不去追赶，各自收兵转回营。一夜晚景且休唱，次日五更天又明。

志斋老师是宁谷人，宁谷紧挨五官屯。他家和五官屯的徐姑外婆家是亲戚。他忽然从志斋老师联想起另外一个老师，心里发毛。赶紧车脸起身，踱到小院绕起石榴树和几盆根桩转圈圈。想甩开它又甩它不开。

也是教国文的先生，听说也有点学问。非常之穷，穷到一家人见天现买米下锅。五三年暑假，全专区中学教师在普定办集训班，一天下午他被叫去谈话十多分钟，半夜就摸到厕所上吊了。原因没有宣布。学员们私下议论都猜是历史问题。很久以后他一个学生悄悄告诉最要好的同学，真相是他女儿未婚怀孕，向单位领导交代胎儿是她父亲的。单位派人到教师学习班，双方共同查询，他一言不发；让他回去考虑，当晚自行了断。这个知情学生的姐夫就是参与询问的干部，不会是谣传误传。只不过实在太那个太那个了！石城酷评家众多，唯独对此案，窃窃私语者有，公开议论者无。据说那位干部姐夫叹气说：看《聊斋》走火入魔，想做穷书生又无处去找狐狸精！

他打了个半截冷噤，非常之不舒服。提起壶给几个盆景喷叶子浇水。弄完了还在小院里转圈子，使劲想别的事情来打岔。但愿镜中人从来不晓得这件事。那时候她是民办小学代课教师，没有资格参加集训班。

转回小屋,翻出一本黄宾虹的蜀中写生册子,勉强自己钻进那些墨点墨线里去。又没来由地想起有一次婵孃家来了个女客,坐到夜很深,他陪着送客,出了大门,主客絮絮道别,他忽然看见斜对门同知巷巷口昏昏的路灯下面站着个女鬼,煞白的脸,颧骨耸起,下面两团胭脂,跟京戏阎惜姣幽魂活捉张文远一模一样。他吓得叫出声音来。婵孃和客人顺着看过去,却若无其事继续讲话。他明白了,这就是书上说的暗娼。还有一天晚上,婵孃带着他去看京戏回来,走在空空的东大街上,忽然一股浓郁的奇怪香味飘过来扑鼻子,婵孃说了句:哪家在熬大烟。

这两件事让少年的他窥见小城隐藏得有另外一块诡秘天地。

那天想起师弟的话,他发微信让吴蔚推荐几部流行电视剧来看看。见所未见,闻所未闻,震撼不已。才知道城市深处有陌生的欲望魔宫,失足犯罪的渊薮,那里面钱权情色,美人站台。趋者如过江之鲫摩肩接踵,本领如八仙过海各显神通,兴致如赴火之蛾奋不顾身,竞相在物质欲望的洪流中载浮载沉。有些娱乐场所简直就是那位写《国际歌》的诗人说的,蛆虫成堆钻营饱食的虫豸王国。有篇外国小说,一个邪恶天才杀害二十多个少女,用她们的体味做出一种香水,在他走上绞刑架的时候喷放出来,使得半个巴黎城的围观男女在光天化日之下兽欲毕露。城里那些娱乐场所,似乎都渗有这种香水的残余。

人世间都有明暗两块天地,他想。"已有的事后必再有,已行的事后必再行,日光之下并无新事。"今天的唐僧想修成正果,恐怕远远不止八十一道磨难。

《民国府志·杂志》

同治三年甲子（1864年）某日，有一人进入东街某家，状貌雄伟，衣履朴陋，后从一老妇、一少妇，当为其母、妻。其人自言，田姓，有光名，偕母妻由镇远避难至此，寻屋未就。曰"但求栖身，不必宽敞"。某遂以仓房一隅僦之。其人作小负贩，早出晚归，必以甘旨奉其母，而夫妻则自啖粗粝；然亦未尝有戚容。妻李氏，美而知书，针黹之暇，唱说本以娱其母；同院妇女，咸往听焉。某父偶与田语，经史子集靡不通晓，尝谓其子曰："吾家客，非常人也，不可以流民目之。"居年余，田母病，夫妻侍汤药，昼夜不倦。数日逝，哀痛尽礼，备衣衾而葬。月余，田将回里访友，夫妻相持大哭。人咸不解，谓暂别何竟如此。去后，李代人浣濯缝纫以自给。既，有人自铜仁来，呼李以嫂，自云何姓，系有光表弟，代寄家书。李拆书，视未竟，哭晕于地不能起。共视其书云："吾大仇已报，死亦何憾，现居缧绁，惟延颈以待秋决。所不能释然者，山遥水远，离家千里，举目无亲，贤妻无所依托耳。可迅觅匹，以终余年，切勿以我为念。"众阅毕大惊，唤醒李氏而询其巅末。

先是有光之父田翁，铜仁人，其言镇远者诈也。翁有良田一区，与豪绅罗某邻。罗欲夺之而不得，遂造伪契讼之官。官烛其奸而挫辱之，由是挟忿。会翁自他村夜归，罗率其健仆数人要而殴之，铁杖交下，身无完肤。负归，呕血月余而卒。临终谓有光曰："儿能报仇，吾目瞑矣。"有光思手刃父仇，又恐为母妻累；况势又不敌。罗犹寻衅不已，故与母妻偕隐于石城。母终，潜返里，怀利刃刺罗于要路，剖其胸，抉其目，自赴官请罪。官以其自首，拟以监候而未决，故于监中命其表弟寄书至。李复书誓此生决不他适。后音信遂梗。

越三年，丁卯岁暮，有裘马煊赫、仆从如云而至者。李正服破衣，立檐下洗衣。入门，则其夫也，相见各大哭失声。问其脱祸之由，曰："田军门者，与余无一面之交，闻余事，对当路者言，出于狱，置之幕府，今已服官游戍矣。"居数日，厚谢主人，以肩舆载妻归。

那年我妈问我愿不愿意来你舅舅家，我顿都不打就答应，为的是他那些书。时间长了，觉得他本人就是一本书，里头东西多了，只不过要你个人去悟。

有一回，一个熟人领起一个生人来，介绍是抗战前在北平玩古董的。抱起个布包包，打开一层又一层，锦缎盒子里头是一只瓷瓶瓶，宣统皇帝的太监从宫中偷出来的。在省城听到先生的大名，特地送来先睹为快。先生请他们坐，我泡茶敬客。那人把瓶瓶车来车去夸，先生抿笑听。听完说"这方面我是外行，容我改天回话"。那位把瓶瓶留下告辞去了。先生留住介绍人，叫我续了茶水，才开口说，玩古董要有三个条件：一要财力，二要闲心，三要眼光。我三个都不具备。再说，真买下来，越真越贵重越是累赘：摆出来惹事，藏起来白买，约朋友赏玩没有时间。就请帮我带去婉言回绝了吧。客客气气把人送走，他也去号上办事了。再也没得提过这桩事。我有一天扫抹客厅回忆起来，慢慢省出先生那几句平平淡淡的话有嚼头。

省城冯先生介绍一位姜阴阳携眷来家，要给老祖太看阴宅。先生是有名的大孝子。安排阴阳两口子住在二进小屋子，就是东营长借住过的那间。我每天用嵌鱼骨花的紫檀大盘子给他们送菜饭。男的矮矮小小，一副懒涩涩脸嘴；女的很年轻。两口子一天蜷在屋子里头。男的出城去看地，也一定要转来吃饭。有一天我送中午饭去，两口子还睡在帐子里头，帐子一扇一扇的。我硬想吐泡口水在他们的菜里头。那时候这种阴阳先生是一门职业，靠连锁介绍飞去飞来富贵家。有故事说一位阴阳先生给财主看地，也是带起婆娘。看来看去，发现财主家茅坑才是一块百年难遇的龙脉宝地，心里就打小九九。一天把婆娘哄到大茅坑边，一把推下去淹死了。头晚上刚下过一场瓢泼大雨，茅坑满当当的。财主很觉得对不起人，让他选块地出钱厚葬。阴阳先生说她是寒薄之命，只能就地填土掩埋，吉地厚葬反倒祸延生人。财主恭敬不如从命，按他说的填土埋了。后来先生走了，果然家也就发了。具体发到何种程度，故事没说，想来不外乎豪宅田地三妻六妾之类。要是发到皇帝级别，应该有野史记载。没听说哪朝天子是阴阳出身。姜阴阳带起婆娘走，不会有兹种坏心眼，是太恩爱。我送饭都送烦了，他就是不肯走；先生呢，只当没有这个人，一切照常。有时候姜阴阳趁先生回家，尾在背后讲东门这块地如何，北门那块又如何，但都还不够分量。先生只是耐心听，听完说慢慢找慢慢找。姜阴阳这一住小半年，钱饱货足才心歉歉摆驾回宫。多年以后老祖太在省城过世，我们赶起去送葬，找的是望城坡一块地，前面铺开一大片城景。先生说，前前后后介绍龙穴宝地的无其数，我都不置可否；人在世哪块地都不合适，人一走哪块地都合适。

老辈人相信堪舆之说。人发达是祖坟地好，人倒霉是祖坟地不好。我有个当乡支书的金姓朋友，肯读书动脑筋，跟我讲过一个笑谈。民国初年，他们织金来了个执法严明的县知事，对征收赋税最上心，一户不漏。有个全县最偏远的寨子，只有五户人家，也要派差役春秋催缴；差役老大不愿，征得的几文还不够爬山过水的草鞋钱。烦了，想出个主意，指定五户之中最老实的张老者代收代缴。聚拢全寨宣布任命。当晚张老彻夜难眠，心潮澎湃，忍不住把老太婆蹬醒：婆娘，不晓得是哪座祖坟发在我身上了！

　　我们本城也有故事。两弟兄父母早故，分家另过。哥子勤奋，洋纱生意做得殷实；兄弟不上进，坐吃山空，时常涎起脸找哥子告帮。回数多了，当哥的只好马起脸操出去当面闩门。浪荡儿思来想去，向一个绰号烂绅士的谋士讨教。烂绅士说，主意可以出，得钱对半分。浪荡儿满口应承；烂绅士就附耳过来如此这般。第二天浪荡儿带起四个扛丁字锹粗麻绳的土工子过钟鼓楼出北门，经过哥哥铺子进去说，今天去迁老爹的坟，特地来知会哥哥。当哥子的一听这等大事，追问原因。兄弟说请教了风水先生，我打烂仗是因为爷老子的坟发长房亏二房，迁一下就转运了。哥哥一听晓得后面有高人指点。谈判下来，哥送弟一股洋纱，从此永不往来，还请左邻右舍做证，了了这桩家事。又比如说谷三太爷那块阴宅如何的了不得，但他家三个儿子发迹在他过世之前，他入土之后后人发到何等程度又没听人讲过。

《民国府志·云台山树》

　　云台山北面，古木一株，大可数围，高六七丈，枝叶纷披，俗名沙汤榔。其分枝处有穴，宽尺余，深四五寸，中有积水，虽大旱不涸，久雨亦不溢，距地约七尺余。尝有牧童跨其枝上，掬其水使涸，转瞬复盈。取治疾屡效。邻县镇宁、关岭等处疾者，常远道来取以煎药。或曰："按之五行，木以水生者也，兹木乃生水，不亦奇乎？"岂知千百年古木，盘根久而入地深，其吸收力极大，或者土中水气运行枝干之间，势必由穴而出。然水阴湿之气也，出受阳光，或亦阳盛阴阻以至盈而不溢乎？则斯水虽奇，窃有较是为奇者，尚未可一二数也。考之城北二十五里锅石寨侧有一树桩，高三尺，上有曲穴藏水，亦不涸，群呼为万年水，以竹筒取之，可以治疾。又，城南五十里长树坑寨后坡顶有一古树，周围六尺，由腰分四枝，枝间下陷成穴，亦有积水。每年春际，土人必偕祭之，以水之盈缩，卜年之丰歉，相传往往有验，此又物理之相类者也。世人皆以为神异，姑并记之。

那天老同事聚会，热门话题是养老，非常丰富多彩，麻将势力最大。老年大学国画书法合唱团，太极拳八段锦广场坝坝舞，收养流浪猫狗，满世界旅游，围棋协会象棋协会桥牌协会。八仙过海，百家争鸣。那晚上送他上车的师弟迷的是收藏，说要看经典书那是人云亦云凑热闹。这位师弟性情随和，顺应潮流顺应得乐呵呵的。先是收印章石，开口闭口寿山青田芙蓉鸡血田黄冻。过了半个月，来拉他去鉴赏。一方一方用信笺纸包起，揭开来厚厚糊一层凡士林，总有上百枚。师弟不停讲解，把块抹布弄得两面透油；他只带耳朵不带嘴。饭菜上桌，师弟端起酒敬他一杯，才开口请师哥评论。他说，若是叫我看古字画真假，那学问深，不敢说三道四；印材呢，因为从小喜欢刻章，见过一些。同门兄弟，说假话对不起兹杯酒。老弟，你兹些石头尽都是新坑凡品，有些甚至不是印材，是劣石打磨抛光出来的。看去又细又滑半透明，简直是冻石，实际非常之粗糙，根本不受刀。我们以前刻的普通的青田石、昌化石，虽然打磨粗糙不起眼，都是真货，受刀。现在的科技，造假容易得很，比方兹两枚鸡血和白芙蓉……师弟连声说，晓得晓得！真的价比黄金买不起。又问他见过真田黄没有。他说哪天你来看看我的收藏。师弟眼睛都鼓起来：师哥也玩收藏？保密做得好！还等哪天，明天就来！

第二天早早来了。他泡壶好茶招待。师弟抿一口，咂咂嘴巴：好茶！有股椒香。他说兹是云雾雪芽，一个在贵定茶山里打工的孙辈送的。现在的名茶，没得门路买不到好的，甚至买不到真的。在清朝它就是贡茶，产量不够就到我们石城来收去填数。府志里头写了的。师弟说：我们地方的茶是栗香味，混得过去？他说：你以为贡茶是从产地直抵金銮殿面交皇帝老官？哪跟哪，是一层一层朝上递。都叫云雾茶，哪一层留一些都是心照不宣的。酒也一样呀，等级多得很。你以为我们喝的茅台酒跟尼克松访华喝的一个样？无数高官大老板喝假茅台上吨，来贵州喝真的反倒认成假的了，味道不合。有本书说一位在美国发大财的云南画家，一箱一箱买五十年茅台喝。兹叫假茅台哄假洋鬼子。有个外省代表团来访问，接风宴上茅台，他们秘书长咂咂嘴，悄悄对首长说：假的！首长哈哈笑：你以前喝的才是假的。兄弟，万事万物都分等级。名车名表，品牌下面分款式，价格相差几十倍，一样的道理。体育爱好自由吧，一等人玩高尔夫，二等玩网球，三等玩木球，自动对号入座。

　　其实，他说，好有无数种好，美有无数种美。古人说环肥燕瘦都是美，各有各的美。假茅台论真假它是假，论好坏它也是好酒。我亲眼见一位甘肃小伙尝了茅台酒说不如他们的青稞酒。说好说坏都是以习惯为准。我们兹样多民族，兹样大地方，十几亿人口，几千年历史，哪处不出好酒好茶好吃喝？可以不喜欢，不能说不如你。艺术也一样。我不喜欢赵孟頫的字，不能说他写得不好。现在网上事事比输赢排座次摆擂台，黄宾虹对齐白石，于右任对林散之，美书对丑书，楷书对草书，非要比出输赢高下。拱屎虫戴眼镜假充地理先生。山里人骂的扯×谈。

　　师弟好容易截住他：师哥，我们看收藏？他拿出一套两岸故宫博物院藏品画册，一本青铜金银玉石，一本书法绘画，一篇篇翻一件件讲，拣最显赫的藏品看。师弟连声说：国宝国宝！现在看师哥的收藏吧！他说兹就是我的收藏。师弟结结巴巴说：师哥收的是印刷品？他取出一本小书：兹本书是《百姓收藏图鉴》的铜器篇，我喜欢青铜器。那些故宫国宝不去说它，你看兹件战国牛尊，你看兹件西汉羽人，玩实物你我买得起？一只牛蹄子就叫你十年不吃饭不穿衣。我五十块钱买本书就有了两百多件。现在的印刷技术，你看青铜器上米粒大的纹路都一清二楚，比在博物馆隔着玻璃柜看还清楚。用古话说兹叫"下真迹一等"，比真迹只差一个等级。翻开随我看个够，丢在桌子上小偷不要。师弟不服气：总不能代替实物嘛！他说：实物吗？值得收的买不起，买得起的不值得收。你们收的那些不错，是实物，有看头吗？值得省吃俭用去买吗？能和我这些比赏心悦目吗？

　　他给师弟讲了个笑话。一个叫花子捡得一副崭新箍袜带，回家套在光腿杆上左看右看，浮想联翩：箍袜带箍袜带，要有袜子箍起才好看。袜子穿起呢，要有皮鞋才般配。鞋袜齐全就要配裤子。下身整齐了，不能上身光膀子，要配体面衣服。齐了！还差顶呢子帽帽！美滋滋睡到天亮，髁膝头又痒又胀，血脉不通。狠狠抓了一阵，把箍袜带扯下来，上街找荒货摊换锅魁钱。

　　师弟笑：师哥在骂我。他说：自家兄弟哪能骂你。兹个笑话不是颠兑叫花子，是在讲一个道理；不妨细默一下。老辈人说的"少则得，多则惑"。甚爱必大费，多藏必厚亡。知足不辱，知止不殆。师弟连声答应。忽然想起问：电视有个节目介绍一个日本女子家藏的中国古董就有青铜器，你看到没有？师弟：看了的看了的！太眼红喽！下载来看过几回了！他：你注意她讲了兹些古董的来龙去脉了没有？师弟：说是祖传。他：讲得有点含混对不对？师弟想想：好像有点……他：那天我看了就猜，她祖上不是八国联军军官就是侵华战争军官。抢的！兄弟，好东西最容易引出偷盗不义之心。玩玩可以，不要入迷上瘾。

师弟悻悻告辞。站起身端起杯子把茶脚脚喝了。他把白纸包的茶叶分出一半，兄弟，喝茶也不要认到一种喝，云雾雪芽碧螺春，太平猴魁绿宝石，西湖龙井铁观音，碰到都要尝一下。各有各的味道。有一年一个子侄辈孝敬我一盒都匀毛尖，标明元首级，一小袋泡一杯，我一试，没得比的！舍不得独享，有会喝茶的朋友来了才让他尝尝。这种东西古人称之为尤物，可遇不可求。你记住，不论烟酒茶纸笔墨古玩玉器，上品极品珍品孤品轮不到我们小老百姓。你收东西的时候放清醒点。他连连啄脑壳阴雨转多云去了。

几分钟又折回来：哥！忘记个事了——大聚会那天你问那个烧香拜菩萨的官，人多我没有讲，凑近低声说了个名字。他说：我猜你说的就是他。落马了晓不晓得？师弟瞪大眼睛。他说：窝案。有一位比他官大的，听到风声以后，家里几十箱陈年茅台酒，叫老婆一瓶一瓶朝下水道倒，手都倒软。又有一位，贪的钱一分不花，装出超常俭朴的样子，皮鞋破了送去修理，舍不得买双新的。临败露的时候醒悟了，对送财务表来签字的秘书说：钱这东西只有一个用途——量刑。师弟连连感叹：那句话咋说的……早知灯是火……他说：饭熟几多时。师弟说：就是就是。他说：有几句顺口溜说，供上几片糖，一年保吉祥；塞进几张币，保我赚几亿；头香烧一束，贪腐不入狱；与神玩交易，一本换万利。师弟呵呵笑道：怕菩萨不会兹样憨。他说：神是人造的嘛，人的心啥样子，他的神就啥样子。

这以后，师弟见他再不提收藏，只说喝茶。但是听人说他卖了印石改玩瓷器，最自豪的捡漏是八百八十块钱买到一个清末民初的青花鱼盘。以前一般人家都有，他跟老爹到处办席多的是。后来听说又把瓷器处理了，改玩民间老家具，家里添了几张雕花靠背椅，也是一般人家日用的，换掉沙发摆客厅，油漆剥落，瘦骨伶仃，非常之古意盎然。他听了取出王世襄先生的书，把那些明代家具当成自己的收藏，拿眼睛摩它们的每一根线条，转角，图案。用眼睛摩比用手摸细致。想，师弟算不定过些日子又会换名人字画之类。收藏瘾不好戒，不比忌烟容易。他耳根又软，听风就是雨。洋学者说人是会思考的芦苇，不会思考的芦苇自然就东偏西倒随风转。

当然玩的人自己开心就好。但很多收藏家老来又难免碰上个难题：一辈子心血所聚的藏品怎么处理？有些"家"，人还没有落气，儿女已经为它们大打出手了。

他有两位真算得上收藏家的朋友，见事早，听说有老外深入我们民族地区收买民间工艺品的传闻，立即投入抢救行动，倾家馨力，成为收藏苗、侗、布依、仡佬族的刺绣、蜡染、银饰最丰赡的两家。一位拿出几十分之一，在博物馆办了一次展览，观众已叹为观止；办展的人说，他两套住宅，除睡床以外的空间完全被藏品占领。进他家一股闷人的霉味扑鼻子，因为那些精美绝伦的刺绣衣裳不能下水洗。他长年累月就住在这种气味里。他也做过建私人博物馆或民办公助的计划，都实现不了。另一位已经走了，在世时经营的陈列馆由女儿管着，也艰于维持。

不过玩收藏的有个好风气：不势利。你玩粮票布票棉花票，他玩商鼎汉砖元青花，都能成气候，道理上平起平坐。

档案袋旧文《茶事》

贵州多山间丘陵，温湿多雾，最宜茶树天性，因此上品好茶多不胜数。但一因地势闭塞，产品不出里闾；二来产地分散，从未形成规模。所以虽然自明至清，代有贡品，却创不出大名声。直至今日，贵州茶仍限于令外地亲尝者惊喜叫绝，让聪明茶商用以充外地名茶，贱购而昂售，与贵州山水、贵州人才同一处境和命运。

《清史稿·食货志五·茶法》将贵州与苏皖鄂浙闽湘桂滇并列为产茶地之"最"，但从云南茶税年缴九百六十两，贵州仅六十余两，就可见产量之低。《贵州通志》说："黔省各属皆产茶，贵定云雾山产最有名，惜产量太少，得之极不易。石阡茶、湄潭眉尖茶者皆为贡品。其次如铜仁之东山、贞丰之坡柳、仁怀之珠兰茶，均属佳品。而石城茶香味尤盛，滇商往往来购去改充普洱饼茶。"这段话有三点值得说说。其一是认贵定云雾茶为黔茶之最，深得我心。民国《续遵义府志》云贵定云雾茶"为黔茶之冠，岁以充贡，然岁出常不足额"。多年以前，一位文友赠我一包他家乡的贵定云雾，我诧为极品，他就于每新茶上市时都送我一点，不想品质再不是那回事了。他怕堕了家乡名声，亲自跑回去采购，方知岭南茶商每年都提前赶来，坐镇收购，本地人反而难以到手了。后来又喝到一包品味相符的，出自一位故人的女儿相赠，她却是一点不懂茶，歪打正着。二是说石城茶最香，这也不假。我以为茶的极品在"三清"：清香、清涩、清苦。一般绿茶都有这三味，难得在一个"清"字。现在许多名茶，或无香，或有而不清，带粟气、糯气，甚至带袁中郎所谓"豆气""草气"。我说的"清香"，可能稍近于茶家认为难得的"兰香"吧，但也只是"可能相近"，准确说它就是茶香，不是别的。茶带微苦方味厚，但须苦得"清"，苦得微妙，姜白石的词，"数峰清苦，商略黄昏雨"，大概就是这样可意会不可言传罢。浊苦就为庸品。清涩最是我喜的茶品，却也最为难得。在石城喝过一次江龙白沙茶，一次蚕种场瀑布毛尖，三清兼备，永远不会淡忘，但就是产量少，难得喝到真的好的。其实全国的名茶名酒，又何尝不是如此。其三是说石城茶被云南茶商买了去充普洱饼茶，其实滇茶是大叶茶，制成饼茶，浓厚经泡，几无香味，与绿茶大异其趣。贵州关岭以西土质接近云南，种的也是大叶茶，更适合普洱的品质，恐是说的那一带。

前几年，一位老熟人因其孙子开茶店，要我写一副对联，提供自唐至清几种贵州贡茶的名称做参考，我就将那七种茶名凑成一联交卷：

坪山云雾润坡柳，
天印朵贝贡海宫。

联中七种茶依次为：石阡坪山茶、贵定云雾茶、贞丰坡柳茶、镇远天印茶、普定朵贝茶、开阳南贡茶、大方海马宫茶。贵州的贡茶不止这七种。但是近些年贵州许多名茶，规模生产后，都淘汰了原植株，换成产量高的大叶型茶树，茶味自然也变了。

抗日战争时期，国立浙江大学内迁湄潭，一时间众多大学者汇集小城。他们发现湄潭的自然环境很接近江南茶乡，向政府建议获准，农林部中央农业实验所在此创建了贵州湄潭实验茶场。一九四三年五月十六日，在湄江饭店举行试新茶集会。浙大"湄江吟社"成员欣然赴会，并即席唱和，留下了《试新茶》雅集组诗，作者有苏步青、江问渔、祝廉先、胡哲敷、钱琢如、刘淦芝、张鸿谟、周本湘、江恒源等。都是有名的学者教授，且多属自然科学专家，而能即席赋同题诗，而且是格律严密的七律，那一代学人的文化素养和教育质量，着实令人叹服。时值战乱最惨烈的阶段，能在大后方的一角山水，最清贫的生活环境里，集中这么一批精英人物，产生这么一次文化集会，留下这么一组诗歌，真是贵州文化史上的一段胜事佳话，几十年后的今天，思之仍令人神往。而且湄潭实验场就是今日省茶科所和湄潭茶场的前身，是第一任场长刘淦芝先辈留给贵州的宝贵遗产。湄江饭店试茶雅集组诗中，好句不少，最能概括的是江问渔先生联语：

万山雨霁忽争好，
一室茶香共试新。

上句刻画山景，群峦生动欲语；下联点染即事，胜集温馨如歌。

那年年尾我抽调参加农村工作队，先集中十天学习政策，我感觉起步抬脚有点重，有个同事捞起我的裤脚，拿指拇压，松开手出个浅浅的坑，慢慢才平复。抓紧想办法，他说。我就去幺铺小学，拿十块钱让你帮买五个鸡蛋。兹可是月工资的四分之一。你拿转来十个蛋，钱也退还我，说是卖家只要粮票不收钱，你拿粮票换的。我一天吃一个，到离开的时候抬脚轻了。那时候城头背街小巷也有这种市场，城边乡镇更不消说。以物易物、将钱买货都可以。一般称为黑市或自由市场，其实叫自发市场更合适。按文件不合法，按形势合情理，既然应运而生，市管也就明紧暗松。

农村工作队员每个月有三斤粮食补贴，临出发，我给你留了十斤粮票。几个月回来，我给你十八斤粮票，你倒转给了我二十三斤粮，都是靠"瓜菜代"节省下来的。我们工作队去的是乌蒙大山里的一个公社，到了就参加三级干部会，听发言了解情况。他们说是头一年大炼钢铁顾不上收割谷子，大食堂敞开肚子吃饭；第二年又虚报浮夸卖了过头粮，接到就出灾荒了。工作队进村，所见所闻确实非常之严峻。随着解散大食堂、发还房前屋后蔬菜地，局面开始向好。赶场也恢复了，就是农村的自由市场。头一个看见卖盐水煮毛豆的队友像发现出土文物，一个传一个，争起买。五角钱一浅碗。植物蛋白！比得现在人吃冬虫夏草。

农村工作队转战几个公社，前后八九个月。临回来的时候，我买了一大坨蕨根粉，带回来给你做甜食。蕨根粉当然比不上荸荠粉，但在那时候要算顶呱呱的代食品了。我用蕨根粉给你做过水晶凉糕、石榴米汤、甜饭。一斤粮票买一斤半的碎米煮蕨粉稀饭，你顶爱吃。做水晶锅炸不用想，非得要真正的荸荠粉，还要猪油。甜味倒不愁，买糖精不用票。

这坨蕨根粉成了你的宝贝。一开头是我做，你看了两回学会了，就不用我专门去了。每回你叫我吃，我都说在乡下吃伤了。其实我在乡下吃的是蕨根滤淀粉剩的渣渣，磨成粉还有点糯性，颜色比咖啡还黑，搓成圆饼烤熟，两毛钱一个，进嘴软软和和的，只是苦，还有股土腥气。一角钱一个的松根粑粑更难吃。那次区里开三干会，大甑子蒸油枯大米饭，油香抓鼻子！油枯就是榨了油的菜籽饼，正常年成是顶级肥料。就像有个诗人说的：饥饿呀，转动着觅食遍地的糟糠吧！饥饿呀，吸吮那牵牛花心的毒液吧。人饿了见啥吃啥百无禁忌。

临回来的那个大年夜是我第二次不在家熬夜守岁。第一次是万籁无声，万马齐喑。这一回我睡在房东家窄窄的门板床上，山里的夜晚一点声音没有，忽然间，远远传来一户人家春碓的声音，不紧不慢，好像听得出苞谷在碓头下高高兴兴地翻滚，高高兴兴地粉身碎骨变成黄灿灿的一碗饭，扒进娃娃的小嘴。我像听音乐一样听它单调的节奏，听出正常日子回到农家了。这个深更半夜的春碓声，几十年记得跟昨天一样。比李白的"田家秋作苦，邻女夜春寒"更动人。

那坨蕨粉像个排球，颜色灰白透浅红。遭耗子咬出个小洞，我把它剜干净了，没有跟你讲。那年农村耗子多得出格，聪明得出格，猖狂得出格。我离村那天才买的兹坨蕨粉，装在一个枣红布包包里头，悬挂在屋梁正中挂油灯的钉子上，四周空荡荡，像个空中孤岛。然后拎行李背包放到大门口。不到一分钟时间，转回来就发现枣红包多了个洞。它究竟用啥方法咬到的呢？倒抓起天花板爬？凭空从地下跳丈把高？难以想象。

自从那位教育科的汪神经骚扰你过后，我照顾你的生活反倒少了许多顾忌。那一回庆祝新中国成立十周年，你们教育系统排练节目，派你演秧歌剧《小姑贤》里头的嫂嫂，你实在不情愿，悄悄找我出主意。我说还是服从安排的好，你一个代课教师。你听我的，演了，不想还真的惹出麻烦来。

那位汪同志对你一见钟情，展开攻势，不屈不挠。他文笔还可以，又研究《红楼梦》，给你的信写得又动情又革命，义正词严。湖南人，深谙曾文正公屡战屡败屡败屡战的策略，不拖垮你决不收兵。你隔一两天收他一封信，打钟兼收发的老彭伯找校长反映情况不正常。学生们看你的表情像看动物园的老虎，又畏惧又兴奋。你走到哪点，十有八回他远远尾起。你去找他们领导反映，领导也为难，人家发乎情止乎礼，没有闹出问题，并且婚姻法维

石　城

护自由恋爱。反映几回无结果，你想出个主意，约起我去见他们领导，说你有朋友了，就是我。那位领导如释重负，找汪同志来讲清楚。哪晓得他就站在门外边的，进来就说，只要她还没有领结婚证，就可以追她，路边的花人人采得。无解了！你气得一路哭回学校，从此不敢跨出校门，按月买米赶场买菜都是我来做。幸亏汪同志疯病越来越明显，机关春节会餐他把一桌子菜都掀翻，讲的话无人懂，就进了精神病院。要不然，真还不晓得咋个收场。

这以后，我照顾你就成常态了。老彭伯对我也很和气，有一回还送我一瓶他个人泡的水豆豉。谈朋友正名公道。其实你我都心知肚明。我只是在完成婵孃的托付，哪时候都要给你当挡箭牌。

档案袋旧文《采蕨山谷间》

我从荒凉的山谷，弯腰掐下一根水灵灵的苗苗。看紫色的圆茎，看银黄色的鸟爪蜷握式的叶芽，看绿色的伤口，看伤口沁出的一滴清汪汪的汁液，那汁液用手指一摸，便粘起来蛛网一样亮晶晶的细丝……

这是蕨苔，一种美味的野菜。采上一束，放到米水里泡几天，去掉黏液和腥味，再用针尖破成细丝，切成小段，配上鲜红的辣椒、碧绿的蒜苗炒一炒，便在你口中脆生生地响，鲜味中带一点清苦，叫你联想起峭崖、幽谷、春天冷冷的山风。

这其实是一种极贱的野菜。往年山里农民进城，用稻草扎上十来把，扔在桶里，换一点盐巴钱。他们自己并不吃，因为必得用油，最好还要配上肉丝，不然那土腥味很难经受。它名不入菜谱，迹不上筵席。其实蕨苔水嫩和精致得使人赞叹。但它的盛年却会使人惊骇，那么豪气磅礴，可以盖满一面坡一座壑谷。到深秋,像黄铜一般灿烂;风过,连响声也像铜片一样铿锵。那枝叶有粗犷的美,似乎是大鹏金鸟之类异禽遗下的巨型羽毛。名字也改称"狼戟",这音调响亮的土名,不知应当是哪两个字才准确。但它不堪大用,连垫牛圈沤粪也是下品。因为太坚韧,沤不烂,踩不溶。它只是很好的柴火,一引就毕毕剥剥地燃,又容易砍伐。在产煤的地区,甚至连烧火也不屑要它。

　　时穷节乃见。在饥荒年景,蕨才充分显出它对山里人的价值;并非白白占据着那么多不值得耕耘的荒土。在这种年岁,山民们每天拿着锄头镰刀进山,挖掘狼戟的纵横虬结的块茎,理顺洗净,在水中反复捶打,过滤沉淀,最后得到白色微红的淀粉。用开水调成羹,比藕粉还要浓稠。剩下的渣滓也舍不得扔弃,用大磨碾了一道又一道,磨成黑棕色的粉末,仍然有糯性,可以加水调揉,烙成薄薄的饼。这种"蕨儿粑粑"掌心大小,薄薄一片,要卖两角钱。它粗而糯,带土腥味,并且很苦很苦,恰像做出这种代食品所付出的劳动,比种一季庄稼有过之而无不及。吃过一次,你就会在舌头两侧留下它的记忆,永远记住这个山民的朋友。古人说人有三类益友三类损友,然则蕨是山民哪一类的朋友呢?它是这种朋友:笨口拙舌,从不知道说一句表白心迹的话。与你淡交如水,相忘于江湖。然而一旦有了急难,你会首先想到他。它果然也不会辜负你的希望,默默地自顶至踵一齐献给你……

　　贫瘠山谷里的蕨啊……

和国正《逝象·世象》(摘录)

　　一九六二年市场有限开放之前,农民挑点蔬菜、干辣椒、叶子烟、鸡、鸡蛋进城卖,都被视为投机倒把。东西被没收,使用的秤、箩筐、扁担也一概没收。更何况倒卖国家明令禁止买卖的票证，当然一经抓获必然严惩。尽管执法部门时时严惩，但倒卖票证仍然屡禁不止。根本原因，还是生活物资紧张，有人买。倒卖票证的人并非不知国法森严，实在是由于有暴利可图，不惜以身试法，从事这极其危险的勾当。

街坊宋二孃就是长期倒卖票证的，曾有豪言：老子敢做这个，就是先把一只脚跨进牢门去的。或许因为心理准备充分，或许运气好，也或许因为性情爽快肯帮人，做了几年一直没有事发。后来，市场开放，在南门口夜市煮甜酒鸡蛋，煮红肉面。凡办事处下段同志，工商局市场管理员，居民委员来坐，吃东西一律不收钱，由此大发。疏散下放追得紧迫那些年，宋二孃得人通知，事先托病外地就医，躲过风头，竟安然无事。

困难时期，所有票证都有价格：全国粮票两元一斤，地方粮票一块八；肉票最高时十元一斤。当时是肉最紧张的时期，每人月供菜油三两，猪肉二两。后来菜油、猪肉增到半斤，肉票降至八元一斤。再后来猪肉月供一斤，肉票降至六元。布票五角钱一尺，变动不大。比较好卖的票还有香烟票、糖票，就连肥皂票、棉线票也有人买。肥皂票卖给私人在家里做洗烫服务的，个体开理发店的；棉线票卖给在家接活缝衣服的。总之，凡票都有人买，用贵阳话说：死耗子也会碰到瞎猫猫。最贵重的票是单车票、缝纫机票、手表票。单车、缝纫机票需要上百元一张，手表票便宜点，也要四五十元一张。医院出具的购买猪肝的证明也有卖，和肉票的价差不多，八块钱一斤。

这批老资格的"倒爷"，远不及现代的"倒爷"阔气，大都形容猥琐，整日在街上闲逛。南门的多在火车站服务大楼一带活动。北门的多在客车站至喷水池一线，即延安中路延安西路活动。选这样的地段倒卖票证，一是人流量大，好隐蔽；二是岔路巷道多，好逃跑。这些人眼尖，机警，只要有人轻言一句"箍子来了"，一分钟这帮倒爷就闪得干干净净。这是当时流行的黑话，"箍子"就是指公安局、派出所的便衣。"箍"字，贵阳的读音是 kū，平声；不按普通话读 gū。贵阳人旧时习惯把手上戴的金戒指、金手镯叫金箍子。票证倒爷把箍子借用在这里，是指手铐。带着手铐的便衣，自然就是公安，以物喻人。这些买卖票证的人自知做的是非法勾当，行动也异常诡秘。

父亲曾说过一件事。他说，有一次从洛湾回贵阳，下车后步行至喷水池，就停在邮局前的报栏阅报。不一会，有人凑近他身边，在耳旁轻语：要不要粮票布票？声音细若鬼魅，吓得他大吼一声：滚开！

这些倒卖票证的贩子，票源从何而来，至今已无可考。但有一部分是贫困人家无钱用完票证，低价卖给票证贩子的，完全可以肯定。当时的票证都可以悄悄拿去黑市变现，这几乎是尽人皆知的事。至于价格则由票贩子说了算。

当时，一般人家粮油肉肯定都紧张。但布票、香烟票消费不完也是不奇怪的。我家是多子女家庭，弟弟妹妹捡哥哥姐姐穿旧的衣服是很普遍的。我的母亲就常常拿家里的布票支援有困难的同事。年轻同志结婚，或同事家里遇到丧事，需要扯白布做孝帕，母亲会五尺一丈地支援。烟票更是不计较，除了留下父亲买香烟需要的几张，都送人。

票证倒卖的票源，还有另外一个较大的渠道，是异地换购。

这个情况是我玩画眉鸟时认识的鸟友老唐告诉我的。他是个极精明的人，去年过世的，活到八十三岁，也算享尽天年，不错了。

谈起当年倒卖布票粮票的事，老唐语言神情都大为得意。他说：那时候我们年轻，胆子大得很，脑筋好用，哪会站在喷水池、客车站卖一斤两斤的粮票。那是小儿科，我们出手就是几百斤，一早上就发完，你们不懂。那时我在东站搬货打零工，只是做个幌子。我们到广东、广西去买布票，清一色军用布票，全国通用，一买就是几十百把丈。那边热，布票用不完，两三角钱一尺。那边做票证的先把地方票换成军用票，找商店卖布、卖衣服的朋友换，给人家一些好处，好换得很。我们买到布票就拿到东北换全国粮票。东北冷，随便做件大衣都是一丈多布，布不够穿。东北是产粮区，定量高，两尺布票换一斤粮票好换得很。我用一丈二布票换过十斤东北大豆。当时，贵阳的黄豆卖三块，你说赚好多？差不多是十倍的利。

我问他：你不怕？

他说：咋个不怕！开始跑第一二趟的时候，身上揣起布票粮票，心一直是悬起的。看到列车员巡警查票心头就打鼓，跑几趟就习惯了。那时候车上空荡荡的，根本没有几个人出门，也怪，跑一两年从没有被盘查过一次。再说，这条路子隐秘得很，贵阳根本没得几个人晓得。懂的人都是各跑各的，从来不约人，整一张探亲证明就上路了。东北那地方，过了十月份就去不得，天气受不了。冷风吹到脸上，像刀子刮。边说老唐就边摇头，就像刀子真刮到脸上。

我问他：咋个发？

他说：简单得很，在服务大楼或紫林庵转转，看哪个角子有点实力就走近他问：兄弟，有几斤全粮脱手，接不接？懂行的根本不看你就答话了，接嘛，一角。这是黑市上的话，一角就是一块的意思，是回答你一块钱一斤。我说：一角五，少一分都不做。他一听就晓得是行家，瞟你一眼问：有几斤？我伸出两根手指闪两下,他就明白是二百斤。只说一个字:接。我的粮票是纸包好的。他的钱是一百一百叠好的。一分钟,过票,交钱,走人。

我问:他有钱无钱你咋个看得出来?

老唐大笑:你这种书呆子当然看不出来。我跟你讲,听他和人说话就清楚了。荷包头有钱的人说话,底气足。用现在的话说,就是气粗,哪个时候都是一样的。这就真让人有点佩服了。

我问:卖一块五你不是亏很多?

老唐说:不亏,大家有赚才是钱,别个站街零卖也有风险,做这种跑跑生意,要懂得大去大来。你把碗都舔干净了,鬼才会沾你的边。也确实是这个道理。

我又问:你从来没出过纰漏?

出过一回,老唐说。那回,在紫林庵,刚和一个角子把价钱谈好,一个老箍子就突然从旁边横过来问我:卖什么票?这个老箍子鬼得很,装得像个干巴老者,一下拦在我面前。我没有慌,只给他说,这个人问我买不买粮票,我说不买。这时,那个角子已经往后梭了两步。箍子抬脚就去逮他。我闪身转进交易市场的巷子,串小路一直跑到红边门才歇下来喘气。悬啊,那天我荷包头揣了五百斤粮票,逮到至少判十年。这次以后,我就更加谨慎。一九六三年,生活好转后我就收手了。这种生意是不能做久的,久走夜路要撞鬼——吃饱了饭要晓得放碗。

老唐手一抬,那时候我们找钱凶啊,一把一把地抓。他举手在我眼前晃晃,这颗戒指就是那时候买的。那是颗大方的纯金戒指,黄灿灿的,至少二十五克。老唐说,那个时候便宜,不到一千块钱。现在,六千块买不动。

这个老唐,大家一起在山上玩鸟四五年,就只晓得他叫老唐,名字谁都不知道,更不知家居何处。从来做事独往独来,诡异得很。后来，过半个多月不见上山放鸟，才晓得死了。

　　他给我讲的这些，至今也搞不清楚是真有其事，还是他吹牛。分析他说的细节，倒不像吹牛。他手上那枚金箍子，看成色倒确实有些年头。新做的很少有人会打这么大，十几克就算大的了。

　　还是宁可信其真吧，反正人都死了，也无法再追究。

　　你舅舅最看重家境贫寒肯上进的年轻人。他自己就是兹样的人。得过他扶植的人不晓得有好多，有的老来写文章回忆；有的接受采访回忆；不写不谈只记在心头的又不晓得有好多。光说先生资助进中华佛学院的我就晓得三个，后来有的当住持，有的当佛教协会会长。有一位邓老师写文章说他年轻时候拜访先生，说想出去考美专，先生马上答应资助；后来他个人舍不得离家，后悔几十年。有位我喊姚哥的，在先生公司做会计，先生见他勤快老成，着力培养，两三年就做到总会计，管十几个分庄的财务；后来评上一级会计师。老来住娄湖边的养老院，我去看过他，他摆起你舅舅器重他，让他做公司的总会计，见天要做三大本账：各地分庄报来的流水账和公司汇总的总账；总账一份是传统流水账，一份是新式簿记。天天熬夜，姚哥说，不过那时候年纪轻熬得住，还有种力量支撑起，哪样力量？成就感吧！姚哥边说边笑：其实想起来又算得好大个事？

　　有一回一个又高又大的后生由他母亲送到同德来做学徒，说是早先说定的。小青年转到货架后面的茶桌边，脸对墙站起，两只手插在裤袋里头。当妈的嘱咐了一些听话学好的话，他昂起脸对到墙装哑巴。当妈的无法，拜托店员大哥们多关照，擦起眼泪去了。一直到厨房谢师开饭，那后生像根大柱子戳在那里，原封原样。店员哥哥们轮流去劝他吃饭，他高僧面壁岿然不动。大家只好自己吃饭。过一阵先生回家，见这个年轻人堵在那里，也没说话，进去了。进家叫我出去问问咋回事。我把罗哥拉到街口问清楚转来回话，先生叫我去把那个后生带来见他。我出去一说，柱子居然动了。他是不想当学徒想读书。想读书好呀，先生说，学杂费我来出。后生裤脚生风地回家去了，后来没得再见过他。听说后来读贵州大学矿冶系，毕了业在铅锌矿做工程师。

有一回先生约志斋老师和韦公玩华严洞，我带起你们几姊妹跟着。下午回城路上，先生忽然朝路边的南山寺走过去，一边摆手让我们不要跟。我带起你们走在背后，见小庙前面有几张竹躺椅，几个人坐起在喝茶。我们朝前走了一截，他才追上来。他没得说话，韦公和老师也没有问；进了南关厢各自分手回家。这件事情我一直记得。

多年以后，无意间才破了这个谜。统战部徐副部长有一次闲谈讲起，他从小孤儿寡母，又得上肺病，十七八岁就消沉得很，喜欢进庙听和尚讲四大皆空找安慰。有一天坐在南山寺茶社，远远看见先生从华严洞方向走过来，觉得面愧，闪到韦驮龛后面躲起。他哥哥是泰丰字号的得力店员，他认识先生。哪晓得先生已看见他了，从马路上一直折进茶馆，喊他的名字，他只好红起脸出来。先生听他讲了情况问，年纪轻轻的就这样过？他说没得法子。先生说你明天来找我。第二天就安排他到泰丰做了店员。这位徐先生活到六十多岁退休。常说先生和韦公是他的楷模。土改时期韦公受冤枉坐牢，全家扫地出门，韦太带起七八个娃娃住山洞，做菜园。徐先生去看望，临走把票子裹个筒筒躲在菜叶下面，对韦家老幺说那棵菜下面有个好看的虫，叫他去找。

你表弟从单位宿舍搬小区，有一天无意之间碰上一位姓蔡的石城老人。一攀起姓氏家庭，那位老人对他就是一鞠躬，说我从小是孤儿,跟到母亲过,十二岁母亲也丢下我走了。那时候哥哥十八岁,在尊翁的公司做学徒。母亲这一走,两兄弟只有喊天!想不出办法,哥哥就牵起我去找先生。先生听了,把我也安排在公司做学徒。没有你家老人,我早就饿死冻死了。

同德的店员比我大不几岁,我每天晚饭过后收拾完,就出去和他们玩。帮着他们合铺板,看他们擦洋灯临黄自元大楷《灵飞经》,小楷读《古文观止》《曾文正公家书》,听他们讲奇闻怪事。谷哥罗哥程哥二叔炳爷李老表刘老表,和我都成了朋友。账房先生袁伯伯戴起老花眼镜做账,做完账出来坐下,喝两口送过来的茶,揭开皮烟盒裹叶子烟,三层宽大滋润的叶子叠起,撒些碎叶子细梗子,不松不紧卷个筒筒,插进长烟杆的白铜嘴嘴,划燃一根洋火,插在烟卷上,把长烟杆伸出去,倒过来让火苗烧烟,吧吧吧一阵咂,烟卷着了,洋火尽了,张嘴喷出一阵青烟。这时候都围过来了,听他讲三国,《让徐州》《长坂坡》《卧龙吊孝》。后来先生的工作转到省城,同德加入公私合营,程哥回五官屯种田,炳爷回大路边赶马车。二叔在面馆开票。罗哥在李家花园投水走了。李老表刘老表都当过店员工会主席。袁伯伯年纪大没有参加工作,靠儿子每个月寄工资生活,每到那两天,站到街边等邮递员送汇票。赶牛场的第二天赶花街,袁伯妈就在门口铺起门板,搜家里可卖的东西来卖。好在儿女都优秀,晚景还过得去。我佩服谷哥。他也是孤儿,小小年纪就出来做学徒,爱读书,灵醒干练有担当,先生最信任他,要紧任务都是让他办。很少见到他在店里,后来就调到省号去了。五三年他考进铁路训练班,做到工程师,活到九十八岁。罗哥和我最投缘,一有话剧演出音乐会就约上我。他消息灵通,一场不错过。后来调到店员工会,查出他隐瞒三青团员身份,开除公职,他就投水了。李老表会画花鸟,有一回我看他画四条屏，桃花梅花菊花牡丹，朋友新房用的。画桃花的时候我说，配只鸟嘛！他就画了只鸟，画完一看，又大又笨，车来车去看，很后悔的样子。我晓得他心里在埋怨我。

知道兹些的人，只剩我了。

你舅舅舅妈都是贫苦出身，晓得人世的艰难。她经常讲，生老病死都是苦，哪个都躲不脱的。她有一次讲，先生说阴功阴功，阴着做才是功，讲出来就不是功。修阴功就是助人行善的意思。

只是有一条，哪个人接了他安排的事不上心办，吊儿拖沓，他也不责骂，就是从此当没有你这个人。他派两个人去金城江买发电机。两个人到了那里，一个吹大烟，一个捧坤角，带去的钱花光了，发电机没有买，回程的车票都没有买，电报告急。先生另派人去买机器，把那两位捎回来。一个是族弟，打发回老家；一个是电气师，除了发电再不让办别的事。若果你是尽心尽力没有办好，倒不要紧，还拿办别的事历练你。

我那时候就觉得先生是个智慧人，悄悄学他。大处学不到，小处得些启发。我发现他最讨厌有瘾的人，不论烟瘾赌瘾嫖瘾，话都不和你说。有一回有个一只斜眼睛暴出来的烟膏老者，来告帮打秋风。先生还没有下班，婵孃叫我上茶，便去厨房招呼做饭。他在客厅索然无味地坐了一阵，站起身在院子里转来转去假装看花。等到先生进来，见面打个招呼。摆桌子开饭，他说吃过了。先生就同他说了几句闲话，客人端起杯杯喝口茶告辞。婵孃送出院子。我从客房窗子看见婵孃递了个纸包给他。先生在背后说了一句：儿大女成人还不晓得自重。

我几十年记住兹句话。一辈子不沾会上瘾的东西。吹赌嫖不消说，下棋扑克打麻将，但凡跟人争输赢的玩意都不学，只跟自己较劲。那位画竹子的山东郑老先生说的，自以心竞，不与人争。

师兄弟们怕我寂寞，劝我养个宠物。有一回逛花鸟市场看见小巴西龟绿得好看，买了几只来喂，不几天死的死跑的跑，一只不剩。尤其是有一只背上有层白渍，我用手帕沾点醋帮它擦擦，第二天小壳壳就软了，第三天就死了。谋杀罪。好多日子不舒服。从此再不想养宠物。佛家说桑下不三宿，何况猫狗这样灵醒的动物。有两位退休女同事收养遭主人丢弃的流浪猫狗，一个收养十几只，一个收养几十只，专门腾一套房子来养，天天打扫喂食，比养儿育女还累。在她两个是有美德。那些原主人赶时髦养猫狗显身份，兴头过了就弃之街头或转嫁闺蜜，该算什么呢？

有一回电视节目介绍有名的天一阁藏书楼，看了非常之不以为然。置那样多书不为看，菩萨一样供起。为藏而藏。自家子侄都不能借阅。全家人只做一件事：防火。兢兢业业，提心吊胆，还差点招来杀身之祸。书判终身监禁，人判终身书奴。人为物累，愚不可及！

《民国府志·公益慈善事业》（节录）

自清咸丰至民国三十年前后续修府志时，先后举办之公益慈善事业甚多。举其大者言之，有下述数项：

壹　设立河工会，修整贯城河。
贰　设立冬济堂等收养救济贫民。
叁　设立施棺会及义冢。
肆　设立全节堂收养孤贫节妇。
举例：
《冬济堂规条（道光二十一年）》：
一　收养乞丐，势难终年，自应于冬月初一至次年二月初一日止。

二　乞丐愿收养者须于首士处报名，查验确实，具册报官，当堂验明年、貌、箕斗，给予腰牌，方准放米。

三　房屋十间，除二间安顿老妇、少女，不准混杂外，其八间量人数之多寡分住；即将其人姓名粘贴门首，以便稽查。每间以一人为丐头约束群丐，不遵者准其禀究；但丐头亦不得欺凌群丐。但有违犯，一经查出或被告发，定即责惩，驱逐另换。至饭食除丐头及力不胜任者外，每间分为甲、乙二班换做，以均劳逸。丐头如果约束严明，诸事公平，每人每月赏给钱一百文。

四　每年公举首士四人，由县派家丁一人协同照应，督率乡约、衙役共同清查一切。本届办理事竣，由本届首士公举下届首士，请官给札。

五　每房给水桶、锅、勺各一，碗、箸、草荐、稿铺若干，交丐头分给，止日仍照交首士，勿得损坏。

六　酌定每日每人给京斗米四合，五日一发，各丐头在首士家领取。如有病故者，丐头即时报告首士，在施棺会领木安埋，即行除名，以免冒领。

七　无论为本城之丐或外来之丐，均以年在六十以下、十五以上有残疾者为限。若强壮者难免非宵小之徒，不惟不宜收养，并须禀官驱逐出境。

八　每间火炉每日给煤二十斤，与发米日同发。

九　劝捐银两只能用息，不能动本。每年在冬月前即催收息金以便预备。除本年放米消耗外，倘有盈余，应于二月中旬开具清单，呈长官交商生息。如遇岁歉收人太多，息金不敷放米时，首士应即早禀长官另筹经费。

十　设局差二名，由官发给口粮；每日照应大门，不得擅离片刻。辰刻开门放出,丑、酉刻点名封锁。如有不法滋事者准其禀究。但该役亦不得欺凌众丐。

以上诸条斟酌得当,日久弊生随时修改,是所望于后之君子。

(此规条系初办时县知事朱右贤所订)

那年你在舅舅家住了个多月，玩够了，要回上海去准备开学了。行李都收拾好了，先生接到你父亲的信，说奉命紧急开拔去台湾，叫你暂时留在石城，他们到地方安顿下来就来接你，至多两三个月。你捶胸顿足又哭又骂，说你爹不要你了。婵孃帮你揩眼泪，说正舍不得你走，就多陪舅妈几个月。先生只讲了一句，慧珠，舅舅家就是你家。

这句话真应验了。你这一住就不走了，现在还睡在石城的地下。县中代课，城关小学代课，宁谷民小代课，石板房民小代课，干河民小代课，越代越远。送走舅舅，送走舅妈。后来我送走你。不过，也不是你一个人。石城就有好几家。余光中不是说现在乡愁是一湾海峡，他在那头，大陆在这头吗？

你从城关调宁谷，要离开舅舅家一个人住外边了，婵孃炸了一大罐油鸡枞菌，下饭下面条，你最喜欢的。后来他们全家搬省城了，又给你炸了一罐。这只青黄釉的瓷罐现在我还在用。

开门七件事最实际，最离不开，最磨炼人。一个韭菜麦子分不清的下江大小姐，两年民校代课下来，会自家开伙食了。你爱吃的清炒山药果、红油韭菜花、醋溜油菜薹，都做得像个样子。只有炒寡蛋学不会，因为不敢剥壳。还记得你头一回拈进嘴，说是又辣又好吃，啥东西？我说这东西你们下江也有，毛蛋。你说不对，毛蛋腥臭死了，我从来不要吃的！我说不哄你。你听我劝舀一调羹拌饭，从此喜欢上了，说这叫化腐朽为神奇。我做的那些替身糕点，你评价非驴非马，边吃边骂，边骂边吃。有一回我去学校见你正在吃饭，桌子上一碟芹菜酸沾霉豆腐，辣子面堆得高高的，下江小姐变得比我兹个本地人还本地人。不过说到底你也是本地人，只是落叶归根太早了点。石城人在外边做事的，一般都是挨边五十岁告老还乡；你不到二十岁就还了。

你第二次来舅舅家，正赶上历史书上说的恶性通货膨胀，短短几个月，号称黄金本位的金圆券跌成卫生纸。粮食百货一天几个价，小公务员的薪水，七折八扣下来还可以装一口袋。他们让家里人先来商店等着，薪水一到手就扛起袋子小跑去买米。好多商家干脆关铺板歇业：你再提货价，换来的还是分分钟贬值的金圆券，折了本还落个奸商的骂名。当时有首歌很流行：薪水是个大活宝，想和物价来赛跑，物价只要涨一天，薪水半年赶不到。那次你穿了件上海时兴的父母装，旗袍上身配西装裤；表妹说好看，你带起她们去做，裁缝师傅笑脸商请，能不能先给衣价，质量绝对保证。你同意，他立马叫出儿子接了钱去找正在挤米的他娘，然后才认真备至地开始量肩宽袖长。先生收到过一份邮局通知，说他有一封重要信函欠资滞留，叫去补款领取。先生让我去办。去到那里补足邮资，里面递出来厚厚一个纸包，打开一看，三大张手帕大小的邮票，包起薄薄一封平信。拿回家先生一看笑起来：省商会的一份通知，九十多公里途中，邮资就涨了上百倍。《马凡陀的山歌》说"信封贴在邮票上"，我是亲眼得见的。

《民国府志·杂志·海子山》

海子山在城南四十五里。旧系良田，明成化三年（1467年）忽陷成海，周围约二十五里。海中有山，挺然特立，有梵刹殿宇围构于小山顶上。海水四围环抱，有小桥径渡。半山有朝阳洞，石壁上现僧形，须眉毕具。又有一石壁，上镌"天然开辟，流传万古"八字。

山下为朝阳寺，海水春冬不涸，夏秋更浩渺。海内东隅有龙洞，广数十丈，洞内有龙床，乃生成一石，坦平肖床耳。相传海中有龙，此为雌龙，雄龙在滇，雌常往视。往则水涸，返则水盈。昔时龙去，洞出床见；今虽天旱，水亦常漫洞口，而龙床不复见矣。

海子山又名玉京山，寺名蓬莱寺。明崇祯间，比丘如果临山，开建祖师、观音二殿，三清、玉皇宝阁，三官四廊，兼修桥路。至天然和尚（俗名陈良弼，明末翰林，官至道台，怀辟谷退隐之志，见此山名胜，即出家在此修炼，后称青云夫子。相传其修炼处即此寺后古佛洞）对于此山，锐意经营，如刊半山岩碑及其他碑记等，成绩不少。

此海陷时，附近黄泥凼、纸马关、三堡等地均陷为海。原载州粮四十一石五斗一升二合七勺五抄，可想见未陷时之村寨人口土地情况。

海中北部，有一沙渚，乃观音阁地址，俗名二龙抢宝。相传下即龙口，昔年曾有人自此下去，见沙地一片，上有大石一，宛似床形，故曰龙床。后因继往者任意便溺，龙返，以大石壅塞龙口，仅留几窍，涨水时，水由此出。水涸时又有一水自上而下龙口，任是天旱，从无间断。民国初年，地方好奇者于天旱时持数水车车水验看。据云水未车完，忽闻钟鼓响声，顷刻大雨倾盆，水盈海面。至于"龙在水满，龙去水涸"之说，则无从证实。

《民国府志·杂志·阿保塘》

阿保塘。塘距城三十里，在蒋义寨后。周百余丈，水澄碧，满欲溢，为城中大龙井之水源。闲坐塘边，风吹浪涌，毛发俱森。尝有村妇至塘边洗菜，见一岩石，正拟蹲上，忽然游去，则巨鱼也。

闻此地旧为苗寨，苗人阿保，一日见灶侧突出一物，非木非石，刀斧不入，奋力锄之，砉然一声，地遂下陷，全寨数十家，皆归水国。故以为名。

昨天开柜子找东西，发现一大堆川戏磁带，就听了一下午。《杀奢》《情探》《迎贤店》《探庄》《柴市节》《五台会兄》《托国入吴》。川戏唱腔有股苍凉味道。好听。丑行周企何老师我非常之佩服，不玩花哨噱头，波澜不惊地把世态炎凉演到炉火纯青。川戏锣鼓套打也好听，气势磅礴。美学家王老先生说川戏锣鼓当得一支交响乐队。

兹几十盒磁带是有来历的。

一位画家朋友的岳父是气象台工程师，四川人，川戏迷。他过世磁带归了女儿。小两口不喜欢川戏，留着做念想。后来小两口闹矛盾分手，女的改嫁一个做编辑的遵义人，恰好也爱川戏，得其所哉。不想编辑退休不多久就过世了。亲友给她介绍了一个离休老干部，人家儿女容不得，遭打伤分手，就出远门依靠在外国打拼的儿子。这些磁带成了烫手汤圆，父亲喜爱的遗物不忍心扔，送人又找不到知音。思来想去选中了我，拎起大提包送到寒舍。我听了这段曲折，既开心天上掉馅饼，又担心白帝城托孤担子太重。

我爹是川戏迷，一天长声吆吆地唱。一大早出门买菜，大提篮一甩一甩，"出庄来——夜黄啰昏——"我从小跟他看川戏，戏腔转来转去转出一股苍凉味，受听。川戏有一出最有名的惊悚的《刘十四打叉》，小时候只闻其名没有看过。几十年以后才从戏剧视频里见到。属于目连戏的一段，绍兴大先生二先生都写到过。按我爹的说法，目连他妈刘青提本来吃斋奉佛很虔诚，后来不知为什么性情大变，呵佛骂祖吃狗肉，就被阎王派小鬼来捉了去阴间受刑。石城作家胡老师写他去看这出戏，验票进门见站着一尊纸糊的"寒灵"，据说"寒灵"代替扮刘氏的演员受了叉，叉手在戏台上飞叉就不会伤着扮演者。他说打叉的场面，刘四娘被捆绑在戏台左边柱子上，叉手站在戏台右边柱子下，哗啦啦白晃晃的飞叉从叉手的手中飞出去，一叉钉在刘氏的头顶上，二叉钉在脖颈两边，不一会身边全钉满了钢叉。我后来看到的四川的《刘氏四娘》视频，满台现代声光特技，地狱氛围就更立体化了。我小时候看过最惊悚的是京戏《活捉三郎》，阎惜姣遭宋江杀死，在阴间还舍不下张文远，就把他也拉下水去做鬼夫妻。那天这出戏排在大轴，开演之前，灯工用高梯卸下台口两盏煤气灯，蒙上一层绿纸再挂上去，随即大鼓敲出低沉缓慢的点子。立刻阴风惨惨鬼气森森。空台好久，阎氏鬼魂才飘出来。脸无表情，双袖垂地，走魂步，全身上下纹丝不动，满台飘浮飞旋……多年以后录像带时兴，看了些美国恐怖片，靠科技制造些丑恶血腥形象；想起我们戏剧舞台上的李慧娘敫桂英，那种沁肌浃骨的凄美意境，简直天渊之别。

川剧的妙处，我是在新中国成立后看舞台纪录片《川剧集锦》，又读王朝闻老先生的书，才开始领会的。王老讲美学的书是我开艺眼的启蒙。

收下那批磁带，过了好些日子才搬出来细看，发觉老工程师是个戏痴，下了细致功夫。所有剧目都是双份：一份出版带，一份转录带。估计他担心出版带质量不高，买日本索尼带转录备份。我也做过这种事，不过是音乐带。好多唱词页上还有他的钢笔改错、标注笔迹。

成语说物是人非，确实人命不如纸命长。老工程师费心拔力做备份，结果原版还好好的，人倒走了。我越想越为难，这堆磁带像接力赛跑的那根棒，我这第三棒也七老八十了，下一棒又交哪个呢？

听说老工程师的姑娘出去以后嫁了个她儿子介绍的外国老者，过得很笑和的。

论好看还是京戏。有一回名角李鸿春过石城，我陪你看了头一场的《失空斩》还记得不？你说司马懿马谡还过得去，王平太次。我就给你讲了兹个演员的故事，是寿老给我讲的。

有一回寿老从省城来给沈二太看病，我陪他看京戏，他指着台上那个闷恹恹的中军叫我看，我说这个陆林桐我最厌烦，扮啥角色都是这副死脸子，只差在台上睡着。寿老凑近我耳朵说：上海名角。我想追问，他又不睬我了。散戏出来走在街上，他才给我讲了来龙去脉。小时候的穷家孤儿，父执辈带他拜了个教戏师父；师父少年时候也红过，倒仓恢复不过来，就收徒谋生。来的都是资质平庸的，唯独这个小孩是块好料子，就下功夫栽培。五岁时候师父求戏院老板照顾，在日场开锣露了一出《平贵别窑》，居然嗓子是嗓子，身段是身段，得了几个满堂彩。一炮打响了，起了个艺名六龄童，比麒老牌周信芳还早一岁出道。师父把别的小孩都退了，一心调教这根独苗，连跟包也兼了。幼年已过，艺名也按谐音改为陆麟彤。渐渐在那一带码头挂得上个名号，戏牌上从站起写熬到坐起写了。那师父孤人一个，眼看徒弟胜儿子，下半生有靠，跟包不当了，坐享清闲，吃穿用度也讲究起来，又染上嗜好。染嗜好就是抽大烟，无底洞。钱包空了就向徒弟伸手。做徒弟的对恩师当然也是恭敬奉养，无奈这位再生父母太过分，不光是个填不完的无底洞，还说话难听，甚至当众不留面子。日子长了难免心生怨懑，只是极力隐忍。有一晚演完《挑滑车》汗透大靠进后台，恩师早在那儿候着了。小声问了句，不是前天才……一大句顶回来：小偷摸了怎么着！他把气发到盔头上，从跟包手里接过来重重一放。师父说，不乐意了？谁叫我是你师父呢？他忍不住牟开脸咕哝了一声"姥姥"，师父听见了，大发雷霆，拍案而起，向梨园公会告了个欺师灭祖。几经斡旋无效，判决三条：一是逐出师门，再不准提师父名讳；二是师父传授的玩意磕头奉还，一辈子不准动；三是改名换姓，不准在江南码头露脸。徒弟别着气——照办，从此一蹶不振，心灰意冷，五十多岁就死了。那位师父的结局可想而知。两败俱伤。

　　修石城大戏院的时候，先生却不过情面，认了点股，股东有个红布折子可以在楼座看戏不买票。先生把折子给了挑水的刘大哥。我好羡慕，又不见他去看过，就试着开口跟他借，他二话不说从床搭板上拿给我。我像得了宝，上街买菜顺便看看当天戏牌，戏好晚上就去看。我看过几场过瘾的戏，都是过路名角。一回是杨玉华唱《霸王别姬》，苗溪春配霸王。一回谭派名票陈佩卿唱《失空斩》，"却原来是司马发来的兵"，那个马字他从最低调门长长的拖到本音，像留声机放唱片，发条松了赶紧摇起来。一回是马派陶少滨唱《甘露寺》，身段非常之潇洒。那时候的角子都是流动露演，不兴长时间定在一个地方。哪有兹样多的戏码长年累月不挪窝呢？来过石城的占多数是海派角子。灌过五音联弹唱片《永庆升平》的杜文林就从上海来，后来到云南去了。桂林来的徐敏初在石城唱过半把年，嗓音有点沙，好听，也到云南去了。后来和关肃霜结婚，云南京剧团进京演出，《人民日报》发文章誉其为一支边疆京剧劲旅；回云南路过省城，徐敏初唱言派《马鞍山》，俞伯牙碎琴谢知音，我赶去听了，很有味道。还有个青衣花衫叫琴湘君，是周福川班子的台柱，戏好人也标致，轰动石城，唱完一期也去云南了。戏迷们念念不忘，盼着她回来。不久周福川班子真的转来了，可是没有琴湘君了。据传是在云南被一富豪看上，要娶为妾，不从，自杀了。抗战胜利以后，在石城留下来的只有刘汉培。拿手戏有《九更天》《乌龙院》和南派包公戏。没有走是因为没盘缠上不了路。逃难来的下江人走了，荣军教养院的军官们走了，看戏只剩本地几个戏迷和黄草坝做大烟生意的风衣客和司机，就靠连台本戏《封神榜》维持两三成座。有一回我过西街，见刘汉培靠在票窗边晒太阳，披件油塌壳空心黑棉袄，抖抖索索地拿根弯弯烟杆，瘦成骨头架架。要是解放军晚进城几个月，他肯定要倒坎填沟。新社会来了，戏子翻身成艺术家。刘汉培把大烟也戒掉了，还当了省政协委员。去世后丧事也办得体面，地方领导都送了花圈。

有福气无福气，他对镜子说，不光要看生得是不是时候，还要看死得是不是时候。"一门三中委"谷家老太爷，一九四九年春过世，三个做大官的儿子回来披麻戴孝拄戳丧棒，省里厅局长齐刷刷来送葬。丧事办完，儿子们厅长们前脚往云南走，解放大军后脚就进城了。这就是有福之人。刘汉培也是有福之人。像志斋老师韦公和你舅舅就无福分,对地方贡献再大又如何呢。我而今老了,觉得还是你舅妈讲得对,最大的福气是到时候走得爽快,不苦自己也不苦儿女。只不过,这事又由不得自己做主。

业余玩票算戏曲行的民兵吧?川戏玩友打围鼓,京戏票友清唱彩唱,石城都有。省城有名的公路局票社、银行界票社都来石城唱过。东街大十字修钟表的杨伯,满脸麻子络腮胡,凹长脸,就是赵本山讲的"鞋拔子脸"。历史书上画的明太祖朱元璋就是这种脸。据说兹是大富大贵相。不过朱元璋当皇帝,杨伯修钟表眼镜。杨伯爱的是扬琴坐唱。也有个班子,平日各谋生计,吃过晚饭,抱起乐器到他家堂屋,各就其位,檀板一敲,叮叮咚咚奏将起来。扬琴和板是必有的,二胡三弦月琴笛子因条件制宜。奏完过门,开口唱戏词。《珍珠塔》《玉簪记》《马鞍山》。杨伯生旦净丑通透,别人会的分角色唱,不会的他包干。此时之乐,恐怕不下于朱皇帝批奏章砍脑壳。扬琴坐唱五音谐调,唱腔朴质苍凉,很是悠扬悦耳。我上街路过钟表铺,碰上里面在唱,就站起听一阵。有一回唱的是苏小妹三难新郎,我想起书上说的兄妹互嘲,苏东坡也该是凹长脸络腮胡。扬琴坐唱又叫唱文琴,后来搬上舞台叫文琴戏。省里在文琴和贵州梆子的基础上创办黔剧团。现在还和花灯剧团一道,属于有财政保障的地方剧种。

还有一门吃开口饭的,茶馆说书。

我对兹一行非常之生疏,他对镜中人说,听说书要天天泡茶馆,一坐两三个小时,我哪有兹种空闲;二来说书太细太慢,一回书讲十天半月,一部书磨一两年,我等不得。说书就靠个"细"字吃饭。我一部《水浒》几天看完,他还在讲洪太尉误走妖魔。扬州评书大王王少堂讲《武松》全国知名,我仰慕得很。后来出了书，我找来看，两大块砖头，比《水浒全传》还要厚。书里头的"武十回"，他要讲几年。讲一只酒杯从桌子上滚落到地板上，有几样声音都要一样一样学，一样一样解释。我哪有兹种耐烦心！还有，我们的茶馆不像成都茶馆雅俗咸宜。东街一个，西街一个，简陋得很，进去的都是腿杆暴青筋的贩夫走卒打烂仗的，正经人家是不准子弟蹲茶馆的。有一天晚饭过后，都要上灯了，我路过东街小十字茶馆，见里面热闹得很，笑声不断，就挤在几个听白书的人中间听了几句。不晓得说的是哪部书，大致是在讲一个男子看到一个女子的反应，还比手势，引起哄笑；我就悄悄走了。后来中央人民广播电台每天中午的评书节目家喻户晓，妇孺皆知，我还是宁愿直接看书。

要讲《水浒传》，电视连续剧我从头到尾看完。李雪健演的宋江有深度。听说有个中学教师在报上写文章，说这么拍《水浒传》抹黑农民起义，歪曲英雄形象，建议政府明令禁播。要我说，《水浒传》深就深在后半部。"要得官，杀人放火受招安"，宋江走的就是兹条路。兹条路走到头，要不就先替朝廷杀同道，杀完同道杀自己；要不就造反杀皇帝，当上皇帝杀造反。电视剧演到一心想向梁山借兵杀高俅的林冲，靠在破床上听外面鼓乐喧天迎接招安大臣高俅这一段，我真有点感同身受，替他流眼泪。

前两天几位老朋友来喝茶扯闲条，扯到说书。一个讲东街茶馆饶麻子说的张三丰驾簸箕云，一个讲西街茶馆冯麻子讲《隋唐演义》程咬金坐草头王。其实两个都不麻，脸上光光生生的。说评书的通称麻子，是尊称。《桃花扇》里的柳敬亭柳麻子传下来的典故。老八说饶麻子无家无室，有空就去钓鱼，钓上来就在岸边现剖现煮现吃，汤味鲜几里路。河边哪来锅瓢碗盏油盐酱醋呢？他藏在附近岩缝缝里头的。潘老师说的冯麻子也爱钓鱼，不过钓的小鱼喂猫儿，大鱼拎回家。有儿有女家庭美满，又赶上曲艺复兴，去电视台毛遂自荐讲红书。电视台同意找机会，最后没有搞成，临终打手势叫家人把曲艺团徽章别在胸口上才放心落气。饶麻子的结局却是无人晓得。王、潘两位还为些细节矛盾展开争论，又都是道听途说。我说，正要兹样才好，两个江湖艺人，人海里头的泡沫，身后能成为一个地方的记忆，足矣。传说传说，就是要扑朔迷离才有味道。有些人连魔术都要较真，要破解秘密，煞有介事煞风景。

相声也是吃开口饭。抗战把相声带到省城就止步了，没有来我们这方。但是我会过一位相声演员。他从省城来看望一个老同学，几十年不见面，那位当老师的同学非常之惊喜，特别来央我去做几样菜待他。这位客人文质彬彬的，说话也拘谨，喝酒吃菜也拘谨。吃了饭他告辞回招待所，我说兹位先生不像个演员嘛，主人家就讲了他的来历。原来他是中央民族大学的高才生，那一年，费孝通先生率领西南少数民族考察团来云贵川，他受派当费先生的秘书。那时候新中国成立不久，省城富水路的百乐门舞厅还开起的。他喜欢跳舞，晚间无事就去光顾，不想对一名舞女相见恨晚，很快就谈婚论嫁起来。组织上找他谈话，费先生晓以利害，但是他铁了心，宣布退职，不随团了。后来真与那女子成了婚，也就长期待业了。后来舞厅取缔，生活更成了问题。有个文化方面的干部同情他，帮他找了很多门路，都因擅自脱离组织的历史敲不开门。再后来想到他那一口京片子，说动把相声带到省城的欧老艺人收他为徒。他不是干这行的料，他在台上冷冷的，观众在台下冷冷的。但民办曲艺团改国营，他也算捧上了铁饭碗。后来，欧老艺人被揪出来游街批斗开除公职，在第一浴室过道上修自行车打气补胎。他运气不错，早几个月郁郁而终，一了百了。

也没有留下儿女。欧老艺人笑到最后,平反改正恢复工资,还分宿舍住了两年多才过世。

卖打药算不算吃开口饭呢?兹一行我又见得多了。擦黑时分,在街边巷口摆个小条凳,开始自言自语,招来几个顽童看究竟,很快就围起出来消食的闲人。好!起身拱手唱个肥喏,开口讲话,一套开场白滚瓜烂熟,顺流直下,一泻千里。我记不全,省城有位话剧导演陈老师的剧本里头写得有,送了我的。

他找出书上这一段:

好!天也不早了,客也请齐了!今天来的都是贵人,都是我王占彪的衣食父母,我先给各位请安了!(作揖)嘿!举眼看,有佛道两门、回汉两族、南北英雄、水陆好汉,还有我们行道中的师友,在下问候了!(作揖)你我门道不亲行道亲,行道不亲,嘿!(拍胸)达摩祖师亲!在下初走江湖,学艺不精,望各界高抬龙袖,给兄弟打个"好"字旗!常言道得好:人抬人无价之宝,水抬船万丈之高。你敬我一尺,我敬你一丈;你敬我一丈,嘿!我把你顶在脑壳上!那位说了:你是在耍把戏?对不住,我不会耍把戏,那个耍把戏的是我家伯伯。那位又说了:那你是在卖唱?我也不卖唱,卖唱的那个是我家伯妈。哪样?他两个不是一家?嘿,我给他们做了个媒,晚上就是一家嘛。你到底是干哪样的?卖药的?我也不卖药:不卖假药卖真药。各位!有公请去办公!有事请去办事!有买有卖,请去发财!无公无事,给兄弟帮个人场!

当然这只是举个例,练摊开场一人一个版本,大同小异。像我听得最多的"膏药是一张,各家的熬炼不同"他就没有写。还有比兹段更长的。不过这一行的嘴巴劲比说书又小儿科了。

兹位陈老师，一辈子的嗜好就是戏。读老贵大的时候组织学生剧团，排演《雷雨》《日出》《保尔·柯察金》，后来加入省话剧团，业余转专业。京剧行叫下海。陈老师矮小瘦弱，扮不成主角，只能演狗腿子烟枪兵伪村长。但是他脑筋灵光，有文笔，渐渐就转向编导了。最爱调侃人，先调侃自己再调侃别人。朋友同人办喜事，闹新房总是他领军，害羞的新娘把他恨得牙齿痒。他自己要办喜事了，写告示贴在布告栏上：兹订于某月某日举行婚礼，欢迎广大受害者有冤报冤有仇报仇。有一次，一位朋友紧急约我去省城，要我帮忙做一桌菜，说是几位客人都是做舞台艺术的，都嘴刁讲究吃喝。做戏剧的没有哪个不嘴刁讲究吃喝的。一位陈老师，编导；一位任老师，曲艺作家；一位宦老师，戏剧评论作家；三家夫人。我头天下午赶去。第二天一早我和朋友夫人上菜场。我看中一只水晶肘子，又大又饱满，酱红油亮，火候恰好。女主人是东北人，啊哟，肥成这样，谁敢吃呀！我说听我的没错。陈老师有哮喘病，老来很严重。朋友家住三楼，另外那两对进门坐了五六分钟，他夫人才陪他走到，喘得像补锅匠扯风箱。主人一开口，他乱摆手，他夫人也摆手，那两位客人也摆手。足足坐了头十分钟，他才喘定开口，说今天举行龟兔赛跑，两只兔子学乖了，不照剧本规定中途睡觉。开饭时候，女主人端上那只大膀膀，三个男客眼睛闪光，一齐车脸对自家夫人说：看到没有？看到没有？好好学！

　　陈老师就这样一直扯起风箱排戏写戏。过世以后，那两位帮他选了一些剧本和文章，出了本选集，书名《蚁迹》是他生前自定的。不几年，那两位爱戏人也脚赶脚走了，像是要去赶陈老师的彩排审查。

　　戏瘾赛烟瘾，缠上人阴魂不散死而后已。有个川戏丑行东方亮，从四川来搭班子，寿老先生看了他的《跪门吃草》很是赏识，说他走楼梯的台步上七下八合规矩；行内却是不买账，说他玩意不咋个。后来就一直陪玩友们唱，哪里有戏一喊抬脚就走。后来也是肺心病，发一回游一回阎王殿，照样十处打锣九处在。有人来约，就叫出老伴三头六面交代：我死在台上心甘情愿，任何人无责任。后来真是死在台上的。他扮须贾跪在台口作吃草状，埋起脑壳一甩发就倒下去不起来了。

就是三位戏剧人那顿饭，闲谈中说起市曲艺团现状。我听说有位黄老艺人是全省独一无二的竹琴老艺人，非常之惊喜，详细问了半天。你舅舅家有一本抗战期间成都《青年文艺》的合订本，草纸一厚册，里面有一篇写四川竹琴大赛和竹琴大王贾瞎子，我读了神往之至。竹琴艺人了不得：生旦净末丑一个人包了。我请任老师记住，有黄老艺人演出的时候通知我。他说，曲艺团早就散了，现在哪还有观众。他见我入迷，就答应找机会请他来家里唱。后来还真的请成了。我专诚赶去省城，约起那天做东的朋友去任家。在他家吃了晚饭，下雨，撑起伞赶去任家，他们也吃过饭就等我们了。在座的除了任老师宦老师会过，还有一位文化局局长，一位抗战时期在重庆做地下工作的老革命，借茶馆接头，听过黄老师唱竹琴无数次。我们一落座，黄老艺人的鱼鼓剑板就抑扬顿挫琤琤琮琮响起来。唱的是《浔阳琵琶》，白居易江边送客邂逅琵琶女。从送客出家门，江上听到琵琶声，琵琶女叙生平，一直到主客挥别，有旁白有对白有唱腔；男女主仆都由声音语调分别出来。表琵琶女并不像男旦用小嗓，略为低婉柔软而已。唱腔有点像川戏又不全像，老艺人嗓音沙哑，正是世事苍凉的意境，味道醇厚。我边听边想起老爹唱川戏的情景。唱完众人鼓掌赞叹。老艺人说他抗战之初进贵州，几十年里，有意吸收贵州梆子贵州文琴，甚至也吸收在贵州落户的豫剧越剧的一些东西来丰富竹琴唱腔。前年回重庆与同行交流，老兄弟们笑他唱的是贵州竹琴，他说，我就是唱贵州竹琴！那位老同志回忆历史，当年坐茶馆听竹琴，醉翁之意不在酒，何曾好好听过；今天专心欣赏，真的能够醉人。老艺人见我们真心喜爱，取过剑鼓又唱了一段《凤仪亭》，董卓吕布两父子中了王允貂蝉的连环计，争风吃醋，在凤仪亭挺戟弑父。

后来我觅得一本重庆市文化局一九五四年编印的《四川文琴》，收有《浔阳琵琶》，把我脑壳里残缺不全的地方补充完满了。

黄老过世多年，把他的绝技带进坟墓。那晚上他就说没有传人，儿子都不愿学。

后来我请人在成都搜集四川竹琴的录音带，得到几段爱好者在公园的录音，与书上写的四川竹琴天差地别。前不久从戏剧视频见四川竹琴有所恢复，黄老艺人的贵州竹琴却是彻底消亡了。

竹琴书《浔阳琵琶》脚本

（报板）浔阳秋水远连天，送客江干夜泊船。枫叶荻花添凄怨，商妇琵琶对月弹。寻声问讯邀相见，剖诉生平泪不干。只为她憔悴红颜身世感，惹得这江州司马湿青衫！

白居易：（诗）满目萧条瑟瑟秋，无端贬谪到江州。故人别我将归去，独坐荒衙愁更愁！

（白）下官白居易，表字乐天。

……

（表唱）且不言白乐天离愁万种，再表这钟岑卿身世飘蓬。

钟岑卿：（诗）秋月春风等闲度，暮去朝来颜色故；门前冷落车马稀,老大嫁作商人妇。

(白)奴,钟氏岑卿,乃京都人氏。

……

白居易:贤弟请酒哟!

(唱)正流连忽听得琵琶声响,一声声如泣如诉音韵凄凉!

……

白居易:贤弟,你听他弹得真妙啊!

(唱)轻拢宫慢捻商抹挑成韵,初霓裳后六幺楚楚传情。弦嘈嘈音切切珠圆玉润,声幽咽好似那涧底泉鸣。碎银瓶突然响水浆忽迸,似铁骑突围出刀枪齐鸣。正听到佳妙处突然止韵,拨四弦恰好似裂帛一声!

(白)好啊!真乃指法高明不同凡响!

钟岑卿:大人过于称赞。

白居易:民妇,我听你所弹之曲,声韵中不免有些哀怨,何不把你的心事对我等诉说明白,你意如何?

钟岑卿:大人听了,容民妇一一道来哟!(唱略)

白居易:贤弟呀!当此秋风瑟瑟,落叶萧萧,你我分别之人,怎听得这悲惨的词调,不独君愁,我亦泪下,你看愚兄的衣襟早被眼泪湿透了!

……

(表唱)浔阳江琵琶一曲人传诵,事出《唐诗三百篇》。

《民国府志·民间娱乐·戏剧杂耍》

一、跳神

黔中民众多来自外省,当草莱开辟之后,多习于安逸,积之既久,武备渐废,太平岂能长保?识者忧之。于是乃有跳神戏之举,借以演习武事,不使生疏,含有寓兵于农之深意。迄今盛行不衰。时当正月,跳神之村寨,锣鼓喧天,极为热闹。跳神者头顶青巾,腰围战裙,额戴假面,手执刀矛,且唱且舞。所唱戏文,或为东周列国故事,或取自《封神演义》《汉书》《三国》,或为《薛仁贵征东》《薛丁山征西》《狄青平南》《说唐》《杨家将故事》:都属武戏。跳神者各组团体,邀请跳神之村寨,须予招待。

二、玩龙灯

城中自正月初九夜起至十五日止为玩龙灯日期。接龙之家,事先预备花炮,于龙灯起舞时施放。花炮愈多,玩龙者愈兴奋。玩毕,主家酬以红绸,名曰"挂红",亦有并酬以喜封者。

三、唱花灯

演唱者为化装男女若干对,男执扇,女执帕,相对边唱边舞,以月琴、胡琴伴奏。词极俚俗,甚得一般民众欢迎。各对依次演完后,全班合演一场。演唱毕,接待之家酬以喜封。

四、跳花

苗族行之。每届新春自初四至初九日,苗民择一高平之山坡,聚集苗族青年男女于其上,吹芦笙、跳圆舞,名曰"跳花"。据云,不如是则年岁不丰。

五、打扬琴

打扬琴者,除以扬琴为主外,并辅以笙、笛、箫、琵琶、三弦、引磬、檀板等乐器,以七八人为一组,常练戏目有《珍珠塔》

《三娘教子》等。遇人有喜庆事则往演贺，主家则饷以酒食。

六、打围鼓

城中有爱京、川戏者，组合同人，置备乐器，平时进行排练，遇人家有哀乐之事，则前往吊庆，唱各种折子戏，名曰唱板凳戏，又名打围鼓。

七、唱道情

唱者多系游方僧道，原为劝道、谋生，后发展为演唱各种剧目，如《游庵》《江油关》等，唱时左手抱渔鼓，右手持二竹片以定板，自击自唱。

八、说书

每当溽暑，夕阳西下之际，市民有入茶肆品茶者，有坐檐前谈天者，亦有集于树林之下纳凉者。此时，说书者择一人稠之处，置几一张，燃灯一盏，手持书一部或扇一柄，演说古人故事，随情节之发展时舞时唱，时哭时笑，吸引众人注视倾听。亦有以此为业，经常在茶市说唱获取报酬者。

九、相声

相声又名"口技"。表演时，表演者居一长方形布罩中，听众围坐罩外。忽惊堂木一拍，内外寂然，表演者或讲述故事，或作百鸟飞鸣，或作群兽争食，或作群儿嬉闹，无不毕肖。演毕听众酬以微资。

十、傀儡戏、猴戏、魔术

以上三者，皆来自外地，其表演情形与他处同。

说看戏就会想起小面馆。冬天看完夜戏，走在街上黑乎乎冷飕飕的；忽然一家卖夜市的面馆揭锅盖，一大团白蓬蓬的蒸汽飞起来，邀你去喝一碗烫乎乎的高汤细面。那份诱惑！

小城现在也有大饭店了。好在还有小面馆，非常之多。只是不兴店小二喊堂了。那时候国也穷民也穷，下馆子的不多，街面冷清清的；时不时有面馆小二吼一声"照客二位合席——"，聊添两分热气。现在顾客你出他进，口碑好的还要排队。

那时候的面馆简陋，说好听点叫极简主义。格局都差不多：临街设大灶，店堂简单清洁，光线有点暗。方桌条凳，都是白木本色，每晚用大锅里头带碱的面水拿刷子洗刷，凸出纹理筋络，跟浮雕似的。桌子上空挂一方粗布帕，意思是供顾客拭筷，实际没得见人真用过。顾客一到门口，堂倌就要高声吆喝："照客×位！"坐定先上一小碗清汤，汤里两三枝青翠的豌豆苗，几粒紫色的旺子，白绿相间的葱花，鲜香开胃。这碗汤是奉送的，会账时给堂倌一点小费就行了。遇上吝啬顾客不给小费，堂倌心里鄙视，脸上依旧笑吟吟大声道谢，看客人羞也不羞。吃面还可以要一碟"小菜"，凉拌绿豆芽或凉拌"冲菜"。小菜要计价，非常之低廉。

还记得不？有一晚看京戏，我从楼座下来候在门口，台上正好吹起散场唢呐，"尔呐——尔呐——"看官们拥出来。你出来。下细毛雨，倒冷不冷的。你拿风衣披在肩膀上，没有穿袖子。我不远不近地跟在后面。走近"老味道"面馆，正好幺师在揭锅盖下面条，一大蓬白汽喷起来，看去都热和。你对直走进去，我赶在前头进去擦了桌子板凳让你坐下。跑堂的送上绿豆芽旺子汤，问吃哪样粉面。你不开口，像是没得想好。我说想定再说吧，小二就走开了。你慢慢喝完那一小碗热汤，起身就往外走。兹一下把我考住了：灶上师傅和跑堂小二都在冷眼旁观嘞，今天如何收场呢？最周到的办法是要碗面我吃了，面钱小费一道算。但是大小姐站一边看到我吃，吞不下。我把加倍的小费捏在手里头，过去凑到小二耳朵说：下江人不懂规矩，哥子包涵！把小费塞在小二手上，拔脚去追你。

石城面馆一般卖米粉、面条和馄饨。粉面都分汤、干两类，汤面有汤无辣椒，干面无汤有辣椒。每类又分高、低两档。高档叫"炖面"，低档叫"行面"。行面浇头为脆臊葱花油辣子，炖面有脆臊外还有香菇鸡丁肉片之类。这个"行"字在石城话里相当于"简陋""单薄""不结实"等意思，比如说这张椅子行得很（或说行滔滔的），恰和北方话的"行"字意思相反。此外有专名的粉面有肠旺面、鸭面、羊肉粉、鸡丁干粉等等。

老石城人喜欢米粉胜过面条，说是吃面"烧心"。家常吃粉调料多至十来种，肉末、炼酱、油辣椒、炸慈姑、炸花生米、炸豆腐、葱花、姜蒜泥、花椒面、酱油等。省城讲究素粉，靠油辣椒制得香。鸡丁干粉是石城的著名小吃。一定要到店里吃，端上来就别致：青花翻沿大碗，米粉摆成斜坡状，一边高一边低，鸡丁、炼酱、红油、油炸野慈姑、葱花、姜末、蒜末等铺满在斜面上，只四周露出雪白的米粉。据传国民党"一门三中委"的老二，回乡头一件事就是来一碗鸡丁干粉。

现下动不动说"极致"。石城面馆的极致是解放初期的郑家面馆。那时候郑四爷已经过世，饭馆由四太当家，手下精兵强将，器皿讲究，生意照旧。新社会伊始，宴请宾客的风气彻底消失。眼看熬不下去了，就关了餐馆专营面馆。以办酒席的手艺做面馆，好比狮力搏兔不在话下；何况他们自来就有早面午席的传统。馆子开在大十字西街南街转角，老郑家馆的斜对门。一款炖汤面真当得起精绝二字。那汤清得像水，鲜得找不到打比方的。金黄的鸭蛋细面，铺起鸡片、蹄筋、肚丝、冬笋、香菌、脆臊、葱花，看去都舍不得下筷子。后来饮食行业公私合营转国营，一律大众化，就成绝响了。

现在生活水平提高，餐饮业红火，一条又一条的美食街。精致汤面现在肯定还有人做，更讲究的都会有人做。只不过不会在街头小馆子，要在五星级六星级园林会所才吃得到就是了。电视上介绍重庆有家酒店，只有三套房间，一晚上一万八；餐厅的一碗面怕要值一千八。电视介绍台北牛肉面，有一家"总统牛肉面"，合几千块钱一碗。

《饮食志·面馆》

黔省旧时面馆堂倌吆喝自成套路。有明语暗语两类。明语长声而喊，如："照客二位！汤面干面合席。汤面汤宽减条！干面红重免青——"红即辣椒，青即香葱。暗语则多"藏尾成语"连串喊出。如肠说"地久天"，旺说"六畜兴"，面说"牛头马"，粉说"胭脂花"，炖说"桌椅板"，鸡说"太子登"，辣说"毛焦火"，多说"格毛格"，添说"脚板翻"，快说"麻利带"，酒说"羊羔美"，壶说"朝山拜"之类，均取黔地四字谐语，隐去末字。喊之即如："一碗牛头马（面），桌椅板（凳即炖），免四季长（青即葱），减毛焦火（辣）"，等等。

你舅舅家的伙食，原先是冬姐起早去菜市，照安排买菜，买回来择了洗了切了，估谙先生要回来了，娃娃们也放学了，婵孃就到厨房动勺。后来我去了，买择洗炒一道手办了。适逢有先生的刁嘴朋友从外地来，指名要吃婵孃的手艺，我就当下手。看上几回，晓得我爹说得不错：家常小菜考手艺。婵孃做的菜看去清清爽爽，颜色分明；进口平平常常，越吃越香；吃完盘底干净不汪油。她做菜不尝盐味，一吃正合适。她炒的回锅肉片片起灯盏

石　城

窝。红烧响皮比红烧肉还香。还有一种红肉，介于响皮和红烧肉之间，更有特色。有一回我受凉两三天不想饭吃，睡得迷迷糊糊的，婵孃给我做了一小碗汤，简简单单：几块老嫩蛋，几棵豌豆苗，一撮葱花。嫩黄深青淡绿，看着舍不得下汤匙，一吃舍不得吃完。老嫩蛋要老到能切菱形拈得起，又要嫩到进嘴就化。说起简单，功夫在调的水量和蒸的火候。汤清得像水，撒点白胡椒面。烫烫地喝了，脑眉心冒一层汗，身上也轻松了。我就想，幺师办酒席是外家功夫，主妇做居家菜是内家功夫，各有看家本领。

"内功""外功"是武侠小说的名词。我自小爱看武侠小说，开初是平江不肖生宫白羽王度庐，后来看到还珠楼主的《蜀山剑侠传》就觉得那些不来劲了。现在看书方便，爱纸本的手机下单就送到家，还有折扣；网上看更简单，一点就来。我们那时候想看畅销书，多数是去书店租回家看。斜对门同知巷口的文光书店出租小说。我看《蜀山剑侠传》，你和小端看张恨水的《啼笑因缘》《金粉世家》。都是我去换。《蜀山剑侠传》俏市得很，边写边出，四回印一薄本，书店用废书前后添一摞再拿黑布包起出租。你和小端夸《简·爱》和《大卫·考波菲尔》好看，我也看了。大卫小时候挨后爹虐待的那些情节叫我淌眼泪，心想我比他命好，娘没有改嫁。石城寡妇十有九个居孀抚儿女，少有带起拖油瓶改嫁的。无儿无女就进尚节堂，做针线鞋袜，腌蜜钱木瓜片，吃穿有保障，过世由施棺会赠老家。老家就是棺材。有一年我下乡，房东老伯娘堂屋神龛前面安口棺材，支两条板凳，里面被垫铺得好好的，有床不睡睡棺材，爬进爬出，真成了她的老家。对生死兹样坦然，真是不识字的哲人。尚节堂、施棺会、卑田院这些慈善事业都是社会人士办的。民国政府穷得很，大事小事，从军阀开战到埋路毙，都叫商家出血。

我老来还看武侠小说、侦探小说、玄异小说，想来跟我的性情和经历有关系。一个蝼蚁小民，干工作兢兢业业，做人谨言慎行，处事循规蹈矩，虽是平安，也无味道；回家一头扎进武侠世界之中，跟着主角行侠仗义快意恩仇惩恶扬善，身心大解放，借得点成就感。见文章介绍，有的大学者也喜欢看武侠电视剧，想来是心同此理。北大有两位教授，为金庸小说算不算严肃文学打笔墨官司，两边都有理；一位金教授为《还珠楼主小说全集》写序，说他因为工作需要，较多接触古今中外文学名著，有意无意间拿来同记忆中的还珠楼主的作品相比，觉得还珠楼主是有鲜明特色的文学巨匠，他在自己选定的特殊领域中所取得的创作成就是罕有其匹的。他引一位香港教授的话说，还珠楼主笔下词汇之丰富，在中国作家中无人可比，令人想起莎士比亚。前些年，一个做书店的年轻人送我一套新版《还珠楼主小说全集》。书名是启功先生写的，可见这位大学者也不存俗见。不过这些对我都无影响。小说世界的散客驴友，不用听导游的。我用厨子的标准看书，不管啥材料啥菜系只看手艺好坏。武侠小说看三力。一看想象力——汗漫无垠，天马行空；二看笔力——曲尽其妙，酣畅淋漓；三看识力——洞察人心，通达世故。《蜀山剑侠传》三力齐备，可惜边写边印，过于枝蔓横出，倒叙往往冗长自成单元，终于无法收束，不如金庸有结构观念。但是他有学问，道家佛家、《山海经》、《述异记》，种种杂学异书了然于胸，点铁成金。笔力又恣肆，把那些灵山异境、仙宅魔洞、古兵至宝、僧道魔怪、奇兽仙禽，写得来奇中出奇，言之凿凿，气象万千，跃然纸上。甩《西游》《封神》八丈远。连那些山名洞名、僧号道号、妖称魔称、法宝古器，都见出学问深厚。金教授说，金庸的小说好比颐和园，规模较大，结构精整，台馆辉煌，景色宜人；还珠楼主的代表作有如张家界、九寨沟，奇峰幽壑，观探不尽。比喻得好。其实香港新派武侠小说好多东西是从还珠楼主那里不打借条挪来的。我推荐一位办晚报副刊的朋友看，他看了说，原来《蜀山剑侠传》是新派武侠小说的"葵花宝典"。还珠楼主写圣僧神尼魔头精怪最精彩。正派人物是女角色比男角色写得好，顽童比成年人写得好，最可爱的人物是道行既高又豁达风趣的散仙乙休，几生几世的宿缘孽债比伦理情爱写得好。剑光法宝，打仗的场面非常之壮丽，比电视里的新年烟花还好看。他的想象力仿佛越千年而直接庄子的鲲鹏北溟。

新武侠小说金庸写得好，想象力、洞察力、笔力都厉害，又有现代观点。旧武侠小说严守仇报仇冤报冤、门派森严、正邪不两立、华夷不共天，他都有合情合理的批判。人物写得活。岳不群比莫里哀的答尔丢夫还深刻。王朔把金庸小说说得一无是处，其实他没有领会金庸的妙处。古龙的大侠是日本偷渡来华，孤傲高冷、不食人间烟火；但是写得俏皮，懂得取巧。梁羽生也有学问，就是想象力和笔力有限，叫我替他攒劲，好像大公鸡用尽力气扑翅膀就是飞不高。金庸三力齐备，人情洞达，眼光犀利；下笔又有欧洲长篇小说构思严谨的优长，所以南面称王。其实不论现实浪漫现代魔幻武侠悬疑荒诞，小说都是写人生，写得好都可以直达人性。艺术论高低不论标签。平常人买马看公母毛色，九方皋识千里马于牡牝骊黄之外。有一位得诺奖的东欧作家说，质量的优劣是层次高低之分的绝对标准之一。意思差不多吧。

我非常之感谢文学翻译家，几十年受他们的恩惠太多！如果没有他们打开的龙宫宝库式的各国诗歌小说散文随笔，我会害精神贫血症。

大魔头鸠盘婆抗御天劫（《蜀山剑侠传》片段）

日光中那粒黑点刚出现时，大只如豆，看去无奇。鸠盘婆却似手忙脚乱，惊怖已极，却不逃走，不住手掐魔诀向外连指，同时朝胸前三角晶牌连击不已。待不一会儿，黑点已由九天高处日光影里冉冉飞堕，也只数寸方圆，降势并不甚快，但不知怎的，好似含有一种不可思议的吸力。鸠盘婆身外魔光尽管大如山岳，竟似被其吸住，不能移动。鸠盘婆急得口中连声厉啸，头发已全披散，神情越来越恐怖。后来黑点离地渐近……

鸠盘婆闻言，自知绝望，怒吼一声，立时咬破舌尖，朝前喷去。九鬼突然暴长数十百倍，立将光网撑满。易静见势不佳，手往胸前那片金贝叶一按，金霞一闪，人先脱出光网之外。随即将手连指，光网也自随同加大。鸠盘婆满拟施展魔法，震破光网，连敌人一齐粉碎，不料敌人仗着佛家灵符护身，九鬼刚一施威，便已遁出光网之外，光网也随同鬼头往外加大，急得九鬼不住怒吼厉啸，冲逃不出。眼看黑点越降越近，身外血焰全被那无形潜力吸紧，黑点已成了尺许方圆一个黑球，四面乌光隐隐，映得日华幻为异彩。鸠盘婆估计还有半盏茶时便要形神俱灭，突然一声悲啸，通体裸露，头下脚上，倒立金碧莲花光球之中，不住乱转。跟着身边现出十八个玉雪一般的男女幼童，都是赤条条一丝不挂，随同倒立魔光之中，舞蹈急转起来。

……忽听天空中殷殷雷鸣之声，密如擂鼓。抬头一看，那团黑光离头不过千丈左右，待往下落。突由千层血焰包围的金碧莲花心里，激射起九股魔光，将其托住，就空中如星丸跳动，电漩急转，时上时下，滞空不降。再看鸠盘婆，以头着地，双脚朝天，八字开张，射起九股魔光。那十八个男女婴儿已然不见：九鬼越长越大,与外层血焰相接。再一细看,鸠盘婆七孔流血,各有一丝血光朝前飞射。九鬼悲鸣厉啸之声,也越来越急。……

不多一会儿,空中黑球接连滚转了数千万次,突发奇光,乌油油比电还亮,精芒四射,耀眼欲花。鸠盘婆越发情急,突取出一把金刀朝胸刺去,立有一蓬血珠,暴雨一般朝外打来。……就这同时发生句把话的工夫,忽听空中轰轰之声大作,雷电交鸣,震得山摇地动。黑球突然由黑而红,由红而白,射出万道奇光,朝下压来。

……那团煞火已朝血焰打下,先前九股魔光也早收去。只见煞火光球在血焰中连起落了三次,光焰万丈,魔影纵横,一串悲鸣惨号之声。先是山岳一般的血焰,全被煞火炼尽,化为乌有。跟着金碧莲花上面停着的光球也被压紧。鸠盘婆已成了血人,咬牙切齿,神情惨厉,看去恐怖已极。似此相持不多一会,忽然一声怒吼,全身跃起,倒跌莲花之上,震成粉碎,成了一摊,血肉狼藉。花上煞火往下一压,那合拢的花瓣,连同花心中的血球,一齐震散。吧的一声惊天大震,千万道银芒,迸射如雨,连煞火带莲花,同时消灭,一闪不见。

魔道中数一数二的人物尸毗老人,败阵后受佛法感化:

老人原是复仇心盛,拼却断送数百年苦功,将在场敌人连那旗门一齐震碎。以为炼就玄功变化,元神分合由心,胜了固可报仇雪恨,即便不能尽如人意,元神当时随同震散,仍可收合为一。对方那么多的人,多少总伤他几个。自己虽然吃亏,所炼阴魔不过当时受伤,事后却可收摄好些修道人的真元。哪知阴雷爆发时,本身元神为了助长威力,本应随同雷火震散,不知怎的,竟在快化为无量雷火血焰、四下里飞射的这眨眼之间，猛觉身子一紧，面前一条暗绿色的鬼影闪得一闪，便即自行震散，化为一蓬碧光黑烟，四散消灭，并未听出雷声。同时霞光耀眼，身外一紧，全身均被金光祥霞裹住，也未随同震散。知道护身阤魔已被敌人消灭。如在平日，老人必定怒发如狂，愤不欲生。这时因附身阴魔已去，毕竟修炼千年，法力高深，见此情形，虽然仇恨难消，盛气已去了大半。又见仙阵厉害，神妙无穷，自己那么高法力，竟找不出它的门户。心中方生悔恨，忽听对面有人大喝道："你那附身多年的阴魔，已被我们除去。齐道友和灵峤诸仙念你修为不易，委曲求全，特命门人将尊胜、天蒙、白眉三位老禅师求请到此，用极大佛法为你化解恶孽。还不就此皈依，等待何时？"

老人抬头一看，先前云幄中的长幼敌人，正分立对面广场之上，神驼乙休、猿长老、灵云、孙南和三个未见过的少年男女也在其中。当中仍矗立着那朵血莲萼。面前一个破蒲团上，坐定一个身材矮瘦、面黑如漆的中年枯僧。身上一件百衲衣已将枯朽，仿佛多年陈朽之物，东挂一片，西搭一片，穿在身上。有的地方似已被风吹化，露出铁也似的精皮瘦骨。左手掐一诀印，右手拊膝，安稳合目，坐在血莲对面，态甚庄严。空中各立着一个神僧，正是以前向往的天蒙、白眉二老。同时身上一轻。再看仙阵已收，祥霞齐隐，只剩梵唱之声荡漾空山，琅琅盈耳。同时又发现爱女、门人已全跪下，正向蒲团上枯僧膜拜顶礼。知是初学道时，受自己魔法禁制，后来苦搜不见，也就不再理会的那个想要度化自己的和尚，当时省悟。元神正待复体，往那血莲萼上飞去，刚刚到达，未及行法，莲萼倏地舒开，分披向下，老人也就复体，立即飞落。方想收去血莲，向三位禅师下拜，请求皈依。哪知血莲萼竟收不回，光更强烈。没奈何，只得走向蒲团前面，顶礼下拜，说道:"弟子愧负师恩,不敢多言,望祈佛法慈悲,恩赐皈依。"祝罢一看,只一个破蒲团在地,想是千年旧物,质已腐朽,当中现出一圈打坐的痕迹,已快深陷到底。心方惊疑,忽然身后说道:"徒儿,我在这里,你向何处皈依?"老人忙即回头一看,尊胜禅师已端坐在血莲花上。天蒙、白眉二老扬手一片金霞照下,血莲立发烈焰,转眼变成青色,禅师头上随现出一圈佛光,身已涅槃化去。忽有三粒青荧荧的舍利子飞起,吃石生、钱莱、干神蛛随手接去。老人立时大喜下拜,更不说话,刚向破蒲团上坐定,一阵旃檀香风吹过,满天花雨缤纷,祥霞闪处,上下三神僧连老人和所坐青莲蒲团一齐不见,四山梵唱之声顿寂。魔宫人众也都悲泣起来。乙休笑道:"你们先前已得神僧点化,你们师父此去便成正果,有甚伤心?各照禅师和我所说,自投明路去吧。"

那年我们去郭家屯躲日本人的情景,你后来几次三番地回忆,我也记得一清二楚。等到真有机会故地重游,换了人间了。

一九四四年年尾,传来日本人从广西进了贵州的消息。自以为身在福地的石城人这才晓得锅儿是铁铸的,也要学下江人逃难了。亲戚朋友互通消息,先找个乡旮旯角角躲避一时。兹是传统的"跑反"规矩。先生把我喊到他起坐间,叫我悄悄朝西南方向乡下走,选个又背静又方便的地方。我立马动身。没得车,没得马,只有两条腿杆一对脚。走了几天,选来选去,觉得织金合适。那里的小山比园林盆景还好看;到处是井,那水舀出来比玻璃还清透。在织金还碰到黔江中学的窦主任带起人选地方迁校址,也看中的是这块地势。

转回来向先生汇报,还来不及定下来,就传日本人已经进了独山。石城立马兵荒马乱,有身份的人家开始行动。大街出现装运坛坛罐罐铺笼盖被的马车板车挑夫背笼。你舅舅舅妈紧急选了个近处，婵嬢带娃娃先下乡；先生在城里看局势，临到紧急再去会合。

那天我们一大早出门。一匹马驮铺笼盖被油盐粮米，刘大哥挑两只箩筐，一只装锅瓢碗盏，一只装还没熏透的腊肉香肠血豆腐。我的背笼装路上用的干粮饮水。你舅妈抱起祝毛毛坐一架滑竿，你两个小表妹坐一架滑竿。你和两个大表妹和表弟同我们走路。落脚地方郭家屯吴家，是你舅妈一家街坊亲樊家介绍的；樊家二姑娘嫁郭家少爷做填房，新婚不久。

五六十里路，从大清早走到天黑尽。擦黑的时候，经过一口水潭边，潭不大，那水绿霞绿映，阴沉沉的，冷风吹起边边起纹路，中心跟镜子一样平，可见非常之深。这时候那匹驮马已经到地方卸了东西掉头回城，在这里碰见。马夫说，这个潭叫精怪塘，擦黑时分有孤身人经过，水里会漂起一床红毡子，你想捡财喜，伸手去够，红毡子就反卷上来把人裹起沉下去。你不贪心，个人走路呢，它也就莫奈你何。当时人多仗胆，我好希望看见那床血红血红的毡子漂出绿霞绿映的水面来；可惜人多，它不露面。

现而今精怪塘不稀罕了，到处都有，躲之唯恐不及，看得多听得多了。

那天天黑尽才到郭家屯，郭家已经做好晚饭等我们。第二天刘大哥回城报信，我和冬姐随婵嬢去跳磴场赶尽头场，备办几天的菜蔬。转来老远就听见你们几小姐在唱歌。你大表妹本来就爱唱歌，放假在家，两只手织毛线；嘴里跟着留声机唱，眼睛还要看书。这次碰上吴家新媳妇范二姑娘和你都是爱唱歌的，合了心了。

第三天，你几个表弟妹叫我领起去田里头滑冰。那年冷得恼火，泡冬田的水一凝到底，他们摔跤笑闹，引来十几条看家狗包围吠叫，吓得站在田中间不敢动弹。对峙半天，不见有人出来吆喝撵狗。你想家家都关门闭户煨灶火，哪个肯出来凌风。后来我想出个点子：猛地一蹲，狗们就吓得往后一缩，我们就撤退两步。再一蹲，又撤退两步。这样步步为营，好容易才回到郭家。婵孃听了笑，乱跑嘛！

郭家有个人很吸引我：他家的管家郭绍华。来之前听玙大姐讲郭绍华是那一带大土匪头，郭家老太爷从死刑场赎出来的本家子弟。梁山好汉从书里头跳出来了！我就天天密切关注他的动向。可惜只有一面之缘。那天听见门外马蹄响，见一个汉子跳下马背，把缰绳拴在石门边的木桩上，健步上石阶过石院进上房。中等身材，山民打扮；脑壳包白布帕，上身蓝布对襟短打，下身黑布大脚裤，打绑腿，皮腰带，肩膀斜挂一把木壳壳的大手枪。郭绍华无疑。瘦脸黑皮细长眼睛，我硬要从这张平常脸上看出一股阴鸷剽悍的杀气。不多久禀完事出来，过石院下石阶解开缰绳，一眨眼翻上马背哒哒哒去了。从头到尾没有看我这个生人一眼。

要在郭家寄住多久，都不晓得。所以婵孃备了充足的米油。哪晓得第五天擦黑刘大哥来了，说是日本人又从独山退回广西去了。于是我们又原路回营。粮草就留给了主人家。你几个还心欠欠的没有唱够。

去的那天，你舅妈抱起坐滑竿的那个婴儿叫祝毛毛，爹妈都是随单位内迁石城的下江人。爹是中国银行的会计师；妈姓张，是黔江中学老师，你大表妹的班主任。两个年轻人在石城结婚生子，离乡背井没得老人指导，张老师病倒在床。你舅妈听小端讲起，晚上去银行楼上看望，我拎马灯照路。坐了刻把钟下来，你舅妈叹气说，产后寒，无救了。张老师果然丢下五十一天的奶娃和二十多岁的丈夫走了。小端央你舅妈出手相救，当天晚上就把毛毛抱过来了。抗战胜利祝先生随银行复员回上海，后来再婚生儿女；毛毛在先生家同你表弟表妹们一起长大。一九五五年他外婆才请人来接转老家去。前几年居然通过网络恢复了联系，他是学农机的，退休在南京，孙子都进学校了。

我陪你重访郭家屯的时候，你舅舅舅妈表妹们都不在了，你本人也成了资深小学代课老师。那幢房子还在，做了乡政府。在寨子里问郭家的事无人晓得。好不容易访到个八十多岁的老人，说是老太爷早过世了，媳妇樊氏是地主分子在农场改造。我想起郭家原配留下的那个郭大妹，那时候四五岁，一天到黑不出声音，手掌软得可以翻过来拇指摸到手背，看见别人吃东西就右眼皮扑扑跳。老人倒晓得，说是长大嫁了个有残疾的农民。至于郭家老太太的情况，就连这位老人也不晓得了。你一定要去访郭大妹，我左劝右劝你不松口，问来问去转了一两个钟头，还真遭你访到了。看去比你还老，对你提起的那些旧事一概不记得了，包括我们许多人突然到她家一住几天这回事。我悄悄观察，她注意看什么东西的时候，右眼皮确实还会连跳几下。又悄悄看她的手，又红又粗，很难想象拇指可以弯到贴手背了。告辞出来，你一路不说话。我说，信不信？不见面还留个好玩小姑娘的印象。

我时不时会想象那口精怪塘。擦黑时分，山谷阴森森影影绰绰。一个过路人匆匆赶路。走近潭边，暗绿潭水忽然浮出一块毛茸茸新崭崭的红毡子。像《蜀山剑侠传》的场面，也像香港鬼片。精怪塘现在多得很。到处有。丢包、碰瓷、换零钱、卖假大洋、卖假酒、诈骗电话、传销、婚介、高利集资。花样翻新与时俱进，网络诈骗总部都设到外国去了。有一回一个师侄抱起一只摇摆机来送我，像个山字笔架，说是把两只脚放在凹陷处，开动起来左右摇摆对健康有好处。吴蔚来看见，是在商店见过不晓得用途，既是健身的，就给她妈买了一台，八百多块钱。过几天师侄来给我送赤水笋子，说起此事大摇头，说他买成一千五，还是小姨子买的内销惠价；吴蔚买的定是冒牌。第二天怒发冲冠地来了，说是越想越夹疑，去问那个小姨子，小姨子坦然承认她从中提了成，兹是美国直销公司的先进经验，合理合法的。我见师侄气冲牛斗的样子，想按买价还他钱，他连声说不是兹个意思只是气不过，连至亲都要整！美国经验后来在中国"发扬光大"，就是专整亲朋好友的传销。政府明令取缔，至今阴魂不散。你表弟住的机关宿舍挨近城乡接合地段，半坡住了个捡垃圾的老太婆，天天满街走，一个个垃圾箱细细检查。有一回捡得个灰巴老耗的土罐罐，邻居老人说像是早年装茅台酒的，淘汰几十年了，拿去卖给收老酒的要值上万元。老太婆问到地方上，说是只收酒不收瓶，建议她去找茅台集团，那里办得有博物馆，肯定需要。挤起看热闹的人也七嘴八舌出主意。不等她打听到门路，就遭人杀死在小屋子里，拿走了那个罐罐。

  万想不到的是我会再见樊家二姐。她从哪里打听到我，托人带信问能不能见上一面，我回答欢迎之至。到时候来了，咋说都不肯进屋，真的只在巷道见一面。我说你们都不在了，她说她知道。我问你还好吧，她说好的。这就转身走了。你说过樊二姐年轻时候长得好看。现在九十出头了还腰身直杪杪的。脸色黑红，头发干焦焦，一看就是长年风吹日晒的人。我还不晓得她嗓门兹样粗，像个男中音。你舅妈说声音粗的女子苦命。樊家二姐确实命苦，在炼狱中享高寿。

《民国府志·杂事·杨二》

盗不足记，然盗而有道，应不得以盗论。杨二者，不知名，亦不知其所自，寄居南关厢。胠箧探囊，多出其门。矫捷过于猿猱。居无定处，宿无定所。邻里无鸡犬之惊，患难辄潜予周恤，以故所在而人不怨。蒲卜臣宰郡，以胡文忠为法，严于除暴，巨盗如甘幺辈，骈戮殆尽，独严缉杨二不获。一夕，方秉烛治公，忽有石下堕额前，惊问："谁？"曰："杨二。"呼："捉！"曰："杨二岂能捉者哉！慕公名故至，畏捉，不来矣，唐突勿罪。"言讫，大啸一声而去。

吴蔚又带起团队来麻闹。大说大笑，讲她们的一个闺蜜办喜事。如何一色雪白的圆厅，一色雪白的二十四张圆桌围起一色雪白的圆形礼台；主持人如何口若悬河，辞藻华丽。虽有点无中生有，但听起来舒服。香槟酒如何从顶上倾泻而下，灌满层层杯山。新娘她爸如何把女儿的手交到新郎手上。两家当妈的如何讲养儿育女。礼前在家又是如何迎亲送亲，磕头改口，收发"改口费"。中西并举，兼容并包，国粹又国际。光这场婚礼就是三十万，酒席另算。

闹够走了，房间恢复静态。他对镜子说：你头一次回来赶上一场喜事，二一次回来赶上一场丧事。

喜事的主角是霍二孃与杨姑爷。霍二孃是你舅舅的表亲，杨姑爷是县政府的科员。那是最艰苦的战争时期，逃难的下江人像发大水一样涌进来，好多祖辈老规矩都冲破，能将就只好将就。二孃碰上的就是妥协婚姻。她父母双亡，挨哥哥生活，大事小事哥哥做主。杨姑爷是外来单身人，介绍人带着来会哥哥，过细问了家庭情况，人口简单；仪表言谈也还过得去。客客气气送出门，回来问隐在后面偷看的妹妹印象如何。二孃也中意男方家无拖累、身份体面，点了头。婚事定下来，合庚过礼之类的老规矩都免了。婚礼也是中西合璧。新娘凤冠霞帔红盖头免了，嫁娶礼品的抬盒游街也免了。按现在的标准，简陋到极点了。当然也还不像《锁麟囊》赵寒禄嫁姑娘那样寒碜。新娘子穿西式白婚纱，新郎官穿黑西装，都是从社会服务处租的。未先到青光相馆拍了结婚照，旁边站两个牵纱的娃娃，现在叫花童。行礼那天新娘坐龙凤花轿，礼乐吹打从娘家送到新房。轿是社会服务处出租的。典礼是新式的，主婚人证婚人讲话，新郎官致答词。新郎人口才好，又是政府科员，讲了刻把钟。女客们只听清楚他讲的一句话：我和瑶仙是感情婚姻不是买卖婚姻。觉得逆耳得很，非常之失格。你舅妈好久以后还生气：咋会扯到买卖婚姻呢！

　　因为新郎异乡任事，这场喜事的开支由女家扛。婚纱礼服龙凤花轿吹打班子，连同三天新房，都是向社会服务处租的。后来二孃跟杨姑爷回了重庆，在一所大学的托儿所当保育员；杨姑爷回乡后无职业，靠二孃工资过了一辈子，享年八十多岁。霍二孃一个人活到差不多一百岁才下世。我还记得她的样子，瘦长脸，牙齿有点龅。

　　说起婚纱照，那时候有一张不明出处的结婚相片哄传一时，说是杀孕妻再娶，冤魂显形揭发的铁证。我见过兹张照片，是一对新人和台下亲友的现场相，相片右边有一个孕妇侧面黑影，非常清晰。多年以后想起好笑，那影子分明是宾客的，拍照时候觉得大肚子不好看，躲到角落处，不提防墙上的影子进了镜头。

　　你遇上的那台丧事就相当的盛大了。死者是三中委的老爹，妇孺皆知的谷三太爷。大儿子又正在本省省主席任上，厅局长们齐刷刷来吊唁送葬，想不盛大都不行；偏偏又遇上真资格的非常时期，连国民党政府都"钟山风雨起苍黄"了。于是乎，热闹而紧凑，不空前。街头巷尾传说，论盛大第一份儿要推伍大爷家老太爷的那台白喜事。伍大爷是全省先知先觉的实业家。这台丧事留下一张当时非常之稀罕的转机长幅照片，左右两尺来长，弯弯山路上白衣孝帽不断线。

谷府白喜事，当然全套老规矩。大门贴白纸叉叉。设灵堂。发讣告。开吊。堂祭点主。送殡入土。一样不少，听说只免了僧道唱经超度法事，也不收祭幛礼金。非常时期按急葬规矩，只办三天。三天之中，三个中委和守家侍亲的幺兄弟，四个孝子披麻戴孝在棺木边睡草荐，亲友来吊唁磕头谢礼。这些都是听大人们讲的，我们只亲眼得见送葬那天的热闹。我带起你们站在街面的楼上，趴窗台望下去，一大街的孝衣孝帕，好像忽然之间发洪水翻泡沫。炮仗劈劈啪啪震耳朵，你们都把耳朵蒙起。我不怕炮仗。我真看见了走在棺材前面的四个麻冠孝服拄戳丧棒的孝子，也留下一整套现场照片。

头天从省城赶来送葬的厅局长们，安排住在几位士绅家，那时候石城没有像样的旅馆。京戏园对门的石城大旅社住的是跑单帮卖黑货的黄草坝人，黄卡其雨衣雨帽；还有西来东往的货车司机，嘴角粘支纸烟。那里其实是小城红灯区，市民躲之唯恐不及。你舅舅家也安排了三位厅局长，挤在四进的楼上客厅里。第二天黑早我就起来帮婵孃做早点，芋荠粉调黑糯米面的咸浓汤，配杨大姨妈家的鸡蛋糕。他们吃完就去铜匠街谷府送殡。我去收拾房间，见八仙桌上铺起绿毡子，一堆麻将牌，长短沙发上一堆枕头毯子。他们送葬下山在谷府吃过中饭就回省城了，你表弟搭他们的便车去开学。后来听他讲,这一趟便车坐得太搞笑了!挤在两个不认识的大人边上,一点声音不敢出;而且这架破车轮胎半路就漏气了。先是左边后座往下一沉。司机停车下去看看,说轮胎破了。车上没有备用胎,也无补胎工具。前无村后无店,只好跛起慢慢开。一耸一垮一耸一垮,走了一段,干脆把破轮胎撬丢了,直接用轮圈走,毕嘟嘟刺耳朵。你表弟正坐在左边,看见轮圈磨路喷出好高的火花,像过年放嘘花。幸好路过大半,挨到清镇,找县政府借了个旧轮子开到省城。车上那只已经磨到轮心内圈边上了。

这段稀奇事,我说给年轻人都不相信。夏老三的亲侄女,开车去邻县玩农家乐,回城路上爆胎,车飞出去几丈远,立马送命。哪有三个轮子走几十公里安然无事的!我说,你们知其一不知其二,那时候石城到省城的国道就是条沙石马路,坑坑洼洼,汽车只能老牛破车慢慢摇,一个小时十几公里。现在年轻人十几万块钱买部大众车,都比那时候厅局长公用的七手八手福特车强。非常时期。

当天下午三中委孝子也回省了。不到三四个月,做省主席的大儿子又率领下属经过家乡往云南撤退。半路上与警备司令部韩司令合谋设计,在晴隆诱杀蒋介石的爱将刘伯龙。刘伯龙桀骜跋扈,不服从会集入滇的命令;已经为他征用了一百辆军民用车在马场坪等他,他推三拒四,一再拖延。谷、韩怀疑他有异心,向蒋介石请示,回答可以自行决断。于是谷主席致电刘司令,说自己老病疲惫,无力掌控局面,恳请他出任省主席兼司令,军政一手抓。刘伯龙欣然赴会,被埋伏在厢房的狙击手击毙在石院。刘伯龙外号刘屠户,杀人不眨眼,从省城逃跑还把组织临时治安委员会的辛亥革命元老卢焘老先生杀害。老百姓说他不得好死是现世报；谷主席却怕遭蒋介石报复，不敢去台湾，从昆明坐飞机去了香港。

老百姓议论，谷三太爷的后事，论盛大赶不上伍家老太爷；论规格呢超过，小小县城哪一回聚齐过兹样多官员？那块龙脉地更是少有的好风水！又称谷三太爷走得是时候。晚几个月，四个孝子有三个不能在场送终。兹是他老人家惜福养德的善报。三个儿子皆是朝廷大官，府中上下没有出过横强霸道的事，连买菜买米都是三太爷亲自动手，见天起早拎起篮子上菜市买菜，出门几步路就是新桥上，菜摊肉摊任选。还带有一把秤，贩子称了他亲自约，公买公卖。前些天见一个视频，豪车和非豪车行碰头礼，开豪车的时装女子跳出来骂，你晓不晓得我是什么人！我就想，应该把每个公民的身份和标价定好，写成牌牌挂在胸口，遇事互看一眼就胜负自明，减少好多纠纷事故。

那年常老将军过世，我去省城送行，见丧礼又不一样。他奉天主教，教友们围起唱诗；我和一位朋友就坐到角角上。朋友看着旁边一位胖胖的先生对我说，啊你们不认识哈？这就是大企业家某先生！晓得的吧？我说晓得晓得，我有个熟人在他的港湾大厦买了个店位，五六年了。他勉强笑笑打个招呼，起身离去。他的事很多人知道。那些年偷渡香港，打拼几年开了个药店。后来，他同一个什么系统联手办公司。系统出钱，他以港商身份享受政策优惠，各尽所能。当上省政协常委，曾经提出高薪养廉建议，说是腐败现象缘于干部工资低，如果都达到我这种水平，哪个还腐！后来政策不允许系统经商了，他在建的一栋大商厦就拖成烂尾楼，坑了好多买商铺的小商家。

老百姓说刘伯龙是孽龙转世，生在龙里起名伯龙死在"擒龙"（晴隆）。晴隆是我第一次下乡的地方。任务是宣传总路线：鼓足干劲，力争上游，多快好省地建设社会主义。那时候我刚从地委招待所调公司办公室，第一次参加工作队下农村，很兴奋。我们集中学三天政策，到县城又学三天县情，然后才进村。那天清早就从县招待所出发，各人背起铺盖卷，跟着乡干部走。一路下坡。从招待所下到滇黔国道公路，横穿公路下到乡间小道，一直下一直下，下得脚杆打闪闪。下到山谷底，一条清幽幽的小河横在面前，河面上有座石桥。放下行李，靠坐在桥栏杆上歇气，发现是夹在一条窄窄的山沟中间的V形峡谷。仰起脑壳看，县招待所清清楚楚挂在这面头顶上；几栋木架子房清清楚楚挂在那面头顶上。谷底非常之闷热，甘蔗长得很粗壮。歇了刻把钟，背起铺盖过桥爬坡，一直上一直上，上得淌汗喘粗气，进村就点煤油灯吃苞谷饭了。我的房东是村团委书记，我和他在稀疏的楼板上打地铺，外墙还没有装板壁，拿些苞谷秆遮起。他父母住楼下装好四壁的房间。工作组的任务，第一阶段开三级干部会宣讲总路线，分组讨论，具体落实，总结闭会；第二阶段协助基层贯彻落实。前后一个月。有一天通知我去队部开会，碰巧是赶场天团支书要去场坝，我就跟他一道走。我要开会，他要先回来，就一路指点，这里左拐那里右拐，我一一使劲记，心想肯定要迷路。果不其然，开完会一个人上路，越走越不对头，走到黄昏擦黑，山雾像几条白龙从四面坳口翻滚而出，我已经陷在不见头的乱坟包围之中了！高高低低的坟头像些骷髅，露出七缺八落的白石牙齿。心想再这样乱走真要在鬼国过夜了！停住脚四面察看，发现一处屋脊，就认准它走。还真走到一个小寨子，找到队干，夜饭也有了着落，住宿也有了着落。床铺主人是我们工作组的一个小组长，晚上还有会不回来。我自来怕睡生人的床铺，那晚上却睡得非常之安稳。第二天，跟着老乡顺利回到房东家。

结束工作离村那天，我们又大清早背起铺盖卷出发。一直下一直下，下到峡谷底桥边歇气，看见县招待所挂在头顶上。回头看看住一个月的寨子，惊得叫出声音：挂在青山上的那栋木房子，就是我的房东家！黄黄的新木架，二楼还没有安板壁，拿几根厚木板和几束苞谷秆遮起，一清二楚！歇过气，又一直上一直上，走到县招待所吃晚饭。民谚说隔山走死牛，一点不假。

　　那时候场坝上买鸡蛋一分钱一个。山民糊口不是大问题，主要是缺现钱。纸张特别金贵，报纸文件纸宣传画电影海报小学生作业本面条封套，但凡得到一张半张，都用米汤糊在板壁上。团转十几二十里没有大河，天天走几里路挑井水吃。山民最怕腥气，莫说鱼虾，鸡蛋都闻不得，说腥臭。后来有一年我在三岔河，住一个瓦匠家。那一阵我眼睛痛，区卫生所开了一瓶鱼肝油丸。掉了一颗在床脚不知道，那天我们进村走访去了，他家姑娘进来扫地发现，亮晶晶圆滚滚的，拿指拇搓起看，一搓搓破了，鱼腥味刺得她冲到一边大呕大吐。第二天出工和同伴们讲起，又呕吐了一场。

　　他起身去厨房做饭，石榴树叶子里扑棱棱飞出一只鸟去。他忽然记起有一回站在晴隆大山悬岩上看太阳落山，脚下和对山之间是万丈壑谷。这时候听见天上老鹰长唳，抬眼睛一看，几只老鹰在抢夺一挂长长的东西，像是野物的肠子。一只鹰叼着肠子正飞开，另一只旋个斜斜的圈子掠过去，一嘴把肠子叼走；随即第三只稳稳地滑翔过来，一嘴就把肠子啄掉，往下坠落。这时候所有的鹰一齐向这挂东西飞去，有一只在它落地前一嘴叼住飞开，那几只紧追不舍，空中争夺战又重新开始，"风云突变，军阀重开战"。还有一次蹲在茅厕里听见头上嘤的一声，抬头一看是苍蝇被檐角的蜘蛛网粘住了，在拼命挣脱。这是只健硕的苍蝇，声音也大力量也大；而那架蜘蛛网占据了土墙茅檐的三角区，编成精美图案的细丝一根一根亮晶晶，像一顶斜挂在屋角的透明大草帽。他正暗暗帮那只苍蝇攒劲，一只鼓肚子蜘蛛出现在网上，不远不近地围着苍蝇跑圈子，把肚子里那根丝往苍蝇腿上缠。几只长腿轻灵划动，身子纹丝不动，美妙得像扈三娘跑圆场。苍蝇渐渐放弃了挣扎。蜘蛛划到网心，几条腿抱着苍蝇旋转，像厨师搓面团。苍蝇声音越来越弱，终于沉寂，成了一个半透明的茧。一眨眼那位网主不知又隐身到哪个角落去了。这也是他的一次见所未见。

有一回你说漏了嘴，我才晓得我下乡那段时间，你得了场大病，非常之凶险，差点命都送脱。开始是胸口闷，呼吸重，半夜会憋醒；不想吃东西，勉强吃下去就恶心打呕。拖了几天越来越恼火，害起怕来，才想起挂长途电话找你舅妈。你舅舅舅妈接到邮电局的通知，去邮电局长话台坐起，等听到喊名字进长话室和你通话。你舅妈叫你马上去西城小街找吴大孃，请她陪你来省城看病。你向学校请准假，去西城小街找吴大孃，她连声答应，留你住在她家，第二天坐班车把你送到你舅舅家。吴大孃是大路边吴家的大姑娘，我们去五官屯看地戏就是坐她兄弟的马车。

第二天你去市医挂号看病。一检查，胸膜炎，严重胸积水。当场抽了半盆积水，下星期再来抽。一次抽完人受不了，回到你舅舅家睡起，恰巧他老朋友寿老医师来坐，一听情况说，胡闹！把人当水井吗？有胸水泄掉就是。当场开了一味芫花，两分，买回来绿豆大一小颗，煎水喝了，搜肠刮肚地搅痛，跑厕所。到约定时候再去医院，一检查没得积水了。医生非常之惊奇，问明缘由，当成秘方治了几例病人，评上先进。寿老一听又说，胡闹！把毒药当阿司匹林吗？果然那位大夫照本宣科差点出了大事故，又说这种办法万不能用。

寿老是先生的老朋友,来过石城多次,对我炒的新蚕豆和红油韭菜花很夸奖。他老人家有个外号寿博士,上知天文地理,下知鸡毛蒜皮。一肚子的掌故。有一回来家正踫上我去帮婵孃宰糟辣子,他指着一小盆洗好的嫩姜说,二嫂,糟辣角泡嫩姜好吃,就是会变老。婵孃说是的,没得办法。他说有办法,去中药铺拣四两蝉蜕放进去就不会变老了。婵孃说,那蝉蜕又咋办呢?他说会化掉的。你舅妈就喊我放下宰刀去买蝉蜕。他听说我爱刻章写字,问我会不会制印泥装裱字画,我说不会。他说个人学会做,省钱买纸买石头嘛。摸出小本子圆珠笔写了"制法糊法"和"制印泥法"各一张,撕下来递给我。那密密麻麻的小字写得非常之受看。他小本本和圆珠笔随身不离,到哪遇见病人,摸了脉就开单子。

寿老的第一爱好是京戏。他是劳改农场的医生,"三反"运动为一个朋友拔刀相助进去的。后来参加组建公安京剧团,还粉墨登场演过《大登殿》的薛平贵。大近视眼,戴的涡子眼镜像酒杯底,不戴就成瞎子;看小字取下眼镜,凑到眼睛边像用鼻子闻。他唱《大登殿》是先在台上按身段数好出场几步转身几步才上台的。评起戏来非常之毒舌:马连良一口倒字,周信芳一口南通腔,谭家一代不如一代。说有一回听谭小培的《捉放曹》,一掀帘子他给了个碰头好,不一会跟包的找来了,凑耳朵说,散了戏谭老板请先生消夜。他年轻时候原名民乐,因为爱说刻薄话,朋友们说他要短命打进拔舌地狱,他就改名彭,彭祖寿高八百岁。还警告那些朋友,再咒我短命我就改名祸害了:祸害活千年。

寿老讲起话来,别人只有听的份。有疑惑也不敢追问。比如直接挤鱼肝油丸滴眼睛;比如有低血糖的人要揣瓶味精,发作起来救急之类。

参加农村整风整社近一年,我自认为有点生活积累了,就开始学写小说,在本省报刊上陆续发表了几篇。你看了说:拿小孩当主角是取巧。不过这个巧取得对。你从小干这一行,接触的是些来去匆匆的用餐人,浮光掠影;这回才算对真正的生活窥了一眼,不可能写深写透。就当成是小学生描红练习,慢慢求提高吧。

我完全同意。

余未人《苗族英雄史诗〈亚鲁王〉的世代传承》(节录)

2009年的春天,贵州麻山地区苗人们世代传唱的英雄史诗《亚鲁王》闪入了文化人的视野。它仿佛横空出世,震撼了民间文学界和苗学界的学者们。大家亢奋、赞叹之余又觉遗憾和惭愧,这样一个重大的发现竟然一直被推到了21世纪的今天。

麻山位于贵州六个县的交界地带,是"一川碎石大如斗"的喀斯特王国。行走在那穷荒肃杀的深山里,我发现还有那么多"东郎"(歌师,苗语音译)在夜以继日地唱诵自己英雄先祖的征战史诗,缪斯竟然如此钟情于斯。我对这支苗人油然而生敬意。一步步走入其间,时而无语凝噎。

苗族在历史上是一个苦难深重的民族。它在五千多年的时光中,经历了五次大迁徙。其中西部方言区的苗人,迁徙的历程尤为艰苦卓绝。然而,在流传至今的古歌中,却鲜有这方面的发现。西部方言区苗族的首领亚鲁王开创了这段迁徙的悲壮历史;后人们将《亚鲁王》这部英雄的迁徙史、战争史世代传唱。史诗所吟诵的,是不屈不挠的西部苗人的命运。

我想勾勒一下《亚鲁王》史诗第一部的粗线条情节:亚鲁在

十二岁以前尚未称王之时,他的父王和三位兄长就外出闯荡去了,父子、兄弟之间再也无缘相见。亚鲁与母亲相依为命。他建造集市、训练士兵、迎娶妻妾、建立宫室。亚鲁王最引以为自豪的,是他得到了世间珍贵的宝物龙心。宝物在手天意助人,他变得无往而不胜。他又开凿了山里苗人最稀缺的盐井,把集市建得繁荣昌盛。长足的发展引起了他的另外两位兄长赛阳和赛霸的妒意并挑动战争。亚鲁王聪明狡狯,有各种高人一筹的计谋,但他却不愿参战杀戮自己的兄长。可他所面对的,是一场场惨烈的血战。他不得不带领七十名王妃和初生的王子,从富庶的平原一次次地迁徙、逃亡到贫瘠的深山。依照"强者为王"的法则,亚鲁王在无路可走时,用计谋侵占了族亲荷布朵的王国,先后派遣了几位王子回征故土,自己却立足荷布朵的疆域重新定都立国。神性的亚鲁王又造太阳造月亮,开拓疆域,命十二个儿子征拓十二个地方,让十二个地方世代继承亚鲁王的血脉。

只有身临其境的聆听和入心的品读,才能从那些生动形象的描述中去领悟其中英雄而悲怆的意蕴。史诗中,亚鲁王的飞龙马飞越天际腾空长啸,杀戮中叫声切切,尸体遍布旷野,血流成河。亚鲁王残酷而英勇的征战让苗人的后代深感自豪。亚鲁王同时也是一位有情有义、人情味浓郁的首领。他携带王妃儿女,在婴儿的啼哭声中上路。婴儿哭奶的啼声撕心裂肺。"可怜我的娃儿,别哭啦,七千追兵紧紧随着哭声而来。歇歇吧,我们煮午饭吃了再走……"

从古至今,人类社会的重大转折往往由战争引发;战争残酷地破坏着人类的家园。在每一场流血中,主战、好战、应战、迫战,参战者的情况纷纭复杂。亚鲁王转战沙场驰骋一生,但从他的履历中,却很难搜寻到主战、好战的因子。他得到了天赐宝物龙心之后，曾经打算带领族群安居乐业建设家园。但天意不由人，亲生兄长赛阳赛霸率领七千士兵，浩浩荡荡地向亚鲁王的领地开进。这时，亚鲁王的态度显得特别弱势："你们是哥哥，我是弟弟，你们在自己的地方已建立领地，我已在自己的村庄建立了疆域。我不去抢你们的井水，我不去你们的森林砍柴火。你们为何率兵来到我的边界？"赛阳赛霸则强势得不容置辩："我们是来要你的珍宝！给不给我们都要拿，舍不舍我们都要抢！"之后，亚鲁王因拥有宝物龙心而得胜。但兄长赛阳赛霸反复施计，终于夺去了宝物，以致亚鲁王的士兵阵亡过半。

失败的英雄亚鲁王只有带领王妃儿女迁徙，刀耕火种，从头做起。但嫉恨这剂毒药又在兄长赛阳赛霸的心里持续发酵，战争的阴霾笼罩在亚鲁王的头顶。亚鲁王率领族群昼夜迁徙，越过宽广的平地，逃往狭窄陡峭的穷山恶水；可是他们依然无法躲避追杀。亚鲁王用雄鸡来占卜地域，为疆土命名，各种动植物跟随而来。亚鲁王及其族群不想要战争，甚至逃避战争，但当族群饱受欺凌、忍无可忍的时候，他们便一往直前，奋勇杀敌保卫疆土。这也充分体现了苗族的战争观。正是因为如此，他们一次次地迁徙、征战，从富饶宜居之地，一步步退到了生存环境特别恶劣的麻山地区。

亚鲁王聪慧机智，有着过人的狡黠。当他被迫迁徙到族人荷布朵的领地时，他貌似真诚地与荷布朵结拜了兄弟，并以手艺人的身份居留下来，在荷布朵的王国里打铁，可谓能伸能屈。他在这里渐渐"合法"地占有了荷布朵的妻子，并与她生育子嗣。亚鲁王又用一系列的计谋驱赶了荷布朵，兵不血刃地侵占了荷布朵的王国。勇猛、憨厚的荷布朵何尝敌得过足智多谋的亚鲁王啊！而在后辈东郎的唱诵中，这是最为他们津津乐道的一段，听众眉飞色舞，唱者和听者都崇拜英雄亚鲁王的狡黠。

《亚鲁王》史诗中看不到孔孟儒学内"仁"而外"礼"的道德观；这里贯穿的，是严酷的"弱肉强食""适者生存"的竞争法则。其实，完美的、不食人间烟火的英雄只是历代御用文人所塑造的；而民间崇尚的英雄大多是有血有肉、可感可信，能够在常人身上寻找到根脉的。

创世神话体现了苗人文化的精髓。《亚鲁王》把苗人的创世神话与英雄史诗做了奇妙的融合。在史诗中，亚鲁王在母腹里就具备了神性；而在人世间，他只是一个吃着小米、红稗而艳羡糯米、大米的苗人首领。在唱诵史诗的东郎眼里，亚鲁王的部族就是全人类，亚鲁王带这支苗人所创造的，就是人类社会。所以，亚鲁王从开天辟地做起，他派儿子去造了十二个太阳、十二个月亮，又派儿子去射杀了多余的日月，而只留下一个太阳、一个月亮。亚鲁王把草标①插遍了领地，形成了各种民俗。

许多民族的史诗中，都有12个太阳之说，而麻山苗人，却把12个太阳、月亮之说都赋予亚鲁王。亚鲁王已经成为一种信仰，他代表了苗人的理想、梦想和希望。神性的亚鲁王把各方面的智慧和才干发挥到极致。亚鲁王的出现，也是苗人由崇拜神灵到崇尚自身的升华。

这天他用CD碟听了一部很长的外国音乐。书上说最后三大段写的都是对于死的思索。作曲家有位朋友的儿子夭折，引他写出这部作品，这时候他家里好好的。这部作品写出来一年以后，他的孩子也夭折了。

---

① 苗族民俗，用芭茅草绾成结称为草标，所插之处即表示拥有。——编者注

他把冷茶倒掉，慢慢另找一种茶重沏，想起一些与音乐有关的事。那是年轻时候的事了。有一份马克思对女儿提问的答卷很流行，其中有一问是最美好的愿望，答曰对人类创造的一切都不陌生。这句话很让他生出些雄心壮志。西洋交响音乐当然是文学之外的重点。他不光找机会听，正襟危坐地听，还要读导赏文字。几十年下来，始终不能入其堂奥。特别是浏览了一本《古尔德读本》，分析乐曲像医学教授的解剖学讲义，建筑学教授讲大厦设计，终于彻底死心不去奢求弄懂这门学术型的艺术。还是五柳先生的办法：好读书不求甚解，听音乐跟着感觉走。那些大型乐曲听多了，他觉得里面好像也有些洋八股的东西，后来就喜欢挑着片段听。当然这话不能向行内人士讲，那不是讨打？

小时候不知道器乐，音乐就是歌曲。他想。一辈子没有放开喉咙唱过一首歌，心里头却是时时在哼歌。你们几个小姐唱的那些歌我首首会唱。现在还一句不落。你大表妹的那些唱片，周璇的，白光的，龚秋霞的，白虹的，吴莺音鼻音很重，严华比她还重。最怕听严华，男的，声音完全从鼻子里出来。好像是狼咽，嘴巴没有上天腔。最爱听的还是剧宣四队和内迁学校传来的那些抗日歌曲。石城没有挨过日本人的炮火和轰炸，我们就是用这些歌曲来抗日。那时候我们这个小县城见天有音乐会听有话剧看。那时候我们石城的氛围就是志斋老师在黑板上写的四个字：同仇敌忾。国际悲歌歌一曲，狂飙为我从天落，把国际改成抗战就是那种气势。剧宣四队在大十字搭起台子唱"风在吼马在叫黄河在咆哮，端起土枪洋枪挥动大刀长矛保卫黄河保卫华北保卫全中国"，唱"枪口对外齐步前进维护中华民族永做自由人"。唱得唱的人听的人都热血沸腾。有天我和祖佑一路去南街，他进学校我买菜。他边走边哼歌，过了钟鼓楼忽然拔脚就跑，大声唱了一句"大刀向鬼子们的头上砍去",手还举起来砍下去。他讲,他们学校开同乐会,有个逃难来的女同学唱"我的家在东北松花江上"。唱得几句就唱不下去了,放声大哭,好多家长老师也哭起来。

那时候流传最广的抗战歌曲,有几首雄壮的现在还能在纪念抗战的电视剧里头听到。抒情的除开《松花江上》,好多都听不到了。

你们女学生最爱唱的是兹一首:

淡淡的三月天,杜鹃花开在山坡上,杜鹃花开在小溪旁。多美丽啊,像村家的小姑娘。去年村家小姑娘,走到山坡上,和情郎唱支山歌,摘枝杜鹃花插在头发上。今年村家小姑娘,走在小溪旁,杜鹃花谢了又开呀,记起了战场上的情郎。摘下一枝鲜红的杜鹃,遥向着烽火的天边。哥哥你打胜仗回来,我把杜鹃花插在你的胸前,不再插在自己的头发上。

你表妹们害羞,把"情郎"唱成"哥哥";你脸皮厚,照唱"情郎"不管。

有一位内迁的兽医学校附属医院的张院长,在你舅舅家后楼借住了年把时间。先生把卧室和起坐间让给他住。张院长麻脸,口音很重听不懂,张太太瘦小娴雅,我没有听她开口讲过话。花园门边皂角树下面杂物间顺出来给他家做灶房。就是你表妹捉了亮火虫实验萤囊夜读的那间小屋子。我给你们做芭蕉茶馆就在小屋子外面。一个老勤务兵做好菜饭,拿个盘子端上楼去。我见过,几小碟,素素净净的,一点辣子没得。我心想猫都要多吃点。

老勤务兵又矮又瘦一小个,小黑脸爬满皱皱,军帽下面那双小眼眼亮亮的有股煞气。祖佑去小灶房看过老兵做饭,说是边切菜边自言自语。炼油是把肥肉切得非常之小，炼完油就只有黄豆大了，倒掉。不像我们油渣炒豆豉是好菜。听说先生和婵孃晚上要去和张院长张夫人坐坐，聊闲天，很谈得来。有一晚上听见老巫吾就在近处叫，先生和张院长从窗子朝外瞄，见前院屋顶上蹲起一个黑耸耸的影子，张院长开了左轮枪，扑簌簌拍翅膀飞了，原来是鬼冬哥。鬼冬哥就是猫头鹰。石城传说老巫吾是半夜三更报死信的鬼物，声音是短促的"巫吾"，无一点回声。以声得名。半夜听见它叫，就晓得要死人了。没得人见过它的样子，想不到就是鬼冬哥。但婵孃还是不相信老巫吾就是鬼冬哥。

我好像从来没得见那位张夫人下过楼。有一天太阳要落坡了，照得园子亮堂堂的。一只夜白虎从屋檐里头飞出来，斜斜地掠过去掠过来。祖佑说它是长肉翅膀的雷震子，拿根长竹竿杵在地上转，竹梢颤起圆圈圈，想碰下夜白虎把它打下来。这时候我抬脑壳找夜白虎，瞅见张太太站在窗口朝远处看。我忽然想起一句歌词：小楼上的人影，正遥望点点归帆。后来你长大了来舅舅家也是住这里。那时候你还在盼你爹来接你回家。你也爱站在这扇窗子望远处。我心想，又是一个小楼上的人影遥望点点归帆。

兹是一首《夜夜梦江南》的歌词。省立中学杨友群老师写的，毕节人，文才很好。谱曲是浙江内迁的音乐老师汪秋逸先生。那时候这首歌非常之流传。他们合作的还有《先有绿叶后有花》，男女声二重唱，也好听。

日本无条件投降以后传开一首振奋人心的歌——《联合国歌》，据说作曲家是肖斯塔科维奇，非常之庄严雄壮。词不晓得哪个诗人写的：太阳与星辰罗列天空，大地涌起雄壮歌声；人类同歌唱崇高希望，赞美新世界的诞生。联合国家团结向前，义旗招展，为胜利自由新世界，携手并肩。几十年没有见这首歌在正式场合出现了!

日本人一投降,张院长夫妇就急着回家乡。先生和婵嬢都劝他们不要性急,时局乱糟糟的,等平靖下来再上路。但是他们归心似箭,第一批上路。果然在半路上遭匪抢,夫妇俩连同老勤务兵都遇难了。据说张夫人遭遇尤其悲惨。婵嬢掉泪说,可惜了,可惜了,兹样一个贤淑女子!

我醒事在战争年代。虽说没有见过日本人,没有流亡千里,但是塞满大街的下江人,天天在提醒我们,头上悬得有一把日本军刀,随时会对准脑壳中缝劈下来!满耳朵的抗日救亡歌曲在提醒我们:生死已到最后关头。街头巷尾流传的消息在提醒我们:日本强盗越来越逼近了!兹种危机感像影子一样紧跟大人小孩。像饥饿对叫花子一样白天黑夜甩不脱。前些日子我看电视剧《四十九日·祭》,关于南京大屠杀。看得肌肉打抖,一直冷到心子里去。屠城!见人就开枪,开了枪再补刺刀。尸首给新兵练胆子,填战壕过军车。一个小队一天杀五十人的任务。抗战刚结束,就有人编印出抗日战争图册,上面有两个日本军官比赛用军刀砍中国人脑壳的照片,有活埋中国人的照片。我边看电视剧边想,如果我是其中的南京人,一定选择跳长江,少受些惊吓。我是个胆小人。我边看边想起那时候听来的一首歌:

北奔向南;南奔向北。在这边望到那边是安全;在那边望到这边是安全。搔首问苍天:究竟哪儿是安全土?快快起来!快快起来!用我们的热血去洒!用我们的头颅去拼!赶走了敌人,祖国到处是安全土。

歌名大概就叫《安全土》。还有一首,应该是海外华侨写的:

天苍苍，海茫茫，在遥遥的彼岸，遥遥的彼岸，那白云深处风烟急，血火流光。那正是你我的故乡，千百万侨胞热爱的宗邦！

后来真的到处是安全土了。南到三沙，北到漠河，我们哪个都不怕了！兹种感觉你能体会，但对年轻人是隔膜的。他们以为生来如此。

抗日抒情歌曲《夜夜梦江南》

昨夜我梦江南，满地花如雪。小楼上的人影，正遥望点点归帆。丛林里的歌声，飘拂着傍晚晴天。今夜我梦江南，白骨盈荒野，山在崩陷，地在沸腾，人在呼号，马在悲鸣，侵略者的铁蹄，卷起了漫天的烟尘滚滚。去吧！去吧！你受难的孩子们啊！我们要把复仇的种子，播散在祖国的地下，在今天发芽，在明天开花，开花，开遍了中华！（杨友群）

《嘉陵江上》

那一天，敌人打到了我的村庄，我便失去了我的田舍、家人和牛羊。如今我徘徊在嘉陵江上，我仿佛闻到故乡泥土的芳香。一样的流水，一样的月亮，我已失去了一切欢笑和梦想。江水每夜呜咽地流过，都仿佛流在我的心上。我必须回到我的家乡，为了那没有收割的菜花，和那饿瘦了的羔羊。我必须回去，从敌人的枪弹底下回去！我必须回去，从敌人的刺刀丛里回去。把我打胜仗的刀枪，放在我生长的地方！（端木蕻良）

《故乡》

故乡！我生长的地方，本来是一个天堂。那儿有，清澈的河流，垂杨夹岸；那儿有，茂密的松林，在那小小的山冈。春天新绿的草原，有牛羊来往；秋天的丛树，灿烂辉煌。月夜我们曾泛舟湖上，在那庄严的古庙几次凭吊过斜阳。现在一切都改变了，现在已经是野兽的屠场。故乡，故乡，我的母亲，我的家呢？哪一天再能回到你的怀里？那一切是否能依然无恙？（陆华柏）

《月下怀乡》

淡淡月光，银波荡漾。月光照在山头，是惆，是怅？故乡啊——故乡啊，哪年哪月，才能吟咏在月下的松花江上。长白山麓，有我可爱的家园，有我童年的甜蜜，现在啊，一切只能在梦里来往。血腥伴着金风，白骨映着寒光。啊，月下的故乡，一片荒凉；故乡的人啊，也不知去何方！

《今夜又是好月亮》

今夜又是好月亮，照在脸上白如霜。可惜不在柳树下，我独自站在马路旁。家乡有一条小溪，溪旁有一棵柳树；月亮挂在柳梢头，偷看我和我的丈夫。如今家乡已成灰烬，我也受尽了禽兽的欺凌……

你们在郭家屯学了首新歌,樊二姐教的。电影《一夜皇后》的主题歌。周璇唱的。《一夜皇后》就是京戏《游龙戏凤》里李凤姐的故事。这首歌我也记得一字不差:

无边春色在儿家,满眼繁华。莺啼燕语太喧哗。如图画,万树尽桃花。酒帘花里高高挂,随微风左右倾斜。花正开,人未嫁,梅龙镇上,卖酒作生涯。

万树桃花酒帘高挂,几多生机勃勃的图画。但是几十年后我只要想起这首歌心中只有凄惨。说不出的怜悯和惆怅。在郭家小石院唱兹首歌的女娃娃尽都不在了。我看到过太多的女娃娃年纪轻轻就走了。李凤姐还做了一夜皇后,好多女娃刚绽开花苞就风吹雨打了。旧时候的青春少女们怎么就这样容易夭折,都是些"一夜皇后"呢?

旧时候的女子苦,苦得非常之恼火!当姑娘规矩多,哭不出声笑不露齿,做如牛吃如鼠。一家人吃饭要靠饭甑坐,好给爹妈兄弟添饭。有客吃饭就不能上席，端一小碗饭站在背后，冷不防就给客人添满，手法干净利落。儿子再憨也送去读书，姑娘再灵醒也进不了学堂——儿子读书要撑家立户，姑娘读书是替人花费。你当代课老师是啥时代了，偏僻寨子还是兹种风气。你讲过你去做家访，班上那对双胞胎娃娃的姐姐边做家务边对答，手脚不停嘴巴不停，说是一家人劳动就指靠两个兄弟把书读出来！你听了心里难过，因为那对兄弟石登光石登亮，论人呢老实憨厚，论聪明比姐姐天差地远。

最要命是婚姻不自由。自家掌握不了自家的命运。父母说了算，一嫁定终身。说句不该说的话，旧时候的女子，有好多死在出阁之前还是福分。父母跟前做姑娘，再是穷家小户也有三分娇惯和尊贵；一顶花轿抬到婆家，一夜之间变成九分低贱。时时处处小心翼翼，谨言慎行。顶头上司是"多年媳妇熬成婆"，憋几十年的气要在你身上慢慢出。居孀守节更不用讲，牌坊上的旌表，志书里的节妇传都是血泪写的。读起来非常之钦佩又非常之可怜。有个传闻，一个年轻貌美的寡妇，经常受流氓骚扰，通宵不敢打瞌睡，安把椅子在房间中央坐起，手拿一根绑菜刀的长竹竿，听见响动就乱挥乱砍，有时候会砍半边耳朵半个鼻子落下来。故事是编的，苦楚是真的。

兹些贞节牌坊，新社会尽都拆了，拆下来的石头大块的敲碎填公路，零散的散落在寻常百姓家做房基砌猪圈，现在成了收藏家协会会员的藏品。那些雕工是真精致。我们石城的石艺是有传统的，现而今还设公司雕守门狮子卖到各地。

你舅外婆是清朝百姓，缠小脚，三寸金莲。你舅妈赶上民国，缠过放开，叫解放脚。你表妹虽同你一辈，小地方的风气，脚是不缠了，大姑娘偷偷束胸，得肺病恐怕多与此有关。你生长在上海，不受这些拘束，不过也梦想不到现在这样的吧：唯恐不大不露，还要剖开来填胶。听说连眼珠都贴胶片变五颜六色，一个人顶八国联军。

现在优秀女娃非常之多。电视上，开大会是男人多；好多行业是优秀女娃多。连足球都是。我认识好几些家，优秀出色的都是女娃娃。前几天一个朋友约我去参观一家新开张的大商场。三层楼，不光经营服装陶瓷首饰鞋帽全套铺盖，还有喂名种猫儿的。地板上一只猫有狗那样大。缅因猫跟一个女娃斗眼神，手机拍下来跟老虎一样。猫房都隔得有玻璃，闻不到一点气味。还有洗衣房，进口法国干洗机日本熨吹机，专接高档衣服。还喝了地道的夏山咖啡，面上调出花叶图案来。吃了法式巧克力冰激凌，像艺术品一样。做点心的小姑娘才二十多岁，中南大学法语专业，毕业以后应聘一个公司到非洲刚果（金）做翻译。她说当地没有人欺负她，倒是东家给了无数窝囊气。两年凑够路费学费，马上辞职去巴黎学做点心，这是她的理想。学了一年回家乡开小西点铺。环境和产品不配套，进得来的吃不起，吃得起的不进来，生意清淡；这回转到商厦就顺当了。商场老板四姊妹，爷爷土改运动扫地出门，爹妈到县城摆摊子卖鸡蛋。虽是城镇户口，上有老下有小，十口人的肚子不好填。逢年过节才买米，平日吃苞谷饭。三个大的躲在家里吃，老幺偏要端起在大院里边玩边吃。刻薄邻居故意问，小四妹吃的哪样饭呀？黄灿灿的。她回答说蛋炒饭呀香喷喷的。做西点的小姑娘做咖啡的男娃娃喂大猫的小姑娘，都是几姊妹发现引进的。我一位老朋友的外甥女，中专英语教师，辞职出来办学，现在办了好几所多语种的中学和幼儿园，成为这一行的领军人物；女儿留学回来当助手，二天好接班。

可惜你没得赶上好时候。我有时候想，假如你在这一茬，也会是出类拔萃的。副市长总经理新闻发言人之类。不过算不定破产跳楼呢，又还不如随大流去罗浮宫广场跳坝坝舞了，虽不拔萃，无忧无虑。

要论地方上出类拔萃的妇女，有造福大片农村的蔬菜基地专家，有做到最高检副职的政法专家，等等。办教育就要数胡、秦两位女先生。西南联大学中等教育，毕业回来办小学中学，教一辈子书。胡老师出身城市贫民家庭，秦老师出身地主家庭。按理后来胡老师应当更受器重些，实际恰恰相反。秦老师当了政协委员，胡老师从小学校长调师范做单科教师。这个谜多年以后才解破：当年国民党政府要求所有学校设立区分部，胡校长有一位做过战场救护队的助手张老师，为了不让政府派党棍来控制学校，自作主张为胡校长办了入党手续，兼任学校区分部书记，这就是"历史身份"了。胡老师终身不婚，改革开放以后主动请缨给师范生开性教育课，很有点开风气之先、惊世骇俗。她对学生如严父，学生视她如慈母。去世前住医院，历届女学生轮班陪护；去世后送殡的学生站满一条街。市民感叹胜过当年谷三太爷大出殡。秦老师新婚不久先生就去美国留学，一去无音信。生个女儿满两周岁，秦老师动身去美国寻夫，好容易打听到消息见到面，已经另婚了！原来求婚就是求那笔留洋费用。后来秦老师独身到九十多岁老去。女儿很聪明，中央工艺美院毕业也去美国深造，据说小有名气；她母亲过世以后，回来跟舅舅争祖产。

那年秦老师动身去美国，全校师生排队送到巷口，高班同学忽然齐声唱起一首非常之雄壮的歌来欢送。后来我也学会了兹首歌：看！太平洋的风云，瞬息万变。优胜劣败，难逃天演。努力吧努力吧，学问没有止境，要像美玉精金，琢磨锻炼！发展伟大的抱负，实现生平的志愿，不怕风浪怎样高！不怕路程怎样远！

石 城

破浪乘风！十分勇健！再见！再见！莫惆怅！莫依恋！抱着十二分的热忱，期待着你们，有绝大的成功实现。来！站在时代最前线，战！战！战！

后来省悟这首满是惊叹号的歌，应该是新文化运动时代的一首毕业歌。

《民国府志·杂事·贞节·姜氏等》

姜氏，薛凤仪之妻，广文姜允山之女。其先本隶武陵，因游幕来黔，寄居修文察院坡，后移省垣；迄允山出为镇邑学正，继娶侯氏，始僦居石城。氏幼娴母训，事继母能先意承志。同治辛未（1871年）适凤仪。凤仪业商，常远至滇、缅、越，动稽年月。氏以宦门弱质，能耐劳苦，甘淡泊，荆钗布裙，有孟光风。敬事翁姑，欢承色美，和睦娣姒，靡有间言。壬申（1872年）生一女，光绪乙亥（1875年）生次女甫百日，而凤仪一去越南，黄鹤不返，遂成永诀。氏年方二十四，青年苦节，日以马尾编制头巾并制苗夷布履及童子鞋袜市易，以供甘旨而度生活。抚育弱幼，晨兴夕寝；虽溽暑严寒，工作不辍。女年六七龄，即使为人编缀爆竹，安置药线，稍博佣资以为家庭小补。及长，则教以女工针黹。氏性介，不妄假人一丝一粟。除奉堂上甘旨外，力求撙节，以此略有蓄积，舅、姑之葬如仪，嫁二女亦颇不失大体。氏生于道光庚戌（1850年），殁于民国乙丑（1925年），享年七十有六。

杨玉珍，南关厢杨希圣之女。幼丧母，随父徙江龙。年十七，适镇宁吴二为妻。翁早逝，姑孀居，家既贫，而吴又嗜赌不治生。氏屡谏不纳，唯纺绩供甘旨。年十九，举一子。时值变乱，日用维艰，然孝益笃，姑怜而佣助之。吴因负赌债急，阴将嫁之，而诳母曰为人工作。咸丰十一年（1861年），适有民变，随吴避难郡城，寓东街毕姓店中。氏以针黹营生，而吴赌如故。七月吴忽语氏曰："人有嫌贫爱富求去不得者，今为汝觅得快婿，汝去安而我亦得全矣。"氏悲泣，坚执不从。吴怒，批氏颊，逼诣媒家完结其事。氏随出行，至望春台凤池桥，负子投河死。时七月二十日也。次日，尸浮于碧漾湾堰下，子尚负于背，面色如生。氏死时，年仅二十一，子甫三岁。地方以其事白于官，严拿吴重办，令将妇妥葬。于时办理城防局绅杨岱云、余鼎臣等捐资备棺，葬于东郊大路旁，立石以表其墓。是年并为之请旌。

那年夏天全国大小城市突然非常之热闹。"司令部"如雨后春笋遍地破土而出，指点江山激扬文字。男男女女戴军帽红臂章走来走去。高音喇叭指挥全局，挂在电线杆上从早讲到晚，挂在车头上飞街过巷。一切解释权归"革命小将"，交通指示灯要改成绿停红行，红色代表革命，革命所向无前。电话号码要改成主席诗词，一二三四无革命性。香港要改称"东方红"。人民政府要改称"巴黎公社"。我们都平顺走过，靠的是有自知之明。我家庭成分是城市贫民，本人从事小手工业，挨边工人，只要不作怪，小日子听便。几个"司令部"来招募我，都婉言谢绝了。这几年是我读书的黄金时代。自家的书重读，碰见的书借读。那时候有一条读书暗河，表面无影无踪，暗里汹涌澎湃。暗河里的书门类庞杂，可遇而不可求，全凭偶然邂逅。单线联系，互通有无。来路更是千奇百怪：抄家私留的，纸厂拉漏的，书库扒窃的，从居委会"四旧物资"里翻窗偷运的，"红五类"家庭旧有的，等等。上面有各种公章私章批语波纹线。阅历增加了，时代进步了，社会复杂了，看过的书再看又有新的体会。最受益的，一是重读鲁迅、《聊斋》、

《儒林外史》，加深些社会人生的思考。一是重读《约翰·克利斯朵夫》，提醒我只有创造的欢乐才是真正的欢乐。一是原先没有读过的《居里夫人传》，居里夫人说人要学蚕，要不问目的做好自己的茧。这本书不晓得传过多少人的手。订线七零八落，书页七凸八凹，成了半透明。换到以前，摸都怕摸；这回不光读还连读了两遍，抄些段落。那时候心头茫茫然。读到人要像蚕一样做好自己的茧，踏实了。还附庸风雅取了个"茧簃"的斋名。没有用过，只是做起茧来心安理得了。这条读书暗河不晓得养育了多少鲤鱼，一到改革开放就纷纷跳龙门成栋梁之材了。

那时候只是担心先生，担心你，想摸起去看一下怕惹出祸事；只有转弯抹角打听。后来听说基层民小不搞运动，才稍稍放心。一天擦黑，有个农民模样的汉子来找我，说是你那个民小所在的小队长。我们一起去到南街口大字报专栏，假装看那些一行行挂起像晾挂面的大字报，他小声告诉我，你没得事。你本来就教书上心、对学生和气，团转好些姑娘悄悄学你生活自爱、做人硬气，两件换洗衣服哪时候都洗得亮堂堂的，教她们要自重，打铁还须自身硬。他说，农村人自来晓得敬重老师，来了贵客要请老师去陪上席，哪有黑起心整老师的道理。学校停课，叫老师接受贫下中农再教育，改造思想，就安排你跟他家婆娘学做蜡染。他说，现在都说书越读越蠢，教书不吃香。有个公办女老师走门路调区供销社饭店收钱开票，人人羡慕。代课老师少有人肯干，有一位人武部长家保姆应聘上岗，教毛主席诗词，把"战士指看南粤，更加郁郁葱葱"读成"战士指看南奥，更加都都忽忽"，学生们拉起嗓子唱"更加都都忽忽"，别的老师听了还不敢纠正。你是代龄最长的代课老师，从来不多话，认认真真教书，再讨嫌的人也抓不到你的辫子。他说，你去边远寨子家访，听说一家辈分最老的两老，原本有个儿子挖煤卖，煤洞垮下来砸死，媳妇改嫁，两老吃五保，日子非常之艰难。你叫学生带你去看看，两老正在吃饭，男的捧个破大碗，女的直接拿熬苞谷稀饭的瘪锑钵钵喝。你回学校就买了一套锅瓢碗筷，用粮票买了十斤苞谷，托那个学生送去。小队长说，你哪样都好，就是死活不在哪家吃顿饭。

后来社会上悄悄地开始松动。我悄悄去了一趟省城，还好你舅舅家也算有惊无险。居民委员带起几个人来抄过两回家，抄走几十张唱片和一堆小花手绢：小姑娘们开了份"抄到《白毛女》等黄色唱片若干张"的收据，手绢当场分享。顺便把你小表弟喂的金鱼捞出来，像玩踩炮一样踩死。字画碑帖佛经之类是早就自家抱去居委会缴了"四旧"的。先生是1960年摘帽的"死老虎"，不属重点了；单位还安排他和伍大爷两个年纪最大的委员去机关农场守苞谷，避开城里头的热闹，很照顾的。还看见省城疏散下放运动的那些"干居民"，全家下放当农民的都搬回来了，回来没有房子住了，在贯城河水泥盖板上搭出一条棚户街来。亲戚朋友间又开始走动了。一帮投荒事了赋归来的老夫子，还悄悄重拾诗酒之会，好些唱和诗后来都印了诗集。

那时候你小表弟上初中，每天上学只带一本语录。在煤校教书的姐姐得了个招工指标，婵嬢说，在城里荡起不是办法，让他去，就去了靠近云南的月亮田煤矿学铆工。小小年纪跟老工人们打堆，日深年久，习了个世路已惯、事事无所谓的性情。退休以后爱钓鱼，和一个朋友结伴，为钓野鱼不辞远，深谷荒湾睡帐篷。又都不吃鱼，带回来求这家那家笑纳。两个的住房都是借住性质。生病就拖，拖不过才去熟人诊所输液。最近也走了，突发心脏病。还算是见了孙子。凡是错过高考的知青一代，景况大多是兹样。

这时候也见到你了。头一回是和小队长约好，在他家见的。

你果然在白布上画蜡画。天擦黑你先回家，我陪小队长喝了几杯他烤的米酒。

那几年志斋老师谨慎万分，学校家屋一条线，不和人来往。有一回学校安排志斋老师接受贫下中农再教育，去的居然是他的家乡——他桃李满门，可能是有老学生暗中关照。进了村，他又是老人又是长辈又是名师，学生后辈数不清，家宴排成队，吃到离村还没吃遍。干活不过虚应故事，自有孙辈重孙辈代劳。他回来作了首七律诗，开头说：十日三村卧草秸，翻从静境得诗材。不晓得已经多久没有作诗的兴致了。

织金王老医生的事更精彩。他原是省中医研究所的名医，救活病人无其数。儿子也是名医。八十多岁了，运动中说是漏划地主，被遣送回乡。两老去到故乡织金牛场，靠儿子寄生活费过日子。山里人听说来了省里大医生，攀亲带故来求医。他有求必应，还赠送家存的贵重药材。口碑一传开，病人牵成线地来。几个月以后，封他一个漏划地主兼反动学术权威，在区里组织批斗。讲得正热闹，一个老农挤上台推开拦他的人，说：喊我们来斗坏人斗地主，闹半天是斗这个老人呀！他来到我们地方，不吃我们不穿我们，看病不收钱还送药，兹种坏人世上有几个？……走！公！我们回家去！老农旁若无人地把王老搀扶起来扬长而去。台上台下好多人认得这个咆哮公堂的老者，他辈分很高、三代贫农，一时反应不过来。不等主持人悻然读语录宣布散会，早就各自散了。

那两年很出了些稀奇古怪的事。早期"司令部"之间经常展开"观点大辩论"的阶段，就出了一位女"骁将"，五十来岁，军帽军装红袖套，大脚裤子青布鞋。只要出动，她总是冲锋在前，撤退在后，辩才无碍，所向披靡。绰号"母屠户"，源于她老公生前是饮食公司食品站的杀猪匠。她本人是废品收购站"红到底司令部"创建人。她很是风光了一阵子,曾经列名石城四大怪之一。但不久就销声匿迹了。原因是"联合司令部"发现她虽然无私无畏,到底理论基础不足,辩论起来像泼妇骂街,成为对方笑柄甚至把柄,后来有行动就不通知她了。于是方冉冉升起就匆匆坠地。听说后来她改在杀猪巷桥上聚众关心国家大事,动不动敲打一下嫉贤妒才的不正之风。有的"司令部"开始是关心国家大事,渐渐变质成了肇事团伙。有个姓卯的工厂"司令",用汽车刹车片磨了一把文攻武卫的马刀,带领一帮弟兄去挑衅另一个团伙。半路经过一处菜地,发现地里的几块岩石后面有一对年轻人在依偎谈情,他为了立威慑众,发话就用这两个人试刀,真就把人家杀了。这么多目击证人,公检法很快破案。杀人填命。稀里糊涂三条人命。遵义有个大厂工人,分得一把文攻武卫的枪别在腰带上,下班和同事坐公共汽车回家,高峰期人多,有人踩了他的脚,再三道歉不接受,破口大骂,同事悄悄劝止,他不依不饶。对方到站下车,他跟着下车扭住骂,越骂越火,完全失去控制。同事忍不住拉他走开,他狂怒之下对着同事就是一枪。又是两条人命。兹种突然蹿上来的冲动是很难控制的……

　　后来学生娃娃完成历史使命,上山下乡;疏散下放当农民的人家陆续回城;大学招工农兵学员。小队长告诉我,你们民校也复课了;你画的蜡画又古老又有新意,好多年轻姑娘喜欢,一天围到你转。

　　兹段时间搞过一次工农兵上大学,不考笔试,基层推荐加面试。有个朋友当过面试老师,告诉我说,事前传达精神,不许刁难学员,老师们就只问些简单常识,但还是有答不出的。比如有人说四分之一比三分之一大,因为四比三大之类。有一个老师问:汽车突然刹车,车里的人会朝前一栽,是什么道理?答案自然是惯性。那个考生理直气壮地说，咳！神（承）不住喽嘛！但这批学员也有成才的。我就认识一个姓缪的农村娃娃，读军医大，毕业分在上海的部队医院。人也斯文讲究了，回来探亲一口上海普通话。小时候吃的东西，兹也不能进嘴那也不能进嘴了。

几年以后恢复高考就是真考了。考生年龄相差十几二十岁。卧虎藏龙。八仙过海。后来出了多少栋梁之材呀！科学家政治家企业家理论家学者诗人小说家，数之不尽。我认识一位涂老先生，恢复高考那年他家子侄女婿媳妇七个报考七个上榜，在街道工厂做再生灯泡的儿子直接考上研究生，后来成了研究《文心雕龙》的学者和硕士生导师；另一个儿子是古汉语专家。记得你叹气说，可惜高考有年龄限制，要不一定去试一试。

人说八十年代是不拘一格降人才的黄金时代。不假。

《民国府志·选举志》

文选：

明以前尚属化外，固无所谓选举也。及明开国初，蛮荒未尽诚服，政令弗克措施，犹无所谓选举。逮洪熙、宣德间，叛乱渐平，先后建四卫儒学，而选举以萌。是时土人子弟，习于据地自雄，不图进取。终明之世，流官未普及，土职世袭犹有存者，其思想致未变迁。入清以后，朝廷罢黜苗学，准以民籍应试，并增学额，以广搜罗，提拔不可谓不至。大抵积重难返，无事他求矣。是以五百年来，所谓下学而上达者卒鲜。若夫屯军、游宦、旅商，有明及清，流徙日繁，文明日进，其侨寓子孙，知读书致用为可贵，大率奋兴于选举之途。故自明正统中景清领乡荐，为本郡选举始，迄清光绪末选举罢终，据可考膺选举者，极二千余人，其为土著仅二三人。语云："求则得之，舍则失之"。所谓稽已往升沉之故，以示来兹者。盖科举虽废，而因时制宜，观感适足以兴起耳。

文选举谱：进士明代八人，清代二十人。举人明代一百四十三人，清代一百六十九人（姓名略）。

武选：

明太祖洪武元年（1368年）立武科；洪武二十二年（1389年）谕；礼部请立武学，以教武臣子弟，令于各直省应试，此武科乡试之始。然其所试，不出于勋臣子弟之外。天顺八年（1464年），令天下文武官举通晓兵法、谋勇出众者，各省抚、按、三司、直隶巡按御史考试，中试者，兵部同总兵官于帅府试策略，教场试马步。答策二道，骑中四矢、步中二矢以上者为中试，骑步所中半焉者次之。此试天下应举人弓马、策略之始，亦特举而非常制也。成化十四年（1478年）从太监汪直请：设武科乡、会试，视文科例。弘治六年（1493年）定步会试六年一举，乡试三年一举，如文乡试期。正德十四年（1519年）定会试三年一次，初场试马箭，二场试步箭，三场试策一道。嘉庆初定各省武乡试，以巡按御史为主考官，两京武学则于兵部选取，会试则命翰林二人为主考官，给事部曹四人为同考官。乡、会试场期，俱于月之初九、十二、十五起送，考验、监试、张榜悉仿文闱而减杀之，其后倏罢倏复。又仿文闱南、北卷例，分边方、腹地，每十名边六腹四。万历三十八年（1610年）定会试额百名，其后有奉诏增三十名者，非常例也。末年，科臣请特设将才科，初场试马、步箭及枪、刀、剑、戟、拳搏、击刺等法，二场试营阵、地雷、火药、战车等项；三场各执其兵法、天文、地理所熟知者言之。报可而未行。崇祯四年(1631年)会试榜发,论者大哗,帝命中允方逢年、倪元潞再试,传胪悉如文科例,此武科殿试之始也。然其时未设府、州,县武学,其所试者皆勋臣子弟。十四年(1641年)谕各部臣,特开奇谋异勇科,诏下,无应者。自十五年(1642年)立武学以后,武科始行于府、州、县。

清代武科,大率沿用明制。顺治二年(1645年),定武会试于辰、戌、丑、未年举行。九月会试,十月殿试。又定乡、会试头场试马射;二场试步射,合试再开弓、舞刀、掇石,以试技勇,步射布候,马射毡球;三场试策论。康熙四十八年(1709年)定乡、会试三场,试论二篇,时务策一篇,其论第一篇以《论语》《孟子》出题,第二篇以《孙子》《吴子》《司马法》出题。考试生童亦照此出论题。嘉庆十二年(1807年),定武闱内场策论改为默写《武经》,由主考官拟出一段百余字。殿试及各省乡试并学政考试,原试以策论之处,俱改为默写《武经》。其会试中额,顺治间一百、二百、三百尚无定数。康熙三年(1664年)题准:武会试取中一百名。三十三年(1694年)分南北卷,贵州合江南、江西、福建、浙江、湖广、四川、广东、广西、云南等省定为南卷。取中五十名,至殿试后,钦定甲第:一甲第一名为一等侍卫,即武状元。第二、三名为二等侍卫。三甲为蓝翎侍卫,则如文进士之馆选焉。

武举谱:明代一人,清代一百零二人(姓名略)。

不知不觉的,小地方也有洋馆子了:德克士、必胜客、肯德基、豪享来,比抗战时期那家"国际餐厅"正规多了。他叫吴蔚带着去一家尝一回,她出汽油钱他出饭钱。炸鸡腿、炸薯条、比萨饼、汉堡包、黑胡椒牛排套餐,都尝一下。尝了问他,不好吃哈?他说,哪个说的!各有各的好。各式浓汤和生菜沙拉我就爱吃。

人人评好说坏都是依据习惯，其实习惯无是非。同是汉族，我们吃米饭，北方吃面食，更何况不同的民族。但是北方人做的面食就是好吃，他们也确实做不出我们的蒸炒。交换尝新可以，论高说低不对。万事都是这个道理。杜甫说书贵瘦硬方通神，苏东坡就不同意，说燕瘦环肥都是美。对别人家的东西，要抱一个好奇加尊重的态度，体会人家的特点。合心多吃两回，不合心长个知识。法国人奇怪我们吃燕窝，我们奇怪他们吃蜗牛。非洲人还活吃蚂蚁嘞。你说西湖龙井好喝，我说云雾雪芽好喝。你以为茅台酒就人人说好？我就听见一个甘肃小伙说茅台酒不如青稞酒。习惯不同，无对错。

  在回程车上他继续想，越想越扯远了。饮食方式的影响好像非常之深远，简直就是民族思维意识的源头和老根。游牧民族的先民狩猎活杀烧烤半生半熟刀割叉送，弱肉强食的丛林规则会不会就是你死我活零和思维的起源？丛林人香蕉椰子伸手就得，是不是助长散漫优游的艺术倾向？江河边人网鱼钓虾摸生鲜，会不会是细致精明的萌芽？我们农耕人，土里长的粮食蔬菜不能生吃，就要讲烹调用筷子夹；一个人种不了田地，就要抱团劳作，就要讲互利共赢，就重和。这个"和"字是我们的文化关键词。五味协调为和，五音协调为和。处世和而不同，做生意和气生财，搞外交和为贵。

  台湾一位美食作家说，要有本事到任何地方都敢吃当地任何东西，才算得美食家。这种美食家我当不了，他想。好多人说，没有吃过的蔬菜可以随意吃，没有吃过的肉类不敢轻易进嘴。我也是这样。有一年看《正大综艺》节目，介绍一个英国湖滨餐馆，湖里的水老鼠经常梭进来偷食物，他们就地取材做成一道招牌菜。原样烤熟上盘，浇调料上桌。端到一个大姑娘面前，她皱起眉毛做个鬼脸，然后拿起刀叉。看得我跑进卫生间打干噎。小时候听大人讲：天上的斑鸠地下的竹溜。斑鸠吃过确实好吃，竹溜没有见过。有一回听说马场在卖竹溜，赶去一看是一种吃竹子的大耗子。从此不去想它。宁肯吃蛇，蛇丑得大气，叫人害怕；耗子丑得猥琐，引人恶心。小时候看《水浒传》，解珍解宝打来野味，心想不晓得几多好吃，见到野味两个字都冒口水。后来抄上铁瓢，晓得都是说起香嘴吃起无味。就连家猪也要喂熟料的肉才鲜嫩，乌蒙山区的猪放野地吃生食，粗皮糙肉一股膻气。那虎豹豺狼能好吃？副食品凭票供应那年代，有人从大山里头带来一大块豹子肉，叫我去做，谢了我半把斤一坨，我去你学校做送你吃。又粗又木，你嚼了两口就吐了，说越嚼越恶心。野猪肉也做过，一层瘦一层肥，又粗又腥，只有熬油。这些稀罕东西都是靠各种佐料堆出来的。原汁原味的生猛海鲜，有一回我和一个朋友去烟台吃了三十多种，吃得嘴都麻木了；到成都一下飞机随便找个馆子，麻婆豆腐回锅肉白菜圆子汤，胜似他乡见故交。现而今越吃越猖狂，连软唧唧的豆虫都要吃。其实，想夸富显身份，把美金欧元烧灰开人头马冲服，既豪阔又不伤身体。

现在开口闭口美食文化，说来说去只说个味道。他想，文化哪有这样简单。

十几双筷子在汤里搅，搅完还点赞汤味鲜美。点一桌菜剩半桌子。谈笑高分贝。不晓得这些都属于美食无文化。你舅舅有本书，华侨领袖司徒美堂应邀参加开国大典写的印象记，他一九四九年就提倡公筷公勺。这两年闹疫情，公筷公勺渐渐在实行了，用公筷，剩菜打包，是一大进步。

主客之道也是饮食文化。婵孃常讲：做客人要像客人，做主人要像主人。俄国作家有篇小说借一个人物的口说，好教养不是不会碰翻调料罐，而是别人碰翻的时候当没看见。教养就体现在这些日常细节上。有一位朋友去过奥地利，啥都吃不惯；人家来回访，他办家宴招待。吃完问人家中国菜如何，人家说非常好。他问与奥国菜相比呢，人家说都好。他再问如果要你二挑一呢，那位怫然说：那当然是奥国菜！我在旁边替这位主人难堪。有美食无文化。

即席评议也是饮食文化。那年你表弟结婚。凭结婚证发五斤肉票，你舅妈连同豆腐票之类交给前面饭馆卢师傅办了两桌菜，都是自己人，意思意思。寿老医生也在。他是美食家，你舅妈抱歉说，二叔，不成吃喝嘞！他说不错的呀，粗粮细作，一材多味！你舅妈说，那我请卢师傅来听嘞。寿老说好呀。卢师傅过来听彭老点评一番，连连拱手，行家行家！欢喜去了。我们称赞寿老会夸人；他说，夸人有讲究。不会夸反倒得罪人。讲了个掌故。

说是民国时期一位讲究吃喝的主人宴请一位讲究吃喝的客人，特地请了一位讲究吃喝的陪客。三位曾经在一个军阀辕下做幕僚，老同事。多年不见，席面办得很讲究。吃到酒酣耳热，主人问还满意不，远客说丰盛丰盛，嘴都吃木，尝不出味道来了。主人又问陪客，这位说，丰盛丰盛，样数虽多，各有各的味道。主人就对远客说：惭愧得很！我井底之蛙哪里做得出老兄满意的品味。后天我约几个朋友去叨扰你。那位客人家在云南，这回是借住亲戚家，哪有高明的家厨，没奈何托人请了个厨师。众人赴宴，那位前主人连声夸好：明天再来叨扰，一个人不少，一样菜不兴重复。那位只好连夜逃回云南去了。

我们问如何才夸得好呢，寿老说那要点学问。苏东坡爱吃河豚，河豚有毒，做得不好要闹死人。有一户人家的主妇最会做河豚，仰慕苏学士大名，辗转托人请他来品尝。河豚上桌，主妇隐在屏风后面听苏学士评价。半天不见有声音,正在失望惭愧,忽然听见他筷子一放,说了四个字:值得一死!顿时心花怒放。

文化是教养熏出来的,不是"苏宁易购"——你打钱他发货。以为有钱就自然有文化,只会把猴子的红屁股露出来。

《石城歌谣》

屯堡山歌:

男:过了一冲又一冲,望见妹子在田中。丢下活路陪郎去,何必在家做苦工!

女:大田栽秧窝对窝,扒开泥土栽两窝。哪个是我好朋友,下田帮妹栽几窝。

女:什么岩上跷起脚?什么岩脚织绫罗?什么会打天边鼓?什么会唱五更歌?

男:猴子岩上跷起脚,蜘蛛岩脚织绫罗。雷公会打天边鼓,金鸡会唱五更歌。

女:什么上坡点点头?什么下坡滑似油?什么出门不等伴?什么洗脸不梳头?

男:小马上坡点点头,老蛇下坡滑似油。耗子出门不等伴,猫猫洗脸不梳头。

女:云南下来哪条江?铁打链子是哪堂?经过多少土地庙?哪个神仙无婆娘?

男:云南下来是花江,铁打链子是盘江。二十四座土地庙,山王神仙无婆娘。

女：生不丢来死不丢，打盘链子转溜溜。如果哪个丢哪个，十扣链环断九扣。

男：生不丢来死不丢，除非虚空起高楼。几时公鸡下红蛋，男人坐月哥才丢。

女：生不离来死不离，除非螃蟹变鲤鱼。要和哥家两分手，日月无光妹才离。

男：生不丢来死不丢，除非虚空起高楼。如果哪个丢哪个，除非黄牛下水牛。

为人长到三岁三，年幼无知到处翻；浆浆洗洗是娘手，娘睡湿来儿睡干。

为人长到一十三，歪门邪道不能沾；望子成龙是古语，小小马桑从小搬。

为人长到二十三，热闹场中爱去钻；尤恐外面做坏事，娶个媳妇把脚拴。

为人长到三十三，娃娃老老是负担；上有老来下有小，要焦吃来要焦穿。

为人长到四十三，用钱容易找钱难；找钱犹如针挑刺，用钱好比水堆山。

为人长到五十三，为了儿女把心担；儿女长大要交代，人人如此都一般。

为人长到六十三，六十甲子翻一番；重的活路怕去做，只有在家提烟杆。

为人长到七十三，爬坡上坎喊脚酸；出门要根龙拐棍，进门要个靠背山。

　　为人长到八十三，口痰在地像摆摊；孝顺儿女不说话，忤逆媳妇鬼火烦。

　　为人长到九十三，吃了一餐算一餐；为人难做身上主，只望阎王把簿翻。

　　为人长到百零三，制得一口好金棺；哪天成神归天去，儿子儿孙送上山。

（王林新　辑）

俗谚：

　　花花轿，人抬人。人看从小，马看蹄爪。讲话的轻，过话的重。

　　进门看脸色，出门看天色。人怕三对面，树怕一墨线。

　　人情留一线，过后好相见。人心隔肚皮，饭甑隔筲箕。

　　快刀敲豆腐，两面讨光生。有钱高三辈，无钱矮三级。

　　燕子不进愁门，耗子不打空仓。家头讲话防墙脚，外头讲话防草窠。

　　将他棕叶裹他粽，将他饭菜待他人。那个人前不讲人，那个人后不说人。

　　起房造屋，三百懒汉；吃的吃，看的看。

　　冬瓜有毛，茄子有刺；汉子有钱，婆娘有势。

　　穷不丢猪，富不丢书。用钱看家底，吃饭量肚皮。

　　儿多母苦，债多心愁。一娘养九子，九子九个样。

　　爹死娘嫁人，个人顾个人。人要礼节，木要依墨。

　　茶满欺人，酒满敬人。人怕伤心，树怕剥皮。浇菜浇根，教人教心。

来说是非者，必是是非人。要听当面锣，莫敲背后鼓。

若要人敬我，我得先敬人。一辈亲，二辈表，三辈四辈认不了。

输钱本因赢钱起，吃烟只为吃喝皮。满口的饭好吃，满口的话不好讲。

宁受钱的气，不受人的气。整人生意不长久，长久生意不整人。

嘴尖挨骂，手长挨打。贼偷一更，防贼一夜。

只有扯皮的人，没有扯皮的事。尖人一点就破，蠢人棒打不醒。

只要心中无鬼，何须门上有神。蚂蚁下河会漂，洪水潮天会消。

（袁本良　辑）

儿歌：

游戏类（边动作边唱）：

筛子筛、簸箕簸，老鹰来、鸡儿躲。大姨妈、二姨妈，请坐下！

蒙猫猫、逮耗子。逮得到，吃凉饭；逮不到，吃狗屎。一碗油、二碗油，放出猫猫拿水牛；一碗水、二碗水，放出猫猫拿水鬼。猫猫出门，耗子归家！

咚咚咚！什么人？官家来的古老人。来做啥？来看瓜。瓜在发芽芽。

栽蚕豆，谢蚕花，蚕豆娘娘落哪家？落兹家，落那家。

大姐粉粉白，二姐紫紫色，三姐巧打扮，四姐人来看，五姐五观音，六姐披麻巾，七姐麒麟灵，八姐害死人，九姐九个怪，十姐挑水卖。

猜中中，打撩皮，连打连打十二皮；倒打阳雀一枝花，矮子过河一扒拉。红公鸡，送饭来，白公鸡，捡把柴。问你要钱还（是）要土。

丁丁班班，脚踩南山，南山白狗，买卖家狗，家狗二面，二尺弓箭，牛蹄马蹄，打断驴子小烂蹄。

嘲谑类：

掰（跛）子掰，掰上街；撮碗米，养奶奶。奶奶不够吃，逮到掰子打八十。

麻子麻窝窝，洗脸要水多，苍蝇来下蛋，蚂蚁来做窝。

缺牙巴，坐上席，啃骨头，无出息。两嘴巴，打下席。

猪八戒，挑水卖，卖得钱，吃汤圆。打破人家碗，不开人家钱。

唐二老者不聊白（吹牛），聊起白来了不得！三岁走湖广，四岁走川北；川北楼下过，川北楼上歇。五黄六月下大雪，冻死个麻雀我捡得；拿回家，去待客，十二桌客可待得。剩下一只小巴腿，给我唐二老者啃；吃得油口又油嘴，下河去洗嘴；螃蟹夹到嘴；上坡去讨药，蜂子叮到脚；下坡回家告老婆，老婆打得我钻床脚。

老张老张，骑马打枪。枪一响，马一慌，吓得老张稀屎满裤裆。

辙口类：

老鸹放学来，带个枕头来，带来做什么（音"司妈"）？带来诓娃娃。娃娃哭,打断老鸹的肋巴骨。

小板凳,脚歪歪,后园有蓬菊花开。大姐爱,讨朵戴;二姐爱,等妈来;三姐四姐无缘莫进来。

月亮堂堂(音"汤"),下河洗衣裳(音"商"),洗得白白亮,打发哥哥进学堂。学堂满,画笔杆;笔杆通,画圆通;圆通寺,画秀才。秀才娘娘走出来,黄狗咬到金腰带,白狗咬住绣花鞋;绣花鞋上有只鹅,飞去飞来接外婆;外婆不吃油炒饭,要吃清水打鸭蛋;鸭蛋黄黄,买个娘娘;娘娘洗碗,拜祭灯盏;灯盏漏油,拜祭绣球;绣球满街走,买个小花狗;小小花狗,替我看家,我到后院去讨花;讨得红花二十朵,讨得白花十二抓;只有三姐生得好,架起车子纺棉花;纺得棉花十二条,拿给哥哥讨嫂嫂;讨得嫂嫂大又大,三间瓦房住不下;讨得嫂嫂小又小,落到灰头找不到(音"岛")。

麻母鸡,抱小鸡;小鸡小,抱虼蚤,虼蚤牛,骑水牛;水牛高,跌断腰;水牛矮,跌断崽。药葫芦,请进洞门来。

隐喻类:
一颗谷子两头尖,一家仓头住几年。(喻贫富循环)

大姨妈、二姨妈,蜂糖蘸粑粑;打破蜂糖罐,姨妈不走姨妈家。(喻利害之交)

小板凳、土地牌,嫁个姑爷不成才。好吃酒、好打牌,好吹洋烟倒铺台。姨妈们,怎样过?怎样挨?煮点稀饭过出来。(喻不幸妇女互怜互励)

不要慌,不要忙,麦子谷子一道黄。(喻欲速则不达)

(穆国经 辑)

那天几个人坐七座车去告别饮食公司老书记。回来路上，好脾气师弟说：老书记享年九十八，了不得！他说，仁者寿。师弟说，老卢和老书记一年的，走了三十多年了。一句话引起车上几个老同事一番回忆。

老卢也是干掌勺的，比车上这几个要大上十岁，要算师叔辈。政策允许下海经商那时候，他脑筋灵活，把老房子临街板壁拆成门面，开个无招牌的小馆，卖汤面燃面家常小炒。他手艺好笑面好，不贪小利，回头客越来越多，婆娘打下手配合默契又不用雇伙计，很有了点积蓄。只有一个儿子，也赶他手巧胆大脑筋活。原先跟爹学手艺，政策一变，他就行动起来，开了个皮包公司，市场缺啥他做啥，走县出省找货源，穿着谈吐也变了，老街坊都说卢家草窝要出金凤凰。这时候女朋友家上门催问婚事了。方姑娘和小卢是老街坊老同学青梅竹马，爹死得早，妈是冰棒厂退休工人，政策允许以后开了个小杂货店，兼卖彩票——未婚女婿帮她办的执照。对这个未婚女婿本来就合心，见他越来越出息就生了担心，怕他发达了会甩女儿，天天催办喜事。小卢一再说缓一年办风光些，她死活不松口。小卢跟父母商量，早办晚办总得办，不如依她办了，我安心做事；小方过来多个帮手。老妈想想有道理，赞成。老爹从来一声不吭听老伴决策指挥，就定下来了。那时候还没有商品房存量增量这些新政策；老两口搬到儿子住的小房间，腾出住了几十年的卧室做新房，一家人动手布置。买来几刀白皮纸几刀草纸，支起案板，老爹刷浆糊褙纸揭纸，老妈接过来递给骑在高凳上的儿子，儿子一张张贴好刷平。两爷崽都手巧心细，把间昏昏沉沉的百年老屋打扮得通明透亮。只是儿子有一次脚踩滑从高凳上跌下来，幸亏反应灵活没有伤着筋骨。费脑筋的是请好多客办几桌菜，不周全得罪人，太周全摆不下。议论了好几个晚上，才定出方案：借隔壁唐家院坝摆三桌，安顿两家亲戚故旧老街坊，唐家堂屋安一桌，请儿子生意上的关系人。儿子说，灶上恐怕要请个师叔来帮忙才行。老爹说，不用。他们都是有单位的，出来做私活怕受影响。办几桌的小场合，有你妈打下手拿得下来，我那些老弟兄一个不惊动；办完事另外请他们来聚一回。接着就关了店面，两老买材备料、未过门媳妇商借地盘桌椅、亲家母带着女婿登门请客。一连忙了几天，一下想起缺了这样，一下发现漏了那样。忙到正日子，亲家母率领一对新人在大门迎客，街坊小伙姑娘们装烟送茶。一派喜庆吉祥氛围。老两口陷在碗盏盆勺鱼肉蔬菜阵中，大厨指挥若定，伙计手脚不停。太阳落坡，厨香散出，开席时候到了。几个小伙姑娘端菜上菜，进进出出。一切有序进行。隔壁院子传来阵阵宾客笑声闹声划拳罚酒声音。菜快上齐，有人来叫两老去敬酒，老汉叫老太太去：我做了最后一道就来。等到送菜姑娘小伙来端菜，见卢伯靠墙坐在地下，两只手在裹叶子烟。一喊不应声，一摸没气了。商量几句，还是端盘子出去上桌，悄悄对新郎讲了。小卢悄悄到小屋抱起爹妈床上的被子，进厨里把老爹盖起，支撑着出来应酬；直到送走客人，才告诉老妈，一家人抚尸痛哭，办理后事。

　　几个老同行在车里感叹，一个说，可怜天下父母心！一个说，老卢为儿子算得鞠躬尽瘁！一个说那个老丈母该听女婿的，把婚礼推延两年，就不会是这个结果。有人问：老卢的老伴不晓得还在不在哈？无人搭腔。都不晓得。

　　车到地方，各自散去。师弟小声说：车上人多没有讲。老卢家儿子胆大心细，大建商品房，发放存量增量搞按揭的政策一出台，他就看准点子，用老宅抵押贷了一笔款子，开了个专卖房屋装修材料的公司，厨具灯具卧室厕所，要啥有啥。买主不中意，他为你专门进货。凭着你瞌睡我送枕头,很快成了这一行的老大。他点点头:公司在哪里?打个车去看看。师弟:还有哪样公司!他:赚足收了?师弟:破产垮了。好好一份产业,败在三个女人手头。他:腐败?师弟:不是不是。哥你听我慢慢讲。小卢公司做发了,买了大房子,独姑娘也读书了,就接了老丈妈来挨着住,两娘母当家,带小公主。他专心在外面冲锋陷阵,不提防内部出了反叛,三个女人结成团伙骗他。先是说姑娘去美国读中学去了,每年花销两三百万,后来才晓得是漂北京鬼混。婆娘和老丈母染上赌瘾,老的泡精武馆打大麻将,小的跑澳门,还远征过中缅边境。小卢的公司呢,大环境也变了:房开朝前冲,需求朝后退,同行竞争越来越厉害。等他打主意抽身转产,一清理才晓得只剩个空壳壳了。盘来算去,只有申请破产一条路。

他点点头,哦,是兹样。师弟:两娘母有几个钱像发了高烧,太张狂得老火!搬进新房子请老街坊去"烧锅底",姑娘带起一间一间看,兹张大床好多钱,那套桌凳好多钱。还对唐妈讲:唐妈我结婚借过你家堂屋院坝,以后我借大房子给你还情。当妈的劝老街坊:喊你家儿子姑娘比到样子买一套来住!磨一辈子,该享点福了!参观完去饭店吃饭,点一大桌菜,姑娘提起筷子叹气:唉找不到下筷子的地方!散席剩一桌菜,有客人看到可惜,说了句:要不打个包?老妈喊起来:不要不要不要!我家不吃隔夜菜的!从此以后,亲友街坊再无人上门。姑娘上街进店,动不动就吵,一吵就问:你晓不晓得我是哪个!有一回碰到个嘴巴凶的站出来打抱不平,反问她是哪个。她指对街大商厦:某某公司晓不晓得,我的!那人做出害怕的样子:某某公司?早点说嘛!不提则已,一提,吓得我打尿噤!看热闹的打哈哈拍巴掌,堵得她落荒而逃,把高跟鞋崴断一只。当妈的喜欢约几个小富婆下饭店,显富摆谱，闹出好多的笑话。人家议论儿女教育，她插嘴说：中国的"硬式教育"不科学，培养不出人才；我家姑娘要找一家"软式教育"的美国学校去读。一桌人都不懂"软式教育"，不敢接话。好一阵才有人醒悟她说不行的是应试教育。大家一阵哄笑，她还问，你们笑哪样？一天靠在沙发上看电视，烦了，想玩炒股，请了个炒股专家来讲课，买进卖出牛市熊市，听得不耐烦，摸票子打发走了。对小富婆们说：嘿有钱买进缺钱卖出哪个不懂？我不缺钱凭哪样买进来又要卖出去！那些人不懂炒股，不敢搭腔。内中有个嘴巴刻薄的说：我听讲你家老公接了一笔大生意，专供月亮上的灯具？她说嘿我没得听他说嘞，回家问一下哈。又有一回议论该不该允许外籍华人回来躲新冠，几个人说：现在又承认是中国人了？不能让他们把新冠带进来！她说：我觉得应该准，都是"淡黄子孙"嘛！那些人笑得把鲍鱼都喷出来。后来互相见面就说：那个蛋黄好多天不请吃了……

　　他也忍不住笑笑，打岔说：现在呢？师弟说：现在两娘母在背静小区买了一小套房子躲赌债，碰见熟人就躲，躲不开就吩咐人家不要说见到过她们。他点点头：小卢呢？师弟说：这些就是小卢跟我讲的。那些小富婆吃完了"蛋黄"就向他讲那些笑话，叫他哭不是笑不是。我也是无意间碰见他，不是他先喊我我都认不出来了。精神还可以。一个人在郊区租了间农民搬迁空出来的房子，自己做吃。钓鱼，一直钓到惠水罗甸一带去，摩托车，简易帐篷。他点点头：卢妈不在了？师弟：比他老爹多在了三年。他：那个去美国读书的姑娘呢？师弟：小卢一个字不提，我也不好问。他点点头，心里说：兹种头脑的女娃娃，白布落染缸，不问也罢。只说了句：古人说嗜好害自身，钱财害儿孙是有道理的。师弟：天作有雨人作有祸。我们小区对面的那座大楼盘，老板是数得着的大房开公司。三个从小捅黄鳝打水仗的好朋友搞桃园三结义，老大带起出道。开头相当地合心，时间长了，渐渐生出些矛盾分歧，文明分手，平分各干。年把时间，老三一路顺风，财运挡都挡不住；老二垮到箩箩底，死心塌地跟老三当马仔；老大事事不顺，又不甘心，苦苦挣扎。老三时不时约两个哥哥聚会，喝洋酒吃洋菜，两杯下肚就开始颠兑老大，越喝越讲越放肆。老二以前还小心小意打圆场，后来也顺到竿竿往上爬，当吼班打帮腔。又还天生的伶牙利齿，讲出话来钝刀子杀鸡，痛死命在。老大恨之入骨，只是人穷矮三分，又还背起老三的债，莫说讲不出一句硬肘话，明知是鸿门宴还要召之即来。前年正月初三，又要召见喝洋酒，横了心揣起私下买好的自制手枪，趁两个结义兄弟对口相声讲得高兴连开两枪再送自家一枪。真应了只愿同年同月同日死的誓词。

他点点头：暴富导致暴死，实例多有。楼盘呢？师弟说：拖成烂尾楼，听说还拖起银行十多个亿的债。他说：兹倒不怕。听说有欠上千亿的。越多越安全。师弟说：倒霉的是那些交了预付的业主。好多都等不及，另外买房子了。前些日子听说有一家公司愿意收购，正在开谈判。多天了也不见有动静。

他忽然想起小时候家里独一无二的一本书，书名叫《玉匣记》，长长窄窄的，非常之厚，重得像块砖头。内容非常之庞杂，有万年历、《百家姓》、《三字经》、《弟子规》、《千字文》、《增广贤文》、诸葛神课、《详梦大全》等部分，简单说就是一本家庭日用百科全书，广东出的。爹辗转托人买到手，当成宝贝一样，有空就翻来看，不认识的字就找他去认；碰到疑难事还要和老妈一起研究来研究去。有一次他发现《增广贤文》里面有两句话重复了，老爹不相信；两爷崽打赌，一查都不错也都不对。上半句"儿孙自有儿孙福"是重复的；下半句有两个字不同：一是"莫把儿孙当马牛"，一是"莫为儿孙做马牛"。他想，两句话太智慧了，回味无穷！旧时代父母把儿女当马牛的多，现在为儿女做马牛的多。都是愚蠢。

档案袋旧文《酒事》

黔人颇有说酒的资格。贵州北部有条赤水河，号称美酒河，河两岸酒坊栉比，美酒鳞次。国酒茅台就出在这里。茅台之外，还有怀酒、习酒、习水大曲等，都属名牌。另如遵义的董酒、鸭溪窖，都匀的匀酒，镇远的青酒，兴义的贵州醇等也都是美酒。其实贵州的茶也极好，都匀毛尖固然名列全国十大名茶，不在其列的如贵定云雾雪芽、石城瀑布毛峰等，都得到中国茶科所权威专家的很高评价。其实贵州的烟也很好。不过既是酒话，只能说酒。

我无酒量，更无酒瘾。但如良友在座，或逢年过节，桌上没有一瓶酒，就会觉得缺少了一位重要的嘉宾，扫兴。酒的好处，在我看只在助兴。君不见，喝到佳境，人们的想象力就会飞动起来。谈兴来了，妙语连珠。诗兴来了，浮想联翩。墨兴来了，翰逸神飞。许多好诗好文好字好画生于酒边，是确有其事的。酒给了他灵感，或曰找到了感觉，或曰进入了角色，总之是"到位"了。酒仿佛是从形而下通向形而上的一个灵媒。如果喝半天依然故我，又何必喝酒。但如果喝过了量，烂醉如泥，丑态百出，则既糟蹋了酒也糟蹋了自己。微醺是重要的界限。至于酒的其他作用，例如太白诗中的"举杯消愁愁更愁"，商场官场的"意在酒外"，等等，则为下愚所不知了。

常见人宣告非某酒不喝。其实喝酒如结识朋友，随和一些，宽泛一些，乐趣也会多些，不必画地为牢。但交友之道，必然会从众多的泛泛之交中，渐渐汰选出几位至友。喝酒亦然。我汰选出来的对口味者，想想有三种：茅台酒、绍兴加饭酒和贵州山民的家酿米酒。恰好高、中、低度各一。但绝不是非此不喝。什么酒都愿意尝一尝。

丰子恺文章里说过，喝酒要求喝得时间长。这话很妙。烈酒易醉，一会儿就把杯子倒扣在桌上，甚至就"我醉欲眠卿且去"，那很煞风景。因而醇和厚重的花雕最是他们的首选。叶圣陶、王伯祥、丰子恺他们每饮辄人各一斤甚至以上，这是有文字依据的。济公活佛大罐随身，夜以继日地喝，也是绍兴花雕。

农家米酒的度数还要低一点。身份更是十分低微，但正符合周亮工的上品标准：淡而有致。周亮工是明清之际的学者大官、品酒家，他的《书影》里有很多关于品酒的精彩文字。贵州农家米酒有个怪名字，叫"biang dang 酒"。有其音无其字。这种米酒由于耐喝受吞，客人往往喝过量还不自知，待到散席出门，软腿绊着高门坎，"biang dang"一声摔地上了。近些年，农家酒越来越受青睐，像三都的"九阡酒"、花溪的"镇山米酒"都能在华堂豪宴上争得一席之地。挑嘴名士们点着名要喝布依寨的农家米酒，我也见过多次。

耐喝受吞，这四个字说来简单，经得起这四字考语的酒却不易得。呷上一口，不过如此；喝完一杯，却想再斟，这就是好酒了。相反，有的名酒，善饮者呷一口，不吭气，再呷一口，蹙眉曰：刮喉咙，不受吞。其实不仅是酒，诗文字画，都得经受一柄"耐"字尺的检验。"奶油小生"是贬义词，就因内涵单薄，不耐看，无韵致。

茅台虽是高度酒，却同样受吞耐喝，故得独擅胜场。而且不上头，多喝了次日也不会头疼。据说这一特点是绝无仅有的。当然茅台并非人见人爱。一次与几位四川艺术家同饮，就听见其中一位力劝同来者喝茅台。他说他也是去香港与睽违几十年的老父聚首，陪老人天天喝茅台，才领略到茅台品味高，回味长，是一种"有境界的韵酒"云云。我曾在奥地利一位女士家做客，饭后喝伏特加。从小读苏俄小说，慕其名久矣，一喝觉得像是酒精兑水，是一种毫无蕴涵的"纯酒"。几天后在文化局局长办公室闲谈，那位金发碧眼的美男子局长打开橱柜，居然拿出一瓶茅台来。我等施蒂格女士喝了两三口后，通过翻译问她茅台与伏特加孰高。她眼睛一亮，指指杯子说：当然这个。又欠身自斟了一杯。去年，女儿从北京捎给我一大瓶伏特加。凡有善饮之客，都请他们尝尝。舆论一律。没有再要第二杯者。

其实，美酒固然可爱，写酒的好文字更可爱。"目饮"胜似"口饮"。"口醉"非常难受，"目醉"却越醉越美妙。"兰陵美酒郁金香，玉碗盛来琥珀光"，诗句给人的美感超过了真正端着这么一杯酒。这杯酒说不定不受吞；而由"兰陵""夜光杯""玉碗""琥珀光"这些名词组成的句子，那色泽、那音调和那意象，是永远受看，越玩味而越觉意味无穷的。"一年三百六十日，每日须饮三百杯"，能实行吗？不能。但"饮之以目"，则叫人豪气干云，胸开神旺。试读周亮工《书影》里一段记北京魏师贞留他尝酒的文字："樽缶雅洁，肴核精好。几前置一银水火炉，列小银壶十，壶各一种，约受数合许，尝遍则更易十种。如是三四易，客已醺然，而主人之酒未能遍品也。"其情其景，想之令人陶醉，亲历却必难当。苏东坡写酒后画竹的诗："空肠得酒芒角出，肝肺槎牙生竹石。森然欲作不可回，吐向君家雪色壁。"周亮工说，不必见其画，只要读这几句诗，就会觉得十指酒气沸沸满壁。这都是"目饮"胜似

"口饮"的好例子。

常说酒文化酒文化，酒在中国，确乎是一个重要的文化载体。在西方则不然。喝白酒，在西方是粗俗、颓废、缺乏教养甚至下流的"无文化"象征。或者说，他们有葡萄酒文化，无白酒文化。酒文化不仅在酒，还包含酒具、酒场、酒肴、酒令以及酒态等等，更包含这一切因素熔铸而成的意境。论酒文化的物质层面，我们略逊于欧洲人。但描绘酒文化的意境，我们绝对是冠军。这种意境，只有靠诗人的锦心绣口，才能拈出。"绿蚁新醅酒""晚来天欲雪"，是酒文化。"豆棚瓜架雨如丝""陶碗对斟说鬼时"，也是酒文化。"登楼拜先生（李白画像），进爵浇黄流""青天明月来几时？我欲停杯一问之""一曲新词酒一杯，去年天气旧亭台""今宵酒醒何处，杨柳岸晓风残月""葡萄美酒夜光杯，欲饮琵琶马上催"，乃至"把酒家吃得醺醺醉，带酒和尚望月归"。意境有别，贵贱悬殊，忧乐各异，但都是酒文化的"形而上"的意境。至如乡场初散，两个山中老汉喝罢大碗酒，灌满酒葫芦，相拥踉跄而行，偏偏倒倒，吓得鸡飞狗跑。还不时停下脚步，搂着耳朵说体己话，又何尝不是动人的诗情画意。曹植"我归宴平乐，美酒斗十千。脍鲤臇胎鰕，炮鳖炙熊蹯。鸣俦啸匹侣，列坐竟长筵"，好比今日五星级饭店大厅里的豪华宴会，当然也是酒文化，唯平民百姓无福消受耳。曹植的父亲与刘备青梅煮酒，闻雷失箸，则是政治枭雄们的酒文化，好比肯尼迪与赫鲁晓夫祝酒碰杯，皮里阳秋，那酒外学问深得紧，常人是弄不明白的。《醉翁亭记》说得好，游人之乐，宾客之乐，太守之乐，禽鸟之乐，各乐其乐罢了。

若要编一部酒典，页码得以千万计。但如专讲一种酒的故事，茅台酒可能名列前茅。清嘉庆年间到贵州做官的陈熙晋作有《之溪棹歌》，其中有"茅台村酒合江柑"之句。道光二十三年（1843年），遵义人郑珍入川过宿茅台村候船有诗说,"酒冠黔人国",可见茅台酒早就被公认为黔酒之冠。若比起杜牧诗中的"杏花村",李白诗中的"善酿纪叟",诚然是晚了一大截。曾见一本茅台小故事,故事里登场的人物,有毛泽东、周恩来、邓小平、李先念、尼克松、基辛格、里根、叶利钦、撒切尔夫人、普京等等,这份显赫的名单,也就足以弥补李白杜牧领先的那两分。茅台酒1915年在巴拿马万国博览会上获世界优质酒金牌和奖状。民间曾流传有关此次参展的故事,说是茅台酒包装简陋,参观者不屑一顾,看看展期将尽,送展人急中生智,假装失手将一瓶茅台摔碎在地,大厅里顿时酒香弥漫,引得众人循香而至,这才知道败絮中藏着金玉。这故事我小时候就听说过。作家梁实秋也写过类似的一件事:1930年他任教于青岛大学,校中有"酒中八仙",包括他在内。教务长张道藩有一次请假回贵阳,返校时带了一批茅台酒,分赠"八仙"每人二瓶。粗陋的包装引不起兴趣,白酒又非他们所爱,就都束之高阁。后来梁先生的父亲从北京来青岛小住,"一进门就说有异香满室,启罐品尝,乃赞不绝口。于是,我把道藩分赠各人的一份尽数索来,以奉先君,从此我知道高粱一类其醇郁无出茅台之右者"。

  古人中的饮者,我最心仪的有两位。一是晋代陶渊明这位自己耕田种地的大诗人,耕作之暇只有书与酒,爱书如酒,爱酒如书。在他的诗中,酒与书完全融为了一体,升华到一种纯粹的意境。这是出世的饮者。另一个是入世的饮者,苏东坡。他一生历尽沧桑,极热闹、极冷落的况味都很熟悉。多珍贵的酒他都喝过,还自酿过名酒"罗浮春"和"真一酒"。但"恶酒如恶人"的劣酒他也照样喝。他倡"饮酒但饮湿"之说,饮酒不论好孬,只要是"湿"的就行。人谓东坡做什么"皆不十分用力",不论诗文、字画、下棋、喝酒都如此。要是他对某项用上十分力气，成就岂不更大？殊不知东坡诗文书画妙处，正在于这种超脱与松弛状态下的天真烂漫、生机流露。朱自清先生在《谈抽烟》一文里幽默地说："烟有好有坏，味有浓有淡，能够辨味的是内行，不择烟而抽的是大方之家。"然则东坡是饮中大方了。这其实已经超乎酒，超乎诗文，而是一种"世路如今已惯，此心到处悠然"（张孝祥语）的人生态度、智慧和境界了。

他想起好些日子没有去打理那些石头了。起身把枕头边几本看了的书拿着，走过光线黯淡的巷道，走过后进的大石院，见一地的落叶，石桌石凳上也盖了一厚层。石板缝杂草蹿多高，顶着枯籽。后楼的白石基座，这里那里嵌了些浅绿深绿的苔痕。大紫薇树开花了，四分光景。不晓得会不会像最繁盛的那年，成坨坨起吊吊，惊动媒体报道市民随喜。对墙那棵大香樟的树冠越发向紫薇伸过来，差一两尺就可以握手寒暄了。这两棵树相望七十多个春夏秋冬了。有首诗说：两棵树彼此孤离地兀立着，但是在泥土深处，它们把根须纠缠在一起。那么这紫薇和香樟的根应该早在多年前就交错纠结了，一个像终年穿青布衣裳的汉子，一个像爱在热天换花裙的女子，风来了就小声唱屯堡山歌。它们都老了，唱不动情歌了，唱石磨歌。磨子不推不转来，山歌不唱不开怀；磨子推得团团转，山歌唱得眼泪来。

胡乱想着，上石阶进后楼。几架奇形怪状的玩赏石沿墙而立，屋子中间一张大书案。他从一块奇石背后扯出块油渍小毛巾，把那些石头一一擦干净，再用一块干毛巾把油渍擦掉，让石头亮得清爽自然。擦到一块褐色的盘江石，心里说：兹块是你的石头。

这块石头扁扁的，形状像两个侧脸人：脸向右是一个昂起脸

233

的大姑娘，细长凤眼，后颈窝垂着个发髻；脸向左是一个凸鼻凹嘴的老太婆，姑娘的发髻成了她的鼻子。这块石头还上过画册，起了个名字叫"人生始终"。他看向远处一块嵌在书册形木底的象牙石：那块是我的。这块石头酷似鲁迅的侧面像，也上过画册。

那年日本首相来北京访问回去，双方筹办书法联展，各省市都组织备选作品，引发全国规模的书法热。一些久已销声匿迹的文化游戏也趁势东山再起：诗酒雅集、堪舆占卜、莳花制景等等。其中玩奇石这一门，声势之猛规模之巨手笔之大，其他诸项望尘莫及。他小时候就喜欢石头，《聊斋志异》里有一块"石清虚"，玲珑剔透，阴天孔窍会生云如絮；苏东坡的仇池石"秀色如娥绿""宛转陵峦足"，这些文字令他心向神往。想不到的是她也会喜欢这一门，甚至比他还入迷。于是就陆续蓄下了这几十块石头。

边擦边看边看边擦，忽听前院有人在喊。出来站在吞口下，见是师弟站在巷道里，就招手叫进来。师弟身后跟着他的专用司机孙女婿。他蛮喜欢这个好奇心重每事问的年轻人。

两个人一见那些石头都哟了一声。师弟问：哥，你的？他点头。师弟又问：你不是玩啥都从书里边玩吗，咋又收起奇石来呢？他笑：是是是，一时糊涂自坏规矩。你看案子上那一摆都是石谱，兹几块只是实体标本。

孙女婿尾着他沿架子走，一块石头一块石头要他讲解，很费了些时间。忽然师弟端着茶壶茶杯进来，原来哪时候溜去前楼泡茶了。就对着案子坐下喝茶。

还不晓得玩石头有兹样多学问嘞！又是质又是形又是色的。孙女婿说。

是。他说，把天然形状的石头当作玩赏的对象，在我们很长久了。专家从唐朝阎立本画的《职贡图》里面看到作为贡品的玲珑石，认为玩石头在隋唐时候就是上层社会的时尚。白居易文章说丞相奇章公爱石成癖，下班以后不跟人玩，与石为伍。到宋朝就成风气了，《水浒传》梁山泊群雄造反就是皇帝玩花石纲劳民伤财引起的。米元章、苏东坡都是有名的石痴。全世界哪个民族都是先民住石洞制石器，后来用石头建房屋城市，用石头雕刻艺术品；从石文明到石文化是相同的。但再进一步成为石审美，好像就我们一家了。日本是受我们的影响。孙女婿问：玩石头玩些什么呢？他说：从古人诗文看，那时候重的是形状，特别是具体而微的山水景致。孙女婿笑：好卧游！他也笑：差不多。苏东坡用仇池石卧游，我用苏东坡的仇池石诗卧游。我们年轻时候的名贵石种太湖石、灵璧石、英德石，也都讲究形状。而且玩石头只是少数人的癖好。玩石风席卷全国之后，各地方新发现的奇石种类层出不尽，过去见所未见的深矿结晶也能见着了，玩的要求也扩大到讲材质比如硬度、成分、玉化度之类，讲颜色，讲体量之类。好多外国石种也进来了。

他指架子说：那块黑底闪金星的是南非开采钻石矿的废料，其实是废物，中国旅游者一看，随便买几块，回来一打磨抛光，有资格上架了，这是低档货，聊备一格。我在一位玩家那里见过几尺高的孔雀石、绿松石、葡萄玛瑙，把古书艳称的石崇王恺斗富摔珊瑚比下几条街去……在书案上翻石谱画册的师弟抬头说：哥，这些观赏石的价钱咋定出来呢？他说：无价之宝。师弟环顾那些架子：……都是？他笑起来：无价不是天价的意思，是无一定之价的意思。十块钱买来可能卖十万，一万买来可能卖五百。私人交易，两相情愿。师弟说：听说有的喊价几千万，上亿的都有嘞！他笑：喊好多随意，要看有没有人买。兄弟，随便啥东西，一成风气就会有商业操纵挤进来，再高雅的东西也要盘成钞票，其实和那东西本身毫无关系了。今天的社会，就像一位欢阳诗人说的，金钱已经分裂成符号、话语、权力、虚无、实体等的碎片。那年玩石头的朋友建协会，我写几句顺口溜表示祝贺：石呈万象，亦一大千。渊默如雷，亿兆千年。地火焚烧，异彩炳焕；激流冲刷，莹彻浑涵。弃之沟渠，我自怡然；千金论值，我自寂然；华堂檀架，我自坦然。行藏任汝，故态依然。吁嘻石禅，守真忘言。孙女婿笑：反正石头不会说话，任凭你们打整。他说：你兹句话说对了，石不能言最可人，宋朝人说的。佛家有个典故，生公说法，顽石点头。我有时候和这些石头面对面，会觉得我虽不说法它们也点头，心性相通。师弟说：有个县份发现一堵石壁上有五个天生的大字，我专门去参观过，一清二楚……他说：晓得。见过照片。一个现代才有的政治名词，整整齐齐排起，五个字的前后次序一点都不错，会是纯天然无人工？你信我不信。师弟说：人家从北京请了地质专家团来做了鉴定的，我亲眼看见鉴定证书的。他笑：有钱能使鬼推磨，还怕请不动几个专家。兄弟，现在好多行业，比如拍卖业、鉴宝业、典当业、论证评比业，背后的暗箱操作程序猫腻多得很。前些年有一幅大师署名的画拍出天价，大师本人指认是赝品，他的一位学生证明亲见一个同学画的这张画；你说最后官司怎么个结果：判大师败诉。兄弟，你玩收藏也要留点心眼。师弟哈哈笑：哥，我那几毛钱还不够受骗的资格。他和孙女婿也笑起来。

喝了一阵茶，孙女婿起身去书案边翻碑帖看，拈起毛笔在毡子上比比画画，对他说：老老，我也想过学学书法，只是没有童子功的基础，年纪大了学不出来，枉自浪费精力。他走过去摆开几种帖：真草篆隶你喜欢哪种书体？孙女婿比较一阵说：我觉得隶书好看。他又摆开几种：都是汉隶碑版，你喜欢哪块？孙女婿又比较一阵，选出一种。他说：你看，你晓得自己喜欢不喜欢，娃娃就做不到，我试过好多朋友带来要学书法的娃娃，要不就是摇头要不就是随手乱指。书法是建立在理解之上的，读碑帖法书能产生美丑的感觉，产生比较判断，才谈得到学书法。要求小学生把字写端正是对的，不过书法是另一回事。那些大办儿童书法班，举办少儿书法大赛评金奖银奖，都是忽悠家长的钱包，拿娃娃受罪。我见过那些大赛作品集，都是老师写一张字，娃娃们照葫芦画瓢。进少儿书法学校的娃娃进中学以后还对写字有兴趣的，一百个中间不到一个，更莫说成书法家的。有几位朋友带儿子孙子来要学书法，我都拿兹个道理劝他们，不要剥夺娃娃的游戏时间。那些娃娃当场都如逢大赦，蒙起嘴巴开心。孙女婿说：那我咋个学法呢？他说：你就照着帖临嘛。开始一笔一画临，然后一个字一个字临，再以后注意字与字行与行的关系。书法有三个阶段，法、艺、道，越朝深处走越是文化。古人说书者散也，散什么？散情绪散精神，散就是释放，在写的过程中散。我的享受就在临帖的过程之中。明朝祝枝山有一件写曹子建诗的草书长卷，卷尾的跋语说，冬日烈风下写此，神在千五百年前，不知知者谁也？我第一次临到兹几个字，忽然生出一种非常之美妙的感觉：祝枝山写这幅字的过程中和曹子建隔一千五百年而心神交会，而我临这幅字的过程中与祝枝山隔五百年而心神交会。临《祭侄文稿》，临《黄州寒食诗帖》，临徐渭狱中诗帖，都会有兹种神会的感觉。临帖像是与古人面对面谈心交流，比读他们的诗集文集更有这种直接的感觉。因为诗文集排成了标准化的字体，而手写的诗稿上有作者个性和临笔即兴在流淌。

他很少跟人谈这些，今天一讲就有点来劲。孙女婿听得很认真，师弟边东张西望边点头。忽然吴蔚来了，说是来送一批校样，听见他在后楼讲话就过来了。咕咚咕咚灌茶,连声说好口干好口干。见他们在看帖说书法,放下茶壶出去了。

师弟忽然问:哥,现而今哪个的书法最好?他说:现今写得好的书家很多,声势也非常之浩大,总会有好东西留下来的。不过不会再有古代的那种大书家了。孙女婿说:为啥呢?他说:因为定位不同了。古人说书者如也,如其才如其学如其志总之如其人;看字是看一个文化深厚的人,所以大书家都是大文人大诗家。又说书者散也,散哪样?散他的喜怒哀乐,我们看《兰亭序》《祭侄文稿》《黄州寒食诗帖》,真能感受到从里面散发出来的感喟悲怆人生况味。今天对书法的定位是一门视觉艺术,追求形式美和视觉冲击力,不讲深层的文化蕴涵。画家吴先生说,艺术有两类,小者怡悦眼目,大者撼动心灵。今天的书法前一种多后一种少。不过也总会有一些好作品留下来传下去的。

忽然听见吴蔚在里屋大叫:天!三个人赶过去,见她站在那些书架中间。

老老,她说,几屋子的书!你都读过了?他笑:哪里读得完!她问:那买来干啥?他说:见到好书就想买,以前从书店买现在从网上买,都是准备读的;只是买起来快读起来慢,越积越多,像对付一屋子人,要一个一个单独对话,你想想。她笑:那不白买了?他说:也不白买。时不时把书架们巡视一周,见到有些读过了,有些用书签夹在读到的地方,其余的都读过前言后记,晓得大概内容。我时不时要来巡视一番,心里头非常之满足,像法国的高老头巡视他的金币。感觉存折不是财富,藏书才是财富。一种永远在自然增值的财富。只不过我又非常之惭愧:我把兹样多贵客迎进来又慢待了人家。

孙女婿正从几间屋子里转出来,打趣吴蔚:还不是跟你们多多买些衣服穿不过来一样的道理？吴蔚说：那倒是。我有个姨妈爱买鞋，家里堆起百把双。别个看见合心的拿去穿，几天就坏了。孙女婿边转边说：好像外国书多些？他说：文学书是外国的多些，因为中国一个外国好多个嘛。有些民族，国家很小文学很大。文化方面呢还是研究诸子百家的多，我们老祖宗的智慧了不得。

《民国府志·画马岩》

俗称马马岩，在城东七十余里，距黑土寨七八里，东往毛栗坡场路旁。距路八九丈，一岩壁立。上现一马，长不过尺许，周围作黑色，如墨画者。马身作土红色，四足作走势，头昂作欲鸣状。姿态流动，神采轩昂，日炙雨淋，色艳如新。

有佚名诗：一、此马何人画？空山岁月长。更无金市骨，独立饱风霜。二、浑无羁勒绊，顾视想神行。应笑盐车下，嘶鸣向围人。三、衰草秋风里，无由遇伯阳。昂头何所冀？或尚想腾骧。四、终是山林好，还为战骑愁。凌烟无觅处，羡尔独千秋。

他带头往外走。下石阶站到院子里,吴蔚连声说空气好,舒服舒服,一边动手扫开石桌石凳上的落叶,师弟和孙女婿去前楼把茶具拿来,四个人就围坐在紫薇树荫下。吴蔚东看西看:老人家一个人住两栋楼,土豪得很呢!他说:换过十几轮房客的破房子,七十年没有修补过,换你的新房子干不干?她说:当然干嘛,把它开发成一家民国民宿,会成网红呢。师弟插嘴:哥……那以后咋处理呢?他说:老房东家在省城嘛,我只是个看家护院的外人,我走了他们自然就会来打理的。师弟点头:一个人住兹样宽,白天无所谓,老中青来找你的人多,晚上未免冷清些……他说:我晚上不冷清,好多人围着我,中国人外国人古人现代人……师弟说:又是你的书!他笑:不错。

师弟这才说起今天是来约他参加兄弟伙的旅游团,玩欧洲五国。他说:我不参加了,你和他们去好好玩一趟。吴蔚说:地方好,人合心,咋不去呢,舍不得路费我赞助两千。他说你全包也不去。吴蔚说:要不我全程护理,不要你发工资?他说:你倒发工资也不去。吴蔚说:嘿,你个老老跟不上时代,不会玩旅游!

他说：我年轻时候最羡慕旅游，后来无兴趣了。吴蔚问：为啥呢？他说：游山玩水玩的是个静字，我们的古人说"万物静观皆自得"，悠然心念，天人交融。外国人说与大自然对话。如果路上像逃难，到地方像赶场，还有啥玩法。师弟说：外国还是该去开开眼界！他说：俄国冰岛西班牙，巴黎罗马布拉格，敖德萨的太阳吉卜赛的小调，伦敦的大雾巴西的沼泽，连地狱炼狱天国我都去过。吴蔚半天才悟过来：书上呀？他说：不错。到场替不了读书，读书替得了到场。参观是浅层次旅游，只见到看得见的东西；读书是深层次旅游，看得到看不见的东西。随团旅游矮子观场见台不见戏。走马观花近墨者黑也，除了一扎照片剩个啥？那年派我参加一个访问小组去过奥地利的格拉茨，足足玩了一个月，城市乡村都去了，就明白再住三个月也不如茨威格小说告诉我的多。有个德国的哲学家说，旅游求乐，叫人大汗淋漓攀登群山，殊不知沿路就有美丽的风景。宋朝有位宗炳玩卧游。有一位翻译家陈先生说，一个人不喜欢读文学，就错过了许多"美梦"和"艳遇"、"深潜"和"飞翔"的机会。说得太合我的心。我特别感恩我们的翻译家：他们给我带来了一个联合国。

吴蔚哈哈大笑：奇谈怪论奇谈怪论！他也笑：不错，只是我一个人的奇谈怪论。你们在旅游中心旷神怡，我在读书中心旷神怡，都得其所哉。吴蔚：老老这套理论倒是很可以安慰那些年纪老身体弱收入低人口多的人。我们来组织一次讲座？他：厨二代开讲座，讨打？陶老先生说，人生天地间，各自有禀赋。确实人落地就不一样：贾宝玉含玉，哪吒系混天绫。眼睛嘴巴齐全的做革命家，口才好的做宣传家，眼睛好的做观察家，只带耳朵不带脑髓的做传谣志愿者。吴蔚问：那你是什么家呢？他说：小时候我老爹常讲，我们兹种人古时候叫草民，现时候叫草根；要想得平安，心头一杆秤，嘴上一把锁。有秤活得明白，有锁少惹祸灾。所以我想做个观察员：常无欲以观其妙，常有欲以观其徼。身体做面壁和尚，精神做游方和尚。吴蔚问：做得到？他说：做得到。皮骨任人牛马，影形容我塤篪。她问：啥意思？他说：身体为人民服务，精神归自己逍遥。她说：咦，哪个这样会讲？他说：姚茫父，贵阳久安乡人，诗词歌赋琴棋书画印门门精道的全才大师，跟鲁迅同辈。还有一位美国的汉学家安先生，最喜欢庄子，他说，每一天我都努力工作，全力以赴，但我也一定要找时间来做逍遥游。他和姚先生不谋而合。

　　院子里渐渐暗下来。孙女婿建议一起出去吃晚饭，他和吴蔚都辞谢了。各人回家。

　　他呷口冷茶，收拾桌子，又去书房归放看完的书。一边做事一边好笑，今天足足讲了半年的话。却又忍不住继续想：确实观景不如听景，身游不如神游。文字的魅力胜过实物的魅力；实物进眼，文字进心。又想，人人骂拆了真古董造假古董，其实滕王阁鹳雀楼黄鹤楼岳阳楼，哪座都是建了毁，毁了建，靠的是那几篇诗文，哪个见原物了？鹳雀楼不晓得重建了没有。就算还在，你上去看见的只有高楼大厦，哪还有白日依山黄河入海？鲁迅先生打算写杨贵妃，坐木船渡黄河去看西安，看回来连写的念头都没有了。但是在王之涣崔颢王勃范仲淹的诗文里神游，它们就还是当时的模样。陶渊明的柴桑、王维的辋川、怀特的塞耳彭想去就去。文字比实景耐玩，钻进去流连徜徉，那真叫是"悠然心会，妙处难与君说"。

《民国府志·仓储》

府城山多田少，户鲜盖藏。义仓之设，原以补常平仓之不足。义仓之法与朱文公所行社仓之法，名异而实同，夏放秋收，甚便于民。但社仓之谷大半假诸官府，义仓之粮大半输自民间，其事稍有难易之分耳。

府仓在府署左，道光三十年（1850年）知府常恩捐修仁字廒九间，恭字廒三间。西府仓在城内西大街；普定县仓在县署左，共十一间；一在城南崇真寺右，共四十七间；一在同知巷吉祥寺左，共十六间；一在铜匠街后，名曰"东府仓"，共三十三间。旧州粮仓在厅署左。义仓在驿馆内，道光七年（1827年）知府庆林、刘嗣矩劝谕士民捐款建设。

据《贵州通志》《黔南识略》采访各册所云，积贮之谷数，旧志均已载明，毋庸再述。惟自咸丰以至宣统，东西各义仓所储之谷，历年有所收成，不无丰歉多寡，各有攸殊，俟与现时仓正接洽，调查各年册籍卷宗，方能知其底蕴，详细说明。城外之九溪坝、旧州场、红土、罗者塘、蜡寨、青山寨、莲花、蒋义寨、宁谷枝、玳瑁山共计十寨，俱建有义仓，其谷石数目均系历年报府，文卷存署内。

……

光绪十三年（1887年）十月二十六日，知府蒲荫枚为建立义仓管理制度，酌定章程。原文如下：

为酌定章程以期垂久事。照得义谷一项，原望积储于平时，济急于欠岁，本属意美法良，讵料事久功废，诚为可惜。除本年特奉抚宪通饬委员，随同劝捐义谷，建仓存储，另行列入交代不计外；查历前府任内均有移交义谷，并有岁收租石，乃积年开报，竟未稍有盈余，且将岁收租谷添用，足见经理非人，章程未妥。现有新捐义谷，毋庸此项存储用。特改定章程，以垂久远。兹列于后。

（下略）

在菜市看见四季蔬菜齐备，他想起小时候石城讲究尝新。回家一边择菜一边对镜子说话。

尝新是雅致的文化。清明上坟，炒带膜膜的青豆米、小雀子爪爪形的蕨苔、脆生生的嫩蒜薹、绿月亮一样的豌豆角、一股涩香的新蚕豆。青壳新苞谷上市，蒸煮炸炒五六种花样。新花椒叶新菊花叶摘下来裹灰面炸面鱼。中秋吃黄绿黄绿的椒盐毛豆。尝新尝新，尝的就是隔年第一次的一个新字，刚进嘴的那股清香。第一顿新米饭先供祖宗牌位后吃，像是"贡新劝赏"的遗风。上桌子要叮嘱娃娃少吃几口，新米饭胀肚子。苏东坡说"雪沫乳花浮午盏，蓼茸蒿笋试春盘。人间有味是清欢"，说的是吃，更是说的审美，说的文化，说的人生。非常之合我的心。

吴蔚听进心了，有一天风风火火跑过来，说是把尝新圣品备齐了，费了"洪荒之力"。双肩包拉开取出半青半红的小辣椒、壳没干透的米核桃、青里泛黑的新花椒。我指挥她搬出石擂钵，连杵棒清洗抹干；我洗辣椒，剥核桃皮，拣花椒，一起放进擂钵叫她细细舂成茸茸。那股辛烈的香气冲得她连打几个喷嚏，一手抓纸巾捂鼻子，一手抓杵棒，怨声载道。舂好舀进碗，放一撮盐、一撮葱、一勺酱油、一勺醋，勾几滴麻油，搅拌均匀。她拿起汤匙就舀。我伸手挡住，她说，尝一口！我说，辣死你！这是下饭菜。下冷饭最合适。她把冷饭甑子抱出来，边吃边揩汗，张嘴哈气。放下筷子吃一惊，哎呀两大碗！我问，如何？她说，太如何了！一绝！像是直接在吃春天！

听她一说，我想起你头一回跟着我们去上坟，在白布帐篷里面，被单铺在草地上坐着。挖田坎砌的柴火灶在山风里青烟袅袅，架上铁锅炒新蚕豆米、新豌豆荚、新蒜薹、新蕨芽，菜盘子摆在凹凹凸凸的被单上，吃起来带一丝青烟味。你也是欢喜得不得了，也说过意思差不多的话。还莫说，这姑娘真有几分你的灵气。

现在吃大棚蔬菜，消灭季节了。方便，省事。只是那份新鲜感也没得了。古人说寸有所长尺有所短，真有大智慧。现在只要新蚕豆新蒜薹一挨牙齿，我还会想起清明上坟。麻耳草鞋踩在山路上脚板心痒痒的。凉飕飕的山风钻进领口袖口打个冷噤。风筝飘带在天上一飘一摆活像鱼尾巴。当时觉得带青烟味的菜比家里的好吃。苏学士说得经典，人间有味是清欢。

《民国府志·习俗》

由清明日起，各家皆前往先茔拜扫及修整坟墓。多有备办酒席邀请亲友同往者，名曰"上坟"。富有之家，设筵多至数十席，中产以下亦三五席不等。故清明过不久，天气晴和之日（特别逢假日为甚）常见附郭坟野间，尽成红男绿女游宴之所。猜拳之声盈耳，纸鸢遍布空中，是祭祖亦是娱乐，最为儿童所爱。

《民国府志·民间娱乐》

一、迎神赛会

正月十七日，五官屯迎汪公神像至浪风桥祭赛，入夜则于浪风桥放烟火，城乡士民往观者颇多。同日鸡场屯与狗场屯亦迎汪公神像至杉树林祭祀。惯例：如今年由鸡场屯迎至狗场屯供奉，则明年由狗场屯迎至鸡场屯供奉。各乡则择宽平之处，鸣锣击鼓、跳舞唱歌为乐。五月二十八日，士民迎城隍神游街。神座出时以金瓜钺斧、全副执事前导，后以笙箫鼓乐伴随，备极热闹。官吏士绅商贾执香以从，各户则于门前焚香燃烛敬祝。旧州尤盛，观者常达万人。

二、聚餐会

醵金游山：每当天朗气清之日，城中市民常邀三五友人，醵金备办酒菜作郊游。或登山，或游岩洞，或入山林庙宇中，设座或席地团坐，猜拳行令，其乐融融。是之谓"玩山"，亦名曰"打平伙"。

柜台酒：工作之余，邀三五同人，同入酒肆，各自出钱沽酒，佐以豆干、盐酥豆等，立于柜台前且食且谈，且饮且笑。一时醉眼蒙眬，其乐无穷，对来日作何计较，早已置之度外。此之谓吃柜台酒，又曰"站班酒"。

今天是我爹的冥寿。要在世的话，一百三十岁了。

我几十年想不通。你说像我爹那样一个豁达爽性走到哪点哪点起笑声的人，咋就会摊上个水臌病，五十岁的生都没得过上呢！头几天还跟我妈讲笑话：莫忧，死不了！再生个姑娘，找个做生意不要本钱的姑爷，下半辈子不用愁。我妈说，做生意不要本钱，抢人？他说，有个聪明人，三个姑娘无儿子，天天盘算要找三个做只赚不赔生意的女婿，后半辈子有靠。有一天去看川戏，台上那个生角中气足嗓子亮，台下叫好不断，还有直接把赏钱摔上台去的。一想兹就是不要本钱的生意嘛，招来做了大姑爷。二姑爷是过年在街边玩"跌十三"赌钱的，一杯茶时刻就赢了一荷包钱。三姑爷是茶馆小二，茶叶开水都是老板出钱，他只管扛起长嘴大茶壶转，到时候拿钱。都是做不要本钱的生意。有一天老丈人生病倒床，三个姑爷约起来问候。大姑爷唱道："亲爷何时得的（呃）病——嘞额？"二姑爷拳起右手掌一甩："十三——十三！"老丈人气得捞起床脚的夜壶掷过去，三姑爷赶紧吆喝："又来一壶开水——"我爹不慌不忙地讲，把我妈听得笑岔气。哪个会晓得几天之后爹说走就走了！

　　通城的名医都求遍，也都是欢喜爹的手艺的，尽心尽力，总是见好见好又反了、见好见好又反了。他本人倒还是说说笑笑，我都听得出是在勉强了。有一天我看见妈躲起淌眼泪，遭我一追问，说男怕穿靴女怕戴帽，爹已经肿近髁膝头了。我一听肉都垮了，小腿打抖。爹五十岁生日前两天，忽然精神大好，说要提前吃碗寿面冲冲喜。慢慢吃了大半碗面，叫我去巷口叫罗伯和丁老四的滑竿，他要出城散散心。我见爹的病好了，高兴得连声答应往外走，却瞅见妈的眼神不对。罗伯丁老四都是老街坊，一喊就来了。妈叫我跟到去。爹说用不着，两个老熟人还怕照拂不了他？妈不松口，爹也就不说话，先屁股坐上滑竿，再用手慢慢把腿脚搬上去。坐好了，罗伯和丁老四稳稳当当抬起来，扛上肩，缓缓起步。妈使劲推我，挤眼睛努嘴。我点脑壳表示明白。

　　滑竿走出小巷，一路有熟人打招呼。听爹说病好了想出城散散心，都很高兴，有的还亲热笑骂。罗伯一问去哪方，爹说去华严洞，端午近了，去看看年年端午办席唱围鼓的地方。穿南街过南关厢，出南门过南山寺，就远远看见华严洞的读书山了，不过四五里路。爹忽然想起忘记带烟盒烟袋了，叫我回家去拿，他们在洞下面路边等。我想起妈的眼神不敢答应，爹说，去呀！这里有罗伯和老四呀！我连走带跑回到小巷，老远见妈还站在腰门后面看街。一讲，妈二话不说找出烟袋烟盒就走。我赶紧跟到。走到南山寺，见滑竿搁在路边，罗伯和丁老四在小庙外面的茶棚里喝茶。走近一问，说是爹叫他们来这里歇着喝口茶咂袋烟，见儿子过来再一起去接他。妈拔脚就跑，我跟到跑。罗伯和丁老四抬起滑竿跟在后面。

赶到华严洞小马路边，见爹趴在小河沟岸边，脑壳在水里头。罗伯和丁老四把爹倒拖上来，已经气气全无了。妈没有哭，一屁股坐到地下，盯着爹的脸看。看了半天自言自语：我就防到他走这一步。我只防到他去李家花园，李家花园的水鬼年年找替身；我想不到华严洞这条小河沟也淹得死人。罗伯羞愧得脑壳啄到胳肢窝，格格涩涩说，也怪我们大意！我妈说咋会怪得到你们，罗伯，一个人下决心想死，一根麻线一把裁纸刀都能死。防不住的。有个人一样东西没得，拿枕头把人闷死。还有人两只手把人卡死。

兹条小河沟我来玩过。有个星期天跟同学来的。路两边田坝里头的谷子割了，剩些黑斑斑的桩桩。同学随便撕开一棵，里头有条又白又胖的虫，他从荷包里头摸出根棉线把虫拴起，趴在河沟边把虫子放进水里头，一眨眼钓起一尾小鱼来，一眨眼又钓起一尾小鱼来。我要过来跟着试了一回，说死也钓不着。同学看都不看我一眼，一把抢回去。我好些方面非常之无出息。

我爹病了一年多，家里的积蓄用尽了。丧事是几家老主东资助，老街坊们出力办的。办得很热闹。杀猪巷那些年年耍龙灯的屠户送来全套纸扎，川戏玩友们来灵堂唱了三天围鼓。清泰庵的二众（尼姑）们和妈熟，自己上门来唱《往生咒》，说是红案师傅虽不比杀猪宰羊的孽深，杀鸡宰鸽子是免不了的，还是要消消灾。一巷子都诧异，还不晓得王厨子的人缘兹样好。

守了三个月孝，我就跟随师伯叔们去应差事办酒席。先是打下手，渐渐找机会掌瓢做样把菜。有个和爹感情最深的师叔也时时扶植我。有一回应下一家差事带起我去，他临时喊肚子痛伸不直腰杆，把场监督我掌瓢做了一桌菜，果不其然很受称赞，尤其那盘宫保鸡说是做出了荔枝味，要见见厨师。师叔拱手作揖，我缩在他背后心口咚咚咚跳出钢声来。后来他就大明其白地放我做几样菜，主家夸奖哪盘就说哪盘是小老三做的。渐渐的我可以独当一面了，还得了个"小戤子"的外号，认可我接爹的班了。

我好长好长时间不能相信老爹真的不在了，真的再不转来了。

《民国府志·民间娱乐·赌博》

赌博：城乡多有此习染。城中有番摊、掷骰、赌宝、推牌九、打字牌、打麻将等种类，乡间则多"跌十三"。风俗勤俭之时，赌博仅在春节时，或偶一为之；今则金钱活动，风气变奢，赌风大炽。城中男女，有昼夜赌博不息者。废时耗财，莫此为甚。

几个好事之徒纠合的吃货协会约他去一家以生态食材为招牌的馆子进行评估。每上一道菜，老板介绍一番，这基地那基地，无化肥农药，当天采摘，不用味精等。他拈一筷子进嘴，味同嚼蜡。几个评委点头咂嘴，不错不错！

吃完各自回家。走在路上，师弟说：哥！咋样？他说：不咋样。《随园食单》说：大抵一席佳肴，司厨之功居其六，买办之功居其四。厨者之作料如妇人之衣服首饰也。现而今面对化肥农药，打食材生态牌是有号召力；但也只是十分之四，那六分呢？这种蹩脚手艺不会有回头客的，材料再好也要放烂。我们做徒弟娃娃那时候不用味精，一是没有，二是靠那一鼎罐货真价实的高汤。现在酒席普遍，供不应求，不用鸡精味精，鲜味从哪里来？味精鸡精是从食物提炼的，为啥不能用？电视上介绍国宴大厨都在用。照兹样打生态牌，还不如打返祖牌，茹毛饮血，生态到家。

师弟说：我吃也是淡而无味，那盘土鸡肉又瘦又老一点鲜味没得。他说：我们小时候，大人们一开口就是"老辈人说"；宋丹丹的小品一开口就是"俺娘说"；现在的人一开口就是"网上说"。花红柳绿的睡衣卖不出去，换个名字叫休闲装，马上畅销，穿起满大街休闲。网上的话不光言听计从，还要做到极致。一说生命在于运动就天天爬山，早晚爬楼梯，爬到换膝盖、打润滑油。一说少吃油腻就吃长素，弄到缺兹样营养那样营养。师弟笑：我都忌了几年的猪油了，现在网上又说老年人需要肥厚高蛋白才行，高兴得赶紧解馋。他说：你就是耳根软，捡到封皮就是信。人家说冬瓜做得囤子，你就说你装过五斗谷子。师弟哈哈笑：就是就是！

王念玉《小城"大京班"》

1981年3月，市京剧团招录了40个学员，22个男生，18个女生，大的不过十四五岁，最小的才九岁。老师们要锻造一支理想中的、纯洁的、四梁四柱齐全、文武昆乱不挡的京剧人才队伍，是为学员队。

学员队采用科班，"团带班"，戏校与军事化管理相结合的方式封闭培训。业务老师是科班出身的老艺人，还专门调了一个退伍军人进团。唱、念、做、打，一招一式全按传统方式教学，再加上军事化管理。压腿、下腰、空翻、拿顶、学京腔京韵，至今提起还叫人害怕。用他们自己的话来讲,简陋的练功房里成天鬼哭狼嚎,回到宿舍抱腿、捂腰大哭。开始还躲在被子里偷偷哭,看到你哭他也哭,索性坐下就哭,毫不遮掩。

男生挨打,是真打,板子、藤条,趴在凳子上打屁股。一人犯错,全体挨揍,叫"打通堂"。最严重的一次是发现女生浴室墙上有一个新凿的洞,虽然有较明朗的指向,奈何其人抵死不认,成为一桩无头公案,以一顿打通堂收场。

三年封闭训练期间,排了大戏《杨门女将》和一些折子戏,老师和同学身背行囊闯江湖,走过长沙、武汉大码头,扎实的基本功训练为他们赢得了鲜花和荣誉。正当他们踌躇满志、意气风发欲闯上海滩,班子调整,一个电话叫停了一切。

40个少年男女好像上了三年寄宿学校,一下放开,生活不再只是练功和排戏,面对五光十色的现实,他们有工资拿,会两手拳脚,可以这搞搞那搞搞,有点飘飘然,有点茫然不知所措。和学校毕业各奔东西不同,他们在一个单位工作。但是在剧团不练功不排戏的时候,他们各干各的营生,各玩各的圈子,因此也有了各自不同的际遇。

石城有个出身京剧世家的少年,入"大京班"学员队时就有天然的优势,条件好,聪明,但练功爱偷懒,又爱搞恶作剧,所以挨打多。越挨打翻跟斗越低,天生叛逆。吃包子光吃馅,包子皮扔潲水桶。老师让他从潲水桶捞出包子皮,当着全班同学的面吃下。

有一次打通堂,他趁人不备,拿一面小锣盖在屁股上,他个子小,练功裤宽大,谁也没看出异样,老师一藤条下去,咣的一声,大家顾不得痛,哄堂大笑。老师也不禁笑了:"你小子真行。"

后来,不知是舅舅带他,还是他带舅舅,再后来弟弟加入,都吸上了鸦片。

有一次他找到一套鸦片烟具，献宝一样向他的小师兄展示，竭力劝他吸一口。小师兄要砸烂他的烟具，他差不多翻脸。

在学员队，他和小师兄年纪相仿，是男生中最小的两个。大家都在午睡的时候他们就偷偷起床，一起掏鸟窝、看蚂蚁搬家。有一次两人去水库游泳，合力救起一个体力不支、几乎溺亡的人。那人醒后问他们姓名，他们很有风度地没有透露姓名，也不要人家的酬谢。在他心目中，小师兄是他买卖毒品的最佳搭档，所以多年一直竭力笼络，甚至不惜诬陷。他九岁进学员队，从十六七岁起，到近五十岁的生涯中，有多半时间在拘留所、戒毒所、劳改农场、监狱度过。

在他服刑期间，父母都过世了。

"这个东西你戒不了，我吃了我们一起戒。"漂亮的武旦对多次许诺要离婚娶她的男人说。

学员队的封闭训练结束，同学们大多都回家了，武旦还住在宿舍里。自己到省城学戏，参加全国京剧大赛得过银屏奖和优秀奖。后来京剧没人看，舞厅、酒吧是有钱人爱去的地方，再后来，一些有钱人把吸毒当成有身份的标志。她就在那时到处玩，认识了这个男人，陪他吸毒、戒毒。两个人一起卖掉了五套房子，两部车子。

离开那个男人之后她又在外地结婚，生下女儿一个月后，被丈夫发现吸毒，离婚。

女儿从小跟着她四处搬家，东躲西藏。小时候看到警察会大叫："妈妈快跑！"

有时候单位开会，多年的师姐妹会装作无意地挪开自己的包包、捏紧口袋，她会想："天，我也是见过大钱的人。"

多年的毒品侵蚀、担惊受怕、居无定所、忍饥挨饿，年近半百还有蓝颜知己，可以想见她年轻时的花容月貌。

他嗓子好，扮相好，可惜有点大舌头，所以害羞，还有点自卑。自己偷偷学偷偷练。他记得老师拿一张十元的钞票和一个一分的硬币放在他面前说："你想要一沓钞票还是一堆硬币？想要一沓钞票，现在就要吃苦。"

他小时候不大敢和女生讲话，现在女生缘却好得很，他得意地说，我的女朋友有点多的。

当年有个香港女人拿八十万叫他回家给父母买房，安顿好父母就去深圳结婚。他回到老家，前女友来找他，一起吃喝玩乐。那时候的八十万简直是个天文数字，但是也抵不住要吃白粉。

女儿懂事了，劝他少在外面交女朋友。

是毒品之害，还是做了太多说不出口的事，总让人觉得他有些神思恍惚，前言不搭后语。

如今，"大京班"学员队的人都已过不惑之年，际遇各别，有人已经退休，大多即将退休，安享太平。有人不知所终，有人行踪诡秘，还有人在监狱或在去监狱的路上。但是，"大京班"依然是他们的骄傲和怀想。

石城离海千里，过去吃的海味都是干货。品种也少，海参鱿鱼虾仁干贝海带蜇皮，都靠鸡汤提味，鸽蛋配搭。鱿鱼配韭黄，豆腐干炒三丝。从《随园食单》看也是这种做法，他说："余尝谓鸡、猪、鱼、鸭，豪杰之士也，各有本味，自成一家；海参、燕窝，庸陋之人也，全无性情，寄人篱下。"生猛海鲜是后来才知道的。有一年和朋友在烟台住了一个月，主人天天请吃生猛海鲜，临别一算居然有三十多种，吃成鲁智深说的嘴巴淡出鸟来。坐飞机到成都，立马找一家川菜馆，麻婆豆腐回锅肉白菜圆子汤，胜似他乡遇故知。

你舅妈晓得你嘴刁爱洁净，安排我给你另开伙食。扎咐说你几岁就跟爹妈去上海，吃惯下江口味，不能吃辣，油盐也要清淡。我就用文火熬鸡汤。熬好用鸡血紧过，清亮如水。豌豆苗、莴笋、菜心、山药都用鸡汤，加嫩蛋。素菜换着吃，芹菜酸蘸腐乳、凉拌豆腐干颗、拌萝卜丝、拌蜇皮；用白酱油、漆醋、花椒面，勾几滴小磨麻油。肉片豆腐干加一点点糟辣子、小笼蒸排骨。你都吃得香。甜八宝饭冲冲糕锅炸吃不厌。我还跟师伯师叔们搜鸡脚爪，开水淖过，把皮削下来，酱油醋椒盐凉拌，你非常之喜欢。不过总共就吃过两三回，那时候哪有好多鸡脚！炒菜也选清淡的，虾抱蛋、椿芽炒蛋、糖醋油菜薹、炝烩莴苣菜；有一回你想吃上海的炒面筋，我说没见过。你从尝试糟辣肉片开始吃辣椒，后来能同全家人同桌吃石城口味，再后来居然和表妹们比赛吃辣了。

我还记得你舅妈亲自为你做过两罐油鸡枞。你原先是在城关二小代课，还同我们住一起。后来调整到石板房民小代课，再调整到干河民小代课，住到教室隔壁堆柴火的小屋去了。临走她给你炸了一罐鸡枞菌，下饭下面。后来听你讲舍不得经常吃，差不多吃了大半年。另外一回是她要去省城的时候。先是先生的工作转到省城了，一年以后家也搬去了。我呢，参加饮食公司了。你也就各人学做锅灶了。

《民国府志·农业志·稻谷》

稻谷大别为黏、糯二类：黏谷一名饭谷，有早市香、洗耙早、红谷、羊毛谷、大油黏、小油黏（一名芦黏）、高黏、麻黏、补纳黏、白油黏、红油黏、紫杆黏、青秆黏、早六黏、大白黏、落壳米、晚米、金包银、迟谷等二十余种，糯谷有黄香糯、白香糯、杉木红、棉花糯、老鸦糯（一名冷水糯）、金钗糯（一名尖担糯）、矮子糯、岩尖糯、鹅蛋糯、猪屎糯、半边糯等十余种。玉蜀黍俗名苞谷，一名玉米，有黄白二种，亦分黏、糯。豆类有黄豆、绿豆、黑豆、饭豆、豌豆、蚕豆（俗名胡豆）、扁豆（俗名豇豆）、四季豆等多种。麦类有大麦（一名老麦）、小麦（一名面麦，又有真小麦、花红麦、光头麦等数种）、燕麦（一名香麦）、谷麦（有壳如谷）等数种。荞麦叶为三角形，有长柄，为非平行脉叶之麦类，有甜、苦二种，亦分饭、糯。稗子有红稗、毛稗二种，高粱有饭、糯二种。

他在这段文字边上批了几个字：豆类应提及皂角豆，饭谷应标举桃花米。

皂角豆是石城独有的品种。比黄豆略大，皮色如皂荚，水泡后特酥脆，油炸下酒；油焙后炒糟辣子下饭，称"马料豆"；干锅炒脆，叫盐酥豆，用白纸包成角状在小摊上卖，是小儿最喜爱的混嘴小吃。桃花米蒸饭软硬恰好，微红如桃花，香气扑鼻。

这两种隽品都已绝迹，大约因产量不高被淘汰。同此命运的还有一种神品水果，叫羊肝色花红。

我们先生，一个人做几个人的事，我只见他闲散过两次。

一回应该是重阳节，先生约志斋老师和韦公出东门登山。先生社会应酬多，真正有来有往的朋友就这两位。我带起你两个表妹和表弟跟后面。路过一匹山，半山腰有个岩洞，看得见一个黄篾大笆笼放在洞里头。韦公说那是当棺材用的，大概是个打鱼人家，买不起棺材；活起笆笼打鱼，死了笆笼装人。走到另外一匹山，爬好多石坎子，进一个半山庙子。庙子还很整齐，四大天王都五色俱全，就是不见和尚，想是下山化缘去了。我们在大雄宝殿的高石台上歇了好久，背对三尊佛，脚底下是院子，石板缝冒出青草半尺高。院子对面是韦陀龛。志斋老师指着韦陀龛，叫我念那副木对子。我一看都还认得：大将军不离宝杵，真佛子何用袈裟。小声念了，老师说，有节奏，好的。我想就是没有把上三下四念成上四下三或者一字一顿。那天三个大人都很有兴致。老师又念了陶渊明的诗，对我们讲，"采菊东篱下，悠然见南山"当然是好，但更好的是"山气日夕佳，飞鸟相与还"。讲完忍不住拖声摇气地吟唱起来，山气——日夕——佳——，飞鸟——相与——还。没尽兴，再来一回，山气——日夕——佳——飞鸟——相与还——。那时候的老先生念诗词都是用家乡口音唱，拖声摇气的，一个不同一个，都好听！我听不来现在用普通话读古诗，没得味道，像白水煮白菜没得辣椒蘸水。有的呢，又张牙舞爪地喊，太夸张。还不如自家默读默思。

又一回是端午。先生带着原班人马玩华严洞。那是日本人投降以后的头一个端午，藏在洞里头好几年的北平故宫博物院老古董迁回去了，石城才恢复了端午玩华严洞的风俗。三个大人坐在偏岩下边临时搭的茶座看山，我带几个娃娃去洞口喝岩浆水。这几口大石缸闲天没人管的，端午这天要卖一个铜圆一杯。岩浆水冰得很，一口吞下去脑眉心就痛起来。没有人喝得完一杯。有些大人举起轮胎胶火把，黑烟滚滚地进洞。我们也带了轮胎胶火把的，就点起来跟到大人们进洞。洞里头很干燥，时不时有只夜白虎斜斜飞过来，掠过火焰又斜斜穿过去。夜白虎就是蝙蝠，老辈人说是老鼠偷盐巴吃变的，有人就叫它盐老鼠。岩洞弯来弯去，一处地方有个破木箱，岩壁上有几个墨写的洋码子，就是藏古董留下的痕迹。岩洞里头闷人，轮胎胶火把燃得不好，黑烟非常之难闻，也没啥看的，我们就出来了。在茶座上，志斋老师指指说，清朝有位洪亮吉先生，学问很大，到石城做学官，喜欢华严洞的风景，起了个"读书山"的美名。那一片好几匹小山连着，匹匹都秀气好看，不晓得哪匹是读书山。或者那一溜都叫读书山。

华严洞藏的主要是古人字画。保管这批文物的故宫博物院驻石城办事组组长庄严先生是一位诗人，到贵州后与省艺术馆陈恒安馆长一见如故，结为诗友。陈馆长忽起雄心，想让贵州人瞻仰瞻仰这些国宝，与庄先生商定了操作程序，先报准省府吴主席同意，以吴主席名义写信给故宫博物院马衡院长，提出举办展览的请求。马院长回信同意。庄陈两位先生就动手操办了。地点在省城科学馆艺术馆园子里，展品二百多件，分两次展出。前几年，北京故宫博物院、台北"故宫博物院"和南京博物院三家联合举办抗战时期故宫文物内迁纪念活动，重走当年路线。在省城开座谈会，台北"故宫"展出部部长看了这次展览的目录非常之吃惊，给了三句评价：全部是一级国宝；一次展出这么多一级藏品空前绝后；我和几十年工龄的老同事也没有看全过。

庄先生他们在石城守护宝藏六年多。先是在东门坡租民房住，后来住到华严洞去。生活非常之清苦。他的公子庄灵先生回忆，有时候就吃盐巴水拌饭。这批国宝从南京出发内迁，放过几处地方，通数在华严洞时间最长。后来发生黔南事变，日本人进贵州，才连夜急运重庆。随后日本投降，解放战争开始，庄先生一家去了台湾。他是在台北"故宫博物院"副院长位上退休的，是著名的诗人、书法家。一辈子诗人性情，非常之可爱。他在台北举办过两次王羲之《兰亭序》的"流觞曲水"诗会，都不是很成功，因为水浅酒杯重，漂不起来流不动。酒杯一次是瓷的一次是木的。他过世之后出了一本纪念册叫《故宫·书法·庄严》。公子庄灵先生两次回石城考察，我参加接待，他送了我一本。我还陪他喝了茅台酒。他喝一口说一声：好酒！他是摄影家，他大哥庄因是作家，在台湾都很有名气。不枉自书香门第，家学渊源。那次在华严洞，发现洞口岩壁上有故宫人员题的红字。先以为是庄严先生的笔迹，后来考证是马衡院长写的。

庄老先生对华严洞有感情，去了台湾还念念不忘，请同事刘峨士先生画了一幅《读书山图》，好多诗家题咏。里头有一位张敬先生也是石城人，父亲是国会议员，她十岁就跟着去北京了。她题的是一支套曲。她弟弟张清常先生也是教授，有名的北京胡同文化学者；会作曲，西南联大校歌就是他谱的曲子。又一个书香门第，家学渊源。

洪亮吉《游华严洞》诗

百折山已深，遵岩复千转；山肩深万仞，欲往怯途远。洞门蜡炬掷两头，直下无底光难留；奋身一掷若飞鸟，回视偏惊洞门小。土花濛濛绿满衣，巨石碍路如双扉；牵衣屈曲入扉罅，飞瀑偏从两肩下。危崖覆釜下转空，大声如钟疑蛰龙。孤筇欲拄不得拄，地底陡复冲天风。崖穷路断天愁晚，半寸烛余人复返；高低三里路蜿蜒，出履平地同登天。当时谁把华严说，已觉丰干太饶舌；我欲磨崖易旧名，读书山畔藏书穴。

庄严《读书山华严洞即事》

云自无心水自闲，半林如荠远连天。吟成短句无人赏，已逐飞鸿入冥烟。

壮时亦有辀轩志，垂老投荒五六年。身系西南心在北，何时骑马到于阗。

筑室华严远市尘，小斋清寂但容身。山妻喜得教书未，世上原无饿死人。

来住华严信有缘，逃亡人称似神仙。已斋诗句云林画，尽在闲吟拄杖边。

今日岚光分外明，曝书曝画倍关情。客到自无寒具手，归箧考据到三更。

䫴面雅翻晓色微，起来钻入乱书堆。闹语喧窗缘底事，诸儿采得刺梨回。

马衡《七用"寺"字韵寄赠森玉》

华严洞外华严寺，中有高人隐姓字。
壁藏典籍效伏生，避秦宁与桃源异。
山高虽逊蜀峨岷，亦有流泉声阊阖。
苗夷村落杂三五，耕田凿井民情驯。
山居几欲忘年载，扫地焚香观自在。
谈玄坐上有庄生，时共披图读山海。
昔君作赋似马卿，驰誉京华朋辈惊。
于今恬退捐笔札，始信可名非常名。

欧阳道达《读书山华严洞图》题跋

读书山上白云深，宝器无虞劫火侵。好约诗僧同酒伴，华严一卷足参寻。

南窗寄傲意洋洋，一枕华胥百虑忘。濯足濯缨随所愿，洞前流水即沧浪。

罗家伦《读书山华严洞图》题跋

万壑千崖里，连城希世珍。不劳神鬼护，靠这一群人。
峨士擅丹青，生前愧未识。离乱丧人才，展卷三叹息。

张敬套曲，《甲午端阳题〈读书山华严洞图〉写奉慕陵先生正拍》

[南吕]一枝花 千岩万壑图，翠柏苍松径；清溪拖玉带，苗寨布荒茔。好一派水秀山明。八年来避难随缘住，一朝里归途若梦行。您堪夸走北征南，俺则叹离乡背井。

[梁州第七]漫收拾洞天福地，尽流连石室山城；桃源世外三生幸。云深藏宝器，风静送梵声；有登天眼界，看绕地围屏；泉活活鸟语嘤嘤；树森森石叠层层。任天时寒暑阴晴，任人间喜怒哀憎，任尘寰得失衰兴；漫惊，莫凭，闲拈毫且自点丹青。兵灾战燹一朝清，回首西南山水程，画意诗情。

[尾声]逃荒海隅情难定，故里音书水上萍，怀远思亲空画饼。抚膺，泪零，和俺那梦儿里家园两厮证。

孔夫子说三人行必有我师。你舅舅、志斋老师和韦公就是我认准的三个老师。他们不晓得有我兹个学生。私淑。韦公记得不？就是来先生家我们都围在旁边听他讲话，他不笑我们笑的那个老辈子。又高又瘦，戴一顶玛瑙珠珠缎子小帽。记起来没有？

他十多岁就在重庆一家皮鞋厂当学徒。技师是日本人，技术上的诀窍守得死死的，一丝一毫不传中国人。工人们是睡在技师室的楼上，他就趴起从地板缝缝偷看。偷师学艺。三看两看看出门道来了，自己悄悄试验，不到两年就成全挂子了，辞职回家自己开作坊。出的皮鞋、钉子鞋、皮底布鞋很受欢迎，又扩大成厂，招学徒教手艺。他性情仁厚，处事公道，讲话风趣，人气旺得很。他一个亲兄弟一个堂兄弟都是黄埔出身的中将，他就在群众场合自称上将（绱皮鞋的绱匠），逗得众人大笑，气氛活跃。他是县参议会的参议长，肯为百姓出头。有一年来了个蒋经国三青团系统的谢县长，年轻气盛，到任就召集地方士绅开会说，谢某接了委任就听说石城的士绅不好对付。今天我订个章程：政府是政府，地方是地方，以后参议会不能过问政府的事！士绅们原来估计新县长是来和地方讲精诚团结的，不想会这样横蛮，一时间都遭打暗了。刚卸任离开的朱县长是个贪官，老百姓形容他地皮都刮走三尺；参议会向省政府上诉多回，找了好多关系，总算把这位喂不饱的大耳朵伯伯请走，哪晓得又来了个牛魔王！这时候韦议长站起来开口：参议会好比庙上的一口钟，庙上的钟你不敲它，它不会自己响；你要敲它，它一定要响。从今往后，你谢县长的政务利国利民，县政府下请帖我们也不会来；要是确有不当之处，我们就要不请自来，说事论理，决疑解难。讲完就带着士绅们告辞，县长杀威棒打在岩石上，坐在空荡荡的会议室回不过神来。

哪朝哪代都有贪官也有清官。全面抗战初期，老蒋委派后来当过他的文官长的吴鼎昌来贵州做省主席，推行新政，起用新锐隽秀，有一位中央政治大学毕业的罗叔俊，热血志士，先是受任清镇县县长，治理有方，又调任石城县县长。一到任就亲自审理一桩悬而不决的私藏鸦片案。那时候私藏鸦片算不上大罪，没收充公了事。但这家私藏鸦片的主人很有些背景，上下打点，长期拖起结不了案。罗县长弄清楚来龙去脉，亲自坐堂审理，还叫人沿街鸣锣，知照市民来县府旁听。堂审下来，某人收监，鸦片充公，民心大快。一天罗县长骑马去二铺检查公路修补情况，不想正遇一架汽车乒乒乓乓开过来，那马一惊一跳，把罗县长摔到地下，一命归天，享年二十七岁。他未婚妻从醴陵老家赶来治丧，收拣遗物，莫说钱财，床上铺盖都是政治大学念书时候用的。县府李秘书协助办后事，不住掉眼泪。地方上为他举行公祭，各界送的挽联几十副，内中老教育家黄尧承送的最为得体："轻骑简从平民化，敝衣缊袍仲氏风。"经公议安葬东门神农田，立碑记籍贯、年纪、简历、德政。

后来的谢县长，也是血气方刚，也是真想做一任清官干吏。但是那时候的县政府穷得叮当响，科股长以下的薪水都要拖欠打折扣；地方上的事，大到修桥补路、迎送军队过境，小到打扫街道、年节乐捐、路毙施棺，都靠商会出面，商家出血。连一支消防救火队都是商会召集店员学徒训练出来的。谢县长不多日子就晓得巧妇难为无米之炊。只是心高气傲，大话已经款下，转不过弯子。某日韦议长不请自来，说是西门一带住户一贯把煤灰垃圾从城墙上朝下倒，日积月累，臭气熏天，行人捏起鼻子过，有的宁可从城外绕道多走几里路。眼下已经堵住城门打不开了。这样子不光出行不便，还有引发时疫流行之虑，县政府应当尽快解决。谢县长心知这一棒钟声躲不开，和颜悦色说，谢某也从卷宗里看到屡次的呈文，是该解决。只是牵涉到几方面的难题。一是向省府报请立案拨款，抗战时期，财政吃紧，清一个垃圾堆挂不上号。再是需要人力物力，县政府也没办法。韦公说，我是通盘考虑好了才来商议的，县府写个条陈交给我，我去省里请批；拨不拨款不要紧，商会出面招工，以工代赈，乡下正闹青黄不接，出点汗换粮食求之不得；专用工具铁锹丁字锄大箩筐这些，我和我兄弟商量借用队伍里的，卡车也跟他借，叫他为地方服务回，地方出汽油钱。谢县长一听万事齐备只欠一张呈文，连声说好好好。老百姓头痛几年的事，三下五除二解决。这回谢县长也明白鱼儿离不开水了，愿意同地方精诚合作了。后来他得了个"干练"的考语升专员去外地赴任。

　　那一年滇军奉调北上参加台儿庄大战经过石城，在大十字搭台开大会迎送，韦公代表各界民众致辞。你听他老人家怎么讲的！他说日本人的膏药旗上是个太阳，日本兵就像火辣辣的太阳想把我们中国烤焦烤死烤亡国！你们呢，你们是云南的抗日战士，就是遮住太阳不让他逞威的浓云！我们中国人万众一心，众志成城，一定能够把小日本撵回老家去，还原我们水土滋润青枝绿叶的家园！话音一落，下面拍手跺脚喊口号，几条街巷起回声。

　　你舅舅是商会理事长、副议长，在商界有号召力，和韦公志同道合，为百姓做了不少的好事。后来国民党逃跑、解放军未到的真空时期，又是他们两位牵头联络几十位各界头面人士，成立临时治安委员会，劝说公安局局长借出十多条枪昼夜巡逻，防止抢劫哄市引起动乱，保持安定迎接解放军进城。这事是冒大险的。省城主持临时治安委员会的卢焘老先生，辛亥革命元老，就遭军统特务刘伯龙临逃跑时暗杀了。消息传到石城，几位主事人悄悄转移到你舅舅家，现装一部电话跟外边通气，维持到迎接解放大军进石城。那几天连我们都踮起脚走路，凑耳朵讲话。后来召开军民庆祝解放大会，也是韦公代表地市各界人士讲话。那时候全省都闹政治土匪，就是国民党策划潜伏下来的下级官兵，躲在大山里头，时不时出来骚扰，有的地方闹到围攻县城，占据乡镇。

贵州剿匪很艰苦，有小淮海战役之称。就在这种混乱局势下，有人伪造原驻军余团长约韦公里应外合攻打石城的密信，傍晚接的信，不到两个小时韦公就遭带走了，在里面两个多月病故。你舅舅那天傍晚也收到同样的假信，幸得好军分区领导就借住在你家，立马把信交去，就没有事。韦公来不及反应，遭了陷害。那位警察局长听劝，参与临时治安委员会，定为起义有功人员，后来还当过县政协委员。

那天的庆祝解放大会满是没得见过的新鲜事，几十年后想起来都活鲜鲜的！穿草黄棉军装的解放军坐了两个方阵，忽然这边站起一个指挥员问，咱向二排拉歌好不好？齐声说，好！那边也站起一个问，咱敢不敢应战？齐声说，敢！这边就整整齐齐唱起来：我说一来谁对个一，呀山嗨？谁对个一，呀山嗨？什么人拥护毛主席，呀儿呀儿呀山嗨？那边噼噼啪啪一阵鼓掌，然后唱：你说一来我对个一，呀山嗨！我对个一，呀山嗨！人民拥护毛主席，呀儿呀儿呀山嗨！这边齐声唱，那边齐声喊加油加油。这边唱完，那边问，二排唱得好不好？好！妙不妙？妙！再来一个要不要？要！噼噼啪啪拍巴掌。两边就赛起歌来，一直唱到开会。本地人都惊呆了，从来没有见过有兹样喜气洋洋的兵！

那天还安排一位少数民族农民代表发言。他从小到大哪有站在台子上对到几百人讲话的事呀，非常之紧张！肯定事先告诉过他讲哪样，他站了好一阵还是开不了口。我们在下面的人都替他着急。主持大会的解放军过去小声鼓励了几句，走开。他大大提口气，还是开不了口，拿眼睛看主持人。那位连连点头鼓励。他下决心，开口说，我们苗家的快乐，就是非常的快乐！……我们苗家的快乐，就是非常的快乐！……我们苗家的快乐，就是非常的快乐……忽然说：山歌一首！从肩膀上取下芦笙就呜里呜拉吹

264　　　　　　　　　　　　　　　　　　　　　　石　城

起来，还左右摇摆动脚步。这时候全场欢声一片，掌声雷动。转眼几十年了，我还记住他那份真诚朴实又紧张的神气。非常之可爱！

解放军进城，实行军事管制。转眼之间，社会就没有了物价飞涨、偷盗抢掠之类的问题。眼见耳闻都是新鲜事。天天有新歌传唱。有一首《西藏舞曲》的歌词："你们来庆贺呀，我们也来庆贺！庆贺人民自己的新中国。我们大家一起来庆贺，民族大团结，跳舞又唱歌！共产党领导中华民族得解放，手拉手儿好像亲兄弟，喜洋洋！喜洋洋！"又朴素又真挚，我今天还时常哼唱它，眼前浮起她们甩长袖边唱边舞的画面。

《民国府志·教育志·苗学》

顺治十六年（1659年），令贵州大学取进苗生五名，中三名，小二名，均附各学肄业；廪生大学二名，中、小皆一名。附大学者三年一贡，中、小五年一贡。俟入学人渐多则照州学例，三年二贡。康熙四十四（1705年）年，贵州苗民照湖广例，即以民籍应考，于是始罢苗学。雍正三年（1725年）又令贵州府、县学于定额外，各增苗学一名。八年（1730年）改苗童为新童。乾隆四年（1739年），学政邹一桂言：黔省苗、汉杂处，前雍正三年学臣王奕仁奏准，岁、科两考于定额外加进学童一名，卷面填写新童。查苗已经归化百年，俗尚文风与汉无异，请准入汉童内应试，其进额亦并入汉额，归化未久者，仍照旧例归入新童。部议从之。于是贵阳诸学以归化已久，停苗生学额。十六年（1751年）贵州诸学苗额皆停。土苗之有社学、义学也，起于顺治十五年（1658年）。其时，令天下土司子弟，有向化愿学者，令立学一所，地方官取文理明通者一人充教读，岁给饩银八两，膏火银二十四两，皆地方官动正项支给。其后此制渐废。康熙四十四年，巡抚于准题请各府、州、县各立义学，俾土苗子弟入学。奏部议准：贵州诸府、州、县各立义学，今土司承袭子弟皆入学，以俟替袭。其族属土民子弟，愿入义学者亦听。即以府、州、县复设训寻官躬亲教诲，不别立师。四十五年（1706年）颁御书"文教遐宣"匾额于各学舍。雍正三年，又令贵州苗民子弟愿读书者，所在府、州、县送入义学，仍令教官严加督察。八年，总督鄂尔泰、巡抚张广泗、学政晏斯盛题请设威远、摆顶及古州、八寨、永丰、册亨、罗斛等处义学，化导苗民子弟。乾隆五年（1740年）部议：贵州威远等处已有社学，当设塾师，准于附近州、县选择老成文行兼优之生员令其教导，以六年为期，果能教导有成，文学日盛，该师准作贡生；如三年尚无成效，发回别择。学政按临之日，地方官送社学师生册于学政以备稽核。其塾师每年给修脯银二十两，该地方官赴布政司请领转给。苗民子弟，果能通晓文义，督抚具题送学政衙门考试，酌取入学名数。十六年，停贵州苗社学，社学师以次撤回，于是土苗之义学、社学遂永罢。

　　韦家老夫人在省城弥留，送回老家落气。我一听报信就赶去帮忙料理后事。挂白布布置灵堂的时候，看见一只酱色大蝴蝶巴在大门边的墙上，他们说蝴蝶是从省城跟车来的，停在救护车后门边，一路上巴拢又飞开，飞开又巴拢。石城老百姓叫兹种蝴蝶作鬼蝴蝶，办白喜事的人家常有见它来的。

　　韦家老夫人和你舅妈是一辈子的好姊妹。一位非常之了不起的人！新志里有她的传记。

　　据韦家人讲，她从小是孤儿，跟到奶奶长大，在西门外种菜园。有一天赶马场，挑起一担菜去换盐巴钱，正巧韦公在回家路上看见，认定是宜家室善养育的好逑之相，就向场坝上熟人指问，打听到她的身世，然后托人上门提亲，结为夫妇。韦老夫人身材高大，相貌端庄，韦公有眼力。那时候韦公在开皮革厂，就是个比较大的家庭作坊，五六个工匠坐在大石院里做皮鞋皮带皮包肚。老夫人带个帮手管全家和工人们的伙食，上面还有个老祖太。后来韦公担任县参议会议长，收了皮革厂，厨房活路轻了，生儿添女担子重了。后来老祖太过世，韦公正遭陷害，获准带出来磕个头又带进去，老夫人一手操办后事。不久土改运动扫地出门，带起十一个儿女住了半把年岩洞，才佃得一间茅草房，种菜园过日子。有一回叫七岁的三姑娘捧个碗去场坝边要饭，站到起夜雾开不了口，靠起树哭不敢回家；又派二姑娘去领转来。一家人如何熬过几十年，整整齐齐一个不少，实在难以想象！大儿子跟叔叔去了台湾，读完大学到美国深造，毕业在香港招商局做事。改革开放以后，经杜聿明女儿帮助，转弯抹角恢复了联系，先是互通音信，后来两母子在香港机场见面。一别三十年，十二岁的顽童四十多岁了，魁梧气派，仪表堂堂，像妈。儿子都出声喊妈了，当妈的还不敢认，伸手摸到小时候留在头上的一个伤疤，才抱起痛哭。小儿子回忆，母亲拉着大哥的手哭了两个小时说不出一句话。大儿子回忆，在港团聚十天，天天说不完的话，夜夜说到天亮。三十年思念，三十年牵挂，三十年痛苦与欢欣，如江水开闸，汹涌激荡，滔滔不息。韦家一步棋救活一盘棋。后来大哥资助众弟妹创业，负责每家一个子女读完大学。这一辈娃娃个个争气，各有所成。

老夫人论文化一字不识，论见识胜过一车博士。常说知识就是力量，其实智慧才是力量。知识是借来的，变成智慧才是自己的。那年韦家扫地出门，带队的农会主席是他家老佃户，多年相处得好，心头不忍，见他们收拣完铺笼盖被要出门的时候，大胆讲了一句：还有哪样要紧的东西可以拿走。老夫人马上从地上捡起小儿子的书包说：那我就拿兹个，别的都不要紧。后来小儿子读农学院毕业，分到县林业局工作。再后来下海开医院，几个姐妹都在医院工作。老太太立下规矩：西门所有五保户困难户来看病不收钱。逢年过节给五保户困难户送煤送粮送衣服送钱。一天有个农民来看病，她认出是当年最敢动手的"积极分子"，就吩咐不要收他的药钱；临走还送了两百块钱和几斤白糖。老农始终没有认出她，道谢而去。几个女儿很诧异，一问原委，都想不通：不记仇就够了，何必还给特殊待遇！老太太说，当年是他不对，今天我还他一报，不是和他一样了吗！小儿子是市政协委员，递了个南大街整体改造的提案，想为家乡做点好事。回家讲起，老母亲说，儿啊，这个事你不能做！街道上好多人家就靠那点铺面收几个钱维持生活，你兹样做不是夺人衣食吗？儿子解释兹是为地方上好，老太太说，好也让别个去做。我们要发财到别处去发，不要在兹点发。积钱不如积德，钱有尽时德长在。儿子第二天就去把提案撤了。

韦家儿女个个随韦公爱说笑，一有空就围起老母亲，舌烂捣怪地说些笑话逗她开心。有一回我在，兄弟姊妹又说又笑，老太太耳朵背，问说些啥兹样高兴，小儿子凑拢她耳朵说：她们说你生得好看。老太太一巴掌给他扇去。接着又拿大姐起哄，说大姐夫拖累大姐一辈子，过世半年多了，大姐是自由之身，该好好找个伴。大姐说，找个啥条件才算好呢？众人各抒己见，议论一通，主要两条：一是去台湾看叔叔不用办签证，二是坐飞机不用买票。按此条件，最后认定最理想的人选是台湾当局领导人。大姐说，人家有老伴，又咋办呢？众人哄然说，叫他离嘛！

　　韦家有个能人叫毕友，厨师兼水工电工理发匠，绰号"毕万能"。原是老太太孙辈的朋友，一次韦家老辈子从台湾来探亲，习惯两星期理一次头发。年纪大上街腿脚不便，就请小毕来帮忙。手艺不错，老辈子很满意。老太太看中这娃娃手巧人实在，又无正式职业，就留在家里，一做二十年，天天得老太太的教诲，老太太还送他一个"多宝道人"的外号。毕万能原先脾气暴躁，爱动手打婆娘娃娃，跟了老太太，渐渐懂理了。有一年老人家病重，医院几次下病危通知，儿女悄悄做些后事准备。毕万能气得追起他们骂：张倒！倒二！老祖太不会死的！后来儿子从省城请专家来会诊，另外设计治疗方案，果然转危为安，又享了十年的天伦之乐。过世一周年，儿子编了本哀思册，毕友也写了文章。文章里说，刚到老太太身边时，我才二十多岁，正是年轻气盛的时候，加上在社会上混了几年，对看不惯的人和事，喜欢讲点阴损的话。老太太教育我，人要留口德，留口德泽被子孙。话说好听点，对自己的儿孙都有好处。老人家的这句话，让我懂得言谈的重要，一句话说出去，影响的可能不是别人而是自己。搞不好不是儿孙受益而是受害。这也让我明白一个道理，对别人好也是对自己好。

　　有一次家里来了几位客人，老太太要我炒菜待客。我想也不是什么重要客人，就随便做了几个小菜。老太太看了说不够，还要再做几样，尽家里最好的做。见我有点不乐意，老人说，当家要紧细，待客要丰肥。客吃客带来。

　　我跟毕万能也认识。同行嘛。他在韦家做菜多年，确实有几道拿手菜，眼光也高得很。酒席上听人夸哪道菜做得好，他笑扯笑扯地不搭腔。有一次遇着，朋友介绍我，他连声说，老前辈老前辈！意思是我只有工龄没有水平。我当然也不怄，确实早就丢生了嘛。

他那篇文章里有几句话叫我刮目相看。他说,老太太没什么文化,但心地善良,心胸宽广,乐善好施,富有同情心,对世道人情极有见识;说话充满哲理,让人回味,有时她老人家随口一句话,我要想好久才能领会。嘿!这个毕友文化不高,但这句评语非常之到位!纪念册里没得其他人讲出兹句话。我见识过好几位历经苦难活成哲人的老太太,说出话来比朱熹王阳明还在理。

老夫人比韦公多活了一个甲子,又当妈又当爹,把丈夫和自己对老韦家该尽的责任做得圆圆满满,走得不留遗憾。人人说担当,兹位老人家以一个底层贫民女子,几十年一声不响做到了古人"贫贱不能移,富贵不能淫,威武不能屈"的境界,算得真担当吧!碑文赞誉她"临深履薄,坚苦卓绝,贤哉韦母,女中豪杰",她老人家是当得起的。

那天我们帮到布置灵堂,头十点钟的时候,一副祭幛从台湾飞运过来:马英九写的"母仪永式"。马英九和她大儿子是同窗好友,兹时候已经卸任了。出殡那天,上山、下棺、垒坟、立碑我从头到尾参加了的。

《民国府志·氏族志·氏族之变迁》

石城地方原为土著所居,自楚顷襄王使将军庄蹻溯沅水出且兰以伐夜郎以后,始有汉人之足迹。汉武时开辟西南,讨平且兰,此后历晋、隋、唐、宋、元诸朝,或置郡,或置州,或置路,以资统治。既曰讨,必以兵;既曰置,必以官:兵、官自非汉人莫属。是则历代汉族之往来于其间者必非少数。然此等汉人,多视石城如逆旅,公毕即返中土;少数留居者亦以形单势孤,习俗移人，久即与土著同化。故曰石城氏族者，鲜知有明以前之汉人。迫至明洪武时，为长治久安计，徙江南巨族号称二十万入云、贵两省，是为今日云、贵两省诸氏族之始祖。石城各氏族始祖，如夏官屯张氏之张义，石板房王氏之王大禄、王大绶，交椅王氏之王嘉臣，幺铺陈氏之陈再兴等皆是。

其有在明洪武以后入黔者自另成宗派，成为某姓某派之始祖，而不与洪武时因调北填南或征南而来之氏族同宗共派。盖以迁入时期先后既不同，原籍又各异。如平原黄氏之始祖黄占魁系于明正德间由湖南浏阳迁来，当不与旧州黄氏同宗；欢喜岭陈氏之始祖陈滚系于明弘治时由湖北石首迁来，当不与幺铺陈氏或绍寨陈氏同宗是也。其余可以类推。

各族各派之始祖既占籍此郡，斩荆棘，披草莱，驱除猛兽毒蛇之属，以息以游，以生以育，丁口日渐繁衍。不意安邦彦作乱，荼毒全境，石城各氏族因此或远徙他方，或损失过半，或惨遭屠杀而不绝如缕。如梅氏一族，自洪武时领军辟黔，家于石城，传至天启间，科甲累世，人丁数百，称为望族。安乱后合族仅存八人，其屠杀之惨可以概见。又如：伍、汪、娄、薛四姓，安乱前科名皆极兴盛；卫、许、洪、蒋、支等姓，安乱前中式者各得三人；然自是以迄咸丰前竟不见一人，其影响可以想见。至如张、霍、葛、谭等姓，相传殉安邦彦攻城之难者亦皆极多。惜此种史实前人极少记载，各家族谱又多付阙如，以致无从稽考，多仅出自传闻，且传而不详，诚属憾事。此石城氏族重要变迁原因之一。

安乱平定后，各有功者与旧氏族之幸存者合作，于遍地血腥与颓垣断瓦中重立门第，徐图恢复，生聚教训二百余年。新来氏族生息既繁，旧有各氏族元气亦渐恢复；熙熙攘攘，鸡犬相闻，意以为可无事矣，然不久又有咸同之变。于是新旧氏族，远徙他方者又不知几何，惨遭屠杀者又不知几何；至若物质上之损失则更不待言。由是，向之称为望族或巨族者多呈凋零之象，向之由血腥瓦砾中建立之门第复变为血腥与瓦砾，殊堪浩叹！如钟士村徐姓一族，道咸间颇称兴盛，丁口亦颇发达，当时连钟士村、戴家庄两处，合计达百余户之多；迨苗变后返家者仅有秀才五六人，壮丁六七人而已。昔之房屋、祠宇、谱牒、书籍等概被焚毁无存。最可叹者，乾隆解元余上泗之后，迄今存二三家；而明嘉靖解元熊旉之裔竟至于不可考。此石城氏族重要变迁原因之二。

除上述两大重要变迁原因外，石城诸氏族中，因客、土杂居，互通婚姻，由汉而夷化者有之，由夷而汉化者亦有之。此亦石城氏族变迁之原因。

有一回我去学校看你，拎起两碗甜饭，一碗是你的，一碗要送给一位常老辈子。你听了就要跟一起去。还记得不？老人住旧州街上，隔你们学校几里路。这回去过后一年多你就走了。这位老辈子是黄埔工程兵出身，参加抗战，日本投降时在东北；后来眼看要打内战，趁一次出差机会绕路摸回了老家。1950年清查身份，进了牢房。第二次特赦放出来，在老宅开了个民居小旅馆叫"亦家也客舍"。老夫人跟女儿还留在东北。在先生、志斋老师和韦公过世以后，认识这位合心老人是我的运气！他性情豁达，说话风趣，又读过古书，又走南闯北见多识广。

那天我们推门进去，小小的服务台不见人。听见响动，一个白帽子白围腰的半大姑娘出来，新招的，没有见过。我说明来意，就听见值班室常老的声音：老三来了？等我起来哈！我答应一声，就指给你看墙上贴的那些条条，都是常老写的。装在镜框里的四句诗：人生逆旅客舍新，奔驰江湖洗征尘。莫道鸡毛客店小，亲如家人暖如春。看大门两边的对联：日之夕矣，宾至如归，四海皆朋友；鸡既鸣兮，君行保重，一路报平安。横批"客去情留"。我喜欢。你也说好，还问我要纸笔抄下来，我荷包有支钢笔，没有纸，你就捞起袖子写在手表往上的地方。这只欧米茄女表是你舅舅送你的见面礼，你一直戴在手上的。现在它在我柜子里头。

　　常老在里面叫，我们就进去。常老望望我又望望你，我连忙介绍了。常老连声说，不是外人不是外人！你舅妈我喊婵姐，自小的老街坊，小时候她背我比我三姐背我多。她们是同学，后来我三姐又嫁到她们帅家，更亲了。车脸盼咐：娃娃泡茶！又接着讲，你舅舅我喊大哥，是我家老父亲最信服的人。我两弟兄都在外边打抗战，家里但凡遇到疑难问题都是向他请教。半大姑娘泡上茶来。我讲常老起居无常，啥时候了还睡觉。他说，我烟酒不爱，独一个嗜好就是睡瞌睡。还作过打油诗：生平无别好，偏爱黑甜乡。一枕黄粱梦，人间任沧桑。你说，那今天扰了你老的清梦。他说，我只扯扑鼾不做梦。你把茶都笑呛了。后来留我们吃饭，叫半大姑娘洗菜切肉，备好了他亲自掌勺。他看不上我的手艺，称之为公式化。你去厨房打下手，我小声把你的情况讲给老人。他点头表示明白了。吃饭的时候不问你一句话，倒是逼着你和他干了一小杯地戏脸谱酒。我们告辞他起身送到大门外，忽然对你小声说：姑娘，令尊大人我会过的。在上海。

　　那天我们从旧州走回学校天都黑尽了。我在一个年轻老师宿舍蜷了一晚上。你在路上说这位老先生有趣，还要再来玩。这句话落空了。你比他早走了十年。

　　我又见过他多回。有一次是吴蔚她们接待一位台湾来的黄先生，本地屯堡人，老人在世时候会雕地戏脸子，会教地戏，很有些名气。薛平贵离家十八年好一似孤雁归来，他离去四十多年，丁令威化鹤归来换了人世。他想先找几个上年纪知旧事的人谈一谈；他们想起我，我又想起常老，就约定去他的客舍会合。两个老先生一见如故。客人夸茶好，常老说朋友送的。有个老袍泽的儿大爷是茶老板，每年顶尖新茶先送他后送官员和关系户。黄客人说，老先生说袍泽，早年在军队服务过？大概觉得冒昧，先自报家门，我在云南上大学时候加入远征军去过缅甸，后来随军渡海去了台湾。常老大笑说，有缘有缘！家兄与先生同命运，小弟我也是蒋匪军残兵败将。客人问令兄大名，常老一说，客人也大笑：法公是我们台北贵州同乡会会长嘛，不少见面的！常老立马喊小春秀做饭洗菜，等他来掌勺。吩咐吴蔚去帮厨，她赖皮不肯走，要常老说家史。这个吴蔚爱跟常老斗嘴劲，把常老的诗改成"莫道鸡毛客店小，小小生意赚大钱"。常老说，你还把我大门上的"日之夕矣"读成"日之夕唉"嘞！她装没听见，建议常老把客店改股份制，她任干股，负责带老外来住宿收高价。常老任她闹，就是不讲家史，不讲过去种种。她说今天难得，不能扫兴，长话短说都行。常老说：那好，黄埔十一期工科毕业；辽沈战役开打以前当逃兵；一九五〇年进牢房；一九七九年特赦当工人两年退休；现在是亦家也客舍老板兼夜班勤杂。完了。常老对黄先生说：说来惭愧，我本名家骅，年轻时候自己改为法孙，效法孙中山先生，癞疙宝打呵欠口气大。现在改名为法林，效法侯宝林说点笑话。那顿饭常老还真做了几样我不会做的菜，终究是走南闯北见多识广。那天我几回想问黄先生晓不晓得你父亲的情况，不敢冒失开口，趁常老下厨，跟了去小声请示，常老说莫问莫问，我们只当他还活鲜鲜的。

常老不肯讲家史，其实我晓得一些。他年轻时候很浪漫。他夫人是在天津读南开中学时候认识的。不同校，只是几个谈得拢的同学爱聚在一堆玩。几个男生对她都有意思，奈何她总是拒人于千里之外。传说她也是个伤心人。常老去广东进了黄埔，一直给她写信；她也回信，若即若离。后来常老要随军开拔了，孤注一掷正式求婚。盼了半个多月总算收到回信，接受了。就一起去了东北。后来常老跑回来，她就一个人在北方拖儿带女三十多年。三娘母在林场当工人，儿媳和女婿都是鄂伦春族。以后老夫人带着女儿女婿回来，跟着办客栈，所以常老称小春秀是老夫人的部下，他是小春秀的部下。女儿找到个学校图书室的工作。女婿待不惯，两年后离婚回东北去了。

常老有旧学底子，文言文旧体诗都过得了关。故世之前寄了一本自己复写的《灵犀吟草》册子给我，封面上称我为贤侄。里面有一首《黔南行》七言古风，写那段日本兵打进独山的历史。

"神州陆沉为时久，京沪汉穗皆不守。敌骑长驱入黔南，百万难民续奔走。辗转赣粤湘桂黔，又逢独山一把火。全城瓦屋剩三间，可怜城镇化焦土。难民攘攘向北逃，摩肩接踵如蝼蚁。隆冬天气饥且寒，一身之外无所有。充饥争割死马肉，只剩骨架不剩皮。取暖尽折门窗木，道旁庐舍无完牖。子女幼小无力负，缚之树干弃当路：'仁人君子施善心，见字领养救小命。'呼儿唤女哭声哀，喊爷叫娘如号诉。茫茫前途无所之，区区微命归何处？"

下面还有好多句，讲今天的国强民安。我读了佩服！兹就是杜甫"三吏""三别"、韦庄《秦妇吟》的诗史传统嘛！再后来常老就过世了。他晚境还好，担任石城黄埔同学会的副会长和政协委员，做过不少沟通两岸亲故的工作。

常老的中将哥哥几十年在外地，后来我也会过。市委陶秘书长算他的侄孙女婿，在他回乡的时候办家宴，请我去掌勺。抗日战争有功，常将军因此获得美国颁发一枚宝星勋章。他说，他去美国看儿子，回程在机场过安检，取出钥匙甲剪之类金属物品，其中有这枚勋章。检关员一见立刻向他敬礼，告诉他说，他如果是在美国居住，凭这枚勋章就能享受很多优待。老将军不像他老弟风趣，但是一肚子的掌故非常之有趣。他年轻的时候和刘伯龙一起进日本士官学校，头一年寒假刘伯龙回国，他没有回，在日本过年。有一天过巷子听见搓麻将的声音，一看是个麻将馆，立在门边的广告牌上说大文学家菊池宽都是这里的常客。他正闲得无聊，又爱玩麻将，就闯了进去。里面装饰很雅致，招待员见人鞠大躬，客气得很。问知是中国人，引到中国人的区域参战。他技艺精通手气又好连连和牌，旁边还有专人记分。连玩多天。过年那天忽然一队人敲锣打鼓来到他的租住屋外面，唱诵他的名字。出来一看，原来是他在精武馆雀战积分优胜，专门来颁奖给他的。老将军说，小日本可恶，但大事小事都认真对待一丝不苟，这一点不能不佩服。

　　他讲"一门三中委"中寿元最长的那位老二。九十多岁了，身体好精神好中气足，一天讲三台演说不喊累。耄耋之年从不言退；元老级人物，蒋经国也不敢跟他提荣退二字，李登辉上台也无可奈何；后得高人出招，派人禀报他，说要装修办公室，请他暂时搬楼上一层办公。他上去坐了许多日子，忽然发现一直不见送公文来批阅。叫秘书来问话，支支吾吾一阵，才明白中了调虎离山之计，交椅换人坐了。别无他策，荣退回府，但还是天天关心天下大事。除夕吃年夜饭，四世同堂，酒菜齐上，请他端杯讲两句吉利祝福的话就好举箸。他从容起立道，大太！二太！三太！——就是大嫂、夫人和弟媳——然后从国内讲到国际，政治讲到民生。满堂暗暗叫苦，又无人敢提醒老太爷。等他讲完，菜都冰冷了。

老将军也是参与计除刘伯龙的当事人。

当时的省主席兼警备司令、警备副司令兼参谋长，还有省党部书记长，都是石城人。

老将军爱京戏。有一回在饭桌子上，侄孙女婿怂恿他来一段，他真开口唱了。从头到尾听不出唱的哪一出，也听不出是唱的京戏。唱完问他，说唱的是《借东风》。

老将军回来一年多就过世了。不晓得带走了多少有趣的掌故。他第一次回家乡，对至亲戚友赠送点礼物和资助，这原是寻常的事，不想消息传开，竟应接不暇了。临走还有客深夜叩门，赠无可赠，只好从腕上把手表褪下来奉送。伤了心了，改在省城落叶归根。

常老的弟弟也有传奇故事。生下来有帝王之命——算命先生说的。那时候已是民国二十几年，真正的皇帝都掀下龙椅来了，如何能再出一个呢？父母持不可不信不可全信的稳妥态度，一方面精心养育，一方面虔求神灵呵护。光说每年大年初一汲第一桶家乡龙井水供菩萨，就要连夜派人占位，决不让别家抢先。万一出现意外，宁愿花钱解决，以致抢占头筹成为刁钻村人的赚钱手法。后来父母过世，兄长在外，社会变化，他无一技之长，在一家工厂守大门。家庭拖累又大，到处借贷过日子。

那天见到的台湾黄客人回乡寻根的情况，后来也听常老讲了。他的地戏老爹那年遭戴起"反动地戏权威"的白纸高帽子，身上挂起二十多个地戏脸子游斗，几天几夜，四村八寨走遍。放回家趴在门坎上就落气了。他二兄弟也是地戏全挂子，陪着老爹游斗。后来地戏复兴，成为屯堡旅游的主打项目，多次请他出山都挨他当面关大门：你们不要再来。我兹辈子不会再沾地戏。地戏演不赢天戏。

《民国府志·杂事》

广东和尚，不知其姓名，亦不悉其法号，以其操广音，故人以广东和尚呼之。同治八年（1869年），由粤入黔，卓锡于大水桥之关帝庙。性沉默，寡交，唯与石板房扶风寺住持觉成善。和尚因善经营，庙中饶有蓄积，大为群盗。同治九年（1870年）十月，有贼三十余人破门而入，将和尚捆绑，问以藏金所在。和尚略一使力，则缚绳寸断，夺贼手中刃奋击，群贼披靡。死二人，伤十余人，余俱奔逃四散，不敢反顾。人由是始知和尚有异能，相与往还者日增。十年（1871年）春，乡人王廷扬、廷松、廷标、廷瑞与中所李寅森、张钦文等十余人，愿受业于和尚之门，习拳术，和尚悉心教导无倦容。其最精熟者，为单头棍、八面刀二门。年余，和尚谓廷扬等曰："尔等寻将毕业去矣，盍先与我比较，复互相比较，瞻技术之优劣乎？"遂以瓦缸一，盛水使满，置院中，使学徒十五人持器械环缸而立，左手握铜条，右手持面巾，足跨缸口上，凝神静气，不动声色。大呼曰："来！"众学徒刀剑并举，纷纷向和尚头上劈来，和尚唯将铜条左右挥舞作大环形。数分钟后，只见白光一股如匹练空际；不见有和尚，并不见有缸与水。众学徒屏气慑息，如木鸡，如寒蝉，约一小时之久，其所执各种器械，已纷纷落于院中。和尚复大呼："止！"学徒审视，缸水点滴不溢。其演习单头棍时，众学徒以水四面泼之，亦滴不能沾身。自此众口宣传，名扬妇孺。街有谈，谈和尚；巷有议，议和尚。即夸武称内功者，亦无不啧啧夸和尚，称和尚。然皆未尽知和尚之能。和尚有师，住旧州东门之关帝庙。每日辰戌二时，和尚必亲往拈香。一出庙门，则足履地如御风而行，以相距三十余里之途程，而往还不过数分钟，和尚其莫别有异术欤！至同治十二年（1873年），和尚谓众学徒曰："国家当多难之际，凡有一技一能者，靡不破格录用，尔等努力前进，不患无出头时。我将结茅深山，面壁十年，以避尘嚣也。其各勉之，勿以我为念！"次日视之，已杳如黄鹤，不知所往。

昨晚上去参加一个追思会。几个老同事发起的，纪念我们饮食公司翟老书记的一百二十岁冥寿。翟老厚道和气，大家回忆起好多陈年旧事。山东人，南下老干部，婆婆妈妈的，对下级很爱护，经常教育我们：干革命一样都不怕，就怕犯错误！你们干啥都没啥，就是别给我犯错误。我们当然也都晓得别的不怕就怕犯错误，可是运动一来，总是要有人犯错误的。哪个一犯了错误，老书记就说，叫你们不要犯错误不要犯错误，就是不听。现在知道马王爷三只眼了吧！研究如何处分，他总是尽量从宽。他没读过书，在部队扫的盲，对文化非常之敬畏。发下来的学习文件，再薄他都要包一层塑料膜，码得整整齐齐。新运动来了，学习新文件，都是他做动员报告。总是三句话：同志们，学习文件最重要的是什么呀？啊——？最重要的是领会精神实质。精神实质！精神实质呀同志们！精神实质四个字不晓得他哪时候听来的，认为非常深刻，非常神秘，像是一把万能金钥匙。有一年我执笔写的年终总结，听说得了局领导在干部会上表扬，认为思路清楚文字简洁，老书记对我就有点刮目相看了。

一天晚上我在办公室看书。办公室看书台灯亮屋子宽敞，又清静，比在宿舍看书舒服。没发现老书记摸黑走进来，吓我一跳。他说，王啊——这个字认个啥呀？他用手指头在桌上一笔一画写，我说这是傻瓜的傻字。他恍然大悟说，这就对嘛！我以为是俊字，俊是好字眼呀，怎么骂人是傻瓜呢！他走进黑影又折回来：王啊——文章要怎么写才写得好呀？问得我张口结舌，就是林黛玉对香菱形容的：嘴里含了颗千斤重的大橄榄。有一次他去北京开会，看了一场北京京剧团四大头牌的《铡美案》，回来和我们说起，这才知道扮秦香莲的张君秋是男人。他惊诧不已，连声说，这是个男人？！这是个男人？！老书记一家就住公司大院，有一次我们在会议室开会，他正在轻言细语地讲精神实质，忽然院子下面有人大声喊"妈""妈！""妈——"一听都晓得是他的姑娘在喊。老书记皱起眉毛停住嘴。这时候听见老夫人声音："喊什么喊！""妈！买不买猪头？"老书记走到窗口边大吼："买你个狗头！这在开会咧！"我们不敢笑，差点憋闭气。

他内侄去看望在水城教书的舅舅，讨了一部《红楼梦》来看。他知道了大发雷霆：小小年纪，啥水平敢看《红楼梦》！主席说《红楼梦》要看五遍才有发言权，你敢看！我告诉你，你要犯大错误的！那内侄是聋哑人，在聋哑学校当老师，见姑父做许多手势讲很多话，不明白他为啥冒兹样大的火。

那天追思聚会听老同事讲，翟老书记离休以后，在家常常复习当排长喊口令操练：立——正！向右看——齐——向前——看！报数！一二三四五六七八九！向左——转！齐步——走！一、一、一二一。自己也做得一丝不苟。吃得香睡得香，活到九十八岁。

我干接待工作，接触过不少纯朴可敬的老干部。有一位告诉我，他渡江以后有几大收获：一是亲眼见到了水牛。他家乡只有黄牛，从小听说有一种青色大弯角胖得像颗大豆的水牛，力大无比，非常之神奇。二是见到南方农民用风簸吹谷子，轻轻一摇，谷归谷糠归糠飞走，小孩都能干，比北方扬场省力百十倍，非常之佩服。三是在老家听小学生读国文课"摇摇摇，摇到外婆桥，外婆叫我好宝宝"，莫名其土地堂。过了江才知道江南媳妇走娘家不骑毛驴，坐船，所以才摇摇摇。我说，下江人用绳子吊竹篮篮诓娃娃睡觉，边摇边唱，摇篮好比摇船，所以才"摇摇摇，摇到外婆桥"。老同志眉毛扬得高高的，手指连连点我：你看看！你看看！恍然大悟。还有一回吃会议伙食，一盘清炒嫩苞谷大家称赞。一位老同志义正词严地说：这是粮食，不能做菜的！我们老家从来不准"吃青"的。他真的是一粒没有吃。

公认最可爱的老同志是一位田老夫子。他资格非常老，"三八式"在他面前属后辈；曾经和杨勇是平级的骑马干部。杨勇后来是我们省的一把手，接彭老总的志愿军司令员。田老是文职，最高做到省文化厅副厅长，省文联副主席，老诗人。他来石城调研民族民间文学，住地区招待所。他那些同事喊他田老夫子，我听了奇怪；跟他来的彝族作家向我解释：田老是一位古道热肠的老革命，大家敬爱他才这样称呼他。有一次文化系统借我们招待所礼堂开会，田老要来，我就在角落找了个座位。主持人请他讲话，他上去就讲他刚去过北京，发觉好多东西都涨价了，只有荣宝斋的铜笔壳还是两角钱一个，价廉物美，大家去北京的可以多买一些。下面哄地笑起来；他接着讲法国有个学者写文章说我们的八卦是世界上最早的二进制，比欧洲早了一千年。彝族作家在我耳朵边说，有一回田老在省图书馆开会，讲的全部是赫章可乐汉墓考古，下面有人提醒他：田老！我们是图书馆，博物馆在隔壁。他说：我知道的呀。一位写剧本的作家，运动中送劳教，回来后原单位不要，有关单位都不要。田老在文化系统大会上说，这是个人才，你们都不要我要。真给那位作家安排了工作。彝族作家有一次陪一位老电影导演去田老家赴饭局。约的时候说是吃粥，以为是客气话；上桌子真的是白稀饭下几碟素菜，有一碟是田老在北戴河疗养捡的一种海藻。

田老过世我很久以后才听说。当时晓得的话一定会去送个行。

我在县招待所、地招待所都干过,后来又调接待科、办公室,性情可爱的老革命我见过不少。有的老同志做到离休没有置过皮箱衣柜,衣裳放在纸壳箱箱里,一家人小桌子矮板凳吃饭。有个同事的老革命亲家公,九十多岁中气还足得很,儿子都结婚十多年了,他每次见到儿媳妇总是两句话:恁爸好吧?恁娘好吧?

《民国府志·电务·有线电报》

光绪三十四年(1908年)以前,贵州有线电报仅设有贵阳经清镇、毕节达昆明一线;光绪三十四年始架设贵阳经石城、黄草坝、兴义达昆明一线。

光绪三十四年九月,贵州通省善后总局派陈钦荣为架设贵兴电线工程委员,负责架线业务。石城府属各县积极备料,于宣统元年(1909年)正月开始架设。同年二月贵州通省电报总局选派报生接办贵兴线路沿途巡防事宜。同时石城以府署左侧贺雨楼改修电报局,贵石段亦于是月架设,两者工竣后,即派员开办,开始通报。

石城电报局定名为邮传部贵州电政局石城分局。设局长一人,报生一人,工头二人,巡丁九人。每年经费八百余两,由报费收入项下开支,不敷之数由贵州善后总局拨补。创办之初,报机有莫尔斯机二架,当时通报仅能达贵阳局,一二月后始达黄草坝、兴义两局。

国内电报,最初为商办,收费至重。贵州电报初设时虽由官办,然省内每字收费银一钱五分,省外每隔一省递加五分。贵兴路工竣通报时邮传部咨本省通令各局，概照前费减为八折。民国成立后改订为本省每字六分，省外每字一角二分。

有一回你忽然想起吃洋点心，从箱子里头拿出些洋罐头：奶粉、炼乳、黄油、果酱，只缺面包。我想起在先生家隔壁的"国际餐厅"偷师学艺过，就试着做了几回，有的夹生，有的过火，有的还好。"国际餐厅"好大个名头，其实巴掌大个小店堂，是为过路盟军开的，有钱的下江大学生也会去光顾光顾。日本投降后没有外国人来了，这个洋馆子就收了。你吃这些东西，婵孃躲得远远的。她闻不得牛奶牛肉。

后来你说，还是过街调吃不厌。省城讲穿着，石城讲吃喝，石城的过街调有特色。石城喊小吃为过街调。油炸粑稀饭、荞凉粉、油炸鸡蛋糕、肉饼、裹卷、鸡肉汤圆、贼蛛粑、鸡丁干粉、冲冲糕、八宝饭，你都吃遍了，吃得上瘾。开初我怕你嫌街边摊子简陋，你说在上海和同学上街吃臭豆腐小馄饨都是街边小摊子。小吃就要在小摊上吃才有味。

有一回婵孃下厨给你做了一回水晶锅渣，你说吃得差点伸舌头舔盘子。

你初回来的那年冬天，我给你做鸭子吃，你说你不要吃鸭子，又瘦又木还有臊气。我不反驳，做出来叫你尝一块。你尝了一块说好吃，不是鸭子，说我骗你。我从锅里头拈出鸭脑壳你才信了，奇怪鸭子怎么会这么好吃。我说一要鸭子好，二要会做。石城有个西王山，水好，那里的人专喂鸭子。西王山潘家的鸭子肉肥味鲜，远近闻名。老辈人传下个故事，说是某朝某代这里出了个姓潘的大将，为朝廷立下汗马功劳。皇帝怕他功高盖主，不能留在朝廷，也不能荣归坐大，就依了丞相出的点子，下旨封镇西王，斩杀自由。哪晓得圣旨写的不是斩杀自由,是宰杀自由。他只好养鸭子来宰杀自由。天长日久,成就了石城两道招牌菜:肥鸭一锅香和炒寡蛋。他家乡也号称西王山了。这当然是"聊斋",平常小事变有趣神话是民间传说的专利。实际肥鸭和寡蛋是朱洪武调北征南到石城屯兵的人带来的。南京盐水鸭和毛蛋不是特产吗?只不过石城人把烹调方法变化了,把鸭肉和毛蛋点石成金了。

民谚说:省城讲穿着,石城讲吃喝。确实,石城人普遍重吃不重穿。你舅妈说,她小时候,同院子张家三弟兄,各有手艺,回家时间不一,爹妈吃饭不等他们。三弟兄前前后后回家,各人一口小瓢把砂锅,几样菜拼起,在灶上笃得滚烫,油汪汪辣乎乎红彤彤的,看去都馋,不晓得有好香!这种小瓢把砂锅家家有,最受刁嘴男子喜爱。韩幺爷说,他家隔壁有个找一顿吃一顿的扁担龙,单身汉,早晨去场坝帮人搬运,天擦黑收工回家,左手提扁担,右手托半张荷叶,荷叶上二两猪板油,下厨房现煎现炒菜。一年四季天天如此。不吃熬好的熟猪油,嫌香味淡。

《府志·岁时风俗》

正月:元旦晨即焚香秉烛,以茶食果品等物,叩拜天地神祇以及祖先,然后向尊长叩拜祝福,名曰"拜年",亦曰"贺年"或"叩禧"。初九日,俗传为玉皇诞日,城乡妇女多于是日到崇真寺向玉皇神像上香,名曰"烧千张(钱纸)",自朝至暮络绎不绝。如"立春"节气在正月,地方则广结彩亭,以幼童着戏装扮戏中人物,每亭一折,如"水漫金山""风尘三侠"等,亭高一二丈,扮戏者耸立其上,两旁以数人持铁竿等护之,或以绳绑于亭上以谋安全。彩亭前后配以笙箫。当地府、县官皆着官服;学官、经历、典史及士绅则着礼服；房书差役则着皮衣褂，随至东郊行礼，名曰"迎春"。有专司其事者名曰春官。是夜各官集于提督衙署，各执春鞭向春牛三击，谓之为"打春牛"。十五日为元宵节，民间食汤圆过节，沿街及家中灯烛明亮，火炮喧天，所谓"三十夜的火，十五夜的灯"。欢度春节至此告一段落。此后天候渐趋暖和，农、工、商民各事其业。所谓"火烧门前纸，大的做生意，小的扒狗屎"。过此仍无职业者，被视为游民，为人轻视。

春节过后，民间多具筵席请亲友，互相酬酢，名曰"请春客"。惟城中酒席精致，珍品罗列；乡村酒席则较简单，多不过十盘，但宾主尽礼，长幼有序，颇有古风。新春之际，城乡妇孺多着新衣。

二月：春社前士民有新坟未满三年者，均具牲醴包袱展墓，谓之"拦社"。十九日传为观音菩萨诞日，农村老年妇女，多于是日赶赴城乡各庙敬香做会；尤以城中观音阁为盛，有时竟达七八十席之多。有自初一日起至十九日止不食油荤者，名曰"吃观音斋"。

三月：由清明日起，各家皆前往先茔拜扫及修整坟墓。多有备办酒席邀请亲友同往者，名曰"上坟"。富有之家，设筵多至数十席，中产以下亦设三五席不等。故清明过后不久，天气晴和之日（特别逢假日为甚）常见附郭坟野间，尽成红男绿女游宴之所。猜拳之声盈耳，纸鸢遍布空中，是祭祖亦是娱乐，最为儿童所爱。三月二十日相传为子孙娘娘寿辰，城中士民于是日或后一二日在长寿庵、静乐庵、钟山、华严洞、狮子林或清泰庵等处做会。人数每处自三五十人至百余人，多寡不一。与会者如有新生子女，须向同会之人散送红蛋、寿桃等；会上则送给新生孩子银牌块，名曰"长命牌"。自十八日起至二十四五日止，至上述庵寺做会之人络绎不绝。二十八日，相传为东岳大帝诞日，城乡妇女多于是日往东岳庙烧千张，上下殿宇人几塞满。曹家街、太和街一带售卖香烛纸钱者沿街皆是，路为之塞。

四月：初八日为佛生日，城中妇女是日多前往华严洞、金钟山、圆觉庵等处浴佛敬香，甚为热闹。或大书"佛生四月八日"数字张贴室内，谓为可避蚊虫。

五月：初五日为端阳节。各家插蒲艾于门，饮雄黄酒，食粽子，斗百草，系长命绳，以酒醴供祀祖先。孩童则着新服登塔山、作郊游。名曰"游百病"。亲友之间则各以角黍、食品、酒类相馈赠。十三日相传为关圣帝君磨刀会之期，当日有雨曰磨刀水。二堡则于是日迎石佛寺关帝君像于二堡场坝庆赛，甚为热闹。

六月：初六为土地婆婆诞日，城中各街、乡中各村寨均于是日集会庆祝，乡中尤重视。村寨人家各出酒饭以祀田祖，插纸钱于田中祈丰年。祀毕，合寨会饮共食，曰"打平伙"。西门外有接引寺，祀接引佛，妇女于是日前往敬香，俗谓"烧西方大路"。寺后有岩名将军岩，高丈余，妇女有子女者亦往祈求，上将军箭，为子女解脱关煞。

七月：初七俗传为牛郎织女相会之期，妇女以瓜果祀织女，名曰"乞巧"。初一至十四日各家皆设祖先牌位朝夕供奉；至十四日则备金银锞锭冥钱包袱于门外或河边焚化，俗谓"送祖宗"。并于期内选一辰日以新米做饭供之，谓之"吃新"。是月初七至十五日，江西、两湖、福建、四川等会馆，皆请僧道诵经礼忏，焚化纸，超度在石城死亡之同乡，名为"盂兰会"，又曰"中元会"。

八月：十五日为中秋节，亲友互以月饼、糕点相馈赠。入夜月上，则以月饼、糕点及干鲜果供祀月亮，名曰"拜月"。儿童则醵金打平伙，以窃取他人园圃之白菜为主，传说被窃者骂之愈烈则愈吉。是夜以笙箫鼓乐玩月至通宵者，名曰"看月华"。婚后多年尚未有子者，亲友每于是日窃取南瓜相送，谓之宜子之兆，取《诗经》"瓜瓞绵绵"之意。接瓜者须备酒席招待。

九月：初九日为重阳节，民间是日皆打糍粑过节。有培育菊花茂盛或异种少见者，多陈设于沿街铺内，供人观赏。士人多邀集文人赋诗赏菊。农村则多于是日酿酒，谓其味终年不淡。是日相约郊游者多，谓为重九登高。

十月：初一日绅商士庶家常设供食，并印刷纸衣焚化于祖先之墓，谓为送寒衣。有时是日迎城隍至厉坛祭孤魂。

十一月：冬至日地方文武官员行庆贺礼，世族亦有贺冬至者。是日流行食羊肉，认为羊肉性热，食后一冬即可减寒。

十二月：初八日名腊八，县人多于是日蒸豆豉，认为可经久不坏。二十日以后除尘垢，俗名"打扬尘"，有"一年不扫尘，十年理不抻"之谚。二十三日夜间以枣子、糖等祀灶神，认为是日灶神上天报告其家年中情况，祀之以糖，则望多说好话。除夕灶神方回，再祀之，名曰接灶神。除夕日以红纸（有孝之家则用黄绿纸）书写吉庆对联贴于大门门枋上，并张贴门神及五色福纸，具酒馔当门或在神龛前设席，燃香点烛，鸣放火炮，叩拜天地及祖先。是夜家中灯烛辉煌，炉火通红，以示兴旺。男女老少通夜不眠谓之"守岁"。晚辈于夜间向长辈磕头拜年，长辈则赐以银钱，谓之"压岁钱"。

几年以前时兴看影碟，吴蔚兴冲冲来叫我去看美国电影《乱世佳人》。我说五十年前就看过了。她说不可能。我说随你。书我也看过，叫《飘》。抗战胜利那两年，这本《飘》和另外一本《风萧萧》风行一时。还记得不，你把从上海带来的《飘》拆成薄薄几份，你看完一份给你大表妹，她看完给我，等不及全本看完再交换。《乱世佳人》电影是我陪你们两个去省城看的。抗战胜利一两年，汽车渐渐不稀奇了，先生的公司置了一部旅行车，十天半月跑省城，我们就是坐这部车去的。我们在沈二太爷的大公子家住了两晚上。沈二太爷是石城首富，全省也数一数二。有人说沈万三富可敌国，替凤阳朱皇帝犒劳三军遭流放贵州，二太爷就是兹一支的嫡传。有人说他是陶朱公转世，所以有兹样的理财本领。大公子家是一幢花园洋房。你住他家客房，我和厨子司机住园子外边的下房。每个房间的电灯罩子边都有一个磁锤锤，可以移高移矮。私家黄包车上的灯一面红玻璃一面黄玻璃一面蓝玻璃，路上踩一下大铜铃铛：叮咚。我头一次进省城，见啥都稀奇。

  厨子给你们准备的早点是牛奶咖啡和烤面包皮。面包皮有满满一抽屉。厨娘悄悄告诉我，从来没见过面的二少奶从上海来见公婆，在哥嫂家住了两三个月，早餐吃的枕头面包两头都要切掉，不吃。大少奶是本地人，说是太玩格了，作福践灶！她不吃我们存起来慢慢吃。这个厨娘好像憋了一肚子话在等人，借故要我帮她收竹竿上晾的衣裳被子，在花园喊喊簌簌地讲，这位二少奶是上海的交际花，二少爷和一个姓王的汉奸为争她坐了日本人的牢，请人打圆场花大钱才了事。厨娘撇嘴说，我看也标致不到哪里去，全靠打扮摩登，还不如大少奶富态尊贵。这次去省城，你们哄着司机陈伯黑早就出发，好连赶两场电影；第二天又赶两场，记得一场是歌舞片，名字忘记了，主角瘦瘦小小的，戴平顶博士帽拿根手杖又唱又跳。你说这是大名角平·克劳斯贝，男中音。另外一部叫《大亨》，枯燥得很，看得我睡了一大觉。我欢喜的是秀兰·邓波儿的《卷毛头》。那时候放外国片没有配音也没有字幕，在银幕旁边打简单说明。竖写的毛笔字。

后来又得了徐訏的《风萧萧》，那时候跟《飘》齐名走红。《飘》是外国人写的，《风萧萧》是中国人写的。外国人写的是美国南北战争富豪之家的故事；中国人写的是上海沦陷时期中美日谍战的故事，里面的中国人过洋人生活。这本书是曾幺孃送给我的。她来看婵孃，听说我爱看书，就嘉奖我这本书。她是石城的第一批女大学生，孤儿，家里穷，到省城读大学要找个靠山，是省党部的书记长，同乡长辈。毕业过后与徐姓同学结了婚，就在省党部做事，后来甄别历史身份后做不成了。婵孃家儿女喊她幺孃，实际也是认的街坊亲。这本《风萧萧》当时非常之流行。中美日美女间谍斗智，白面书生周旋其间。纯粹洋派生活，非常之养尊处优。这本书后来一位中学老师借去看，他思想很深刻，还回来的时候问我：这些人生活如此奢侈，钱从哪里来的？经济基础是什么性质？

《浮生六记》（节录）

贫士起居服食，以及器皿、房舍，宜省俭而雅洁。省俭之法曰"就事论事"。余爱小饮，不喜多菜，芸为置一梅花盒：用二寸白磁深碟六只，中置一只，外置五只，用灰漆就，其形如梅花，底盖均起凹楞，盖之上有柄如花蒂。置之案头，如一朵墨梅覆桌。启盖视之，如菜装于瓣中，一盒六色，二三知己可以随意取食，食完再添。另做矮边圆盘一只，以便放杯箸酒壶之类。随处可摆，移掇亦便。即食物省俭之一端也。

这天有个朋友来访,说是要去参加市文化馆成立六十五周年庆祝会,顺路看看他。他说,文化馆最早两任馆长都是我的老师,一起去。就一起去了。进去找个角落坐下。有关方面一个接一个上台致辞,没有一个提到那两位当过馆长的老师。连专门介绍本馆历史的发言人都没有提到。

散会回来,洗把脸,泡杯茶,对着镜子坐下。

除了电影,你和我都爱看戏。不过你更爱话剧一些,我更爱戏曲一些。后来我从书里头看到陪都重庆那几年的话剧盛况,很叫人神往。他们有《屈原》《上海屋檐下》《杏花春雨江南》《清明前后》《戏剧春秋》,四大名旦。我们有剧宣四队、新中国剧社和好些过路巡回的剧团,业余的有内迁的大专院校,和他们当然不是一个等级,但《雷雨》《家》《日出》《国家至上》《万世师表》同样是名剧。连早就过时的文明戏也来过,戏名忘记了,只记得那个言论老生在台上讲了一大段抗日救国的道理,慷慨激昂声泪俱下。号上的店员罗哥带起我们有戏看戏有展览看展览。日本一投降,尽都走了。石城一夜之间变得冷屁秋烟的。当时好寂寞啊,那种无巴无奔的感觉，现在还记得。

在中学教音乐课的何老师估计也有这种感觉，才会自己动手排演《风雪夜归人》。年轻无经验，不晓得搞话剧水深水浅，搞业余话剧更是跳无底洞陷空洞。演员都是业余爱好，各有生计，今天你不来，明天他不在，稀稀涝涝，半个月排不出一场戏，伙食却是要天天开顿顿开的。几个月弄下来，十几担谷子的家产和寡母姐妹的首饰私房积蓄都赔进去，好容易凑合着公演了两场，票房不到三成。家道就此中落。后来他任县文化馆馆长，"三反""五反"运动，指控他挪用公款三百万（旧制，合新币三百元，大致一个办事员十个月工资），判了个短刑。因有专长，在里面只是干些写标语画宣传画之类的轻活，刑满留场工作。一九五九年实行精简政策，留场人员一律自谋生路。十多年里，他干过多种活路，俗称"打滥仗"；有机会时当过包工头；八十年代前后在农村教民办小学几年。已经是锅儿吊起当钟打了，还是慷慨交游财帛以共的孟尝君气派，得钱就花光，但求今日醉，不虑明日饥……就这样过到一九八七年去世。年轻时候几多的英俊开朗！他在中学教音乐，组织学生排练清唱剧《长恨歌》；难度大，只排出剧中《山在虚无缥缈间》和《六军不发无奈何》两首歌。我得何老师上的第一堂课，他没有教唱歌，是讲话剧《原野》，连讲带表演：半夜火车开来，咔嚓咔嚓，咔嚓咔嚓，火车开进车站放慢速度的时候，一个人影从车上跳下来，这个人叫仇虎，是来报杀父之仇的……绘声绘色，我们听得不肯下课。又讲过好多的音乐掌故，什么小提琴之王帕格尼尼用皮鞋装上弦也能拉出美妙的音乐，在两根弦上演奏魔鬼的颤音；《黄河大合唱》的作曲家冼星海在巴黎饿着肚子学音乐……何老师要是晚生十来岁最适合当话剧团团长。一定会非常之优秀。李白说天生我材必有用，不尽然，要看是不是时候。何老师生不逢时，千金散尽就不复来了。李白自己也没有得用。他想做的是帝王师，留下来的是那些天马行空的诗。

何老师排演《风雪夜归人》的时候，你还没有第二次回石城。后来县文化馆另一任馆长刘老师排《雷雨》，你已经在石城了。开初不是想请你演繁漪吗？你死活不答应。刘老师有点伤心，说你比诸葛亮还难请。刘老师教过我美术课，我帮他劝过你，无效。后来刘老师出事，我说你料事如神，你说哪有的事，只是出不得众。刘老师和何老师脾性不一样，温文尔雅，轻言细语，家庭富裕，在杭州读美专，林风眠的学生。不等毕业就抗战爆发，回家来了。他少言寡语外柔内刚。他听说在位的朱县长是个刮地皮的贪官，就画了一幅昂头仰天的水老鸹，题了一句诗"知君过后钓潭枯"，讽刺朱县长。四十年以后，有朋友从地摊上买到这幅画，刘老师就补跋一段说明缘由。后来刘老师作为进步人士当了政协委员。在文化馆长任上，他从《人民日报》看到北京人艺演《雷雨》的消息和照片，一时高兴，兴冲冲行动起来。有人报告给上级，上级很吃惊，怎么这样无组织无纪律！下来一调查，刘馆长确实不晓得选剧目要报批的规矩，戏也还没有上演，没有造成社会影响，从轻发落，开除公职。刘老师就到集体所有制的镜器社画镜子去了。就是乡下办喜事爱摆的那种梳妆台花镜子。后来又当"右派"。过去，有一天他还没有下班，一儿一女在家做功课。小同学们约起到他家院坝里来骂，两姐弟躲在屋子里不吭声。后来脏东西也扔进来了，满屋臭气，当姐姐的忍不住，冲出去把那娃一推，滑倒在地上污水里头，就更闹得开不了交。这时候刘老师下班回来，娃娃们围上去七嘴八舌地告状。他听明白了，一边轻言细语安慰，一边找衣服把那个娃娃的脏衣服换下来洗了，找些烂木柴烧起一蓬火来烘干，娃娃们也围拢来玩，事件变成游戏。

刘老师从头到尾没有看一眼站在墙角害怕的女儿。送走了那群娃娃，牵着女儿回屋，也不说话，拿过一张纸，画了一幅侧颈望远的马，题上四句诗：大地固广阔，方向有西东；停息详明察，以免徒奔驰。讲了意思又嘱咐，你是姐姐，遇事要多动脑筋，要带好弟弟。兹是刘老师过世以后他女儿的文章回忆的。刘老师后来改正了，研究绘画入蜡染，画文庙龙柱，画黄果树瀑布，画苗族布依族妇女。不过我还是喜欢少数民族画的那种复杂图案的蜡染。刘老师晚年也画国画，多半是别人来求的牡丹梅花老鹰之类，笔墨意境都远不如四十年前那幅水老鸹了。

何老师刘老师，还有最早玩相机的蒋老师，是我们石城第一代新文艺工作者，开风气之先，让学生开了眼界。石城的新文艺不是逃难来的下江人才带来的，这批先生开垦在先。刘老师把杭州艺专学刊《亚波罗》带到课堂，让学生知道了世界艺术、新木刻艺术。他的学生里出了有名的美学家，出了省作协的主席。他们写回忆文章都说刘老师何老师是他们的艺术启蒙人，让他们睁开艺眼的人。

两位都跌倒在痴迷的事情上。

地方上的画家，终成气候的是愚山先生。生在一个乡绅家庭，父亲是清末秀才，他小时候在父亲的私塾念书。父亲见他喜欢看图学画，给他买画具画谱表示支持，还把他画得好的习作给亲友传看。后来见他越来越入迷，就不许他学画了，对他说，古代许多丹青妙手，多是穷愁潦倒或招灾惹祸，成不了大器。但他已经入迷，常常用书本做掩护偷偷描画。中学毕业，因为是独儿，父母不让出门升学，他就在家自修。一面读家里藏书，一面搜求名家画谱来临摹。看到一句"师人不如师自然"的话，受到启发，就留意观察家畜野禽的自然状态，体现在纸上。他特别喜爱大公鸡健壮华丽气宇轩昂，画得最多。有一个同村长辈讨了一幅去挂在墙上，引得活公鸡跑来寻衅相斗。此事一传开，亲友邻里争着来求，得了个"王大公鸡"的外号。抗战期间，很多艺术家流亡到贵州，举办画展，他有机会观摩名家原迹和精印品，眼界大开，艺技精进。1950年代，吸收他进文化馆工作。后来精简机构，他退职回乡，个人成分也从土改划定的自由职业变成漏划地主。他儿子回忆，兄妹六人从小半饥半寒，小学三年级时，隆冬季节无鞋穿，被同学呼为赤脚大仙。后来连学也上不起了，跟大哥一起帮人放牛，一年给家里挣几斗谷子；愚山先生陆续变卖藏书，补贴家用。有一次他表侄女从西安来探亲，得知表弟辍学放牛，忍不住大哭，临行将随身衣物留给姑母，又替两个表弟交了学费，才得复学。

愚山先生年轻时，跟随商队去云南，准备报考美术学校。中途在巴铃小地方过夜，投宿一家小客店。女店主千金叫辜慧敏，人如其名。他一见倾心，说要留下写生，不随商队去昆明了，留下来制造接近机会。他相貌英俊，多才多艺，当然不难赢取少女芳心，终成眷属；婚后几十年相濡以沫，白首偕老。

一九六四年春节期间，旧州中学教导主任胡先生在家里请春客。他也喜欢画国画，约的是画友，少不得即席挥毫一番。愚山先生画了一只站在岩石上的公鸡；其他人补了梅石花草，主人用篆书题"报春图"三字，行书作跋：公元一九六四年，岁次甲辰，春正月，久雨放晴，聚众友于一室，能画则画，能书则书，合作此帧，以为纪念云尔。两年以后，学校造反派师生抄胡主任家发现这张画，两人以"恶毒攻击罪"被判处有期徒刑，胡五年，愚十年。两位都把刑期坐满，没有减过一天。

一九八六年愚山先生画展在南京举办，引起轰动。起因是南京艺术学院一位教授到黄果树旅游，路过石城偶然见到愚山先生的画，大为惊叹，热心操办了这件事。艺术成熟到只剩技巧的名都大邑，多少年没见过这样生气勃勃接地气的画，他画的鸡和牛大受赞赏。一位以画公鸡闻名的陈先生握着他的手说：你画得比我好！后来愚山先生谢世，南京画界的唁函誉他为大师。享年八十四岁。一辈子没有得过按月领工资的正式职业，晚年经南京和香港大力揄扬，名播海外，几位热心人借力使力，七十二岁那年得到群众艺术馆顾问的安排，担任地区美协主席。后来还破格评了个副研究馆员。愚山先生文质彬彬，温蔼厚重。我最钦佩的是他活得有尊严。有一年我和一些朋友陪贵州籍的大书法家萧娴先生去黄果树，也是这个印象。人处逆境而能活得有尊严不容易；处顺境也不一定就能活得有尊严，有的一顺就忘乎所以言行失格，让旁观者替他害臊。

　　我的两位老师，何老师非常阳光，刘老师非常稳重。天分都高，又都未尽其才。我有时候想，如果何老师出去读书，刘老师不要回来，艺术上会有大成就。愚山先生有很高的绘画天赋，可惜由于种种条件的限制，未能形成自己独有的艺术语言。他如果生活在北京上海那样的艺术环境，会成为当之无愧的大师。《桃花扇》的作者孔尚任，根据他搜到的诗集统计出一个比例，认为天下的诗江浙占十分之六，北方诸省占十分之二，等等，贵州影子也没有。后来有人从贵州去北京，说贵州有好诗，他不相信。朋友给他看贵阳诗人吴中蕃的《敝帚集》，他大为吃惊，认为丝毫不比中原以诗著名的大家逊色。这才感叹不是贵州无人，而是我们不知道，不知道就等于没有。其实与吴中蕃水平相近甚至超过他的贵州诗人不少，比如杨龙友、谢三秀。

　　刘老师带回来的杭州艺专《亚波罗》校刊、何老师讲的掌故教唱的歌，打开了我们兹一代学生的艺眼，受益终生。有两首何老师教的歌几十年再没有听人唱过。一首叫《乌江船夫曲》："乌江澎湃万山中，一泻千里波浪凭天涌。年荒田难种，逆水船难动！光着身子浪里滚，日夜不分雨雪风。心挂家中盐米空，不问生死滩口凶。嗨——哟！——钩住啊，撑竿往前送！齐心合力好弟兄，撑过这艰苦路程，看看明月照山东。嗨哟！嗨哟嗬嗬……"显然是受伏尔加船夫曲的启发。但是那条河平稳，曲调也宽阔缓和；兹条江凶险，曲调也跌宕起伏。一首叫《行军小唱》："长长的行列，高唱着战歌，一步步地走着，一步步地走着。叮叮得龙格龙，叮叮得龙格龙，炮口在笑，战马在叫，战士们的心哪，战士们的心在跳。"第二段还有一句"驮粮的毛驴儿，摆着它的长耳朵"，像黄胄先生的一幅画。

档案袋旧文《影院风景》

　　石城始有电影，有人回忆在一九三〇年前后。据此推算，我初看电影已在十年之后，仍是无声片，进步是很缓慢的。

　　电影院在杀猪巷，离我家后门不远，是张飞庙改装的。沿河经过一座贴于山崖上的极小神殿，走一段石巷，上小坡就到了。放的是默片，以多集武侠片为主。中式武侠有《火烧红莲寺》，侠客们手指一道剑光，银幕上就出现动画，两条胖蛇似的白光迎头相遇，纠结起来，白光中两支小剑互相砍杀。洋式武侠有《荒江女侠》，戴高顶宽檐礼帽，登长筒靴，披黑大氅，使窄而长的花剑。一句话：同佐罗一个样。都是大城市过时已久的破旧考贝，断头多，动不动就中断情景，改变画面。正在室里对坐，一眨眼到了海边打斗。有时放着放着画面就静止了，几秒钟后开始变形解体，见多识广的看客就大喊：片子烧了！片子烧了！交代情节传达对话的字幕，文字要尽量简洁。字幕一出，观众就出声朗读，场内一片嗡嗡声浪。有一部片子叫《孤儿复仇记》，孤儿不堪后娘虐待，离家逃跑。经过父亲卧室窗外，银幕上出现父亲与继母同床熟睡的画面，观众立即喧哗起来，有的大笑，有的把手指伸进嘴里发出尖锐的呼哨。其实床上两人相隔甚远，各朝一边。但那时夫妻同行须一前一后，"下江人"男女挽手而行能引来一群口作怪声的尾随者。地方越小，卫道者越多，这是常理。又有一片，片名不记得了。男的在女的家里做客。女士端上菜来，夹了一箸请男士品尝。男士尝尝，作微笑点头状。这时出现字幕："烧得很好！"看客们出声一念，哄堂大笑，伴以哨声，几分钟静不下来。石城说"炒菜"不说"烧菜"，以为是"骚得很好"，所以发笑。有一部似乎叫《小英雄》吧，复仇者啸聚山林，在月黑风高之夜，浩浩荡荡向仇人村庄进发，实行总清算。这是全片的高潮。这时，本来是整部的黑白片，复仇者们高擎的火炬变成了鲜艳夺目的红色，宛如一条翻翻滚滚的火龙，很是壮观。场内观众大声赞叹不已。聪明人得出答案说：这部片子出过国的，洋人才会拍五彩电影。后来从书里读到，爱森斯坦拍敖德萨起义的影片，在最后部分把旗帜用红墨水染红。《小英雄》想必是同样办法。那时没有电脑，一格格用手工染色，真不容易。

  石城不久也出现了有声电影，片子也多了起来。但仍是大城市放三轮以下的旧片。我觉得顶好看的，是万氏兄弟的动画片《铁扇公主》，连看了三遍，大大餍足了读《西游记》产生的想象。身着罗纨的铁扇公主，听报猴头在洞外骂阵，命令侍女更衣出战。侍女双手提着她的甲胄，她化为一道白光飞入衣领，立刻全身披挂停当，威风凛凛。孙悟空扛着奇大无比的芭蕉扇，哼着小曲赶路，牛魔王从空中赶来，那姿势是俯卧于空中，像海豚式游泳一样，比剑侠片中站着驾云好看。后来知道这是第一部国产动画片，民族特色很浓厚。

那时还放过苏联片。一部是童话片《大萝卜》，有不少特技镜头，很受欢迎。还有是首部"五彩片"，叫《夜莺曲》，描写工人罢工的。其主题歌流行一时："河边林中夜莺在歌唱，为何歌声充满凄凉？可爱的人儿最难忘，勇敢进取莫再忧伤！唱吧唱吧尽情唱吧，驱散人世忧伤。"拷贝很旧，常常出现粗黑竖条，观众以为是下大雨。这部片子我在不同场子看过两三遍，似乎不全是在电影院。现在回忆，会不会是中苏文化协会组织的巡回放映活动。有一回跟到你们去小学礼堂看美军放映的非洲寻宝片。他们借住小学校舍，你舅舅是校董会的头，请场电影是答谢的意思。不晓得名字，也没得字幕，不过情节简单，大致看得明白。论声光场地，比街上电影好多了。那时候我觉得顶好看的电影要数《青鸟》，后来晓得是梅特林克的象征主义名剧。那时候懂哪样象征主义，就是喜欢有神秘色彩的东西。天生如此。老来还如此，不长进。

这以后，大量的国产片和好莱坞片，都是在省城看的了。特别轰动的有《国魂》《十三号凶宅》《艳阳天》《月宫宝盒》《海宫宝盒》《战地钟声》《彩凤清歌》《出水芙蓉》《芙蓉春色》《宝石花》《三头凶龙》，秀兰·邓波儿系列、平·克劳斯贝歌舞片，等等。最崇拜的明星是刘琼、石挥、蓝马、谢添。女明星无所谓，只不待见陈燕燕，因为她嘴唇上面有颗很大的"美人痣"。有件趣事难忘。当时苏联尚属友好国，记录莫斯科"五一"大检阅的新闻片，受省主席杨森的特别关注，以译名《体育之光》公映。我是头一回见识这样宏大而整齐划一的群众场面（别人也同样是开眼界），每当梯形大看台出现彩牌组成的图案、标语，特别是斯大林像，见所未见的观众就大声惊叹。银幕侧面的狭长小布幕就出现毛笔字："杨主席训示：此种尚武精神有益于健民强国，应大力提倡。"非常之搞笑。

《民国府志·孙绍万事略》

孙绍万，蔡官屯人。乡人质朴无字，群以乳名称"孙苗大公"。少家贫，以驮煤营生。有族人妇自尽，涉讼，词连绍万；畏累，遂以两骡马逃黄草坝避之，为盐号驮盐。居久之，号商重其诚实质朴，令帮盐号营业。久愈知其能，遂提充经理。后号商还家，一去不返，但知其为山、陕人，不知住何县里。其时交通不便，无从寻觅，于是盐号一切，遂为绍万所有，绍万亦应付得当。当时刘统之在该处办团，绍万托其羽下，与其子侄如渊等及乡绅张卓卿辈最善，卒能保其产，渐全部移还故乡。蔡官屯多孙姓，万离乡后，少年习于游惰，好赌，为不义。绍万既还，呼群来前，问胡不营正业。曰："无资本。"万曰："资，吾贷汝，但须务正业。如再不规矩，吾不汝贷也。"群应曰："诺。"于是各与数十金，令赶场买烟土。回则一一拣视货色，问价值，能者奖之，不能者督过之。并照市价全收所买烟土，酌与盈利。烟市毕，又令其耕、织、卖布，有稍不力或尚游惰赌博者，立责不稍贷。绍万年高，行辈又尊，又皆得其资营业，于是咸畏之，不敢稍肆。久之，皆能自给，多富者。

绍万虽巨富、高年，然勤劳依旧。家中劳工甚多，有耕者、染者、织者，又复卖盐、卖布，皆自综理。每日辨色而兴，至夜始息，各业井然。既理其家，又督寨众，无敢弃业以嬉者。随时扶杖行田垄间，声若洪钟，笑语远闻，妇孺皆喜近之。

民国初年，张卓卿以管带驻郡，屡招不往。刘如渊至郡，亦数招之仍不往。刘作旧时草茅昆季语，使人语曰："寄语苗哥，我辈旧时相好，无妨来一晤谈也。"卒不往。人问之，曰："彼辈达官，我乡下人，何必往来！"

呜呼！近日市侩，弟兄争产，不让斗粟。倘乡人有乞怜者，且白眼视之，甚且叱辱；至里有显者，则夤缘奔走，暮夜乞怜，苟得其一顾，则寻人而告之曰："某贵人厚我。"且将借势以凌人；闻绍万之风，其亦知自惭也乎！

绍万有子，字锡之，能世其家。

我退学去志斋老师家告别那天，志斋老师问，我爹给我妈留几句话没有，我说没有。后来忽然省悟：他喊滑竿去华严洞的头一天讲那番话，就是留送我的后话。

那天下午，妈在大户人家做针线。爹睡了一小觉，喊我过去扶他坐起来，拿两个枕头支起背；叫我坐床边陪他讲话。那天他有精神，讲了好一阵。他从来没得和我讲过兹样多话。他说，你兹样爱看书，可惜投错了胎，没得生在志斋老师那样的家庭。好在打下个识字底子，可以个人找书读：师父只是领进门，修行还要靠个人。他说，他虽识不得几个字，也晓得读书要紧。他得过高人指点的，那是一个同族老辈子，他要喊五太爷。没有中过举，几十年教私塾，但是通城都晓得他有真学问真人品，传说他有好多贫贱不移威武不屈的故事。爱喝酒，喝自家的刺梨泡苞谷酒；下酒菜是娃娃爱吃的油炸慈姑，得点卤猪头肉就算打牙祭。爹说：有一回我帮人办席，客散了很剩些下酒菜，想起兹位老辈子，就给他送去。他很高兴，喊我坐在旁边，他边喝边讲闲话，东一句西一句，当时不警觉，过后越想越有味道。后来只要有皮蛋盐蛋糖醋排骨花生米之类的东西就送去给他,听他讲话。有一天席散得早,走到他家太阳还没得落山,望出去光线橘子红。进家见他站在窗子面前发呆,听见我喊他,转过身招手:来看好景致!我过去顺他的手势,见是石桥边大青树,鹭鸶正在归家,白生生一大群总有几百只,飞的飞绕的绕落的落,像些白石头在掉进龙潭水。老辈子拖声摇气唱:问君何能尔,心远地自偏。我说,老老作的诗?他说,古人作的。我作不出兹样的好诗!站起给我讲这两句诗如何的好,才坐下来喝酒,嚼得猪耳朵咔咔响。我心头不好过:兹样的人过兹种日子,老天爷不公平!老辈子像是晓得我的心思,呷口酒说:有位老先生,今年两千多岁了,有一天和朋友在山野散步,见龙潭里的鱼游来游去,心里欢喜,说了句:鱼们好快乐啊!朋友说你又不是鱼,你咋晓得鱼快乐!老先生说你又不是我,你咋晓得我不晓得鱼快乐!兹两个朋友一见面就要斗嘴劲。我晓得老先生真的晓得鱼们的快乐。人活世上好像拉上水船,费劲得很;看见大鱼小鱼在水里自由自在,自然就会欢喜赞叹,感同身受。比方我,人看我又穷又老;他们哪晓得我有自家的天地,我在里边像鱼在水里头一样快乐呢?端起杯子呷口酒,又咔咔嚼猪耳朵,眼睛笑滋滋的。一时之间,我真的晓得老辈子,真的晓得那位老千岁,真的晓得鱼的快乐了。我听老辈子讲酒话上了瘾,有空就买点下酒菜去看他;他老人家也念我诚心,肯把真学问开导我。有一回他讲:读书为的啥?为的要明理,明啥理?明做人之理。可是读了书不一定就明了理,明理人不一定读过书。汪精卫读书比哪个不多,挑夫走卒提起这个名字都吐口水。有一回他问我:有本书叫《增广贤文》晓不晓得?我说晓得,贫居闹市无人问,富在深山有远亲。儿孙自有儿孙福,莫把儿孙当马牛。老辈子捋捋花白胡子说:就是它!是本俗书,一般读书人瞧不上,其实里面有些话说得透辟。我最用得着一句：要得断酒法，醒眼看醉人。我开个玩笑：你老人不会是要戒酒吧？他也笑笑：我看它不是说戒酒，是说做人。我心里头笑：你老人家不打主意断酒，就说它不是讲酒是讲人。回家才品出味道来：它还真是做人的方子。二回去讲给他听，他点头说：对了！说酒就是拿醒眼看醉人如何醉法，有的醉得逗人喜欢，有的醉得招人厌恶；说人就是拿明眼看世人如何做人，有的做得逗人喜欢，有的做得讨人厌恶。看明白了，就像先师孔夫子说的：见贤思齐焉，见不贤而内自省也。见我听不懂，说：也就是常言近朱者赤近墨者黑。细细想来，老辈子无心随意的酒边话，很多都是做人的金玉良言。我几十年来总要时不时翻出来回味。尤其是"醒眼看醉人"这一句。我还悟出个道理：我这种蝼蚁小民，多拿明眼看世人是对的，切忌多嘴多舌。

我问：兹位老辈子还在世不？爹说：走了，八十一岁那天几个学生给他做寿，还带了瓶好酒，我给他们做的饭。喝得高兴讲得高兴。特别夸奖那盘青椒山药果。我们招呼他睡下才各人回家。老老兹一觉就没有醒过来。九九归一。一辈子没得成家。后事也是几个学生办的，我还给他们做饭。有个学生讲起，听说老人家有一部《心远簃诗草》稿本，收拾遗物没有见到。只找出几本手抄的书，学生们说这套书他们晓得，是老师自己选的历代古诗。一个人分得一本作纪念。我没有和他们分，一来不懂诗放起糟蹋了；二来我从老人家得到的好东西多了，他们晓都不晓得。

那天老爹一直讲，我几次要起去做饭他都说不。一直讲到天黑尽我妈回来，才一边埋怨一边给我们做饭。爹又抓紧扎咐我：今天讲的兹些，你还小听不懂，要记在心里头，慢慢嚼慢慢回味；就跟娃娃进私塾读望天书是一个道理，先生唱一句跟到唱一句，

《三字经》《千字文》《论语》《中庸》唱得滚瓜烂熟,不晓得啥意思;意思是以后慢慢悟出来的。

第二天参就走了。后来我明白这番话是专门留送我的,我就照他讲的,一遍一遍记,一点一点回味,从那天到今天。努力做一条那位两千多岁老先生说的鱼。

《民国府志·杂志》

石城府学宫以石工擅名,殿前龙柱工艺尤为突出。柱高齐檐,大逾十围,极雕琢之巧。双龙蟠曲对起,攫拿云浪中,栩栩如生,昂首相向,鳞爪隐现,下负以狮,巨观也。石固当地所产,然良工则非本地所常有,乃当时征求而至。各国旅游者至此,皆摄影以作纪念。惜作者未留名,但传曰"苏石匠"(府有苏石匠,亦善琢狮,然继苏而起,非苏也)。学宫落成,张壮悫提督以督署御书坊两狮太小,欲易之。苏仰体其意,精心刻成,磊然雄峻,威镇一方。继又刻一对于第宅外,以无人,已移归江西会馆。

老祖太的佛堂还在,只是内容陈设简陋多了。曾经有一户人家搬进来住过几年。佛龛的雕花隔没有了,光秃秃的。金身的佛像也没有了,供了一小尊白瓷观世音。经案上两支电光蜡烛。灰扑扑的。这是你那个表妹布置的。她在省城教书到退休,一家人住省城,时不时回来一趟。先生的这几栋房子历年来借给机关单位住,换过好几拨,这家修了新楼就搬出去换下一家来。哪家都没动我这小房间。现在房子园子都空落落的,剩我一个人把守。吴蔚有一回说,天!一个人守兹样多空房子不怕鬼呀!我说我从小看《聊斋志异》长大的,那些鬼魅狐狸精还比人简单点,只有它们怕我的！要不你也选一间来住？积善之家清净得很。她说，那我要吓死几百回！我说那你就成了鬼的鬼的鬼，还怕哪个鬼？！

　　天气晴和我就到前后两个院子转转。四个院子只剩两个了。前面院子修墙，把街面的院子隔了，厚笃笃的一墙巴壁虎，冷天叶子落光，那藤藤旋来旋去像一段怀素《自叙》。后面院子那棵紫薇，树干不粗，枝叶把半个院子都遮了，开花繁茂得很，有一年开了总有几千朵，晚报都来照相写新闻。那年你问这棵树怎么没有皮，我说它没有皮，怕痒，你试试。你不敢，我抠给你看。那树叶籁籁籁抖起来，你惊诧诧地笑。

　　我的房间就在佛堂楼下小客厅的后面。老房子，夜深人静会有响动。木窗木门会响，耗子摸进来会响，偷油婆爬过废纸会响。天花板边还有只小巴壁虎，一点声音没有地出来找蚊子吃。我一边听，一边就会想起佛堂顶热闹的那时候。昌明法师讲经，佛堂和阳台坐满和尚尼姑居士，娃娃们躲在楼梯间候着参加绕佛，顺便偷老祖太大柜子的云南黑大头菜韭菜花山柳红涪陵榨菜吃。听见一声引磬响，清亮得像一滴水掉下来，"当——"，法师唱了，众人跟着唱了，铙钹笛子响了，开始绕佛了。就把吃的塞进小荷包，一窝蜂挤进佛堂去，夹杂在和尚尼姑居士行列里，手捧一炷香跟着长声吆吆唱佛号的大人转，又认真又想笑。三圈绕完还依依不舍的。这种游戏难得玩一回。

　　你虽没赶上讲经，住在老祖太家的尼姑是见过的，对不对？佛堂顶篷上铺了七八张床，像个船舱。顶篷就是你们上海喊的阁楼，天花板就是斜屋顶，看得见桁条和瓦顶。来住的尼姑多的时候四五个，少的时候一个。都是从外县过来挂单或是刚出家还没有找到落脚的。石城人不兴喊尼姑，嫌不好听，喊二众。男僧是大众，尼僧是二众。有一回你从街上回来，进院子恰好看见一个二众坐在阳台边晒太阳捉虱子，不杀生，捉住朝楼外面一丢，进来对我们边讲边笑。

有两个出家人同老祖太家最熟。一个是妙师父。她是省城首富华家大小姐，嫁唐家大少爷。省城民谣：唐家顶子华家银子高家房子。门当户对，可是感情不好，闹到她出家。她兄弟华大爷和我们先生是商界朋友，老祖太就接她过来玩。身胚高大，宽皮大脸，脸色黄黄的。二众吃素，十有九个都是黄泡黄泡的。先生喊她华大师爷，婵孃喊她妙师父。我们私下跟着婵孃喊，当面没有喊过，不敢。她披起黑布大风帽的时候，我就想起《蜀山剑侠传》那个法力无边的神尼芬陀师太。华大师爷大小姐出身，大事小事使唤人。她长声吆吆喊人，老远跑过来给她倒杯茶；其实那茶壶茶杯温水瓶就隔她几步远。妙师父懂医理，老祖太感冒咳嗽她能开方子。妙师父好久回的省城我不记得了。总之住了好久，想起来就像是家里的一个成员。后来寿老先生来石城，说起他们华家两代人对贵州的开化贡献非常之大，文通书局、现代印刷机、茅台酒、金融汇兑等等。奇怪的是这一代有一女一男出家。后来分家，这两位将应得的部分用来修大觉精舍，现在是文保单位。有一年翻修黄琉璃瓦的阁楼，还请的是故宫修缮队。那时候是广播电台在用。寿老先生讲，"藏经楼"三个字是请南海圣人康有为写的，后来经费用超了，匾没有刻成。省城流传这三个字一千大洋一个，其实是把俗话"一字值千金"说成真事了。华大师爷虽婚姻不如意，儿子却是书读得好，省城的数学名师；孙女天生聋哑也聪明过人，能跟着健全娃娃上中学，就凭读课本看黑板。

另外一位出家人我就亲近多了，就是在佛堂讲经的昌明法师。华大先生介绍来石城做清凉洞住持，庙子还没有完工，就寄住在老祖太家，和你舅舅成了好朋友。《黔书·山川志·清凉洞碑记》

说:"此洞本系汉末荒服,孟获屯兵积粮处也。原名粮仓洞,山麓建有旧城垣,故址存焉……宋南渡后,柴氏大乱黔疆,孟氏殆尽。适有阿达卜寨苗酋朵克率部乘机追逼孟氏至牂牁江畔。无桥可渡,孟氏急欲投江,遇钱塘江雷峰寺游方二僧(慧光、慧明)相救,遂归原洞。并请田地二百余亩,伐木建造洞中殿陛……时南宋宁宗开禧三年(1207年)丁卯。"

我若是画家,就用昌明法师的样子来画达摩祖师:宽额头,大眼睛,络腮胡子,高大挺拔。他是江西人氏,口音开初我听不懂,后来连听带猜不困难了。他通常一早就去清凉洞看工程,回来吃晚饭。先生下班回来,时常和他摆谈,谈哪样不晓得,但是看得出两个人很合心。先生送给他一只怀表看时间,后来他另外买了一只,把这只转送你大表弟。他晚上把我拉到黑漆漆的花园里头,看怀表上的字绿荧荧发光。

清凉洞完工,给法师送行李杂物过去,那天雇了一匹马牵到紫荆花前面,把锅瓢碗盏捆在木驮子上。我还记得婵孃嘱咐马夫,瓷器要包扎稳当,碰撞不得。那马夫说晓得的晓得的,这是小娘货。小娘货三个字惹得小冬姐和婵孃笑了好久。昌明法师住进清凉洞以后我们就难得见到了,但还是时不时来看老祖太和先生。解放军进城那年的春天,昌明法师和敏觉法师去省城佛教会办事,在西门车站遭刘伯龙的特务开枪打死。说他是共产党。石城佛教界的僧尼居士不顾危险给他们收尸、念经、做道场、送上山,做了整整七天。传说他肉身火化后有七颗舍利子,敏觉法师一颗没有。他在石城佛教界威望非常之高,对他都只称法师。后来那个特务凶手也被处死,贴在街上的布告写的是"杀害进步和尚昌明"。刘伯龙是军统,蒋介石的爱将,动不动杀人,外号刘屠户。刘伯龙生在龙里死在晴隆(擒龙),老百姓说他是下凡收人的一条孽龙。

昌明法师来石城，对他的身世来历有种种猜测，多数认定他是放下屠刀立地成佛的军官，出家忏悔杀业。还有人写文章言之凿凿，是见他仪表威严，想当然吧。后来地方上修官书，几个执笔人调查采访查档案，才弄清来龙去脉。原来他生于一九〇〇年，俗名孙书香。法名还有超寂、念一。江苏涟水人氏。毕业于政法大学。二十八岁习佛学医学，三十岁在南京宝华山受戒。三年后又到金山毗卢寺依瑞生法师习天台宗教义。一九三七年入黔，在大觉精舍参拜天台宗高僧天虚法师。一九四一年应邀到石城，在象园和佛教会（东岳庙）讲经，次年任清凉洞和华严洞二寺住持。他在清凉洞办"五众学院"，传授佛学，办儿童识字班招收贫苦子弟入学。为山民治病，供养孤苦老人。施药赠衣。有一年冬季购毡帽百顶，送给沿途田夫牧童御寒。这样的特立独行，难怪要遭国民党认为是共产党，被国民党特务下毒手杀害。

昌明法师住你家的时候，晚饭过后先生去号上议事，法师爱背起手在院子里转，看花，嘴里常哼一个调子，我们都听熟了；好多年以后，才晓得这首歌的歌词是苏东坡的《卜算子》。我拿法师哼的调子一唱，严丝合缝，如合符节：缺月挂疏桐，漏断人初静。谁见幽人独往来？缥缈孤鸿影。惊起却回头，有恨无人省。拣尽寒枝不肯栖，寂寞沙洲冷。

法师佛学很精湛。省城老诗人聂尊吾在大觉精舍听他讲经之后赠他的诗说："华严楼阁涌层层，法要宏宣最上乘。胜揽匡庐留慧远，气豪湖海笑陈登。横秋鹰击投怀鸽，破浪龙惊劈脑鹏。同抱神州陆沉痛，却蕃高座待神僧。"

佛堂外面的小屋是老祖太的卧室。她在省城过世，八十一岁，九九归一。后来你在她兹间小屋住了几个月，从兹间小屋上路。

《民国府志·厂石禅师事略》

厂（庵）石，讳如圣，习安伍村程氏子，母陈氏。生于崇祯十六年（1643年）十一月二十六日午时。襁褓时多病，父母先寄名于圆通寺。厂石见佛便笑，因舍出家，礼明心老宿为师。六岁，父殁师亡，依玉山本师竺怀和尚习学。年及十五，顿起朝山之念，母不允，乃止。至二十岁，复有礼鸡足之想，适本师策杖南游，乃得偕行。至滇交水，参钝峰和尚，次到曲靖东山，参余山和尚，又参济舟和尚；舟指参平木和尚。平苦留，厂石怀鸡足念切，恳辞续行。到五华山，值半生老人于斯结制，留本师与厂石执事，蒙老人重重击节。一日谓厂石曰："老僧看你气质不同，理宜精勤参究，异日自有得力处。"遂命参万法归一话头，厂石就此圆具。自入禅堂，志愈勇猛，遂立誓夜不放参。凡大静后，私于月台上经行，一夜撞遇巡照，谓曰："老兄年少，笃志如斯，乃再来人也。"曰："争奈钝根何！"时遇一师号惺闻，是厂石旧友，向前问曰："你两个在这里说些什么？"厂石曰："无你插嘴处。"闻曰："也要大家知。"师曰："少年一段风流事，只许佳人独自知。"闻曰："贩私盐汉！"与师一推便去。次夜复来，谓师曰："你夜深不睡，只在这里作么生？"厂石曰："牧牛。"闻曰："牛在什么处？"厂石一喝，惊动堂中大众。维那前来谓曰："你做功夫虽是好事，不该出声乱喝。和尚闻得，岂不是我们的干系？"即白方丈。老人拽杖挂责曰："你这汉，做功夫那里在这个上！更深夜静，胡喝乱喝，惊群动众，有犯堂规；不念年少，好与你一顿。还不快归堂去！"厂石礼拜归堂，每夜仍复如是。一日当值瞌睡，误接钟板，维那罚香毕，领拜方丈。老人一见便正色曰："老僧闻你在堂中做功夫得力，因什么钟板也接不上？"厂石曰："老人这么说话，难道钟板也是禅耶?"老人曰:"钟板既不是禅,你又唤什么作禅?"厂石才拟对,豁然有省;便微微冷笑礼拜曰:"原来老人为某得婆心甚切。"老人便喝曰:"个人本自现成的事,老人焉能为得你?"厂石曰:"虽然如是,从今以后,某怎敢忘老人。"礼退。期满解制,老人书源流付本师时嘱曰:"尔徒厂石,不可轻弃。将来嗣尔之后,有大望焉。"厂石辞老人,别本师,上鸡山,游九峰宝台。旋黔,募役中和寺,谒会也和尚。会问:"闻你朝鸡足来,曾见迦叶么?"厂石曰:"既到,焉得不见?"会曰:"是何面目?"厂石曰:"与和尚无别。"会曰:"是则只是未曾摸着他的鼻孔在。"厂石一喝便出。会吩咐知客留渠过夏,厂石因离黔日久,坚辞回山省觐本师。数月,告假下省,上东山参梅溪和尚。梅问:"汝号什么?"厂石曰:"学人无号。"梅曰:"虚空尚且有号,汝焉得无号乎?"厂石曰:"学人不在虚空之内。"梅曰:"不在虚空之内,汝且道今在什么处?"厂石曰:"东山方丈里。"梅曰:"那(哪)里学得这虚头来?"厂石曰:"今日亲见和尚。"梅便打一拂子云:"略虚汉,吃茶去。"厂石次日辞梅转平远,复参钝峰和尚。峰曰:"老僧与汝曾在哪里相会来?"厂石曰:"昔年在交水龙华。"峰曰:"向来行脚事作么生?"厂石曰:"土旷人稀,相逢者少。"峰竖拂子曰:"这个簪。"厂石曰:"这个则不堪。"峰曰:"尔向后为人,又作么生?"厂石曰:"风行草偃。"峰曰:"且缓缓着。"厂石礼退。上东山参圣符和尚。圣问:"那(哪)里来?"曰:"石城。"圣曰:"三岔河作么生过来?"曰:"和尚大似不曾走过三岔。"圣曰:"老僧被你道着。"厂石曰:"和尚当日从哪里到这里?"圣笑曰:"你岂不闻'家家有路通长安'?"曰:"大善知识,作这般语话!"圣曰:"你道看!"曰:"某由渡船来。"圣曰:"这么,则不敢轻于汝。"等厂石礼出,圣亦留过夏。期未圆,有本师书至唤回山。本师将源流衣拂等授之,厂石再三不允。本师正色曰:"尔不遵老人命耶？尔还记得在滇别时吩咐的是什么话？"石不获已，只得领受。辞归石霞山，掩关三载，开法数年。次住圆通、香山、玉山、双柏、飞虹等刹。

有一天路过西街，见拆了一片房子，瓦砾场里有一栋房架架像是有点眼熟。比照了一番左邻右舍，晓得了。我问旁边人，晓得这家老主人不，晓得这家出过人命不？不晓得。我就讲给他听，这座房子的老主人孟三爷开洋纱铺，仗义，好客，人称小孟尝，座上客常满，杯中酒不空。有一天一桌客吃晚饭，两个初识的客为点小事发生争论，都带了酒意，小事吵成大事，论事变成骂人，石城话叫吵"失闷"了。众人左拉右劝，都绷面子不输嘴。省城那位居然把手枪也拔出来；另一位就说，有本事你开枪！拉的劝的一阵乱，砰一声，主人小孟尝中枪。家人客人拥过来，他还神智不乱，说了声把朝门关了。有人立马跑去把大门闩死，一个人不让走。等到警察局来把开枪人带走，客人才各自回家。第二天我陪婵嬢去孟家吊唁，两扇大门贴起白果形白纸，上写"当大事"三个字。孤儿寡母，坐吃山空，家就这样慢慢败了。

孟家大姑娘和我小学同级，后来参加街道办的纺织社，计件打毛线。有一回在大十字碰见，她说，她毛线针毛线袋不离手，白天黑夜，只要醒着就在打；就这样她还是把厚笃笃的《红岩》从头到尾看完。看了七个月。她先生姓徐，也是同学，瘦小，爱看京戏，后妈不管束他，随他见天进戏院。头晚上看小丑马志宝，第二天就在教室表演：上山流水淅沥沥沥沥，下山流水哗啦啦啦啦，淅沥沥沥沥，哗啦啦啦啦……初中毕业进商号当店员。两个人结婚很早，都没有活到六十岁。两夫妻都是忠厚人。他们有个女儿，准许地方剧团演样板戏那年，突击小提琴考进京剧团，现在也该退休了吧。

那个在孟家打死主人的人,听说警察局送到省城不多久就放了。据说有当大官的亲戚。石城老百姓非常之愤愤不平。还有打抱不平去警察局质问的。接待人员说不要轻信谣言。打抱不平的啐一口:谣言!官有十条路,九条民不知!

就事论事,这个案子属过失杀人,不是预谋,判不了死刑。要讲石城的凶案,邓罗氏杀养女算得空前绝后。邓罗氏是寡妇,无儿无女,抱养了一个姑娘。住家东水关路边。养女长到十五六岁,邓罗氏逼她接客为娼。姑娘抵死不从,经常被打骂。有一回下手太重,打断气了,把尸首大拆八块,分散丢在荒僻地方。有一天几个娃娃在东水关浮水打闹,见一团血糊淋拉的东西,就围起圈圈戽水,让它漂来漂去。邓罗氏在岸边说,那是猪肚子,娃娃些不要玩!有人发现不对报了官,很快破了案。那一任县太爷好像姓李,雷霆震怒,判了凌迟之刑。凌迟就是老百姓说的千刀万剐。婵孃说那时候她还是小学生,亲眼看见邓罗氏背斩条游街示众,刽子手穿红背心扛大马刀,阴风惨惨杀气腾腾的,几天想起都发抖。行刑当然不敢去看。老百姓说,是该兹样判,太歹毒太无人性了,打死还不餍心,还要分尸。其实想想就明白,她分尸不是仇恨太深,是打死一个大活人,无法处理尸首。

这桩案子还立了碑的。我亲眼得见。有一回全家去东门上坟,转来走分散了,我和祖佑一路,天色还早,他说每回都走小路,东关那面没去过,去看看。我们去了,就在东关厢快要走完的地方见到了这块碑。很高,整整齐齐,一个字不缺损。可惜那时候没有想起把碑文抄下来。兹块碑多半后来敲碎垫马路了。要是还在应该放到博物馆,这是难得的地方文化物证。

还记得那天走到东关附近,公路边设了个大篷廊卖茶水点心。

我们擦边走过，见一个中年男子收拾了茶桌，走到挨我们很近的桌子边，捧起一个大海碗吃饭。那饭高高耸起个官帽，他连扒饭带转碗，就像是牵起口袋倒，牙齿都多余了。吃得兹样香！从来没有见过把饭吃得这样痛快淋漓的。几十年后回想起来还像在眼前。

《民国府志·风俗志·丧葬》

葬多循旧礼，兹将其程序简述于下：

家长临终，家属即将其抬至堂屋，扶坐椅上，使其两足分踏于新瓦三块上，并为其剃发沐浴换衣。一俟气绝，即移停于一门板上，头内足外。此时一面以纸钱三斤六两于其足前焚化，一面将其卧床之草荐焚于门外，并以白纸剪为长条交叉贴于大门之两边门上以示有丧。足前设置灵位（备有棺木者，即以入棺，但不掩盖），以备亲友前来吊唁。尸下或棺下燃一油灯，名曰"地龙灯"，俗名"脚灯"。

如需开吊，先期讣告诸亲友，并于门首立殃碑，书明择定之祭、葬日期，以便亲友戚族到期会祭、会葬。有名望者，尚须以绛色绉绸用铅粉书一铭旌（上书"某官某公某封氏之铭旌"字样）立于门外。赴葬时，将铭旌贴于棺盖之上。

祭期前，丧家为死者制一神主牌，名曰木主。上书死者之官衔、姓名及生、卒年、月、日、时；并请一有声望之人，按一定仪式，用死者嫡子或嫡孙之指刺血滴于木主之上，名曰"点主"。

亲友闻讣之后，备楮帛、祭幛、挽联或酒席（至亲有以猪、羊者）在堂祭日参与祭奠；丧家则办筵席招待。

安葬前夕，须请僧道作法事，名曰"伴灵"。

安葬之日，丧家将亲友所赠挽联祭帏等随同灵柩，以鼓乐送至葬所。亲友参加送葬，若葬地较远，一般亲友送至城外即回，子女则须送至葬地，葬毕始归。送葬孝子须持哭丧棒（以葵花秆贴上白纸条制成）鞠躬而行。

安葬以后，在家设死者灵位，朝夕以酒馔供祭。至二十七个月后，始延僧道诵经撤灵，名曰"除服"。此后每年逢死者亡期，多于神主前设祭，名曰"忌日奠"。

柜子里有一张可以折叠的小板凳。我为你做的，你没有见过。那年我见人从外地带来一张，他们叫活动小马扎。设计得巧妙。心想给你顶合适了，在场坝开个会，看个露天电影，都方便。就翻来覆去把结构看明白，回来动手做。做完倒是不错，就是毛糙。始终是外行。皮面拿金刚砂纸打磨，还过得去；就是收合不好，撑开来两半边接缝不严。修来修去不合心，拿不出手。后来翻东西发现的时候，你已经不在了。

我自小佩服手艺人。木匠铁匠泥水匠，皮匠锡匠补锅匠，捏面人浇糖画；拿大剪刀顺着线剪铁皮，丈把长不出一丝毛刺；拿金刚钻划玻璃，两只手一掰整整齐齐分两边。但凡手艺我都佩服。过街碰见，站半天看不够。南街有家铺子，柜台后面有架织洋纱袜子的机器，一圈亮闪闪的大钢针围成个筒筒，针眼朝上，一根洋纱线串通；一摇手柄，钢针们就起起落落、你低我高，就像现在公园里的音乐喷泉。

你舅妈敬重手艺人。她当姑娘的时候就是两娘母靠绣花过日子。她待手艺人都有说有笑，和气得很。尤其是那位"剪花姑外婆"，拄起小枴掍颤巍巍来了，婵嬢就要迎过去扶起，送进自己的房间坐起，亲手奉茶，说几句家常话；老婆婆茶喝了，气歇顺了，打开布包袱，翻开蓝布封皮的流水账簿；里面夹满花样，你舅妈一篇一篇翻选。选定几种，老人就把一张白纸折成几叠，拿绣花针把花样别在面上；用小花剪剪成一式几份。娃娃不准进去打扰；过午的点心都是你舅妈亲手送进去，调荸荠粉加杨家鸡蛋糕，或是我去买破酥水晶包子和油炸新苞谷粑。吃晚饭也不跟众人一道，用木盘子送进去。老婆婆矮小秀气，清清爽爽，总是一身青布衣服黑裤子，裤脚扎拢，露一双小绣花尖尖鞋，脑眉心嵌块玉牌牌的青缎勒子。有一回婵孃说起，剪花姑外婆年轻的时候是通城闻名的美人，那双三寸金莲远近闻名，好多当妈的带起姑娘来瞻仰。我没有听过这位老人开口讲话，也没有听你舅妈提起过她的家庭子女。猜想是独身。有点好奇，没有问过，问这些好像有点亵渎不恭敬。手艺人一般都有种自尊自重的味道；兹位老人又不同一般，像手艺人里的贵族。

我小时候爱看各种手艺的操作过程。长大以后省悟，手艺的魔力在于无止境。古人说的技进于道。它是个无底洞，能从技术变到艺术，再往上进于道，超越于一般的艺术。我们石城的民间手艺，能在全国全世界说得响的，要算民族蜡染。苗族布依族仡佬族都有蜡染，风格不同，尽皆精美绝伦。日本人法国人到我们乡下，用低价搜了多少去啊！我听一位有名的工艺美术家在会上讲，他参观巴黎的和北京的中国民间艺术馆，里面的展品一大半是我们省的。

有一年，在南京住了几十年的书法大师萧老回省城故乡拍电视片，听了石城梅家庄苗族蜡画高手杨金秀的故事，约在黄果树宾馆见面。我们好些人都在场。杨金秀当面画了几笔：一根五尺长的蜡线，从这头一笔画到中间，倒过来从那头一笔画到中间，接头严丝合缝，从头到尾不见一个疙瘩。又画了两只鸟，两枝花，整体对称,细节各别。另外送给萧老一张画完的蜡画。杨金秀口才也非常之好!她说,萧老你看,我画的雀子是活鲜鲜的,我画的花是笑颤颤的!围观的人都看呆了。南京作家协会主席俞老师连声说,神乎其技神乎其技!萧老活到九十多岁高寿。纪念文集有她学生的文章说,老人家最后的日子,把杨金秀送给她的蜡画挂在床头经常看,还对学生说,我不如她。

这个杨金秀,我陪两位作家去梅家庄采访过,早就名声在外。周围几十里有姑娘要出嫁,包起粮食来替她挣工分求她画蜡。有一年县蜡染厂接了一宗出口大单,画蜡车间人手不够,从民间招了一批画蜡高手赶任务,其中杨金秀出类拔萃,超过专业技师。想招进厂来,农转非解决不了。改革开放以后,杨金秀自己办蜡染厂。去美国旧金山表演,媒体称她大师。手会画嘴会讲人还长得好看,主要是有创造性想象力。前些日子去看一个展览,有个年轻姑娘过来打招呼,说是杨金秀的孙女。问起杨金秀,过世多年了,享年还不到六十岁。

旧时石城真是个白石头城,石雕工艺很精湛。石街石墙石板路,石阶石院石板房,石缸石碓石擂钵。府文庙从大门梯坎到棂星门透雕牌坊到泮池泮桥到前殿到后院到大成殿,一色的白棉石。民国初年做过教育总长的任老先生写过文章,比较石城府文庙和京师太子监的建筑,说京城的规模宏大,石城的小巧,内容一样。京城的建于平地步步深入,石城的逐层向上使人生仰之弥高的敬意。京城的是木建筑而石城的以石头为主,透雕白石牌坊、宫墙、泮桥、廊柱分外肃穆高华。大成殿一对透雕石龙柱是镇庙之宝。传说当年刻匠的工价是按錾下来的碎石粉末重量计,一两石粉一两银子。前殿另一对龙柱,刻工豪爽大气,那回我带你去看,我说喜欢这一对。你说我,厨子看中那两只筋肉饱满的龙腿。据说开放旅游初期，有老外想用三十万美金买大成殿那对透雕龙柱。石城人听了好笑，谁稀罕！

下江人还在的时候，有一天我在东街小十字看见捏面人的老者做了个很大的穆桂英戏装像。全副京剧装扮，女靠女盔、靠旗蛮靴、翎子女刀，该啥有啥，一件不少。那张脸开得是又标致又英俊。我半天走不开。心口怦怦跳。不敢开口问价钱，晓得买不起。这个总穿黑棉袄扎裤脚的老者一看就是北方人，天天在铜匠街口摆摊子。我只要路过一定站起看他捏面人的动作。一个小桌子，半开的小抽屉排起五颜六色米面，前面一个小架架，插起两三个做招牌的小件，多半是猴子捧仙桃、大公鸡啄蜈蚣。你来了，要啥捏啥。济公活佛观世音、桃园三弟兄、西游五师徒，你点得出来他就做得出来。捏一个猴子捧仙桃用不了一分钟，像变魔术。红黄蓝白米面一样拈一小颗，搓成一团，小竹刀一刮，就是一根五色飘带。后来见《人民画报》登的北京"面人汤"作品，那座穆桂英戏装像一点不逊色。风格一样，老者估计也是京津的。难民走了之后，不见这个面人摊摊了，心想这种高人是该回大地方。不想前两年有一次无意间谈起，帅爷说这人和他是街坊。当年大概无钱回乡，就地安家，生儿育女。面人不捏了。小件不值几文，大件没有人买。我听了连声叹可惜。那个时代，好多匠人只把手艺当饭碗，养不住家就转产，衣食不愁了就扔开，不觉得金贵。孟小冬都舍得丢了玩意进杜家，何况别人！

婵孃家后门有一横一竖几间平房，交给三家亲友住，三家都是手艺人。柏幺婶家，她做针线，老爹做木匠，儿子做皮匠，姑娘管锅灶。幺伯伯的木工活路粗糙，也不大见他干活，立在朝门背后的几块材料总是灰扑扑的老样子。又嗜酒，哪时候见他都是酒气喷人。柏幺婶才是一家之主，一年到头帮人家做针线。婵孃家人口多，要换冬夏衣裳了，就请柏幺婶。活路少只请她一个人，闷声不响地做；活路多请两个三个，就热闹了。在娃娃们温书做作业的房间铺起门板，对面坐起，铺开布，用灰包弹出横横竖竖的线，剪刀剪了，飞针引线。手不闲嘴也不闲，边做边家长里短闲聊。我每天出后门到新桥上买菜要过她家，总听见皮匠柏大哥的声音，不忙就进去蹲在地下看他和一个师兄弟绱鞋。两个人坐在很矮的小板凳上，把鞋底和鞋帮比好位置锥个眼，两根猪鬃针对穿，扯紧，小锤敲一下，又锥一个眼，对穿，扯紧，小锤敲一下。边做边讲闲话，也是手嘴都忙。想来也是因为边做边讲不寂寞才凑在一起做。说着说着又长声吆吆唱山歌。

柏幺婶很满意这个儿子，对婵孃讲这娃娃从小贪玩偷懒，尾在大烂仔后面混，两条街打群架回回冲先锋。脾气又不好，一说就扯横条。咦，忽然之间就变了个人，说他不对嘴了，烂仔来约不去了，又听劝学了皮匠，还看书写字起来，不晓得是哪路神仙的点化。我过他家过道上，真的见过道板壁上他写的字，有一句是"花园虽好，缺少牡丹"，一看就晓得是在说你舅舅的花园。没过多久，皮匠柏大哥和两三个人去省城进皮子，回程坐在敞篷货车上。天擦黑，山风一刮，把一个同伴的呢礼帽刮飞了。这时候柏大哥刚入哥老会，帽子吹落的这位是袍哥前辈。他以同门小兄弟的忠心，起身就跳下去捡帽子。他脸朝后猛一跳，当场就摔死在公路上。车到石城天快亮了，到他家报信。柏幺婶从此得下个打逆嗝的症候，一直打到过世。

住柏家拐角是薛大哥，新式裁缝——柏幺婶两只手动针线，他两只脚踩机器。先是借婵孃的胜家牌缝纫机，后来自家存钱买了一台二手货。薛大哥是某家亲友介绍来婵孃家做衣裳的。一个大娃娃，二十出头，高个子络腮胡，浓眉毛亮眼睛，帅得很。性情也是个大娃娃,和你表弟妹们玩"触电",追得风快,吓得几个小的边跑边哭。他会画铅笔画,你表弟看了他从云南回贵州一路画的风景,佩服,他就把这些画送给了你表弟。祖佑送他一支维纳斯牌6B铅笔,他死活不收,说是太贵重。勉强他收下,第二年暑假回来他又拿来还了,开都没有开过,说是已经不画画了。后来参加公私合营服装社,成了家。薛大嫂是屯堡人,高大能干,脸兜红彤彤。接连生了两个儿子,一个叫抗美一个叫援朝。前年我去文庙参加一个会,那天赶场,大箭道摆了四行摊子,只见脑壳起波浪。我在人堆堆里头挤,冷不防瞥见远处一个人像是薛大哥,只不过瘦壳郎筋,肩膀一高一矮,嘴也歪了,两只眼睛眯起一只,胡子拉碴还拄根拐杖。我几次想要去看看他的,兹一见就熄了念头,心想但愿不是他。半年多以后,听一个认识的女娃说薛大哥过世了。他们两家是老街坊。大箭道看见的真就是他,他中过风,半身不遂,成那个样子了。

　　第三家辛伯,是你家亲戚。原先住旧州,辛伯跑乡场做小生意,辛伯娘织小布,老母亲做饭带孙孙。后来你舅舅让辛伯进公司,任广州庄经理,精明干练。前几年档案局清理民国档案,清出公司完完整整的原始档案,记录了辛伯的许多业绩。随便哪时候去他家,辛伯娘都是坐在老式机子上,梭子不慌不忙,啪一声过去,啪一声过来;辛婆婆总是在厨房做事。后来公司收摊,辛伯回石城,和几个朋友办了个小企业。"三反""五反"运动开始,说他们偷税漏税,罚款停业还拘留了几天。辛婆婆一辈子不接触社会,不明白十多年的积累怎么说没有就没有了,一怄倒床,半个月就老回家去(过世)了。辛伯就开始挑龙井水,零卖、送固定人家。开初我心想兹是暂时应急,他的才干要做大事。不想他一挑就挑到儿女拿工资养老才丢扁担。三个儿都成才。一个当县人大主任,一个当建筑社主任,一个成了画家。

手艺手艺,要紧在个"艺"字。拿家具打比方,有的做工细致偏偏俗,有的粗枝大叶偏偏美。有巧手还要有艺眼。艺眼就是审美感觉,兹是根本。手管技,心管艺。艺眼靠天分加文化才打得开。唐朝孙过庭说的:心不厌精,手不忘熟。我对掌勺这点手艺,自问还过得去;后悔的是没有下功夫多学几门手艺,尤其是细木工和捏面人!那是留得下东西的。我做的小板凳,始终不敢拿出来见人。

我自小敬佩手艺人,当然受老爹的影响。他晓得我退学伤心,带起我去别人家办席的时候,总要叫我穿得干干净净,洗头剪指甲,见人不要害羞也不要逞能。说人靠手艺吃饭最硬气,天干饿不死手艺人。他哪时候都干干净净清清爽爽;和人讲话,不管你哪样身份,都是不卑不亢。我发现但凡手艺人,身上也都有兹种自爱自重的神气。那些不会手艺的穷苦人就少有这种神气。长大以后明白了,兹种神气起始于职业训练:接活路要上心敬业,不能堕名声砸饭碗;对主家要和颜悦色好商量,又不能坏了规矩。你将钱换手艺,我将手艺换钱,两不亏欠,主客平等。手艺人跟雇主不存在人身依附,兹就归结到安身立命的根本了。所以手艺人不用像叫花子自轻自贱,不用像当差役诌上压下,不用像做买卖左支右绌。平空白地送他一笔钱,不论多少他不会接的。

《民国府志·工矿志》

府直辖地居郡之中心,为郡治之所在,五方荟萃,人烟稠密,日常生活用品需要浩繁,工业自较各属发达。如织染、缝纫、烟酒、食品、烧窑、建筑以及毛革、油漆、五金、家具、文具、雕刻、印刷、修饰装潢等业，无不应有尽有。其中以织染、缝、食品、建筑、五金、家具等业为最发达。产品则以荸荠粉、鸡蛋挂面、剪刀、菜刀、斗笠、月琴、皮包肚、绫绸、花线、烧酒、酱油、糖食蜜饯以及皮纸书、牛毛毯等最为有名。

原编者按：府直辖地民国三年（1914年）改县治后，工业较前更为发达。除原有各种旧式手工业及旧式机械工业外，又增加新式手工业及新式机械工业多种。据最近调查，全县业工者共约六千六百余户，男女约二万三千余人，占全县人口总数约百分之十。但其中有兼营他业者。全县年出土布约三百六十万匹，斗笠约十万个，草席约一万二千床，皮货约十余万件，烧酒约五十万斤，面粉约三十万斤，挂面约五万斤，荸荠粉约二十万斤，葵花油约一万二千斤，菜油约十万斤，核桃油约八千斤，烟油约八万斤，豆油约五万斤，陶器约一百万件，砂锅、沙罐约二百八十万件，砖约一百万块，瓦约一千二百万片，石灰约四十万斤，木炭约一百万斤，铁器约二十万斤（其中剪刀约一万把，菜刀约二万把）。

昨天去送邓老师上山。家属说：你年纪大，不敢当！我说死者为大。邓老师是谙熟石城历史文化风俗民情的专家。为人厚道豁达，说话风趣，公认最有"石城范"。他自知不起的时候，作了三副自挽对联：吾生有涯，儿女纵多情，强留片刻终不可；事业无尽，轮回若非假，暂歇数年又重来。第二副是：清清静静来，干干净净去。第三副是：生老病死自然规律，妻儿媳婿无须大哀。第一副作得真好！我坐在一棵树荫底下，听他们和墓园工人在那边操作，想起有一回开个啥会，散了会他要我去他家，说是得了点江龙白沙新茶，是他太爷到他父亲到他几代人的爱物，好些年没有见到了，一定要去喝两开。那天还在他那里吃了饭，他夫人一手老家常菜，清新爽口，也不坠石城主妇的家风。

下山以后又叫年轻人陪我绕路去青苔堡黄齐生先生故居转了一圈。黄先生是我顶佩服的前辈乡贤，他的故居在青苔堡，就是邓老师和潘老师两个人考证出来的。

黄齐生是王若飞的舅舅。王若飞当过中共中央秘书长。一九四六年国共重庆和谈，舅甥俩一起在回延安的飞机上遇难。飞机上还有抗日名将叶挺。因为大雾降落不了掉头往回飞在黑茶山撞了岩。没有黄齐生就不会有王若飞。王若飞自己兹样讲，别人也都把他两个连在一起讲。两舅甥都是有胆识有担当的山民汉子。后来王若飞在甘肃坐国民党的牢，眼看性命不保，舅舅黄齐生赶去探监，找傅作义申诉，眼看营救不下来，就在近处租间民房，探监时间去和外甥说话，准备在王昭君青冢附近为外甥收尸入土。后来国共第二次合作，王若飞才得出狱。王若飞从小是孤儿，又憨憨的不机灵，当家的庶祖母非同一般地虐待他。黄齐生早先在县城当学徒，爱书如命。哥哥黄干夫在省城做银行，推荐他为朋友的商号当经理。黄干夫和几个朋友办达德学堂，最得力的就是黄齐生，后来接任校长。他知道妹妹的遗孤受虐待，就回石城把王若飞带到省城进达德，言传身教，带起参加各种进步活动。他带学生团去日本，到巴黎，学生们半工半读，他在住处做饭洗衣裳。

抗战结束，外甥是国共和谈的中共代表团成员，舅舅是延安赴重庆慰问团成员。随后舅甥同机殉难。所以人称难舅难甥、千古舅甥。

我佩服的是老先生本人。他作的一副对子说：事在人为，休言万般都是命；境由心造，退后一步自然宽。他就有兹样的意志和智慧。抗战爆发，热血青年向往延安，当局造舆论抹黑延安，教育界也生出种种分歧。黄齐生作为达德学校校长，态度是耳听为虚眼见为实，是好是坏要亲自去看一看。那时候的交通条件，出这样的远门谈何容易！他真就动身去了。路费是他的学生谢孝思把住宅抵当得来的。他从延安转来，到各学校演讲延安的抗日民主新气象。当局嫉恨，要逮他，他连夜逃亡避难。他由最亲近的学生谢孝思陪着，先走云南到昆明，又从昆明走重庆。一路有车搭车有马雇马有滑竿雇滑竿，一样都没有就开动双脚走荒山野岭。谢先生文集里头有一首诗的注释记下了逃亡路上的一个小故事。那年重阳节第二天，两人坐滑竿走到天擦黑，住进一个荒村小店，老师问学生，今天有诗吗？学生说，有。就念给老师听：一天风露湿衣裳，始觉他乡异我乡。四面空阔谁慰得？虫声唧唧桂花香。老师一听不高兴了，正色厉色说，简直唏嘘欲泣了！学生立马醒悟：倔强不挠的老师批评他情绪低沉了，不觉下泪自责。老师也就高兴起来，和学生划拳赌茶。黄先生到重庆以后，和教育家陶行知先生成为好朋友。谈到教育树人的根本，黄先生提出五个"的"字为新时代做人的标准：生产的技能（富），康健的体魄（强），科学的头脑（真），艺术的兴趣（美），平等博爱的精神（善）。陶行知先生非常赞同，立为他办晓庄的校训，只是把第五条改为革命的精神。黄先生认为不必改。老先生后来去延安，受到很高的礼遇，又参加延安诗社，跟林伯渠徐特立这些老革命唱和，心情舒畅。他性情开朗，到处看到处问，延安军民都晓得来了个贵州大胡子黄齐生。后来参加慰问中共和谈代表到重庆，就有点延安首席民主人士的意思了。他殉难后很多老革命写了哀悼诗文。元帅诗人陈毅的《哀黄齐生先生》最是情真意切。

那时候有副对子很流行：养天地正气，法古今完人。我看黄老先生就算得一个完人。你想，一个贫寒出身的小学徒，靠自己的努力成为这样一个人物！辛亥革命在武昌爆发，他就用贵州抗清名臣何腾蛟的事迹写成川戏剧本《大埠桥》给达德学校师生演出，鼓吹推翻清帝制。后来又写过《亡国恨》《共和鉴》《自治鉴》等十多部话剧，贵州话剧史承认他是贵州话剧的创始人。我最佩服老先生的见识。知识容易得，学问能积累，难的是有见识。见识就是智慧。近年地方上编了一本《石公黄齐生》纪念他，有人写了几句像赞：伟哉石公，人中之龙。性为贞石，情为和风。高洁如荷，刚直如松。求索似渴，唯仁是从。树人育才，不世之功。流离颠沛，意态从容。化作大星，辉映天穹。当世墨子，伟哉石公！石公是老先生的号。他留下的文字不见提过墨子，可是他像是天生的墨家弟子。墨家宗旨是兴天下之利，除天下之害。墨家重实践，鲁迅先生写他说楚救宋，自带干粮，跑路跑得草鞋带断了三四回，脚底起大泡；回程又淋大雨，鼻孔塞了十多天。你说像不像我们的黄先生？

我在青苔堡故居对老先生青铜坐像说：老人家，老人家，你咋就没有想起回来一趟呢？你老人家若是回来，算不定我还有机会帮我爹炒两样家乡菜敬你老人家哩。

黄先生的那位高足谢孝思先生也是了不得的人物！抗战胜利后随国立社会学院从重庆迁回苏州，在苏州住了一辈子，为苏州立下了两大功劳。一是新中国成立之初主持修复十几座在战争中被夷为废墟的著名园林，如今是世界级的人类文化遗产；二是前些年城建大拆大修，他百折不挠保下部分古城。《姑苏晚报》为他百岁寿辰出专版，称誉他和伍子胥是苏州建城一千多年贡献最大的两个非本地人士。谢老享年一百零四岁。他去世后国际天文组织将南京紫金山天文台发现的一颗小行星命名"谢孝思星"。了不得的荣誉吧！

兹种人物，今天难找了。

陈毅《哀黄齐生先生》诗

近代教育家，党化争高位。其专市门面，其志图饱醉。
独夫喜独裁，教育聚以类。惟我黄石公，一心专作对。
自愿伴清寒，硬骨傲权贵。黔省办达校，晓庄与陶会。
卓育众英才，当局累见罪。黄公仍不屈，反抗更尖锐。
跄踉走天涯，经年战颠沛。貌似泰戈尔，诗笔苏陆味。
柔翰创新格，颜欧能荟萃。尤其善辞令，雅健心肝肺。
妙言欢四座，幽默多比譬。一心为人民，向前耻后退。
黔南王若飞，椿萱早见背。黄公代怙恃，抚养劳寝馈。
琢美成英材，大名扬海内。不幸入缧绁，营救无怨怼。
三次探监牢，哽咽挥老泪。终于得生还，心血不勾费。
舅义高云天，甥才亦十倍。甥舅兼师友，风义世弥最。
如我在交末，延水长把臂。起坐浴春风，文采愧前辈。
惜别不半载，夙谊入梦寐。何期黑茶山，甥舅同失坠。
惨痛绝人寰，举国嗟玉碎。我欲诉苍天，苍天殊聩聩！
我欲探幽冥，幽冥亦昧昧。魂兮归延安，盛德应享配！
最后一誓言，遗志永不废。最后一哀悼，典型永戴佩。
最后一祷念，凶顽必崩溃。

你二舅走了，我又去了一趟殡仪馆。这两年走的亲友多了，只有几位我去送了行，其余的都只能送个花圈表示哀思了。

还记得这位二舅吧？你舅舅不出五服的堂兄弟。从家乡出来投靠先生的时候才二十多岁。领的第一个差事是同姚电气师去金城江买发电机。两个人到了地方，住在旅馆等货，那位抽鸦片，他捧坤角，还没等到来货，钱花光了。连回程车票都无着落。硬起头皮发加急电报求救；先生另派人去，连人带机器拉回来。也不多说，姚电气师接着装机器发电，立功赎罪；你二舅就打发回老家去了。回家半年多，几次写信认错，你舅妈也帮着说情，才又叫回来，在铺子当店员。

　　他年纪长我十岁，我跟你们喊二舅。要论接受新事物，通城数他是领军人物。发型是"飞机头"：偏分一线，窄边贴太阳穴，宽边吹个小山包。那时候没有电吹风，烧炭，一面吹一面用大刷子刷发蜡，吹完就定型了。晚上必须戴毡子睡帽，睡帽里外浸油。三接头皮鞋亮晃晃不沾灰。还置了一套灰哗叽三件套西装，穿不出来，去青光照相馆穿起照了张相，压在玻板底下。一年到头都是店员打扮，长衫从颜色布料到尺寸大小都暗中讲究。骑英国三枪牌脚踏车，玩德国蔡司照相机，都是你舅舅从上海带回来的，无时间用，都归他玩。他也爱惜得很，那车哪时候都亮晃晃的。从上海邮购电影明星照片，用小毛笔上彩色，水彩油彩，讲究脸部受光的变化。他认为最美的不是胡蝶是陈云裳。会吹口琴，会唱黎锦晖的流行歌曲：桃花江是美人窝，桃花千万朵也比不上美人多。毛毛雨毛毛雨下个不停，微微风吹个不停。记得我呀，小时住在丁香山里，现在老想回到那里去玩玩！玩一玩，玩一玩，丁香山！还有《麻将歌》：星期一那天，去打麻将牌。记得其中有一盘，白板先出现；碰红中，杠发财，做成一副美丽的、美丽的满贯牌。风呀小心一点吹，不要把灯吹熄了，现在，时运正在来！财运正在来！几首歌我只听会几句。还为你小表妹排演儿童歌剧《麻雀与小孩》：小麻雀呀！小麻雀呀！你的母亲哪里去了？我的母亲打食去了；还不回头，饿得真难受！于是小孩就把小麻雀哄到家里关起。老麻雀到处找。小孩知道错了，向老麻雀认错道歉：都是我不好，骗他到我家；害苦了你两位，惭愧极啦，请你们原谅吧！老麻雀说：仁爱心、真实话，品德很可嘉，不要客气吧！看，这时候月明风清草绿花香，大家跳舞吧！大家就跳舞。麻雀扇翅膀，小孩跳脚拍手。麻雀翅膀是纱巾披在肩头上，小孩是女扮男装。

后来先生一家去了省城。二舅本是老资格的店员，但有一层兄弟关系，没有得进店员工会。他自己开了个小甜品店，卖甜饭、冲冲糕、水晶凉粉，手艺很精致，回头客不少。后来这一类小店都收归饮食公司，我也从地区招待所调公司办公室，和他算同事了，走动就多起来。他只是喜欢新潮，做人规规矩矩守本分，不沾恶习嗜好的。对你们侄儿侄女那叫爱护备至，一关饷就带起你们吃过街调。你舅舅家老房子留下的几张照片都是他约照相馆技师来撑起三脚架拍的。后来这些爱好都丢了，循规蹈矩在清真饭馆开票收钱。他写得一手好行书，写过好几块招牌。

他退休以后，我时不时还去看他。一天菩萨样坐起。和我谈起老话来，一清二楚，记性非常之好。

《石城志·杂事》

王亚，明初人。性好游荡，不甚理家事，食后即出，与一般少年嬉游。家中只一老父，夜归必早，以侍父寝食。一夜偶迟，叩门不应。逾垣入后圃，见地上有父履一只，大惊，入房呼父，仍无应者。急取火遍瞩，见数步外有残肢，血迹淋漓，细视乃父足。归，痛绝于地。次日请同伴遍寻之，得余骨，市棺葬之。自此不再出游。

一日，邀众狂饮。酒酣曰："虎伤吾父，誓不共生。今置刀，磨砺以备，必有以。"众视其刃，极锋利，重十三斤。继曰："明晨必寻虎。若为所噬，则永别；若得祭父，望代料理。"众诺而散。次日，天微明，出寻虎。遥见虎卧对岸岩下。河宽二丈，亚立岸下，故以小石掷击之。虎起见亚，一纵过河，势猛，过亚，亚以两手坚持其尾，虎头左噬则避右，右噬则避左；得便则以虎触岸。相持二三小时，力皆尽。虎舌长数寸，涎长尺余；人屹立不能动。是日，众忆亚醉中之言，寻之室，空无人。乃集众持刀矛出村寻，见于田中。稍近，以石击虎，不动，群矛齐刺，中虎目，虎一叫而绝。亚犹坚持，气仅属。众异归，照嘱料检云。

唱关公戏的苗老艺术家过世了。我去灵堂行礼，向杨大姐慰问。一个东北人，在贵州唱了几十年戏，还成了石城女婿，这次从省城回石城吃喜酒过世，跟我们石城缘分太深。历史上的关羽其实不像后世传说神化的那样，经《三国演义》一描写，清朝皇帝一推崇，袍哥商界一敬奉，就非常之显赫了。徽剧汉剧蒲剧川剧都讲究演关公戏；京戏后来居上，专成一门行当。盔铠褶子、功架唱腔、青龙偃月刀，前面马童翻跟斗开道，后面周仓关平摆造型，都是独有独享，一出台跟天神似的。苗老师的关公戏在西南很有名。有一年石城办川主会，你舅舅是四川同乡会会长，他请苗老师在川主庙唱《华容道》，没有请川戏班。京剧关公戏说是有几十出，其实好看的也就是《走麦城》《水淹七军》《古城会》；其次是《华容道》。《单刀会》要看昆曲，登船观江景一段诗情画意非常之好看，开宴以后就重繁枯燥了。《水淹七军》好看，关公夸庞德，载歌载舞，从人夸到马，从刀夸到武艺，恨不得立即归降为我所用。那种爱才惜才的心情刻画得非常之动人。《走麦城》虽精彩，英雄末路有点惨淡。好多人看《三国》电视剧，关羽死了就不想看了，读《三国演义》，诸葛死了就不想读了。人同此心，心同此理。

抗战中后期，一个带番号的荣军临时教养院设到我们地方，专门收容前线退下来的伤残士兵。院长姓田，据说是历史学家，你表弟的学校请他去演讲，我跟去见识。大胖子。下肢瘫痪，坐一张加两根木杠的大藤椅，两个兵抬起，一直送到旗杆台前面。他就坐起讲，捏块大白手巾不停擦汗。外省口音的官话勉强连听带猜。只听出两点，一是说诸葛亮和刘备虽号称一体君臣，刘备还是相信关羽张飞超过诸葛亮。二是讲赵匡胤得了天下就杯酒释兵权。老百姓对田院长评价不错，说田院长是儒将，坏事的是他手下那帮混世魔王。那帮中层干部没有真伤真残的，各有背景谋到这里的美差，吃喝玩乐，养尊处优。他们的第一嗜好就是京戏。西街大戏园就是其中一位姓杨的辞职出来办的。有位军官两个姨太太都是京戏角子。伤残荣军集体心态不平衡：有我们流血牺牲才有这个临教院，你们饭碗是我们给的；反而主客颠倒，衣食父母粗茶淡饭，管家帮工吃香喝辣。愤怨难平，兜起豆不敢在院里炒，就上街撒气。石城有句谚语：东街一枝花，西街胜过它；南街平平过，北街苦荞粑。东街多商行字号，殷实；西街是云贵通道，抗战时期地位猛升，戏馆饭馆面馆旅馆应运而生，一到夜晚，香烟摊，水果摊，两行玻璃灯，半明半暗中穿呢军装的武官、穿咔叽风衣的黄草坝烟贩子荡来荡去，搽胭脂香粉的明娼暗妓趸来趸去。东街的夜市是点臭石灯的卖打药场子，难民卖旧衣物的跳蚤市场，寒酸多了。荣军们的泄愤行动自然集中在西街。白天巡视街边摊贩，香烟水果葵花子花生板栗毛栗，看中就抓，抓起就走。摊贩胆小的自认倒霉，咕哝咒骂；胆大的追在背后喊"先生拿钱"。荣军转身大骂：老子在前线流血牺牲替你们打日本，拿包烟还要钱！小摊贩靠蝇头薄利养家，分分钱都是血汗，把他们恨到骨头里去。官称荣誉军人，老百姓把他们叫烂伤兵。荣誉军人晚上就闯京戏园。守门的不敢问票，敢问就拳脚回答。放进去多了，老板又吃不消。因有军方背景，商得当局在最后一排设"弹压席"，每天坐一班荷枪兵士，一闹就出来弹压。有一回，一位荣军喝了酒，闯来看戏被拦住，破口大骂，引出弹压兵，撂下狠话走了。不想真带了个战友转来，抱卡宾枪对戏院哒哒哒一阵真枪实弹，吓得路人和摊贩尖叫狂跑，一片大乱。这个戏院是倒装结构，进去先过戏台，转身落座。卡宾枪从街上扫射，挨子弹的是后台化妆室。那天大轴戏是苗老师的《驱车战将》，上了妆还没有穿戴，和戏园杨老板在聊天。忽然听见哒哒哒一阵响，子弹嗖嗖嗖从窗子斜穿到房顶上，他还莫名其妙，军人出身的杨老板抓住他就从侧面窗子爬到邻居楼上，再梭到地面。这才明白过来，后怕不已。

　　说起来，这位抱起卡宾枪扫射的荣军，还跟你扯得上亲戚。你舅妈兄妹二人，哥哥做小生意去世早，没有留下儿女，嫂嫂居孀抱养了一个儿子吴老大。吴老大读过点书，十六七岁时候在你舅舅的门面当学徒。性情非常之孤僻，不和任何人讲话，安排的事，愿做的闷起脑壳做，不想做的只当听不见。一个爱讲笑的师哥说他犟牛脑壳九斤半，他把手上的碗筷朝地上一摔，一头把师哥撞个仰天八叉，后脑壳撞个血疱。当夜离家出走；留张条子四个字：当兵去了。一去杳无音信，都说阵亡了。养母在堂屋神龛上给他立了个小牌位，跟着天地国亲师享香火。想不到几年以后有人见他在临教院出入，走路一跛一跛。养母赶去看他，他也出来见了，对坐半天开了一句口：又没得死，哭哪样！他从不上街耍横，也无兴趣看戏，气憋肚子像火山，战友一怂恿就喷了。后来领了个开除处分，到轿子山煤矿当职员。还接了个贤淑明理的乡下媳妇，对婆婆孝顺，养老送终。

苗老师是石城女婿，老丈人和先生是商界熟人。我们喊他夫人杨大姐。前些年省剧协写戏剧史，杨大姐带起一份详细的职称申报表，来找我帮忙，我问起这桩旧事，苗老师心有余悸，说那天若不是杨老板，恐怕一命呜呼了。

吃饭时候，杨大姐要了一只大碗盛个帽儿头，选几样无辣椒的菜堆在上面，递给苗老师。我说起有一回过街见苗老师在狗不理吃灌汤包子，杨大姐坐一边守着。杨大姐说那是他最喜欢的，每星期陪他出来吃一回。又讲了一个他的笑话：一九五〇年省城开各族各界人民代表大会，苗老师是京戏界代表，魏老师是川戏界代表，两个一起去报到。报到要签名。苗老师一笔一画签了。魏老师拉他胳膊：帮我签一个。苗老师不吭声放笔走开。魏老师只好开口请工作人员替他签上。走过来埋怨老苗不仗义，老苗小声说，我只会写自己的名字。

杨大姐当面讲这些，苗老师吃他的饭，一点反应没有。

我趁气氛融洽，半开玩笑提起一个多年的谜团：苗老师厉害，一晚上就把我们石城四大美人之一拐起跑了。杨大姐说，讲起来冤死人！那回他从昆明过来原定演一期，头一场我们几个县女中的学生约起，仗着胆，去后台看上妆。他坐镜子面前开脸，我们围在后面看，不晓得旁边有个小报记者，第二天就登出一篇含沙射影的文章，里面点了一个县女中学生杨某，这就不得了啦。同学骂，学校喊，妈叫爹撑。心一横，选死不如选活，干脆跟他一走了之，找他说了，就和他两个弟弟一道连夜去了省城。家里怕出丑，秘而不宣，就此不了了之。天长日久，家里也就接受了。

他那晚上的《华容道》我印象非常之深，刚在昆明置的全金绣绿盔绿甲，出场前那场急急风打了足足两分多钟，打得观众心子都吊起好高才出场。

杨大姐跟着苗老师吃了不少苦头。有一年苗老师带班子去镇远，原定演一期，不想正赶上"跑步进入社会主义"，剧团改制公私合营，就地不动。一个小县城就那几个观众，一个班子就那几出常演剧目，能维持多久？渐渐门可罗雀了，几十个班底指着团长吃饭。杨大姐在戏园外面摆摊子卖香烟干果。几个儿女破衣烂衫。苗老师只差逼疯，多次到省厅哭诉求救。后来省城组建国营京戏团想要苗老师。苗老师说要来都得来，我走了他们怎么办。但新团也是原有合营团组建的，底包齐全，养不了多余的人。几经协商，镇远同意安排其中一些人，苗老师才留下包括两个弟弟的旧伙伴来省城。留下的全部转业，就地到工厂商店服务行业。

小时候看戏是瞎看，兹一次见了苗老师那份很详细的登记表，才弄清楚他应当归于关外唐韵笙的流派。他多才多艺，常饰文武双角，像《宝莲灯》前刘彦昌后沉香，《封神榜》的黄飞虎和大伯邑考。他的关公戏也是唐派。常贴的《驱车战将》《郑庄公》《斩韩信》更是唐派独有剧目。他演金钱豹不用京派那种长杆叉，用两柄短把大头叉。后来剧团移植演出《碧血扬州》，他到原创团观摩，带剧本回来，对主角的身段融入边打边舞边唱的唐派功夫，脱胎换骨。我听他们蒋团长回忆，那段时间天天晚上看见老苗子扎靠旗穿高底靴左长枪右马鞭，在院子里边唱边舞，琢磨身段武打。这出戏上演后轰动一时，原创团都派人来观摩学习。

杨大姐讲，苗老师单纯得很，只要有戏唱，别的一样不争。只有两个遗憾。一是他到天津用《劈山救母》换厉慧良的《钟馗嫁妹》，剧团无钱制全堂服装，没有演成。二是派他到北京学《红灯记》，转来叫他教给别人上台。中间荒废几十年。恢复传统戏以后，苗老师高兴了，省城演，地县演，工矿部队民族地区演。专演关公戏，《古城会》《华容道》《单刀会》。省城文化局给他办从艺七十年纪念，我赶去朝贺，他居然演了全本《郑庄公》。先到后台去看他，几个领导正在反复交代，哪里累哪里歇，千千万万不要逞强。他含了一截花旗参，嘴巴一动一动，连连点头答应。硬是拿下来了。当然唱念做打都删繁就简，点到为止，不过也比人强了。八十四岁那年，要回石城吃亲戚的喜酒，两老在路上为小事拌起嘴来，杨大姐站住说，不去了！苗老师不停步，说，那我先走了！吃酒的第二天，苗老师突发心脏病，真的先走了。杨大姐说，一语成谶啰！

苗老师是辽宁人氏，进贵州是他表兄殷汇洲推荐的。殷汇洲是京戏最早进贵州的红生，他的关公戏有花脸味，遭戏评家在报纸上嘲笑，他就推荐了苗老师。我还记得报上的介绍，说苗老师厚重少言，无旧班习气，业余爱踢足球。他带了两个兄弟来，苗逢春唱武花脸，狮子楼给他配西门庆，武松一脚踢他倒在地上，一甩手，亮晃晃的手插子飕地钉在他脑壳边。苗德春跟着哥哥学武生，我看过他一次《杀四门》。后来兄弟都改行当了工人。苗家和贵州有缘。

前些日子去文史馆看孙竹雅先生画展，遇见杨大姐的兄弟，说杨大姐也过世了。我记起那回在我家，杨大姐说那年剧团批准苗老师去京沪寻师访友，杨大姐护理随行。在上海拜访言慧珠，言慧珠托他们捎一个瓷坛到梅兰芳纪念馆。这只坛子是当年梅兰芳收言慧珠为徒，送给她平日在家里喊嗓练唱用的。在火车上，杨大姐一路把坛子抱在身上，一直抱到梅兰芳故居纪念馆完璧交付。

荣军抱起卡宾枪扫射京戏园，不是小事闹大了吗？戏园杨老板收拾善后，对地方上和临教院调解斡旋。好在没有伤亡，也就息事宁人。杨老板还出了个点子：由临教院票友和戏班为地方人士和荣军弟兄来一场合演，以示军民团结。这场戏有点空前绝后。先生提前去省城开参议会。他从来不进戏园子，你舅妈带起我们去看。开锣是戏班头牌张文艳陪临教院军官票友的《武家坡》。这位军官戏瘾非常之大，过不几天就真下海了；还是和张文艳唱《武家坡》，第二天开始就只能跑家院了。二出是苗老师的《华容道》。压轴是一个军官票友和他战时夫人的《游龙戏凤》。大轴是两位军官夫人的《贩马记》。扮李桂枝的旦角是蔡司令夫人，扮小生赵容的是起先扮正德皇帝的那个军官的又一位战时夫人。这小生实在是风流倜傥，身段道白唱腔都非常之好。回想起来应该学的是越剧小生。名字不晓得，抬出来立在台子边的大水牌只称蔡司令夫人、董团长夫人。蔡夫人叫曹玉君，是从下江来搭班子，大十字钟鼓楼贴的海报称她是美艳亲王、劈纺皇后，三天打炮戏是《大劈棺》《纺棉花》《花田错》。头两出唱了，第三出还没唱就从丫头"错"成了司令夫人。南街上时不时看见她小巧玲珑地挂在蔡司令手倒拐上，慢步过街。蔡司令一身呢军装，线条笔挺，表情庄严。这位蔡司令是接替戴师长驻扎石城的。

　　先生家二进右手的前后两间，借住过一位东营长，也是京戏迷。好像不属临教院的人员。夫人非常之年轻，短头发，灰旗袍；脸上一点血色没有，一点笑容没有，一句话没有，像是个高中学生。还带着个岳父，中年人，灰布长衫青布鞋，一脸的谦恭和气，一看就是老北京。他住别的地方，每天一早过来，营长出去公事，夫人躲在里屋，他就到小厨房做饭。营长回来三个人吃过饭，收拣碗筷，喝茶歇气，然后开始岳父操琴，夫人唱《搜孤救孤》：娘子不必太烈性；唱《珠帘寨》：昔日有个三大贤。余派老生唱得非常之够味。你家有一台落地留声机，京戏唱片一大堆，我见天跟到你表弟妹听，品得出有味无味。前面的店员哥哥们也站在院子里听。有一回还看见她自拉自唱。

忽然有一天，闯进一个非常之妖娆的年轻女子，用一口柔媚软糯的下江话指着东营长大骂，惊动店员和我们跑夹围观。虽听不明白"呵唷来哉"的下江话，也明白是旧人讨伐新人。那一位躲在里屋一点声音没有。北京人也隐在外屋门背后。东营长脸色铁青任她骂，那女子越骂越痛快淋漓，又当着观众，实在绷不住了，东营长拔出手枪，那女子就拍起胸口叫他开枪。北京人吓得赶出来死死抱住女婿的膀子。那女子闹尽兴了，撂下几句这事没完走着瞧之类的话摆驾回宫。营长也悻悻然钻进屋去，从头到尾当没有我们存在。过不几天，可能脸丢大了，悄悄搬走了。回想起来，定是两父女逃亡落难万般无奈走出这一步。两三个月时间，我过进过出，不见年轻女子脸上有笑影子，没得听她讲过一句话。内心肯定瞧不上这个丘八。老百姓把兵叫丘八，丘加八就是兵字。那时候军人社会地位低。好铁不打钉，好男不当兵。连就要上前线为国牺牲的壮丁也拿索子捆成一长串过街。

抗战带来的京戏在石城扎了根，几十年常演不辍。八十年代初还雄心勃勃办新型科班，势头非常好。可惜好景不长，随着外来娱乐形式的兴起，戏曲趋于式微，兹批娃娃也就分道扬镳，各奔前程了。

《民国府志·杂事》

南关厢多伶工，王六寿其最著者也。王工昆曲，尤工皮黄，嗓音嘹亮，韵味深长，做工脱尽恒蹊，颇有独到之处。常往来滇黔间献技，但一登场，座无虚席。当时名公巨卿、富家大室，遇有喜庆堂会，以得王度曲为荣。其名重一时，有如此者。

当时风声所播，南关厢名伶辈出，如张金玉、杨二之须生，李俊亭、李金声之花面，张关保之花旦，皆驰名于滇黔两省。六寿年逾古稀，犹登台献技，殁时已七十七岁。

去省城桐野书屋参加了纪念周渔璜先生的活动。周先生是贵阳郊区骑龙乡人氏，康熙朝做京官，作诗名倾一时，可惜寿元短，享年五十岁，无子嗣。我们石城也出过一位名震京师的奇人，够资格古书上说的"畸于人而侔于天"的畸人。就是何威凤先生。

何威凤生在书香门第，高祖是乾隆翰林，祖父是道光翰林，都精通医术；父亲是优贡。到了他竟然不能入学，从小沿街卖糖果补贴家用。他高祖以文字获罪，流放贵州，定居清镇。父亲何瞻斗在咸丰年间任岩上庄总甲，遭遇三年涝灾，颗粒无收。县官不恤民苦，连番追缴三年田赋。农民无办法，将田中残稻败穗割交县衙，请求减免。县宰迁怒瞻斗，向上司告他一个聚众抗粮的罪名。这时候何威凤的母亲正逃荒在邻县，瞻斗带信让她速速远避，她就背起幼年的何威凤逃到石城。不久他父亲果然被处了死刑。有一天何威凤卖糖果路过崇真寺，听见一群娃娃在拖声曳气读书，就站在外面听，恰好这是塾师郭春帆在教背古诗，抑扬顿挫，他听了欢喜，就天天来窗外旁听。日积月累，居然自己作了首诗，拿来请郭春帆指教。郭先生是石城名士，诗书画印无不精通。见这小孩居然偷师学艺作出中规中矩的诗来，人又长得气派，非常可爱，就资助来馆学习。郭的好友封蕴卿藏书很多，任他借阅，几年之中学识大进。见老师画画，他也跟着学，并且喜欢写生，见马画马，见鸟画鸟，花卉草木、山水竹石，乃至饥鹰攫肉，见啥画啥，无不生气勃勃。大名士周之冕对他也非常期许，把女儿许配给他。光绪乙酉年（1885年）中举。到京城贵州会馆住了一段时间，书画谋生，结交文人学士。光绪老师翁同龢听到他的名声，约来见面。他纵谈国家大事，引古证今，应对如流，翁同龢大为倾服，誉为"南凤北龙"，一时名满朝野。所谓"南凤北龙"，一说是以何威凤比拟明末名震京师的另一位黔人杨龙友；一说是誉何威凤这位南方之"凤"到北京首善之区能够成龙。翰林院的饱学诸公也纷纷赞许，说是想不到偏僻的贵州，竟然前有周渔璜，今有何威凤这样聪慧绝伦的人物。堂堂京城，瞧不起山野村夫的，当然也大有人在。传说有一伙人认定何威凤是欺世盗名，并无真学问，挖空心思炮制了一篇古奥艰涩、密布陷阱的文章，派一个年轻人拿到贵州会馆向何威凤"请教"。何威凤刚午睡起床，正洗脸，没怎么理会。同住的严寅亮见来人求教心切，提醒何威凤。何威凤就接过文稿，边洗脸漱口边读，读完一遍，心中明白，就不置一词，叫年轻人拿回去。严寅亮说，人家诚心请教，还是品评一下吧。何威凤这就把那篇作弄人的文章边背诵边指疵谬，还指出该如何修改。在座的人莫不心悦诚服；那个年轻人回去照说一遍，那些人听了也不得不服气。这位严寅亮也是贵州人，以写颐和园匾额得到慈禧太后赏识而出名。李鸿章向翁同龢称赞何威凤的书法，翁同龢说：何威凤的字藏力于内，筋骨显露，雄秀潇洒，遒劲挺拔，令人生爱。此人初学二王，继学颜欧与秦汉魏晋碑版，又能别开生面。贵州状元赵以炯想送一把扇子给慈禧，请何威凤操刀。何威凤在一面画桃柳图，另一面书法，模仿赵以炯的字。桃柳图题了一首七律，中有一联说："柳色青于名士眼，桃花红似美人心。"慈禧不知道赵状元雇了枪手，赞赏说："真是文雅风流，当代无双！"翁同龢向主政的庆亲王推荐何威凤，说此人是栋梁之材。庆亲王说那就叫来见见，翁同龢说：此人性耿介而倜傥不群，召见恐怕他不来，不如亲去见他，以示朝廷礼贤下士之诚。庆亲王果然步行去会馆下访何威凤。时正酷暑，何威凤穿件汗褡在读书，仓促来不及换衣裳，就这么迎接王爷。庆亲王问以国家图强之道，何威凤提出欲国安必积其德，图国强必选贤任能。庸才在位，于国无益。刘备三顾而得诸葛亮，得成帝业；诸葛一死，后继无人，蜀也就亡了。如得今日之诸葛亮，再加贤能之士，集思广益，共议国是，当兴则兴，当革则革，则内政日修，外侮自平；国家富强，则百姓安居乐业。又提出当权者要指挥得法，赏罚严明，亲贤远佞，事事秉公，重视科学，多派留学生深研造机械、制武器之学，归为国有。又历数鸦片战争以来，一再丧权辱国，都是奸佞用事之过。这些话当面说给庆亲王，无异乎对着和尚骂贼秃。庆亲王坐立不安，悻悻而去，对翁同龢说：你推荐的大才不过是个狂生。再不把他当回事。何威凤自己也不当回事，他看穿官场弊病，不抱幻想，任性度日。翁同龢始终惜他怀才不遇，又推荐给四川总督岑春煊当幕宾。岑很尊重他，他也还安心，在四川共事几年。后来岑调两广总督，何威凤不愿跟去，岑春煊苦留不住，只好随他。临别赠他一张"盐引"，每年可收三千两银子。何威凤回省后，琴书自娱，不修边幅。那张盐引交给盐商料理，短短两三年就被哄骗一空，断了经济来源。他也不以为意，不改其乐，鬻书卖画，潦倒终身。晚年只与清泰庵诗僧虚轩交好，常在庵里谈诗唱和，以庵里芋头为餐，自号"啖芋轩"，题了副对联:"物我争存空世界,乾坤不老一阿罗。"光绪三十四年(1908年),贵州革命党人张百麟创办《自治学社》刊物,请何威凤题封面,他欣然答允说:就应该这样,才能摆制枷锁。可惜我老朽不堪为用了。辛亥革命成立民国,他极感舒坦,却不久又遇到袁世凯称帝,举国混乱,于一九一八年郁郁而死,只活了六十五岁。安葬在南郊洋海。

何威凤孤高自赏,貌似超然物外,实际心境苦闷苍凉。晚年常画墨凤,都作昂首回顾、举足徘徊姿态,仿佛有所企望。识者认为有杜甫"三步六号叫,志屈悲哀频。鸾凰不相待,侧颈诉高旻"的意思。有晚年一首《题凤》尤其凄厉:凄风冷雨入梦魂,桐叶飘撒天地昏。翅折羽摧何所恋,无端长啸两三声。何威凤去世,他老师郭春帆非常之悲痛,作了一首《悼凤》哭他:凤兮凤兮,亦何德之衰耶!非时不出;今之出,尚非时耶?谓尔不幸,尔不已名震京师耶?南凤北龙之誉,岂无因而致之耶?师傅异赏,状元问业,是宁不足奇?又况赫赫督帅倾心友事,招之而唯恐不来耶?有凤在门,门亦增辉;今若此,吾道其安归耶?……凤兮!凤兮!吾为尔惜。难得遭逢,尔乃易失!友教半生,英才有几?尔且如斯,况其余子!荒斋秋冷,老泪纵横。掷笔一叹,凤乃虚生!鸣呼噫嘻!何不来仪?而岐凤已鸣!

何威凤字翰伯,号东阁,又号藻篁。还有许多别号,如梅芬、顾双、药嫦、药道人等。还有个别号叫"七癖",爱琴、棋、书、画、诗、酒、花七物成癖。遗文有《上粤督张鸣岐团防联络法》,是论用兵的策略,分为辨五方、立五阵、选游兵、分阵勇、号令、应敌、选人才等篇,可略见他的见识抱负。张鸣岐是与他同受岑春煊器重的幕僚。岑调广东,何威凤不去,潦倒而死;张鸣岐跟着去了,因缘际会,官至总督。何威凤算得山民性格的一个标本。

何威凤的恩师郭石农，要算我们地方的首席诗人和教育家。晚清时候的人了。生在书香之家，又天资聪颖，诗文书画都非常好，偏偏科举不顺。二十六岁中乡举，以后就屡战屡败，教了一辈子书。中间放过两任教谕，后来主持书院。府志说他"桃李遂至满城焉"。他本名郭临江，老家附近有块偏石板，石板中间有个浅窝窝，像块砚台，他就自号砚石山农，又简化成石农，喊开了，本名少有人知了。孙中山先生推翻清朝建民国，他都是奔古稀的人了，接受不了改朝换代。一篇《道情》显出心情的郁闷：

沧海桑田变幻多，河山回首怅云何。年来无限伤心事，杯酒斜阳一放歌。

（白）俺砚山石农是也。生当世变，年届古稀，既赋《归来》，难为生活。此次改革，实一部廿四史前所未有，在少年英隽，风云奋起，固云幸福。若曾仕先朝，也是一班顽皮无耻，绍彼冯道衣钵，未免非人了。窃自谓新鬼大，故鬼小，曾为故鬼；新人笑，旧人哭，敢作新人？唯砚山片石，乃俺先人传家故物，持之四方，仅堪糊口。去岁游黎峨，今年至幺铺，说什么任教为师。事既无可奈何，忘形忘像，学一个混字，把一切得得失失是是非非，付诸眼底烟云，倒觉得随处可以相安。今日闲暇无事，不免将现在情怀，托诸尺鼓，歌唱一番则可。

苍莽云山三十里，红尘隔断，俗污不染身离垢，喧嚷弗闻耳塞棉。乾坤既倒颠，跃或在天，飞或在渊。这其间，富贵功名哪堪羡，俺唯有翻身跳出圈外圈。聚几个村俗儿童，之乎者也，又是一年。花落水流处避世，愿从此更访桃源。你不见当门这条路么？下走湖，上走滇。竟日里，坐舆乘马，来来往往，无非都为名利牵。如茧自缚，膏自煎，冷眼旁观真堪叹。何如俺静憩于斯，按星期列表，摇聆钟，把课传；字几帖，文几篇，抛笔随处可游玩。寻芳春挈盒，访友夜鸣弦，日作雨余登前陇，牛乏乃见马耕田。归途逢野老，更与他嬉言笑语，假个狂颠。

俺夙怀壮志冲霄汉，扫除天下，也希仲举不凡。可奈一击不中，负虚名说解元。白发老青毡，充几年长院，作几处教官，好不好也算是读书一世了心愿。以为菟裘终老焉，又谁知突遭世变，泽火风大，吹翻俺的吃饭碗。钟鸣人列鼎，广文乃独冷；打破首蓿盘。归路清风引。辛亥国变，侧身天地，几无容身处矣。然而俺要自有真也。

到而今解组归田，两袖清风壁四面。种菊花几盆，傍修竹几竿，学一个晋处士，老死不知羲熙年。这便是俺腐头巾死不变的真识见。可正是归来生计实萧然，素不言钱竟无钱，优游卒岁的话尚难谈。没奈何收拾取那卖不了的残红，又来就馆。

奚不揽强权？奚不占机关？奚不营投票为被选？奚不邀委任作职员？嗐！那皆是新世界，当行出色的英雄汉，若俺这亡国之遗啊，正所谓覆巢莺儿丧家犬，只合匿迹在林前。再傀儡登场，成何鬼脸？故曰：松竹坚吾操，风云让后贤。

俺这下啊，皂隶可与饮，鹿豕可同眠，遇乞儿莲花绰板，遇衲子玉板参禅。无荣无辱无贵贱，何憎何爱何丑妍。称先生我不嫌，称老爷我不欢，曰牛曰马随他唤，太平草木雨露沾。西上山高蹈不足言，有知我者，俺只将一书却聘，继起叠山。

但至是，俺已是一切放下了。隍中鹿，列子醒梦幻；濠下鱼，庄叟证乐观。游山边水边，卧风前月前，坐竹间树间，招取那樵人牧竖、耕夫渔子，聚一团。把前代兴亡，感慨悲凉恣月旦。动心处，搔首问苍天，俺已是不食药，不服丹，康强无病更延年。这便见俺与时偕藏一小传，莫漫诧地行仙。

石城边邑小地方，也有郭先生这样的隐士，虽迂，但也可爱。郭石农和何威凤，难师难徒，一狷一狂。

档案袋里的小剧场话剧《何威凤》稿

何威凤清末装束：长衫小帽，后颈露一根花白小辫，趿破布鞋。右手提毛笔，伏案挥洒。

周氏夫人拎提盒上。

何浑然不觉。

周氏静观丈夫挥毫。

有顷。

周：威凤！威凤！何、威、凤！

威凤听见，掷笔。

何：来了？

周氏打开提盒。

何（看盒）：好东西！

周：趁热吃！

何：刚吃过。饿了再吃。

周：吃了？又是芋头？

何（笑着指墙）：我斋号都叫"啖芋轩"嘛！芋头是好东西，一两千年以前就是老先人的主食，汉书说"饭我豆食羹芋魁"，芋魁就是芋头。

周氏：你不如直接吃书！

周氏默默盖上提盒。

何（有点歉疚）：我饿了会吃的……

周（环顾）：天气冷起来了，把窗子些糊满吧！

何：不冷！（吟诵）月照疏棂面面光，菊花开处已新霜；怪来今夜寒侵骨，为酿明朝亮太阳。哈哈……

周（无可奈何）：一辈子改不了的烂脾气！

何（歉疚找话说）：……过几天又是七夕了！

周：今天就是！过几天！

何：啊——那年我在京城给你写的七夕诗，你还背得完不？

周（曼诵）：鹊影连翩夜夜飞，鹊声喳喳入于微。一钩凉月淡如水，横空万点晴烟霏。庭前银烛红正烧，相望迢迢恨转遥；天上人间同离别，无人搔首问青霄。

何：世有黄金岂不贵？免教尝尽相思味；十万金钱值几何？年年机杼空经纬。彩霞如锦云横流，应知凝眩双青眸；只恐腽膊鸡声唱，吹散云裳风色秋。(逗趣地击掌)好诗！好诗！ 哈哈哈……

周（拭泪，强笑）：那年你在京城风光得很！庆亲王都到贵州会馆来礼贤下士……

何：那是翁同龢老先生推荐给他的。他要召见我，翁相国说我是国士之才，他折节下交才显郑重。他就来了。

周：……我听说你对人家不礼貌，惹翻了人家……我一直不敢问你……

何（苦笑）：我没有对他不礼貌，是他突忽其然来了，我穿了件汗褡在睡午觉，来不及换大衣服，就那样同他讲话……不过他站起来拂袖而去，不是为的衣冠不整，是我讲的话不入他的耳。

周：你讲了些啥不受听的话？

何：都是好话！

庆亲王皮影出，以下演员与皮影对话。

皮（随意拱拱手，一口京片子）：翁相国盛赞先生有经国之才，

343

小王特来请教国家图强之道!

何（拱手）：承王爷垂询！小民认为欲国安必积其德，图国强必选贤任能。庸才在位，于国无益。刘备三顾而得诸葛亮，得成帝业；诸葛一死，后继无人，蜀也就亡了。如得今日之诸葛亮，再加贤能之士，集思广益，共议国是，当兴则兴，当革则革，则内政自修，外侮自平；国家富强，则老百姓能够安居乐业。

皮（不耐烦）：说实在些！

何：当权者要指挥得法，赏罚严明，亲贤远佞，事事秉公，重视科学，多派留学生深研造机械、制武器之学，归为国有。我历数鸦片战争以来，一再丧权辱国的事实，都是奸佞用事之过……

皮（忍无可忍）：领教领教！（悻悻而去）

皮影戏隐。

周：嗨呀嗨呀！你这不是当到人家的面指桑骂槐！

何（仰天大笑）：老太婆你说对啰！那庆亲王听得坐立不安，悻悻而去。他对翁相国说我不是啥国士之才，不过是个狂生！从此他再不把我何威凤当回事了哈哈……

周：你个人才不把自己当回事！

何：又说对了！后来想起都好笑！那时候国家已经是腐肉烂鱼，一塌糊涂，他急倒要找立竿见影的治标药，我开的是长治久安的治本方，急惊风遇到慢郎中，当然话不投机半句多！

周：难得翁相国始终怜惜你，又推荐你给岑春煊岑大人当幕宾。人家岑大人几多的敬重你。后来人家调两广总督，你硬是不愿去，鼓到要回贵州！

何：官场腐败，钩心斗角，我何威凤爱的是自由自在，不去小人堆里争骨头受夹磨！

周：岑大人临别送你那张"盐引"，一年可以收三千两银子，足够你自由自在半辈子嘛……

何（怫然）：周氏！不要逗起我两个老来吵架翻脸！那张盐引交给那个姓包的盐商，十天半月的来诓哄吓诈，哼穷叹难，扣这样扣那样，分分厘厘计较，一年比一年缩水，把老子搅烦了，老子不要了！

周：你怕烦叫他来和我算嘛……

何（怒）：你是啥人！周之冕先生千金！何威凤先生夫人，去跟那班龌龊小人算狗肉账？！

周（柔声）：好了好了。我走了，你记到吃饭！

周氏下。

何威凤愤怒地绕屋疾走。

抓起大笔画成一只憔悴蓬乱的回头凤。

何：（高举大笔长声曼吟）凄风冷雨入梦魂，桐叶飘撒天地昏，翅折羽摧何所恋，无端长啸两三声！

掷笔。野兽般的长号。猝然倒地。灯光全灭。

有一天好脾气师弟来问，去不去一个新景区看看，听说很不错。他说当然去。

接连三四天的大雨，忽然放晴，早晨鸟雀叫得特别欢。正想出去找地方见见太阳，师弟就来约了。上了师弟孙女婿的车，发现车发西门，就问是去哪里；师弟还没开口，孙女婿抢先说：先不讲，给老老一个惊喜！他笑：要老年人惊喜不容易。白发空垂三千丈，一笑人间万事，问何物能令公喜？

车过一处高架桥下面，见十来个人坐在人行道的石坎上，男女各一簇，男的打扑克，女的说闲话，扁担绳子竹背篼堆一地，来往行人只能绕开走。

车到一个大转盘等了很长的红灯，高架桥把条宽街隔成两条，近车的这边全是小商店，五光十色；商店前面又有一溜流动车摊，吃穿用俱全。市声灌耳朵。好像在吼雷。很久没有见到这样的集市街区了，接地气，亲切。渐渐分辨出水果车小喇叭反复叫喊的广告词，都是地道的土腔土调土词土话。有一个这样：大桃子甜得很喽，金华农场的种！一个这样：快来买冰糖李喽，十块钱三斤！他边听边笑。孙女婿说：这些算不上，有一个精彩的！取过手机打开，一个苍老的声音响起来：镇宁恩滔（樱桃），鲜鲜得乌（无）法形容！好吃得乌以伦比（无与伦比）！甜得像初恋！他哈哈大笑：好文采！不是秀才想不出来。孙女婿说，都成经典了。有人用手机录下来传在网上，点击量过万。

绿灯出来，开车。闷雷样的市声转眼没有了。孙女婿问：老老，你们小时候把樱桃叫"恩滔"？他说，我现在都是喊"恩滔"。

开出市区他就找不到方向了。高速两边一栋一栋的高楼大厦，各自离开一些距离。远处近处的小山，个个绿茵茵的，文章里称为苍翠欲滴。难怪听好多人说在贵州开高速养眼，移步换景；平原地区的高速单调，开起车瞌睡来。旁边坐朋友一路讲话还好；如果背后光坐个老板或领导，闭起嘴开车真的会迷糊过去。

到地方停住车，一从空调凉快里跨出来，大太阳就扑过来烧皮肤。老话说：下过雨的太阳后老娘的心肠。接过孙女婿递过来的草帽罩在头上，这才敢抬眼看周围，一看想起来了，十里荷廊，师弟约起来过一回的。

还记得很清楚。一大片不见头的绿荷叶白莲花，水面都遮满，像是田土。荷叶中间浮起一座四面圆门窄廊的白墙黑瓦小水榭。沿塘小路摆开五颜六色的篷伞长蛇阵，都是小吃摊摊；篷伞下坐满五颜六色的游客，正在各取所需。那次他很吃了一惊：兹是哪点？咋会有兹样一个大荷花塘？师弟说：沙坝，记得不！他皱起眉毛一想，记起来了。沙坝是本城最低凹的一块洼地，一下大雨，通城的水都朝这里灌；水干了就是块荒草大沙坝。种不得庄稼也建不得房子。有一年发大水，城里居民都来看稀奇，他也伙起同学来，见些一丝不挂的顽童娃娃在玩水，打水仗，捅泥鳅，坐挞谷大㧯斗划来划去。

师弟陪他沿湖走，走到对门那面，荷塘边有尊古装女子石雕，旁边一块竖山石刻两个字"荷姑"；一块横山石，工楷刻周敦颐《爱莲说》。他点点头：趣味不俗。师弟说，兹块荒地是邻省一家公司看中承包，做成十里荷廊，一年下来，鲜藕粉的收益就抵了前期投入，还带动周围农民摆小摊办农家乐，收入相当可观。他慢慢走，看远看近，听师弟讲话。折回来踏过水上的栈桥，进那座小白水榭喝茶吃饭。透过四面的圆门，远山近树脚下荷叶，像坐着游船浮荡，像姜子牙困在了碧霞仙姑的绿妖阵。他说：为啥不种点红莲呢？一色的白花，单调。师弟说：真的哈！孙女婿说：我问过的，红莲不出藕粉。

那天玩得很开心。师弟几次问他累不累，说该回去了，他都说再坐坐。他想起那两次先生约韦公和志斋先生玩山玩洞，他带起几个娃娃跟随其后的情景，还记得清清楚楚。想不到老家还有兹样好的新景致。要是三个老人还在，不晓得要咋样的欢喜赞叹。

他说：来过的嘛。孙女婿说：有惊喜的，老老！

多走几步，他发现真的有变化了。一是河塘里多数是红荷花了，在绿叶衬托下非常之明丽牵眼睛；二是原先被荷叶遮满像旱田一样的塘面也露出一些水面了。他说，唔，不错，有改进。孙女婿笑道：今天还有点惊喜。慢慢走到湖对面，见一座长长的凉棚里有很多人在排长队，孙女婿带他们排在尾巴上，说这是要坐一趟小火车。果然地上有一条很窄很窄的铁轨。不一会，长长一行坐着的游客蜿蜒驶进凉棚，纷纷下地露出座位，类似旋转木马少了马脑袋。孙女婿把两个老者搀扶骑坐妥当，嘱咐抓牢胯前的扶手。小火车是电动的，无噪声，缓缓驶入荷塘。穿行在狭窄的荷巷之中，一枝枝晕红的荷花触手可及，一大片绿油油的荷叶放眼无边。从未有过的新奇体验！他想，这就是诗里的"接天莲叶无穷碧，映日荷花别样红"嘛。他想，要是三个老老也在这小火车上……

回到岸上，孙女婿告诉他，水上火车转这一圈有八公里。他对改种红荷和乘车赏荷游很称赞了几句。孙女婿说，这一块水面完全用来游玩，白荷花往远处种了。指着远处说：你看那边还开辟了划船区。

这天又玩到太阳收兵凉风送爽还不肯走。找了个小店吃饭。喝着荞麦茶，师弟说：哥！我看你还是欢喜出来散心的嘛，他们咋说你不爱旅游呢？他说：我真的不爱那种旅游，附近乡村走走是喜欢的。师弟：你那样爱看书，书里头写的那些好地方该去看看嘛。他：你还歪打正着了。年轻时候真把读万卷书行万里路当理想，有出公差机会就争取。那时候出差，多半是下农村搞任务，省外出差少得很，而且也是到了就办事，办完就回转，哪个敢游山玩水。只是想下乡也是开眼界，多见民情风俗。等到有条件游名胜古迹了，兴奋得很，首选从小慕名的苏州杭州绍兴，接着是扬州镇江南京，滇池洱海鸡足山，三峡巴渝锦官城。到了旅游大普及，我就退出旅游了。为啥呢？一是旅游成了全民运动，一路上种种不便，到地方人山人海，不是来观景是来挤油渣。师弟笑起来：你还记得小时候玩挤油渣！孙女婿：啥叫挤油渣？师弟：冷天背贴墙站一排，一个挤一个，边挤边唱：挤油渣，挤油渣，挤出油来炸粑粑！哪个遭挤出来，又跑到尾巴上挤。他说：有一回我正在看电视台播的黄山纪录片，来了个朋友，坐下来一起看。开初他边讲闲话边看，后来不出声音，看入神了。看完他说，太壮丽了，一定要去玩一趟！我说：晓不晓得，兹部半多钟头的片子，是一支摄制组花几年时间才得成功的！你自己去，不论哪个季节去，不论在山上玩多久，都不可能看遍这些峰峦丘壑、松柏花草、晴阴雨雾、清晨黄昏、四季变化。当时随便交谈几句话，倒把自己的一个疑问解释了：去过的名胜古迹，感觉都不如书上写的电视拍的那样迷人，道理原来在这里。庐山烟雨浙江潮，未至千般恨不消。到得还来别无事，庐山烟雨浙江潮。后来我就买些世界地理杂志之类的光碟，用坐游代替实游。越游越觉得坐游胜实游。宋朝有个姓宗的，年轻时候广游名山大川，画了好多写生；老来跑不动了，把画挂在墙上，躺起看画想当年。他看画是静的，我看录像是动的；他看实景浅，我读文字深；我坐游神游胜过他卧游眼游。

师弟迟疑说：看电视和亲身去总还是有区别吧？他：区别当然有，因人而异。各取所需吧。开着车的孙女婿插嘴：老老的坐游性价比高！价廉物美。只不过人人都学老老，旅行社全部关门。三个人都哈哈笑。他说：坐游是量身定制，我从来不推广。旅游业是拉动内需的大事，我非常之拥护的！又都笑起来。走了一阵他说：关起车门说句狂话，想领会坐游胜实游，不读点书还做不到。师弟连声说：那是那是！

他呷着荞麦茶，心想："此中有深意，欲辩已忘言"，跟你说不清楚。钻进书世界就像笼鸟进山林。在城市喧嚣中可以独坐幽篁弹琴长啸，在车水马龙中有辛夷花自开自落。在讨价数钱的噪音里有智者提醒，不要削自家的脚去塞别人的鞋。读书是唯一可操作的逍遥游。

　　孙女婿忽然大声说话，吓他一跳：老老你养不养宠物？他：养。狗猫刺猬驼羊鹦哥海獭垂耳兔竖琴海豹耳廓狐还有大熊猫，都养。孙女婿大惊：啊——师弟笑：他讲的是看视频。孙女婿说：老老你不晓得，我早就想养条狗，我家那位死活不松口，说喂狗到处落狗毛，她狗毛过敏。我无法，只好搜各式各样狗的视频看，过干瘾，越看越心子痒！有的狗会开门关门，有的狗会陪奶娃娃睡觉，有的狗会帮主人递工具，有只狗居然会衔起篮篮去超市买东西！他说，是的，我也爱看兹一类视频，才知道动物都有智力，不是过去说的只有本能。孙女婿道：刚才听老老一说，嘿！还真的点醒了，我天天看视频，不是等于喂了好多条狗，比单喂一条精彩吗！他说：一样的道理。孙女婿又开口：有一回去北京办事，运气好，退得一张足球大赛的票，高兴得请那位让票的朋友吃西餐。心想这回开眼界了，等到坐在看台上看下去，脑壳都晕了。几万人的场子，球员小得像蚂蚁，根本看不见球。第二天在酒店房间看电视重播，镜头跟着球走，才把精彩看到了。老老！是不是也一样的道理？他笑：举一反三孺子可教。

　　孙女婿见他喜欢到附近游玩，又带他们去过一个新地方。

　　车到地方，孙女婿告诉他这个景区叫众芳谷。从车窗望出去，也是左手边很多摩托车；右手边五颜六色的小摊五颜六色的吃客。

　　车从小吃摊尽头的栅栏进去，他们下车，孙女婿云找车位买门票；弄完过来一起进园区。一条弯弯的沿河半边街，一边是水，一边是各色小房子，卖花的，卖冷热饮料的，卖娃娃玩耍物的，卖纪念品的，游客你来我往，照相购物，很有点熙熙攘攘。孙女婿带他们到一座高出其他小房子的透空木楼，在原木长案边坐下喝茶。孙女婿介绍，河对面是大片的花田，主要种玫瑰和月季，差不多月月有花看，又出产品，浅加工做鲜花饼，深加工做化妆品，茶案旁边就是展示台。过去一看，总有头十种，包装都很精致。这时候拥上来几个年轻人，七嘴八舌怂恿其中一个买瓶香精送女朋友。

正喝着茶，忽然过来一个年轻女士向他打招呼。他好像有点印象，认不准。女子说她和一位同事采访过他。再提示一句：全省旅发大会。他想起来了，连声说，好几年了！那位说，您老一点没变！他说，没有进步！说笑几句，他问，还跟那一位女士搭档吗？她说，后来她辞职去广东发展了。我上个月出差还去看过她。他问，快退休了吧？她说，还有几年。忽然笑起来：简直变了个人！他说，先进地区嘛，穿着吃喝是要时尚些。她说，她请我进五星级咖啡馆，我点一杯常喝的拿铁咖啡，她用眼色阻止我，替我点黑咖啡，等服务员走开才教育我，喝无糖无奶的黑咖啡才够格调。本想点猫屎咖啡，怕我不能一步到"味"。咖啡上来，我自己加了两块方糖，不管她扯笑扯笑的眼色。聊起曾经的同事朋友的情况，有两对离婚了，她哈哈大笑，连声说，可爱可爱！我说，离婚有啥可爱？她说，什么时代了！合不来各玩各的就是了，离婚多麻烦，又是财产又是儿女这样那样！问起我的职业，又大笑，可爱可爱！什么时代了！头等人才从政；二等人才经商；三等搞策划。耍笔杆除非写网络文学畅销书……那个下午我是灰头土脸，怀疑她给我的那杯其实就是猫屎咖啡。这时候那边在叫，女士起身说一定要请我尝尝真正的生猛海鲜，我临走没有向她道别，怕她夸我可爱。

喝完茶下梯坎往回走，孙女婿叫他们到桥上照张相。照了相过桥，远远地看看花田。他这才弄清楚，这个众芳谷和前回玩的荷廊是邻居，共用一片水。他不爱看大片大片的单一花田，洋人的几何审美。我们是自然审美。有一位专在结尾处翻案的美国小说家说,城市是直线,乡村是曲线。德式园林把小树剪成球形锥形;我们讲究疏影横斜,暗香浮动。有几位在国际拿大奖的中国钢琴小提琴家,奏《黄河牧歌》《渔舟唱晚》无中国味,就是少了民族文化熏陶,不知有意境和韵味其物。

回城车上,孙女婿说众芳谷开发商是邻省鲜花饼公司,因为考察下来这里种的玫瑰品质更优良。做的鲜花饼改叫"玫瑰情酥","酥""书"同音。其实开发荷廊的也是这家公司。他点头:聪明!市场经济时代,赚钱靠点子,点子靠脑壳。一个好点子财源滚滚,一个歪点子后患无穷。

他回忆小时候去过的那个大浑水坑,一群光屁股娃娃在浑水里疯。那时候人穷生活紧,做梦都不会梦到游山玩水。

李晓《路上的事》(摘录)

贵州地形崎岖,有"地无三里平"之谓,交通制约发展,山民亦望道路通畅。故有宣传口号曰"想要富,先修路"。种种奇事,因路而生。

二十世纪八十年代中期,中央倡导简化接待,不扰民。有中央政治局常委莅临石城考察,谢绝地方警卫开道,率随员乘一辆中巴车出行。是日前往普定,至某处盘山路上坡,前有一吉普从对面驶来,未至坡顶忽停,司机不顾后车受阻,自行下车于路旁撒尿。中巴车驾驶员伸头责曰:"师傅,你要让条路给别个走嘛。"该司机回曰:"老子在老子的地盘上,只有别个让老子的,老子要给哪个让?"陪同考察的地委书记闻声下车说:"我来看看这是哪个的地盘?"吉普车驾驶员认识书记,连声道歉说:"哎呀,是书记啊。"

我是开玩笑，开玩笑。"赶快上车让路。车上中央领导自始至终未置一词。

与此形成对照者，2018年某日，市医院搬迁新址，有救护车闪灯转运住院病人，于某路段暂阻市级领导滕某轿车。其车过此路段即横阻于救护车前，滕某怒斥救护车驾驶员，且过后电话要求医院领导处分该驾驶员。数月后，滕某因强暴女下属免职调离，去向不详。

罗金鹏，镇宁龙井村人，幼孤，赖村中父老护持而成人。后参军驻京，带得京籍媳妇归，地方传说称其本事大，能从京城拐得媳妇。龙井村距镇宁县城七八公里，那时只有村路蜿蜒于岩山，仅供人马步行。二十世纪末年，罗转业任县机关副科级实职。因该村僻居一隅，难获国家投资，罗回村动员村民投劳，自己出资，共建通村公路。一呼百应，村民踊跃，他亦倾尽积储，购炸药、钢钎、锤錾等工具，为筑路村民供餐等。历时数年而路成，虽系村民自建乡村路，却已可行汽车。余曾亲行其道。

附：对照

卢万里，原贵州交通厅厅长，因贪污受贿获死刑。1990—1992年从交通厅挂职石城，主持石城市委工作。案发之后，办案人员于其老家旧宅抄出巨额现金，然其老家通村公路却陋狭难行。村民皆叹：拿一点点来修修路也好嘛。

罗仙关，布依族村寨，位于石城东南，距市区仅五六公里。石城至普定虽无高山阻隔，囿于当年经费设备技术种种，原县级公路亦有路窄弯急坡陡路段。二十世纪末，我因公务去普定，途中曾见一满载煤车，冲出公路，嵌于堡坎下一未竣工房屋。多次往返，见该车与房均为原样，似成固定景观。询普定同志得知：该处弯急坡陡，常有拉煤重车下坡转弯不及，冲入田中。农户多次获赔青苗损毁费用，渐至以为生财之道，索性于常被重车碾压处建房以期索赔。得逞数次，胃口愈大。此日对冲出碾压之车狮子大开口，提出要数十万，远超驾驶员承受力。司机见其过分，即和颜悦色，答应说："压坏你家房子，赔是应该的。只不过我出门跑车，身上没带多余钱。现在我的车先摆在这里，待我回家想办法凑齐钱款，再来取车。"主人家答应后，又强调："我的车放在这个地方，请不要动它，还有车上东西，需确保完好。要不哪个赔哪个，恐怕就说不清楚了。"说好之后，司机离去，一去不返。该户于车不敢动，恐被对方超值索赔，而在建房屋即为之搁置，多年难以竣工。据我亲眼所见，起码两三年未曾解决。后安普公路改建，结果不详。

　　抗战时期中缅公路上的二十四道拐，小时候听得耳朵起老茧，这回亲眼得见了。有几个中青年的人陪他们老师去，我沾光。这位老师年轻时候从北大毕业分到石城教中学，一教十八年，后来回去读研究生，成为有名的学者。

　　中缅公路，美国人叫史迪威公路，其实应该叫贵州云南老百姓的血汗路。日本人偷袭珍珠港，美国对日本宣战，抢修出来供同盟国运人运货进缅甸。日夜赶修的那段时间，从工地传来千奇百怪的故事，好像回到了大禹治水的时代。故事多半讲大蟒，说夜间行车车灯照见路边躺起一根电线杆，两三公里不见杆头，下车一看是条大蟒。说远远看见一群鸟雀在天上飞，飞过一座小山头噼里啪啦往下坠，再来一群也这样，奇了！走近一看不是小山，是一条大蟒盘在那里，鸟群飞过它一呵气，尽数掉进肚子。又说一队军车连夜赶路，前面一座隧洞，接连几部车开进去就黑漆漆无踪无影。后面车队停下用望远镜观察，发现隧洞是一条大蟒张开的嘴。新编《聊斋》，想象力大赛，姑妄言之姑且听之。留存下来一张二十四道拐的照片，路像一叠连绵写成的"之"字。几十年后不少历史学者按图索骥，找不到，枉费移山心力，都想当然认定在云南，不知道在贵州的晴隆。后来偶然被有心人发现，成了名胜景点。

那天车一直开到观景台下，顺懒坡走到高岩边的观景台，眼前脚下就是那一行连绵盘旋的"之"字。一卷青苍苍的山屏风，锯齿狼牙一样到天边不见头尾。这时候太阳正在落坡，层层叠叠的高峰低峦，深深浅浅的凸岩凹壑，纤毫毕现，在蒙蒙光雾之中渗出繁复的青苍绛紫。宋朝诗人说：好山万皱无人识，都被斜阳拈出来。用今天的话说就是侧逆光是最佳摄影角度。眼前景致，除了"苍山如海残阳如血"八个字，真找不出另外的语言形容。

二十四道拐叫人想起戴安澜将军。他率领远征军从这条路过云南进缅甸，衔枚无声悄悄离开石城；几个月以后他的棺木从这条路进云南、过石城，从夹道几里长的路祭香案中间走向省城。

戴将军的二百师在石城驻扎了一年多，为石城老百姓淘了河修了路，看病施药。通城喊他戴师长，见到随意问候寒暄。英俊儒雅，风姿飒爽。迎送灵柩那天，石城称得上万人空巷。官员士绅在西门接，百姓民众在东门送，西门到东门公路两边人不断香案不断。和尚道士诵经超度，响器动乐。那天我跟学生们站在城东门外的公路边，灵车从西门方向过来，开得非常之慢，缓缓经过路两边的香案人众。兹时候一点声音没得。一直望到灵车向东变小变无。现在爱讲"震撼"，迎送戴将军灵柩是我一辈子的震撼，晓得了啥叫同仇敌忾。戴将军灵柩先是暂厝省城花溪，后来归葬安徽，花溪留了一座衣冠冢供人瞻仰。前几年我去腾冲，参谒抗日烈士陵园，在史迹馆见到戴将军戎装大照片，恭恭敬敬站边上照了张相做纪念。

中缅公路通车，石城人就见到美国兵了。那时候称盟军。兵扎北校场，官住三一小学。小学腾出校舍借他们，搬到县参议会后园的空房子上课。驻扎石城的美国军人不多，大概是个办事处的意思。多的是军车过境。小吉普中吉普十轮大卡车，都一个样子，不设车门，方便上下。有一回足足有七八十部车过路，这头出了西门，那头还在东门外。车上耸起帆布遮盖的武器，七形八状。那时候马帮西门进东门出，车队东门进西门出，都是适逢难遇的风景，不光路人夹道目送，家里的老人娃娃都要喊出来看热闹。

美国兵有时也三三两两出来看赶场。都是些黄头发白头发的大娃娃。顽童脸皮厚，凑过去伸拇指说顶好顶好，哄口香糖吃。石城地方小，省城报纸登过的美军发酒疯胡闹的事，北平掀起轩然大波的沈崇事件，在石城没有发生过。偷卖军用物资是有的。店员谷哥告诉我，他在的西街香烟铺，时不时有美国大兵摸黑敲门，从军大衣底下掏出一条烟，骆驼牌，红吉士，白吉士，动手指拇讲价还价。有一回一个兵军大衣里面夹了三条烟，谷哥忍不住笑，那个兵也忍不住笑。那时候美国烟好买得很。还有罐头，奶粉，炼乳，口香糖，漱口缸，玻璃牙刷，都是军车走私来的。东街西街摆出专卖美国东西的地摊。省城还出了条美国货专卖小街，老百姓呼为"烟筒巷"。钻烟筒就是上当受骗。先生家买到一顶蚊帐，军装草绿色，麻纱浆过，透明透亮像层烟雾。后来一洗就软了毛了不透明了。我在地摊上买到过一包吃的，草绿皮剪开背面是锡箔。装的是一小包一小包的饼干、黄油、果酱、方糖、扁扁的十枝香烟、更扁的纸火柴。我想兹算一顿饭的话，少了点，可能面包是另装。还有个小黄块不认识，舌头一舔，酸得脑壳打摆摆。以后知道是柠檬，冲水喝的。

那天去关岭，先看古生物化石博物馆，然后才去二十四道拐。那些几丈长的鱼龙化石海百合化石，在幽暗的光线里活灵活现，把我们震住了，讲话都放小声音。这个古海洋生物化石群是农民无意间发现的，胡乱挖出来卖了好多出去。后来政府部门出面，就地建了这个博物馆。有几条大鱼龙就保留在原地，多数陈列在展览厅的墙上。最长的一面墙，足足有十多米，无数根海百合盘绕交错。海百合其实是棘皮动物，一个大吸盘吞食物，顺着又长又细的食管进长方形的肚子。看去像长秆荷叶，起了个海百合的名字。

走在光线黯淡的大厅里，鱼龙海百合在四面大墙上隐现浮动，真像掉进大海，人成了它们围观的珍稀动物。我边看边想，人确实渺小得很！但既然生都生下来了，再渺小也要走完自己的几十年。有幅字说：佛言万事皆虚空，其奈已生尘世中。万虑千愁无处洗，平心静气走到终。但是想想，一年三百六十日，百年三万六千天，平心静气又谈何容易！颜真卿《争座位帖》告诫鱼朝恩的：可不儆惧乎？

石城还有一处奇异的红岩古迹。一堵岩壁上有几十个似字非字的红色符号。既不可辨识，也不是刻上去的。民间叫它红岩碑不确切，学者叫它红岩古迹。对它的解释也众说纷纭。有说是殷高宗伐鬼方的纪功碑，有说是诸葛亮留下的镇山符，有说其实就是一些天然的石花，被好事者一次次涂抹成类似篆籀符箓的符号。明代邵元善题诗形容它："红岩削立一千丈，刻划盘回非一状。参差时作钟鼎形,腾踯或成飞走象。诸葛曾闻此驻兵,至今铜鼓有遗声。即看壁上纷奇诡,图谱浑疑尚诅盟。"民国初年姚茫父的诗说:"留节洞传石乳名,字如蝌蚪谁识能?仙岩几处纷难数,大篆遗文此并称。金铁中含形外著,丹青文炳气潜蒸。山川蟠郁多奇士,甫辟黔荒忆结绳。"有人认为是石质中含水银朱砂之类结成的形状。到了旅游业兴起的时候,有一位开发者忽发奇想:设一个红岩古迹辨识大奖,能释出文字并得到专家认可,发给奖金十万元。兹个奖项一公布,果然答卷源源而来。后来听旅游局谷爷讲,来信堆积如山,答卷千奇百怪。他有一天遭几个老婆婆堵在下班路上,说是已经破解,特来领取奖金。他问答案,婆婆们逼着他一起回到办公室,才郑重道出答案:红岩碑是唐僧师徒取经路过留下的记录。还有一位从外地来信,说他的破解信寄出很久不见回音,如半月内再不寄上奖金,他只好诉诸法律。我告诉谷爷,央视有个频道报道上海某工厂一位职工对红岩古迹的研究,破解为被叔叔朱棣杀宫篡位的建文皇帝逃到贵州,写下这段文字号召拥戴者起事复辟。采访还很长很详细,我恰好偶然看了。谷爷说他没有看到,用建文故事做解释的应征信不少。贵州好些地方和庙宇都有建文皇帝的传说。

这个奖项几度加码,已到百万之数;应征者则成反比,基本绝迹,知道是一道无解方程了。只堪自怡悦,何处来赏金。

郑正强《千古之谜话红岩》

(一)

地处关岭县龙朝树村晒甲山上的红岩碑,是贵州文化旅游环境中的一处胜迹,以其内容神秘莫辨,无人能解,被称为"天书"。

其实红岩碑非碑。碑者，镌刻文字以记事、纪年、歌功颂德之石头也。而红岩上的字迹无雕镂痕迹，形状又非籀非篆非楷非隶，称之为碑，名不符实。然而这些形迹确又是一种存在，"大者如斗小如升""陆离诡谲不可识"（清黄培杰诗句）。为了弄清它的内容，从明代开始，特别是清中叶以来一些学者亲临鉴识，临摹、考究，学者间还展开了一场争论，见解颇多。众说纷纭，莫衷一是。

有人把它解作殷高宗刻石，说是殷高宗伐鬼方凯旋，经其地纪功刻石的文字。此说以清人张春惠为主，他们认为殷商时期的鬼方在今西南，以贵州为主体。却受到近代任可澄的责难。任认为"殷器多存于今，近殷墟契文尤可考见，迄无一合"。且"鬼方为先零羌地，则与黔地悬绝，何为记功于此？尤迂远而不可通矣！"

另有人因为当地有诸葛营、孔明塘、孟获屯、关索岭等与诸葛亮南征有关的传说和遗迹，便把它说成是"诸葛武侯碑"。有人更进而据《华阳国志》所载诸葛亮为夷人作图谱，先画天地日月君长城府，次画神龙、龙生夷及马牛羊，后画部主吏乘马幡盖巡行安恤，又画牵牛赍金宝之象以赐夷，夷甚重之。因此臆测是诸葛亮教夷人所作图谱之遗迹。具这种看法的人数甚多。

还有人从大的地理环境上去考证。认为夏禹治水时导黑水至三危，入南海，功成之后刻石以纪。这个三危就是红岩山，红岩文字便是大禹纪功的遗迹，简称禹碑，把它与湖南衡山云密峰的另一禹碑——岣嵝碑相提并论。持此说者有清代莫友芝等。

此外还有人从民族学着眼，把它认为是少数民族文字如古苗文、古彝文和爨文的。任可澄认为"姑较其结体字势，颇类爨文。兹地自汉以来，久为卢鹿族居地，或竟出于此族，而彼族文字今昔亦多有演变，未可知也"。三十年代地质学家丁文江在贵州考察

359

时则认为是原始彝文,可惜他没有详细阐释。

　　以上种种说法,立论各自有据,但亦多穿凿附会,有的近乎猜谜。正像清人张焕文在《红岩碑》诗中写:"聚讼徒纷纷,以惑而解惑。"缺乏充分证据,不能使人信服。光绪年间法国学者柏如雷·弗岚海尔和日本学者德丸作藏怀着浓厚兴趣前往考察,也未获结论,认为这一遗迹"含有绝对之神秘性"。当然也有人全盘否定,认为这根本不是什么文字,只是石头的自然花纹。

(二)

　　为了研究和传播,自清以来,一些学者和专家对红岩文字进行勾摹缩刻,黄培杰、莫友芝、吴振城、张春潭、吴寅邦、吕尧仙、瞿鸿锡等都有摹本传世。奇怪的是各种摹本字数不一,形状各异,而以瞿鸿锡本最糟,与诸本差异最大。这是什么原因呢?据任可澄实地考察,原来光绪二十七年(1901年)永宁州(时关岭为其辖地,关岭建县,永宁州遂废)知州涂步衢欲得拓本,嘱州人罗光堂谋取。字迹非阴非阳,罗遂用桐油拌石灰勾涂,使字凸起以便摹拓。而匠人鲁莽,字与石花不分,乱涂一气,遂至狼藉。于是,舆论哗然,欲上告以破坏古迹罪,涂步衢急令规复,而灰油凝固,卒不解,则又以巨釜炽炭烧沸水洗涤,字迹悉损。瞿本作于涂步衢之后,自然俗劣。光绪三十一年(1905年),贵州提督徐印川又在石壁上任意添加"虎"字,使古迹再次蒙垢。其邃古磅礴之意尽失,观之令人失望。

　　尽管如此,人们对红岩古迹的研究兴趣依然浓厚,期望能够揭开奥秘。到了1982年,一部珍贵的《古彝文同音字典》的发现,给红岩文字的破译带来了希望。贵州民族研究所的王进贤和王子尧应用这部字典,结合彝族历史文献,提出了新的见解,认为红岩遗迹是古彝文字，其内容记载的是彝族古史片段，上限至彝族先民的六祖时代，约当夏禹时代；下限至彝族火济时代，约当蜀汉时期。这种见解，从文字识别上讲，与丁文江的意见一致；从时代上讲，与清代禹碑、诸葛武侯碑的说法暗合，从内容来说就独具新意了。其内容共分五个部分，其中一部分记载了彝族部落首领火济帮助诸葛亮南征，平定西南之后实行结盟修好和民族自治的情形，这又与《华阳国志》所记诸葛亮教夷人作图谱的说法有某些联系。为了便于理解，专家们还试译了部分内容，意思是："陋侯驻兵地，出兵打古糯，兵多如松且勇猛，虏获很多妇女和羊群，联合德余部族，攻打南边濮人的城池，占领濮人的地方。住在各地的彝人和汉人，相互尊重，权利平等，共同在岩下打牛做大斋。很多男女青年，在岩下静听讲述战争的胜利，招待前来庆贺的客人。"

彝族古史片段的解释是迄今见到的较为令人信服的说法，但同样不能作为定论。此外还有许多问题，诸如是什么时候，什么人，用什么颜料写上去的等一些问题还在探讨之中。但我们相信，随着研究工作的深入进行，有关红岩文字的全部秘密一定会真相大白，揭示于天下。

杜应国《关岭海百合》

1944年——抗日战争的尾声，中国地质学会第二十届年会在贵阳召开。会后，几位年轻的地质学家许德佑、侯学煜、陈康、马以思（女）一行四人，组成西部地区地质勘查小组，从贵阳来到石城，沿滇黔公路徒步西行，以对沿线的地质及古生物状况进行考察。途经关岭县时，许德佑采集到了一块珍贵的海百合化石标本，据说这是他第五次采集到这种标本。此前他已四次入黔，对贵州的部分地质状况做过较深入的考察，先后有《贵州三迭系之数个剖面》《滇黔公路东段地质》《贵州三迭系》等著述发表，是贵州地质和古生物研究的先驱。许氏一行抵达盘县后，兵分二路，侯学煜转道兴义、贞丰进行土壤考察；许德佑则与陈康、马以思，从盘县折返普安，拟沿古驿道前往郎岱县茅口一带继续进行地质考察。途经普安县罐子窑时，正逢赶场天。偏僻之乡，三位地质学家的举止、装束自然格外引人注目，偏巧他们恰好在罐子窑小学附近采集到一块化石。激动之余，许德佑当众将石块砸开，并将其中隐含的化石展示给周围的人群观看，石块中清晰显现出来的螺蛳标本，令围观的乡民惊奇不已。随之，有关他们是探山取宝的高人，而那些装满了地质和化石标本的鼓囊囊的行李，就是已经找到的财宝等诸如此类的流言，竟不胫而走，四处疯传。很快，流言就酿成了悲剧。两天后，1944年4月24日，几位地质学家在隶属普安县的五里坪雇了三名挑夫，沿古驿道往茅口进发。行至晴隆县大田乡一个地势险要的垭口时，突然跳出十多个持枪匪徒，随着一阵零乱的枪声，三位地质学家全部罹难。但当匪徒们打开那些满以为全是金银财宝的口袋时，却一个个都傻了眼，原来口袋里装的，不过都是些在当地随处可见的破烂石头。气急败坏之下，他们将这些珍贵的地质和化石标本随手抛撒一地……这个因无知和贪婪而酿成的血案，很快就震惊了最高当局，国民政府严令缉凶破案。在地方当局的严密追捕下，不到一个月，参与此案的十多名匪徒皆被缉拿归案。经审讯得知，此案主谋易仲三，系一当地恶霸，他在得知许德佑等人的传闻后，立即纠集了十多个匪徒，一边安排眼线（三名挑夫中的二人），一边派人设伏，由此导演了一场由愚昧和无知、凶残和贪婪引发的惨案。因此案影响巨大，手段恶劣，涉案诸人，除易仲三因拒捕被当场击毙，另两名匪徒跳岩身亡外，其余通被处决。嗣后，为了纪念三位年轻的地质学家（罹难时，许三十六岁，陈二十九岁，马二十六岁），中国地质学会专门设立了以他们的名字命名的许德佑奖、陈康奖、马以思奖。并将三人遗骨安葬在风景秀丽的花溪。几年后，许德佑采集的海百合化石标本，经穆恩之研究，以"许氏海百合"的命名公之于世（后被规范命名为"许氏创孔海百合"）。

海百合是一种远古海洋生物，属棘皮动物，因其外形酷似百合花而得名。海百合由根、管、腕、萼四部分组成，腕与萼合称冠。喜群居。约生长于五亿到两亿两千万年前。

我亲眼见证了一个奇迹！他告诉镜中人。

大前年考查出幺铺是远征军柳树人部驻扎地，是部队帮助乡人修塘的故址，政府就在镇上建安澜广场，广场中央立戴安澜将军塑像。戴将军是远征军（陆军第五军二百师）师长。后来在缅甸阵亡殉国。塑像揭幕那天，早晨雨非常之大；典礼开始的时候雨住了，云层很厚。仪式开始，主持人讲了开场白，就请将军的公子戴澄东先生讲话。他是应邀从南京来参加揭幕的。他登上石台，站在红绸覆盖的塑像下边，扼要介绍将军的生平：籍贯、学历、职务、军事经历、殉国之役，然后说，远征军进缅甸作战意味中国参加了第二次世界大战，对于中国取得《波茨坦公告》签字国和联合国安全理事会常任理事国资格起到了重要作用。刚讲完这句话，盖住塑像的红绸子忽然自行缓缓飘落下来，塑像露在蓝天白云之下，全身戎装，大氅飘扬，神采奕奕。坐在下面的人不约而同鼓起掌来。接着讲话的人说，这是个美妙的巧合，是众目睽睽之下出现的奇迹，难遇的异事佳话。这不就是史书和小说写的武王伐纣天洗兵、元帅发兵风折大纛之类吗！为了不使这件实事变成虚无缥缈的传闻，两位在场目击的人后来写了一文一诗，刻石陈列在广场里。文章题目就叫《天揭幕志异》。

当然兹是一次偶然。只不过偶然得太美妙了。

抗日名将戴安澜戴师长是安徽芜湖人，他的队伍是当时中国罕有的机械化陆军师。一九三三年春，他率十七军二十五师一四五团参加长城古北口之战，重创日军，英勇负伤，战后获云麾勋章；一九三九年冬，率第五军第二百师在桂南昆仑关阻击日军，血战一个多月，三失三得，终获全胜，歼敌五千多人，击毙日军旅团长少将中村正雄。他也负伤，国民政府特授宝鼎勋章。一九四二年五月十八日，他在缅北遭日军伏击，激战中他胸腹各中一弹，忍伤指挥部队突围。五月二十六日部队撤到缅甸茅邦村，戴安澜伤重不治壮烈殉国，享年三十八岁。七月二十二日，灵柩运抵石城，士绅百姓出城几里迎祭忠骨。十月十六日，国民政府发布命令，追赠戴安澜为陆军中将，入祀忠烈祠。十月二十九日，美国总统罗斯福追授戴安澜懋绩勋章。

戴将军是在一九四〇年奉调贵州整训待命。到石城后，司令部驻华严洞，官兵散住于南关乡、幺铺一带。这支队伍纪律严明，与地方相处融洽，为地方建设做了许多贡献，比如疏通贯城河、修路、为乡民办学校、挖井找水、免费治病、宣传卫生知识等等。有些七老八十的人讲起二百师，都说不像是国民党的兵。南街居民经常见得到戴安澜，呢子军装军帽，背着手慢慢走，时不时与路人交谈几句，非常之平易近人。后来戴安澜在缅甸殉国，灵柩途经石城，万民空巷，站在大路两侧送葬。

袁本良《安澜广场歌》

　　黔腹滇喉古习安,侧身西望尽重峦。往昔候驿今速道,穿山越涧通云南。戊戌大暑前一日,铜像东来胜境关。巍巍铜像所塑谁?抗日名将戴安澜。安澜将军石城地,七十七年不解缘。忆昔倭寇侵赤县,山陬海澨尽烽烟。将军报国雄才展,运筹折冲促征鞍。云麓宝鼎志勋业,塞北桂南战绩添。雄师移驻石城邑,保境为民不息肩。浚河铺路掘水井,办学治病民开颜。翌年移师滇缅境,远征军旗南翔骞。东瓜一战泣神鬼,孤军深入勇争先。十一昼夜不惜死,力歼顽敌逾五千。军心民心获大振,克服棠吉捷报喧。何意联军误衡度,华军蹈险野人山。十万健儿损其半,往日雄军叹偾辕。遭伏中弹伤不治,将军异国竟弃捐。弥留指示撤军路,余部得护忠骸还。是年七月二十二,习安百姓泪涓涓。扶老携幼出西垌,接灵忍看血衣衫。燃香路祭人哀恸,身在暑日却心寒。域外死忠仰伟大,郡中遗爱记博宽。世代传闻将军事,于今乡人梦犹牵。为感将军大德惠,幺铺建成新景观。广场塑像迎来日,巧与接灵同一天。七十六年荏苒逝,不世功烈金石镌。遗泽绵长凭追记,揭幕典礼聚众贤。将军哲嗣澄东老,千里莅临致感言。言至将军懋绩处,忽起阵风掀幕帘。像上红幔欸然下,将军容光露轩轩。初时长空阴霾甚,于兹日出耀晴岚。会场百姓齐拊掌,彤日朗照将心丹。戴公谓言天揭幕,信有奇事见人寰。此事昭昭非虚诞,我以亲历记毫端。作歌为叙广场事,安澜之意永留传。安澜安澜若何意?纾难靖国天地间。昔日英烈安天下,而今庶民得骈阗。欲问广场在何处?西出石城往观瞻。

　　老话称当兵是"披老虎皮",借这张皮欺压百姓。他想其实这张皮有厚有薄，皮厚的官用不着亲自出面，皮薄的才当打手。小兵披的就是张假皮。我小时候见到的兵多数是这一类，那张皮还不够遮风挡雨。"打抗战"时期，理论上是御侮救亡，人人有责；政策上是"三丁抽一，五丁抽二"。实际上富人可以有钱出钱，穷人只能有力出力。买卖壮丁成为乡保甲长的肥差事。话剧《抓壮丁》就写的这个现象。我们小孩子虽看不到这种交易，也常听大人说一些独丁丁遭抓走；一个征兵的收钱去了，跟脚又来了第二个之类。也见新兵过街。有军装列队的（那军装很旧，皱皱巴巴），更多的是一群破衣烂衫的庄稼人，膀子拿索子串成一串，鱼贯而行。持枪老兵押送，骑马军官巡视。听你表弟讲，他们学校有一片后园，园墙上一道小门通向青龙山脚的篮球场。有过两次新兵进来歇气打尖。一阵阵难闻的霉米味飘进教室，学生们下了课就去看新兵开饭。一个大木甑，里面糙米饭红黑色散垮垮互不粘连，颜色像高粱气味像糠。兵们蹲在地下，围着一钵浑浊浊的菜汤。吃完走了，男厕所留下他们的粪便，仍是糠的原样。另一次正在开饭，忽然骚动起来，有人跑，有人喊，多数人继续吃饭，头也不抬。这是蹲在小门边的一个新兵找机会逃跑。学生们听见吵叫，跑出来远远围观。不多一会，一堆人挤进小门来，逃兵遭抓住了。军官和押送人员走过去，新兵们埋头吃饭。气氛很恐怖。随后就听见殴打号叫，老师们赶紧把同学带回教室去。

那时的警察算不上披虎皮也算披狼皮吧，这张皮更假得笑死人。石城老百姓叫警察为"猫菜"——猫菜就是小鱼细虾——气起来干脆叫"烂猫菜"，干鱼整虾都算不上。这是因为他们直接整治老百姓，特别是欺压小摊贩，手段下作讨人嫌；另一方面因为他们地位低下，只能拣无还手之力的弱者逞凶，连贩夫走卒下力人内心也鄙视他们。那时候的警察穿一身说不出颜色的次布制服，或大或小，没一个合身贴体的。奇怪的是警察一律矮小猥琐。大概稍稍粗壮的都上战场打日本强盗去了。连强悍一点的女摊主也敢同警察厮打。每逢"双十节"或迎接显贵上司、庆祝前线大捷之类的活动，警察们的制服就用黄泥巴水煮染，焕然一新列队过街，成为抢眼的风景线。有一次开大会游行下大雨，警察们的制服不断变脸，由一色变虎纹，又恢复无色原貌，黄水顺着手脚淌，惹得满街看笑话。

　　昨天读书稿，看到咸同之乱部分，非常之触目惊心。整夜做噩梦，挣出来又陷进去，醒不过来。

　　我是连清朝以后的军阀割据打乱仗也没得赶上。从书上看，那也是飞机大炮都用上，武器很厉害的，老百姓也要逃来逃去。四世同堂的祁老人都"久病成医"了，一有动静就准备三个月的粮食油盐柴火，关起门随他们打。哪晓得兹回碰上的是东洋来的侵略者，一打打了十几年。我们小时候听老爹爷爷他们讲起来，贵州的军阀混战就儿戏多了。有一次两个拜过把的军阀开战，甲师长把乙旅长的县城包围起来，城里人出不去，乡下人进不来，百业停滞。乙旅长的老母亲爬上离敌军最近的城墙转角，叫身边人喊话把甲师长唤出来隔空对话。这边说：老大！你两弟兄有啥过不去，好说好商量，不要拿老百姓出气！那边说：干妈尽管放心，我们两弟兄闹起玩的，不会惊吓你老人家的。果然第二天把包围撤了。

　　天亮起床查《辞海》，旧时所谓咸同之乱叫咸同贵州各族农民起义。释文说：清咸丰、同治年间（1851—1874年）贵州各族农民发动的反封建起义。1855—1873年（咸丰五年至同治十二年），贵州各族农民在太平天国革命影响下发动起义，遍及贵州全境，有苗、侗、布依、水、彝、回、汉等族参加。其中以张秀眉、姜映芳、潘新简等领导的苗、侗、水、布依等族农民起义规模最大，时间最长，曾攻克黔东南和黔南部分地区的城镇，参加群众达一百多万人，斗争坚持十八年之久。同时，岩大五、陶新春领导的苗、彝、回、汉等族农民起义，活动在黔西北和黔西南的广大地区，并与贵定潘名杰领导的苗族农民军以及何德胜领导的汉族号军等互相配合，围攻贵阳。岩大五曾两渡盘江，与黔南马斯俊领导的回族农民军并肩作战。1873年（同治十二年）最后失败。

辞书释文贵简练，这段话主要是明确咸同之乱的性质和简介全貌。民国志书介绍限于石城区域，但比较详细：石城北乡及东北乡一带，自清初至咸同，民众休养生息二百余年，烟户人口日渐增多，部分村寨土地不敷耕种，但农村经济颇为繁荣；房屋虽不甚华美，而整齐划一，尚适居住。咸同年间迭遭兵祸，为时几达十年。民众首领岩大五、贺大王、陈小五等，其著者也。其他不知姓名者尤指不胜屈。此去彼来，岁无宁日，致使民众大批死亡或逃散，大姓夷为寒族，大村夷为小寨；甚至有全家灭绝，村寨化为乌有者。如旧志所载之彭家庄、杨家庄、破头山、上补农、下补农、可瓦等寨，今皆已化为乌有。昔之大村今已夷为小寨者占十之七八，观各村寨之败址颓垣，足可知今昔之盛衰。又如大、小洞口，本寨，腊平，各什，木当，木头，讨兑各寨之赵姓、谢姓，在昔族众甚繁，几占民户十分之六七，今则一村仅数户；狗场、长山之胡姓，潘家庄、杨家庄之潘姓、杨姓，段许庄之段姓、许姓，金家大山之金姓，菖蒲苑之李姓，昔皆大族，今已寥若晨星。民众死于兵戈者十之二三，死于饥寒、死于疾疫、死于散离逃亡者十之七八。时清廷派员勘察乱象，曾有诗云："躬承简命到黔安，满目饥民不忍看。十里坟添千万冢，一家人哭八九棺。犬衔枯骨筋犹在，鸟啄襟胸血未干。寄与西南君子视，铁石人闻心也寒。"阅之酸鼻。即此亦想见当时状况。

乱时，各村房屋唯大山有垄保护，存十之二三；交几则仅存百分之五六；蔡官屯、王家庄、中张庄、小张官存十之一二；董官屯、唐官屯则仅存百分之七八；罗大寨存十之一二；余则每村仅存一二栋，非腐朽不堪即火烧未燃者也。故乱后各村寨皆荆棘满基址，蓬蒿满街巷。村民黄树人乱平后回大洞口，有感怀诗云："比户清佳已渺茫，独留阁址署文昌。兴衰莫漫悲前事，院子而今尚姓黄。"盖大洞口向颇繁荣，乱后房屋被焚毁，文阁仅存台址。村有四巷道，首为黄家院，次为上院、中院、下院，人犹如是称，故云。即此亦可见乱时焚毁村寨屋宇之一斑。

至于田土，概属荒芜。盖初乱时，农民亦不敢废耕，无如兵事频繁，农作牧物多未收。积之既久，不特无耕牛，无种子，并耕作之人亦转徙离散。是以沃田良土皆荒弃不耕。始而放弃距村较远之田土，继而附近村寨之田园亦皆荆棘丛生，庶草蕃芜。光绪初，战争平息，民众还乡，存二三十户即为大村，余则仅存六八户，三五户。田主或给以耕牛，或予以种子，乃渐耕作。其后生齿渐繁，户口渐增。光绪中恢复十之五六，宣统间恢复至十之七八，直至现在乃克完全恢复。

据闻，同光之交及光绪初年，虎、豹、豺狼、野猪等兽，几乎无地无之，拖猪拉狗直属常事；甚有进入民居衔小儿、伤老人者。不但山村野寨，即平原大村落亦数见不鲜。盖由于荒芜太多，林木太盛，易藏野兽，使之然也。孟子所谓"五谷不登，禽兽逼人"，于兹益信。

至于经济，在同光之交，完全破产，毫无活动可言。光绪初亦甚拮据，所幸油、盐、肉、米、棉布等生活必需品亦甚廉价，民众乃得勉以生活。其时，村寨中有蓄积至三五十两生银者即称富有；遇有婚丧事故，非约会或售产不能应付。以此，农民大都节衣缩食，勉强度日。

原来洪秀全麾下的翼王石达开也到过石城！旧志说：

太平军入金陵后，诸王争权，互相倾轧；翼王石达开决心独树一帜，经营西南。遣将张遇恩、傅金德、余长子等率师入黔，时咸丰十年（1860年）四月。进至归化厅，石城知府周夔、参将全兴率师往击，皆战殁。太平军一股进至府属下九溪，知县屿明檄附城团黄恩恒率团兵御于珠马场，恩恒战殁。太平军即由九溪进至安平县属肖家庄、羊昌河、平庄等处骚扰，四日东去。

咸丰十一年正月，张遇恩进至旧州。提督田兴恕檄总兵周学贵来援。周又檄参将张大禄驻沙子哨，副将毛克宽驻石板房，梁副将驻关帝庙，总兵杨岩保驻大水桥，周自率副将罗孝连驻槎头堡，截要隘，连营相望如常山蛇。张遇恩兵出大路，杨岩保等不能御，连营皆陷。

石达开之西来，意在别图自立，故在江西最久，转而入蜀；不得志，入黔走滇。其屯归化也，闻系军中起疫，借资调理。周知府夔欲乘其惫，故蹈履尾之凶。已而率队过石城，前锋者曾明言高叫云："借路过，勿开炮！"步武一线直抵岱山，即城下屯扎，意亦以调理也。然所部亦不时向城攻击。是时守将为孙竹雅，殚精竭虑，与众固守。月余拔队去，留题所居民舍云："一掷孤筹计本非，年来偏与寸心违。可怜一十六州地，陷入幽燕永不归！"又云："垂翅无依鸟倦飞，乌江渡口夕阳微。穷途纵有英雄泪，空向西风几度挥。"款识"石三公山人"。玩其词意，以重瞳自命，奈骓不逝，亦可悲矣。既而逾凉山，诸番沿路夹击；将至川，川督骆秉章以师待于要隘，受缚。

咸同变乱，良民死者甚众，太平军过黔则不滥杀。咸丰十年过狗场、菖蒲苑，有李百龄者，年逾六十，儒士，性迂拙。众闻讯皆走避，李独留。被搜获，系以索金，李无金，且语侵之，怒，将杀以示威。其子逢春已逃上屯，不见百龄，知必被获，径奔太平军营。悉状后，跪求领队，愿以身代。领队者嘉其孝，竟俱释之。

尹家庄尹继善、尹继昌兄弟，素友爱，并为太平军获，令担物以从。兄年老，不胜负重，常受鞭挞。弟屡跪恳，愿代受责，得稍宽。一日，至普定偏坡寨，兄乘隙逃未遂，将杀之。弟复叩头流血，乞免兄死，否则愿以身代。领队者感其友爱之情，亦并释之。

这段历史是跨多省的。晚清大诗人郑子尹详细生动地写下了黔北地区的惨状。《避乱纪事》一诗说："湄潭贼亦合，廿一焚虾场。家距二十里，惊看半天红。仓皇夜出走，潜行不敢声。儿怀其祖栗，背上将孙绷。新妇持厥姑，手各有携擎。四更去七里，投憩烘于堂。主人抱薯蓣，掷炉请燔尝。小大乱稽首，辞祖倒插香。开门已先去，门外如堵墙。于时空乡溃，晨雨方大零；弟妹亦来并，滑汰无笠簦。或泣或叫号，惨极不可听。向来骑马儿，亦复负衣囊。处女变嫁妇，钝牛弃道旁；穷叟襫玉黍，冻涕垂尺长。妪颠水濡裤，裤重脱复僵；纷腾争奔前，路壅或不通。"非常之狼狈不堪。后来官府划地建栅栏，居民倒像是安全了，饥荒疫病又来了。他写了九首哀诗，《南乡哀》《经死哀》《绅刑哀》《僧尼哀》《抽厘哀》《移民哀》《哀陴》《哀里》《禹门哀》；还有《疫三首》《饿四首》《杀二首》，写人们深陷在大灾大难之中。这些都是纪实的诗。有个三千户的大寨子，不到一年连饿带病死了一半人。到处传出人吃人的事，村口路边倒毙的尸首，很快就遭剜成骨架。新坟都遭挖开，入土七天不被挖开，才算得是一座坟。

官逼民反，揭竿而起，义正词严，无可非议；而战乱频仍，生民涂炭，也是不容否认的事实。做具体的分析，终归逃不脱一个怪圈：因受压迫而反抗，取代对手而成为压迫者，享富贵享到下一个取代者到来。分了合，合了分，几千年轮流坐庄，逃不脱元朝人的八个字：兴，百姓苦；亡，百姓苦。一直闹到一九四九年才清爽了。

《民国府志·杂事》

人食人

同治初，邻邑尽失，逃亡麇集；粮一石价一两二三钱，饿死者不计其数。尝于东街见围渣滓堆火烧死鼠食者，非饥火内焚，乌能下咽？有闻者曰：人食人，兴义有之矣！昔者随赵军克自旗入城，有夫妇同居，夫死，妇竟食其尸者。事觉，以余肉挂肩游街警，并斩以殉。又斩犯而首不见，索之，已被围观者藏诸胯下。此固不必窃食，或尸欲窃以埋之，犹有可说。

狼入城

城高数丈，狼从未有入城者。光绪丙申（1896年）七月，石城忽有狼异。初媪被咬，幸获救不死。有噬一人者，有噬二人者。有全食者，有余一肢半体者；传说不一，无日不有。夜行者必携械自卫。一日午间，寄宿王氏祠中之一八岁乞儿方随母烧火作食，被狼衔；母呼救，群追至黉学坝始夺回。月余乃绝。

云山屯记得不？你去过，还很喜欢。一条石街，两排房子，石城墙围得严严实实。咸同年间，受的损失最小。旧志《陈小五夜袭云山屯》一节说：

　　云山屯距城三十里，高出群峰，崖撑壑偃，乡人借以避兵。金次甫为之长，调度有方，防卫谨严，真有一夫当关，万夫莫开之势。于是，远近携家相就者麕集。巷列街分，至今为市，非偶然矣。
　　陈小五之攻是屯也，盖扑省城不利，转而欲取石城。知云山最富，谋先取为根据；无如防卫周密，明攻不易，乃谋夜袭。山后壁立万仞，险峻难攀。因募敢死士十七人，黑夜猱升而入，下及小山，为逻者所觉。次甫率众往击，以下攻上，势甚不便；乃取更上高峰，炮弹俯施。前阻于围，后无可退，十七人无一生还。
　　是役也，陈谋甚狡，力甚健。使闻而惊走，或不能更据上峰以击，袭者终不退，屯终不保。金从容镇定，殄除豺虎，保全全屯，其功甚伟。事竣，屯人勒石以纪；竟以违制闻官，受累。呜呼，妇孺口胜于碑矣！

　　云山屯现在还原铺原盖地在，只是空荡荡的不剩几家住户了。那一年开屯堡文化研究会，组织来参观，这条街还热热闹闹的，好些住户敞开朝门，泡起新茶招待我们。后来陪外地朋友去玩，空房子就多了。见几个年轻娃娃在石街上支起架架写生。是学美术的大学生。客人很称赞场坝中间的那座石戏台。
　　今日之云山屯是原汁原味的真古董，但是没有游客。游者们一边骂拆真古董造假古董，一边玩假古董。

罗布龙《金次甫传》

金次甫(？—1901),名炯奎(一作毓嵩、岳嵩),字次甫,以字行。晚清石城七眼桥镇章家庄人。次甫家境殷富,而少时好赌,几至破家。后幡然悔悟,力营生业,尽复所失田产。次甫读书不多,却颇得要义,尝谓人:读书若无益于社会,无补于国家,即使侥幸博得功名,又能如何?读书若只是为了做官,就失去了读书的本旨。足知其识见异于常人。次甫不仅见识过人,且心思缜密,遇事有决断,乡间有事,多依其意为决。久之,广受乡民信赖倚仗,俨然若四乡八寨领袖。时逢咸同之乱,太平军、义军、匪患你来我往,年年有警,四乡不宁。初时,乡民曾于附近的云鹫山老泰顶避难,虽无城垣可守,但地势险峻,仅山上滚石便可抵御山下来攻之敌。同治元年(1862年),乱势渐凶,次甫细审云鹫山形势,集四乡八寨父老共议,商定就老泰顶筑屯以自保。屯成,次甫谓众人:"此屯地势险要,我今据之,若不能守,为贼所破,盘踞其中,轻则为害我一方百姓,重者祸及一郡、一省。为今之计,惟自办团练以守之,方可保无虞。"众人以次甫公深谋远虑,皆愿听从。于是设局房为办公之所,招纳练勇,筹备钱粮,令族中悍勇者金鉴三负责督训练勇,精细者金理湟等办钱粮,金献之、金明德参赞机务,王右三、雷云阶缮理文书。一切安排井井有条,足见次甫任事之能力。不数月,云山屯雉堞完整,守备森严。云鹫山原本就是黔滇驿道的重要通道,而云山屯之建成,俨然成为黔滇驿道上一道重要关隘。提督赵德光闻知,亲赴屯上,赞赏有加,并嘱次甫:"此地险要,当善守之。若贼占之,不易复也。若此屯一失,西路上下通道断,石城亦不能保。"同治五年(1866年),吴德容奉命署石城知府,赵德光因四境不宁,亲送吴赴任。至石板房，军中粮饷俱乏，便遣兵勇致函于次甫。次甫连夜派人送粮五十石、银千两。吴德容就任知府后，打算摊加丁粮来还这笔粮款，次甫道："地方凋敝已极，何忍再行盘剥？粮款我不要偿还，无须再议。"当其时也，黔境苗、布依等起事之军纵横乡野，攻城略地，西路一线，石城以外，清镇、平坝、镇宁、紫云等县多次被攻陷。据言时任贵州巡抚张亮基曾有书函致次甫，谓云山屯关系西路安危，若被敌攻陷以为根据地，则进可以战，退可以守，不仅石城难保，省城亦将动摇。嘱次甫务必固守。次甫亦不负厚望，督乡人日夜巡守，不敢有丝毫懈怠。故其地虽也迭遭攻击，但均据险而奋战得保。先是，远近之大户人家，纷纷举家前来，以求庇护，一时屯上人户激增，多时竟上千家。因大户、富户日多，云山屯更引起乱军垂涎。中有首领名陈小五者，向以凶悍闻名，觊觎云山屯已久，多次袭扰均未得手，仍不死心，一直伺机而动。同治七年（1868年）某月，陈阴遣十八死士，借夜幕掩护，由牛蹄关攀藤附葛，偷上老泰顶。哨棚中守卫之丁勇五死一伤，伤者拼死逃回报信。次甫闻报，披衣起身，提剑出屋。时老泰顶上之敌一面将火枪火箭射向屯中，一面大呼"破屯喽！"屯外之敌亦遥相呼应。一时间，屯中乱成一团。次甫见状，急令守屯之丁勇严加守备，又严令室中妇孺不得啼哭，自己则以簸箕护顶，冒矢石率众攻上老泰顶。战至天明，屯外之敌被拒于外，屯内之敌被歼于内。生擒一人，仰天叹道："此屯真善守者。他处我辈只要入墙一呼，乡众则作鸟兽散，屯立即失守；此间竟然鸡犬不惊，如此镇定。我辈合该死于此地！"小五见事不可为，乃引兵退去。民国《续修石城府志辑稿》有《陈小五夜袭云山屯》一文专记其事。此役之后，乡人感次甫之德，特勒石以记。因碑文不识顾忌，用语少有斟酌，唯颂次甫公功德，未及官府半语，由此招致官府不悦。加之次甫向来骨鲠木强，不善结交官府，官府之人难免衔恨，如知府毕祉堂就曾直指次甫"跋扈"。其时云山屯设厘卡抽收税金，厘官陈某怒次甫待其不礼，遂集次甫种种不是，罗织罪名，上报府衙，欲兴大狱。乡民皆以次甫危殆为忧。所幸事有转机，适逢易佩绅接任石城知府，专程绕道赴云山屯会见次甫，见其寡言耿直，又细审该处建屯以来之种种情形，遂知所谓云山屯厘案，多因次性格木强、不善逢迎所致。易居间调停，为次甫辩冤，满天乌云方为之散去。其后黔境渐宁，次甫乃建宗祠，设义学，凡地方公益之事，皆竭力倡导。其在四乡八寨之声望未减反增，远近纷难，得其一言，无不立解。次甫身材魁梧，顶际无发，美须髯，白如银丝。晚年常左执白鹅扇，右握白麈尾，杖履悠游，望之若仙。光绪二十七年卒，享寿八十有余。有子四人，长子名赓飏，四子名凤飏，皆石城府学贡生。有孙十余人，绍希、希、伯衡、仲衡皆入镇宁文庠；余或业农，或业商，均能自立。次甫当年为避兵乱集众修建之云山屯，至民国时期，已成为乡人聚居的繁华之所，街巷逶迤，商铺栉比，俨然一集镇矣。

我那时候正是诗迷的年龄，看见边疆的军旅诗人说：我推开窗子，一朵云飞进来——带着深谷底层的寒气，带着难以捉摸的旭日的光彩。早安，边疆！早安，西盟！带枪的人都站立在岗位上，迎接美好生活中的又一个早晨。看见首都的青年诗人说：收拾停当我的行装，马上要登程去远方……在我将去的铁路线上，还没有铁路的影子。在我将去的矿井，还只是一片荒凉。但是没有的都将会有，美好的希望都不会落空。在遥远的荒山僻壤，将要涌起建设的喧声。汽车驰过大街，载着豪迈的歌声：火车在飞奔，车轮在歌唱，装载着木柴和食粮，运来了地下的矿藏。多装快跑，快跑多装！把原料送到工厂，把机器带给农庄。我们的力量排山倒海，劳动的热情无比高涨！我们要和时间赛跑，走上工业化的光明大道！我们要和时间赛跑，迎接伟大的建设高潮！我有好几位男女同学，因为一首歌的感染终生从事野外勘探工作：是那山谷的风，吹动了我们的红旗；是那狂暴的雨，洗刷了我们的帐篷。我们有火焰般的热情，战胜了一切疲劳和寒冷。背起了我们的行装，攀上了层层的高峰，我们怀着无限的希望，为祖国寻找出丰富的矿藏。

那几年，天天都有新鲜事物、新气象。

《民国府志·礼俗志·社会组织》

石城农村社会，凡相聚而居者，不论户数多寡皆谓之寨。寨中之人，出入相友，守望相助，疾病相扶持。公推年老而公正者为寨老，寨民遇有纠纷之事，则请为之品评调解。

寨之上为起、枝、里、马或所。每起（或枝、里、马、所）管辖寨数，自七八寨至七八十寨不等。计石城一地分为五起、十四枝，平均每起约四十四五寨，每枝二十七寨，全境共计六百零六寨。

寨有大小，户有多寡，为施政之便利起见，故在起（或枝、里、马、所）之下分保，保之下分甲，甲之下分户。十户为一甲，数甲至十余甲为一保，七八保至十余保为一起（或枝、里、马、所），每起（或枝、里、马、所）设总甲一人，每保设保长一人，每甲设甲长一人。

寨与寨之间，每相距数十里必开一场以为交易之所。其赶场之期，大多以六日或五、七日循环之；前者如鼠马场、牛羊场、猴猫场、鸡兔场、龙狗场、猪蛇场等是。后者如旧州之赶鼠蛇场，县城之赶牛马场是也。但无论六日或五、七日都以附近各场不相冲突为原则。

石城宗族观念颇重，无论汉、苗各族，大多聚同姓氏、同血统之宗族而居。各族均制定共守之规约，作为约束与发展其宗族之信条。执行此规约之人，称为族长或族正。族之大者多建有祠堂，修有族谱。

外省人之旅居石城者，多有乡团之组织，普通称之为帮，如江西帮、四川帮、两湖帮与两广帮等是。各帮之中，俱设有会馆，作为该帮聚会之所。又有盐帮、油帮、布帮、京果帮、裁缝帮、染坊帮、石木工帮等名称，乃系以营业或工作范围为组合基础之团体，成员多少不定，但以营业领域、工作繁简之伸缩为转移，俗称为帮口。

前两天，郝家三个姑娘的儿孙给她们做大寿，我画了幅寿幛去贺，中间一个寿字，背景是一棵老树挂三个仙桃。敬了她三姐妹每人一杯酒。大姐一百整寿，两个妹子一个比一个小两岁。齐崭崭的，脚轻手快的，耳聪目明的，满世界旅游观光。真算得是祥瑞，旧时候要为她们请旌立牌坊嘞！三家的先生都不在了，兄弟也七零八落了。

寿堂热闹得耳朵都震聋。我远远看三姐妹并排坐起，后辈排起队，磕头的磕头，鞠躬的鞠躬，好福气。三姐的脸貌最赶她爹。郝先生原来在东街大十字开现代实业社，雪花膏、花露水、蚊子油、梅干精、铁皮上发条的雀子青蛙。东洋货居多。有一年你表弟绊倒开水壶，烫伤大腿，半尺长一层皮手一挨就落下来。就是靠他家卖的日本兜安氏药膏敷好的。铺面玻柜上放一个捉苍蝇的药盒盒，上足发条，一块撒白糖的板板就慢慢转；苍蝇叮在糖上，不警不觉转成脚朝天，抓拿不住，就落进下面的水牢里头。这也是日本货。后来抗日战争爆发，大城市抵制日货，消息传来，他一晚上就把铺子里头的日本货砸了。老板当不成了，就去你舅舅他们公司当分庄经理。后来接你舅舅的事当县工商联主任。后来在李家花园自行了断。脾气耿直，性如烈火，耳朵背，普普通通一句话讲出来像在发脾气吼人。通城有名的郝老聋，大孝子。怪得很，三姐妹连带一个表妹都年臻耄耋；而她家的几个弟弟除了一个都只得中人之寿。基因兹东西非常之神秘。

潘玉陶《柳树人将军事略》（摘录）

公元1939年11月，中国国民革命军第五军二百师在广西桂南昆仑关与日寇激战，歼敌第五师团十二旅团六千余人，击毙旅团少将中村正雄及旗下军官多人。史称昆仑关大捷。该师因过度耗损而转移石城休整。全师编制三个团，其中五九九团官兵驻扎城西幺铺与镇宁接界处，团部设幺铺荡上堡。团长柳树人（1905—1942）是石城人，其父柳惠希，辛亥革命时期贵州自治学社中坚分子，石城新式教育先驱者。五九九团驻扎荡上一年有余，团部办公室设于老戏台楼上，团机关人员住离戏台几米的古庙里。其余官兵分住房屋较宽的百姓家中。官兵纪律严明，从不扰民，并帮当地百姓做了不少好事，留下许多佳话。他们在幺铺场天主教堂里办小学，学生书杂学费全免，还给困难学生发放文具。荡上堡人畜饮水困难，众议在村边修水塘；柳团长闻知消息后，立即派士兵们帮助。年近九旬的邓明华老人回忆：五九九团的武器装备很先进，士兵都穿着长筒水靴，用美式洋铲，施工效率很高。水塘建好后，村民要按照风俗，立碑记事，将官兵襄助之举勒石记录。柳团长闻讯立即劝止（这块记载民国三十年荡上村修建水塘始末的石碑已于近年发现）。为酬谢建塘官兵，村民自行杀猪送到部队表示慰问；柳团长不忍坚拒，收下后令人购买大批鱼苗放入塘里，并为取名新鱼塘。如今荡上村民已用上自来水，新鱼塘已扩大三倍，专门养鱼。五九九团卫生队为村民免费治病。官兵帮助收割稻子。种种爱民举动，让这支抗日正义之师受到百姓的衷心拥爱。

1942年，二百师奉命远征滇缅战场。时值三月，正是"坟上草色青，凭吊先人时"季节。据老人回忆，临行之际，柳树人夫妇与家人及乡中友好，到父亲墓前祭扫。柳惠希老先生坟茔，在幺铺镇小屯与付旗屯交汇处的雷公田。一行人跪拜后，柳树人亲为父墓刈草补缺。事毕又伫立良久，对随行乡人道：树人此番出国征战，未必能够归来，若他日马革裹尸，请代树人为先君行孝。言毕向众人行军礼致谢，一一话别。"征夫万里行，闺妇泪漓淋"，柳将军的新婚妻子手挽树人，亦步亦趋。时春寒料峭，狮子山云遮雾罩，树人遥指山上小庙道：儿时我与母亲来这里敬过香。此后，以身许国，军旅十余年，惯见人之生死，已无仙佛神灵之想。今见此寺，思母之情油然而生，我们上去看看。走进这座建于明朝嘉靖年间的古刹。见寺中楹联镌佛家偈语：放下屠刀，立地成佛。树人对夫人说：今之中国面对日本这个乱舞屠刀恶魔，奢望他放下屠刀是不可能的；中国人只有握紧手中的钢枪，以牙还牙，以眼还眼，让这个恶魔放下屠刀！我辈军人当作金刚吼，誓死卫国。未料，柳树人夫妇此别竟成永诀；且英雄未能留下后人。

二百师进入缅甸，在同古（又称冬瓜）镇与敌鏖战数日，获取局部胜利后，侧翼英军溃撤，二百师两侧被日军夹击。师长戴安澜命柳团为后卫，掩护各团突围。柳部完成任务后，撤退途中与敌遭遇，在击毁敌战车及坦克各一辆、击毙日寇五十名并缴获日军迫击炮两门后，孤军无援，弹尽粮绝，于五月十八日以身殉国。幺铺乡民惊悉柳树人团长战死沙场，尸骨未归，群情悲恸，家家户户焚香烧纸，设案祭奠牺牲英灵！当年陪同树人扫墓的乡绅，遵诺每年清明相约来到柳惠希老先生墓前祭祀，代柳团长行孝。

今天是你的忌日。

今天之前的六个月十二天，你忽然来找我。我正起身洗杯子泡茶，瞥见你端起我的大茶缸喝了一口。我连忙说，在泡在泡！你又端起喝了一口。几十年我没有见你碰过别人的杯子。几十年你哪样都改了，只有这一样改不了。我吓蒙了！接着你讲了一句话我没有听明白。你又清清楚楚说：你娶了我吧，我嫁你。我像挨了一闷雷，回不过神来。你见我不搭话，从衣服口袋摸出一张纸拍在桌子上。我一看知道了。我一想也明白了：你胆子小，这张诊断书把你吓酥了。我心里乱成一团。你端起茶站到窗子边看小院子。等我考虑。

有一年沐家上坟。我和几个师兄弟挑起大船篮去做饭，一个师弟鬼头鬼脑把我拉去几丈远一个前清石坟背后，凑耳朵说，要攀高枝了？见我不懂又说，看那位洋小姐大务小事使唤你，只差寸步不离，大家说怕是对你有点意思嘞！我当胸一巴掌推他一屁股坐在坟坡脚，他眼泪花花转，说，我是为你好嘞！我把他拉起来赔不是，我说，在我心里婵孃就是观音菩萨，姑小姐就是座前的龙女，这种话乱讲不得！要遭雷劈的！他说你也当得观音菩萨座前的善财童子嘛！我提起脚要踢他，他高一脚低一脚踩起坟沟跑了。

万想不到今天会亲耳听到兹句话！做梦都不会梦到！打死都不会生这个心！

见我半天不作声，你对着石院说，以前我是上人你是下人，后来你是红的我是黑的。不勉强你！你把茶杯轻轻放在桌子上朝外走，我冲过去关上门，姑小姐我依你我依你！那一秒钟我明白了：你害怕一个人走最后一截路，挨这段倒计时。人世间只有我可以陪你！

第二天我们去扯了结婚证，请两边领导吃顿饭表示个公示见证的意思。那个师弟欢眉笑眼来掌瓢，瞅冷对我说，如何嘛！再踢一脚？见我脸色不对，赶忙埋起脑壳切葱。

　　我把老祖太佛堂边她那间住房给你收拾出来。比我这间还小，就安张床。靠墙一架楼梯通阁楼。以前那些二众就是从兹点爬上爬下，躺在单薄的板床上梦见极乐世界。你的衣裳鞋袜书籍纸笔放在七大八小的纸箱里头，你拿出一盏小台灯，掰开铁夹夹在床面前。这盏灯你用多年了。灯泡比电筒泡子大不多，五瓦，亮起来黄黄的。那年你随身带来你爹的信，信上说你自小有恐黑症，晚上要等你睡深了才能悄悄关灯。你来舅舅家这任务就归婵孃了。她习惯睡得早，你上床要看好久的书，她不说，将就你。记得还是后来我和你熟了悄悄告诉你，你上床就不看书了。后来你到民小代课，那里不通电，你想出个办法，就是把灯油放得少少的，你睡着以后它也油干灯草尽了。后来民小通了电，我就帮你买了这种小铁夹灯，看完书夹远些，随它通夜亮。你得了这盏小灯很高兴，才讲了你得下恐黑症的原委。你说，那晚上睡觉，你妈像往常一样抱着你睡。半夜她在睡梦中走了，体温渐渐消失。你遭冷醒，她的手又冰又僵，你挣不出来。全身颤抖挨到天亮。从此睡觉不熄灯。后来你住进老祖太佛堂，我打听到有一种适合带奶娃人家用的光感电灯泡，房间光线强它就熄，光线暗它就亮。买来一试非常之合你用，只可惜发的是蓝光，有点阴惨惨的。我说，算了不用它！你笑笑说，我自己都要变鬼了还怕什么！再后来，我把这盏小灯塞在你的盒盒里头了。我特意选了个特大的盒盒。我晓得你怕黑。其实呢，冥冥何所须，尽我生人意。唐朝的诗人就兹样说了。

　　那晚上，你说感觉不好，要我陪着你不要下楼。我先下去检查一下煤电,拎起根小板凳再上来,你已经睡下了。我就坐在床边。你望着天花板说:老三!几十年拖累你了。没有你我死几回了。你再也没有开口,从被窝下面伸出一只手来,我从袖口发现你换上了那件多年没有穿过的白麻纱紧袖外衣。我用两只手掌焐着你的手。它慢慢退温,窗子现鱼肚白的时候冰了。

　　这段时间,我给你买过一个蛋糕,你吃了几口,笑笑说:腥。有一天说想吃一点真正的好东西。我左想右想,想起一个平素爱收拣的师兄弟,他翻出一个包包,里面有两只小海参、几只虾仁、一只鱿鱼。我像得了宝,捧回家买只活鸡杀了,蒸了个老嫩蛋,给你炖了碗汤。你慢慢慢慢地喝,额头起一层细细的汗珠。兹是我见你吃得最香的一回了。有天早晨我起了床上楼看你,你刚睡醒,在哭。我问你咋了,你说做了个梦,你爹不要你了。我劝你说,算了,不要和梦一般见识!你忍不住笑起来。边淌眼泪边笑。

　　那是最后几天的事了,我招呼你吃药,把水杯放床头柜上,从锡箔药板上抠出两片药,扶你半坐起来,你一只手接药,一只手拿过药板,端详了一阵,把两片药嵌回去,另外抠出两片放嘴里喝水吞了,抬眼睛对我笑笑,倒回枕头上。我晓得你的意思,拿起药板来看那些药片,果然有一面呈对称图案。兹是你喜欢的小游戏。唉,啥时候了啊……

　　你留下的东西很简单,就是几件换洗衣裳和一本小书。我把衣裳连藤箱子一起送到一位管锅炉房的朋友那里,守着烧了。书叫《我的心呀,在高原》,袁水拍翻译的彭斯和霍斯曼两位诗人的合集。粗糙脆弱的黄颜色草纸,墨色又淡又不均匀,稍黑一点就渗到背面。那时候西南大后方印的新书都兹样。兹本书我见过,只是你用一个枣红色的仿皮笔记本壳把它保护起来了。扉页上绿色墨水的题赠人我也认识。戏剧宣传队的小伙子,头发冲天又黑又浓,热情开朗爱说爱笑。剧宣队借驻在你们学校,你们很羡慕他们文艺兵的半军事化生活,和他们玩得很熟。那年过年,他们演出《新年大合唱》和《生产大合唱》,几个月以后日本宣布无条件投降,他们就离开了。临行他送你和你大表妹一人一本书做纪念。小端得的是《普式庚诗选》。兹个小伙子后来在香港做电影音乐,我在影片上见到过名字。我晓得兹本书,不晓得你保存它几十年。兹里面是不是藏得有一个谜?我小心翼翼地翻开诗集读了一遍,霍斯曼的诗很喜欢。我犹豫了几天,想出个办法,把诗抄下来,留下封皮,夜里在院子角落把书烧了让你带走。看着忽闪忽闪时黄时绿的火焰,想起日本小林一茶的俳句:我知这世界,本如露水般短暂。然而,然而……

这之后,他感觉一切活人议论死亡的文字,都是隔靴搔痒。

《民国府志·风俗志·婚嫁》

联姻多系旧亲,新开亲者较少。男子十至十五岁时,家长即为说亲,即请与女家亲厚者赴女家求婚,以为内媒。若女家允许,即以女庚授媒,令男家合婚,名曰"讨庚"。婚既合,男家复请媒正式求于女家,此为外媒,犹古礼之"问名"。男家择吉,遂用首饰聘仪布帛并红柬鸾书书男庚曰:"乾造生于某年、月、日、时",请媒送至女家,犹古之"纳吉";女家受之,犹古礼之"纳采"。遂于红柬鸾书上书女庚曰:"坤造生于某年、月、日、时",以媒转之男家,犹古礼之"纳征"也。两姓遂于是日往来,名曰"会亲"。一俟男女长成再行婚礼。

将婚前一年或数月,男家以所择喜期及酒醴布帛丝缎之类遣媒致意,名曰"报期";女家则预制床帐衣服家具名曰"嫁奁"。

将婚前三日，男家以所备簪环及猪羊酒醴、茶食果品等请媒人送至女家，名曰"过礼"；女家遂以所制新郎衣、冠及床、帐家具等物送男家。及期，男家以牙轿鼓乐由至亲男性二人导婿至女家，名曰"亲迎"；女家则请至亲妇女二人随彩轿鼓乐送女至男家。彩轿到门，男家于门首焚香祝喜神，扫除煞气，名曰"回车马"。新妇下轿，由送亲者扶新妇跨马鞍入门与新郎同拜神及祖先，名曰"拜堂"。礼毕入室，设香烛，夫妇交拜合卺，名曰"饮交杯"。三日后新妇拜见翁姑，以次拜见亲友，茶食果品皆出女家，示妇敬也，名曰"做三朝"；受拜之亲友，应以钱物赠妇，名曰"丢拜钱"。十二日后，女家遣女之弟兄至婿家接请新婚夫妇做客，名曰"回门"。

总之，礼之厚薄丰俭，视其家之贫富为差。

多年前社会上流行读书无用论、书越读越蠢论；交白卷的成了英雄。好容易这些成为历史了，又遭遇网络席卷天下，爱书人越来越少。他认为这是国家民族的严重问题，所以凡是有关提倡读书的活动，只要找到他，他就欣然从命。几年前市图书馆根据上级规定设立理事会，聘他担任名誉理事长，明知不过是个形式也答应下来，并且买了几套好书带去捐赠，以示诚意；跟着馆长参观，感觉比预料的状况好。尤其是有一个老年阅览室，订有几十种休闲、养生、文摘、武术、幽默、家庭之类的报纸杂志，座椅上有厚垫，桌子上有暖手器，很能吸引老年人。开架书室里十多个小娃娃，高高低低坐在木梯坎上，伸开两条腿坐在地板上，各自捧一本书，凑近眼睛看：小的细声细气念字，大的还往小本上一笔一画摘录，真像是一幅赏心悦目的名画。他满心喜悦，发言时给了大大的点赞，还提了几条合理化建议。

这一回是去参加全民阅读的年度颁奖仪式。预设的椅子被中老年人坐得满满的，年轻人贴墙而立，书架之间的巷巷都站了人。各种讲话和颁奖之后，压轴戏是一群志愿者创办的一所大山里的小学娃娃朗诵他们自己写的诗。稚嫩的嗓子，方音浓浓的普通话，天真质朴的句子，听得他有一种微醺的感觉。

一个胖墩墩的二年级男孩念他的作品《家》：家是我生活的地方/家是我玩耍的地方/家是一起看夜空的地方/家是有陪伴的地方/家是亲人对我微笑的地方/家是我流泪时有人安慰我的地方/家是我做错事情，教我道理的地方/家是不会孤独的地方/家是一起成长的地方/家是有一家人的地方。

一个小得像布娃娃的一年级女孩念她的《雾》：一只雾，一只脚/两只雾，两只脚/三只雾，玩游戏/四只雾，很开心/五只雾，白茫茫。（小诗人在掌声中鞠躬转身，自己绊了一跤，赶快爬起来躲进同学的队列。）

所有的朗诵听众都热烈鼓掌。独有一个男娃娃的诗，念完安静了一会才响起掌声。女主持人走过来紧紧拥抱这个清瘦的男孩。这首诗叫《给外公的信》：尊敬的外公您好！您过得好吗？您在什么世界？您生活得好吗？为什么您不在我们的世界？我们有好多伙伴，好多好多树。

活动结束，馆长要请他吃饭。他说，谢了！我刚吃过一桌非常之合心的席。

在回家车上，他有滋有味地咕哝：一只雾一只脚，两只雾两只脚……开车的年轻人笑：娃娃们的脑筋硬是稀奇古怪，雾会有脚！他说：没有脚它咋来的？大理的云乌蒙的雾，奇观美景！那年我在乌蒙山区，有一天下午四点过钟，走在一个山槽子中间，前后三四个山垭口，走着走着，左手边垭口窜出一条白龙，翻翻滚滚朝我游过来。接着几个垭口都窜出翻翻滚滚的白龙，转眼间汇合一处，把我紧紧包裹起来。面前的路看不见了，赶紧站住默了一下。发现眼睛看得明白的范围是一个罩在脑壳上的圆球，活像戴起一个透明的摩托盔。我就顶起这个头盔慢慢下山。兹不就是一只雾一只脚，三只雾玩游戏，五只雾白茫茫吗？妙得很！年轻人说：开车就怕大雾，危险得很！他说：是！有一回我在山里搭代客车走乡村公路，从下午走到擦黑，一路山雾起了。七点来钟过一个叫雷打坡的垭口，打雾灯也看不清路了。一面挨山一面悬岩，非常之危险。就下去两个人，亮起手电筒在车头前面走，汽车就在兹两点亮光中间慢慢开，下到平路雾淡了，那两个人才上车。年轻人说：天哪听得我寒毛乍！他说：那时候大家都不当回事，习惯了。

过了几分钟，他说：有一回出差，到县城整整下了五天雨，第六天放晴，才有代客车下区乡。代客车就是敞篷货车载人。我站在护栏边，蓝天如洗，白云如棉，心情非常之愉快。忽然一转眼，见天上有一条活灵活现的白龙蜿蜒在几座小山之上，轮廓清晰，在山风里不散不乱。我奇怪，怎么会有这样美妙的云呢！转眼明白了：兹是一条弯弯曲曲的河蒸发出来的雾气！年轻人哦了一声。他说：太美妙了！一辈子不忘记。

有一年我在梵净山金顶下面住了七天帐篷，他又开口，是随一个考察团去的。一个环保摄影师领队，两个生物教师，两个画家，我和另一位算弄文字的，一个司机兼后勤。有一天天气晴朗，从回香坪万级石梯上来七八个年轻人，要在金顶下面过一夜。天黑下来，大家围坐在地上，中间用他们捃来的枯枝落叶烧起一座篝火。唱歌，说笑。我无意间一侧脸，看见山雾浓成了一堵墙，把篝火映出来的人影贴在墙上，清清楚楚，轮廓分明。车脸看背后，近在咫尺的金顶大石柱完全消失不见了。正觉得好玩，起了一阵山风，眼见黑耸耸的金顶缓缓朝我垮将下来；吓了我一下，又躲进雾障后面一点看不见了。陪我们上山的文化馆长看见这一幕，对我说，有一回他带一位没来过的公安局朋友上山，途中起了山雾，到了金顶脚下，问他金顶在哪里，他指指头上，那人一抬头，恰好有风，那座矗天大石柱劈头盖脸压下来，吓得他大叫一声，一屁股坐到地上。

年轻人说：我见过梵净山金顶的照片，一根大石柱，上面还修了几座庙子。他说：兹根大石柱顶上是裂成两半的，原来一边有一座小石庙，中间一座天仙桥连接两边。是个奇观！年轻人又说：现在庙子大多了，又围着石柱凿了螺旋路方便游客上下。他心里说：那份意境也没了。

年轻人小声哼起歌来。

我一辈子睡着就做梦，不论晚觉午觉。从记事到今天，只有一个晚上我没得做梦。那晚上脑壳刚落枕就听见老爹喊我起来洗脸进学堂，感觉才几分钟，所以晓得没有做梦。我做人老实，做梦都老实，不像你会做些稀奇古怪的梦。有一回你梦到我的耳朵是一条下水道，像英国电影《雾都孤儿》里头那种隧洞一样的大下水道，墙壁上还贴得有花花绿绿的标语广告。我说脏成兹样子，以后还敢吃我做的点心？你哈哈大笑说敢，梦是反的。你还梦到你自己是一碗汤，你端起来自己把自己喝了。我说你的梦是魔幻现实主义，我的梦是浪漫主义。我梦见自己开车，心晓得自己没有学过开车，可是车子听话，非常之平稳地在没有行人的巷子里直起走转弯走，顺顺当当。有一段时间经常梦到自己走路轻飘飘的，一抬腿就是丈把远，像在飞船机舱里头或是月球上一样，失重了。朋友听了羡慕,这种感觉太美妙!有人说是心律不齐的表现。近年天天梦见从某个地方回住处:在公园剧场看完演出回家;从小县城朋友家回旅馆;从村委会回工作队住;从单位回快要拆迁的老宅;等等。总是天要黑了,甚至已经是夜里,总是还要走很长很长的路。但一点不急。沿路的风景非常之赏心悦目。经过大河滩,河滩上矗着白色的大石头,椅子样大,桌子样大,草房样大;清亮的河水翻滚雪白浪花,起了散,散了起;远处有很多人在过大石桥。或者是古老小镇,牌坊,祠堂,白石高墙。边走边想:附近居然有兹样气派的小镇,从来不晓得!有个梦是走到一个山头,眼前千山万壑,像黄土高原,峡谷里铺开一座街巷纵横房屋层叠的城市,心想我们小地方这样气象万千,从来不晓得。梦里走长路回家,要绕很多小街窄巷,穿过陌生人家的院子甚至房间,但主人们若无其事,好像原本就该兹样通过。梦里头父母的老宅,自己的居室,单位的办公室,集会的场地,出过差的乡村,甚至亲人朋友同事的模样,都与实际不一样,但知道就是他们。年轻时候读马尔夏克一句话,他说小孩子的记忆像是夏夜的闪电,忽然来了忽然去了。那我的梦就是冬夜的闪电。

醒着读书睡着做梦对于我好像是一回事。只不过读书由我主持做梦听它指挥。但都很惬意都很美妙。我有一位小学同学喜欢做梦,他认为睡觉就是为了做梦,如果不做梦就不必有睡眠。我和他同桌,有一次上课他枕臂打瞌睡,忽然两臂一分,脑壳撞桌子砰的一响,引起老师注意;他对我摆手嗫声,下课才告诉我,他梦见两头水牛绞角打架,他过去两手抓住牛角用力一分,砰!

你最后的样子也像是在做梦。就像那个最桀骜不驯的英国诗人写的:躺着,带着一身的魅力和缺陷,就像那没有死之恐怖的长眠。

我在混沌懵懂的年纪遇上志斋老师，一辈子以书为伴，是前世做好事修来的福。志斋先生说人人都有个学问最大、脾气最好的老师，就是书。要把读书当吃饭穿衣一样对待。读书不光是学点知识技能，还能陶冶性灵变化气质。志斋老师开的那份书单像是滚雪球，越滚越大，一本书带出几本书，我真的把读书当成吃饭穿衣一样离不开的事。后来我还考了成人自学高考的中文专科，十一门课里十门一次过关，外语拖了我三年才勉强及格。讲真，这种文凭对我一点意义没得，我是为别人考的，现在只晓得学历算"硬件"。我也劝过你考一张，记得不？你说，没力气了，同小学生打堆轻松。

我慕吴宓吴雨僧之名，跟涂老先生借了他的诗集来看。砖头一样又大又厚。只记住两句：造人时势原无据，慰我生涯幸有书。我真的庆幸和书结伴一辈子。我生在抗战时期，满大街是难民卖随身物品的摊子，满耳朵是"大刀向鬼子们的头上砍去"的歌曲，有一回路过大十字，县党部门外摆起一张条桌，桌子后面坐起几个军人，是青年军招募点，我站拢看了一阵，不敢开口。一个眼镜哥对我笑笑：小兄弟，过几年再来！抗美援朝报上名了，一体检就刷下来，中度近视。后来是太平年月了，无一技之长，只有上班做好本职工作，下班提高文化。退休以前业余读书，退休以后专职读书。乱买乱读，肥了精神亏了眼睛。那位写《青鸟》的作家说，在思索的瞬间我们才真实地活着，沉思是生命中唯一敏锐的瞬间。那么读书就是走进沉思的入口。读书长智慧，智慧让人趋向本性的自由；读书祛世故，世故叫人扭曲本性去随波逐流。书像是烧陶瓷器皿的窑，器皿就是读书的人。读书少烧成小器皿，读书多烧成大器皿。烧成碟子装水少，烧成杯子装水多，那些大学者是大海碗大鼎罐。水深载大船，水浅漂草芥。我乱读书成不了器皿,只当是冬天有太阳晒背,周身气脉通泰;看过往的人清清楚楚。我非常之感恩五四新文化运动以来的几代翻译家!鲁迅先生称翻译家是普罗米修斯窃天火助人类,他们借来的火温暖了我几十年。我一个红尘蚁民,能够心远地自偏,就靠读书。有一首美国女诗人的诗说,小草很少有事可做,不过是孵几只粉蝶,款待几只蜜蜂;在微风里摇晃,在阳光下向万物鞠躬致敬;承接露水,带着香味枯黄,到仓廪里做梦。她说,小草很少有事可做,但愿我是干草一束。我也想做这样一棵草。古人问独乐与众乐孰乐,我认为想孤独的时候独乐,想热闹的时候与众乐,这样最乐。

《九溪村志·抬亭子》

大约清乾隆年代九溪有了地戏。民国十七年(1928年)戊辰春节,全村组织了一次规模较大的"过河圣会",方圆数十里的妇女赶来参加,热闹非常。次年春节,后街村民中一些爱好文艺的老人组织筹办了一次别开生面的迎春盛会,称为"抬亭子"。这次活动影响很大,引来附近许多村民观看,男男女女都穿着新衣像走亲戚一样川流不息。有的人得到信息,就提前来亲友处住下以便观赏,前后热闹三五天才陆续散去。次年又继续进行。为扩大迎春场面,三街耆老商议,每街各扎亭子一架,既增加热闹气氛,又扩大迎春效果。每年春季,"抬亭子"就成为九溪村一项规模最大的迎春活动。日期决定后,事前还要做许多工作:用红纸书写迎春启事,告知各地村民,同时欢迎外村地戏前来参加迎春活动。迎春活动后,外村地戏还要留下来表演几天,由三街备具酒席款待。"亭子"过去用多人抬着走,由村中抬至离村一公里处之大龙潭停放。当天十二时左右抵达活动地,下午六时亭子回村。亭子经过大街时，各家门口燃放鞭炮，气氛更加热闹壮观。迎春这天人山人海，除各地村民外，做买卖的人一早就抢占要道场所，小食摊点星罗棋布。当天晚上和此后连续几天，后街龙泉寺内开设赌场，通宵达旦，几天后才离去收场。

"亭子"是古装戏的变种，演员各具脸谱，固定在一根铁杆之上，不做表演，剧中的女性也由男性扮演。每架亭子表现一个戏目，如《水漫金山》《吕布戏貂蝉》《三盗芭蕉扇》等，女性角色都扎于亭子顶端。每年戏目都轮换，人物多少根据戏目而定。

亭子以铁木组成，分亭桩、亭杆两部分，撑杆是亭子的辅助工具，当亭子起动有摇摆时，用撑杆支撑以保持平衡。每台亭子有七八根或十数根撑杆不等，由富裕之家制作，持之于亭子周围，随时保护。

志斋老师读的是省立政法学堂，毕业出来在政府当书记员，文才老实好，上司很器重。后来领了张委任状去一个小县份做代理县长；到任才三天，另外一个人又拿起委任状来代理县长了。他哭不得笑不得，二话不说卷铺盖回家，从此教了一辈子书。中间到省城和云南协助他老师任老先生修志。那时候这种胡闹事不少见。晚清的大诗人郑子尹也碰到过，赴任路上走了个把月，还死了女儿；到任才三天新任来了，又要上路往回走了。老师背上这份经历，后来难免坎坎坷坷。八十多岁过世，还戴起顶"敌我矛盾按人民内部矛盾处理"的帽子，连个普通良民的身份都没有盼到。

有一年，安排他下乡劳动接受教育。也不晓得是不知情歪打正着呢，还是有心人暗中看顾（老师桃李满石城，有些人家三代都是他的学生），把他安排在他的老家宁谷乡。到那里他成了辈分最高年纪最大名声最响的长辈，小娃们要喊老爷、老祖祖甚至老祖祖以上不晓得咋喊的老辈子，成了好多人慕名几十年没得见过面的乡贤老辈子。于是乎，接受改造变成接受供养。十天三个寨子抢着请，转转席吃不赢，几辈人排起队敬酒。十天劳动期满，还舍不得放他走。老师回来作了首诗："十日三村卧草秸，翻从静境得诗材。山重灯似层楼出，滩响声疑急雨来。老学菑畬劳指授，人逢故旧觉心开。儿童亦解相先后，为我欢颜进酒杯。"

那年我们先生你舅舅中风半身不遂，心里明白说话受限制。亲友来看他，拉起手流眼泪。志斋老师叫我陪他去省城看望。那时候散漫得很，我请个假就陪他去了。在先生家住了三个晚上。他到下就对婵孃交代，老年人起居无常，早晨不要喊他，也不吃早点，中午自会出来吃饭。晚上我就陪他坐到夜深。他那些经历就是在你舅舅的写字台边讲的。这张写字台我熟得很，先生用了几十年，桌面的退光漆差不多脱完了。后来先生的事业迁到省城，桌子也跟到来了。志斋老师教书多年的习惯，边讲边把重点写在纸上。两晚上写了好几页。我都收藏起来的。那一手钢笔字非常之漂亮！第三天吃了中午饭，我陪老师出门。你舅舅家住南门，老师往北门走。走得很慢，不出声音。走到一个巷口站住，背起手张望半天，手在背后对我招招。我过去顺着老师指的方向看，大街背后耸起个小土包，土包上有栋三开间的老房子。老师说，这是桂老先生的百蕙堂，旧时候很出名的。桂老先生民国初年在北京教育部当差，和鲁迅共事过。琴棋书画门门精通，拿陶渊明的《归去来兮辞》打过琴谱。又爱热闹，回省后把他的百蕙堂办成了文艺中心、沙龙、俱乐部。上午是文人雅士谈文论画，吟诗填词；下午是戏迷聚会，轮换着唱川戏京戏贵州梆子。聚完各自回家，不吃饭，请不起。转身又指隔巷子的一幢大房子说，志书局。

任老先生是总纂,我给他当秘书,找资料、抄古籍,陪他采访考察。兴仁兴义晴隆盘县册亨望谟罗甸紫云都去过。后来任老的得意门生周叔越过世,他来石城点主,转回省城的路上得急病过世,副职杨公接任总纂。杨公也是石城人,诗也作得好。志斋老师缓缓地走,缓缓地讲。走着走着又站住,对一个巷子一栋房子默一阵,一定又记起些老人老事,没有说。我们一直走到北门博物馆,守门的带我们找到陈老先生宿舍。陈老是鉴定文物的专家,有一年去石城搜文物认识了老师。劫后余生,见面两只手握住两只手摇,摇半天不松手,也不开口,光是互相点头。过了好一阵,落座交谈,陈老说他生母是石城人,老师杨覃生也是石城人,他是半个石城人。两老都是诗人,谈了好久的诗,郑子尹、何威凤、任可澄、杨覃生。留我们吃了饭,又慢慢原路回家。后来两老都作了记这次见面的诗。后来老师过世,陈老又作了诗和挽联。

　　第二天老师要去石岭街看一个老朋友。是他在志书局当秘书时候佃房子住的房东。我心里咕哝,陈古八十代了,世事变迁,还找得到个鬼!到了地方,老师对着小街左看右看,走向几个坐在竹躺椅小板凳上喝茶咂烟的人,打听黎幺公。想不到还真有人晓得!指了不多远一间木房子。一敲门,开门是个皮肤漆黑头发雪白的老人,老师喊他黎幺公,他睁大眼睛像是面熟又记不起来。老师自报家门,他连声哦哦哦,记得记得!让进屋里,分明是平房,地板一闪一闪又像是楼房。坐下来,主人家嘴头寒暄,手头泡茶。我悄悄观察,原来房子是顺斜坡建的,正面当街,后屋搭在柱子上,是个小吊脚楼。转眼见主人家把两个高玻璃杯里面涮两道外面冲两道,心想真的口干想喝杯茶了!主人家忽然拉下一块搭在竹竿上的毛巾,把涮了冲了的玻璃杯里里外外擦了一遍,才开始泡茶。我心都凉了。干干净净的杯子拿洗脸帕揩一道,不是又脏了？越小心越扯筋！我爹常说，我们这行做的是进口货，第一就是干净二字。那杯茶清绿清香的，我做样子端了两三回，一口没有喝。后来想起又有点后悔。人家那样做，是表达见到稀客老朋友的高兴尊敬，喝几口又不会死人！何况兹位幺公那样细心，那块帕子说不定就是专门抹杯子的！唉，人就是爱自作聪明犯夹疑，好事也弄变味。再一想，这位幺公尽了做主人的盛情，是我失了做客人的礼数。人生在世，不停地主客轮换，只想占主位是霸道，只愿占客位是无赖。占主位的时候要热肠，占客位的时候要明礼。教养教养，就在这些小事上。

第四天志斋老师就回石城了。婵孃留他多住几天，老师说，七十不留宿八十不留饭，我吃也吃了，宿也宿了，老弟兄也见了，该回去了。在回去的车上，老师说，佛家说桑下不三宿，以免结情执念；我和你家先生四十年的情分了。

志斋老师回家五年才过世。九十七八的寿元。仁者寿。

你舅舅过世是在老师去探望的第二年。抗美援朝那年他参加云贵工商界参观团参观回来，听省城领导的动员，迁居省城主持泰丰公司留下的卷烟厂猪鬃厂和组建投资公司。"三反运动"当中劳资纠纷很多，工人举报烟厂有偷税漏税行为，你舅舅准备坐牢，叫你舅妈打了个被窝卷放在床边。后来被窝卷又收起来了。多年以后一位退休大干部回来，在座谈会上回忆起这段历史，原来是劳资纠纷闹得生产不正常，影响税收，省城公务员的工资都发不出，派工作组进驻烟厂调解纠纷，恢复生产。一九五八年你舅舅降三级任省工商联驻会委员，管会员互助储金会借钱还钱，那枚过去专门盖支票的小水晶图章就用来盖借据，一次限定借人民币三十元。"文革"中，他和伍大爷都属于上年纪的"死老虎"，采取保护措施，派去机关农场守苞谷。他血压高，那时候还没有特效药。他是脑卒中过世的。

有一天我忽然明白了：志斋老师这回去省城，他是去"收脚迹"！晓不晓得收脚迹啥意思？民间说人死过后，无常小鬼要押着他的魂魄回阳间收脚迹，把一辈子走过的地方走一遍，把留在地上的脚印收干净。志斋老师是诗人，他要趁活着的时候自己收脚迹。用时兴话说，就是告别世界吧。

这一想心里很有些惨淡。

再一想，我一天对着你讲陈谷子烂芝麻，还不是一样的提前收脚迹？有位波兰诗人写的《先人祭》里面的老人说：那些手曾把我抚摸，声音曾渗透我心间，如今他们在哪里？熄灭了，消散了，改变了，抹掉了。

档案袋旧文《岁时记忆》

一年四季的节庆，我们当娃娃时候顶喜欢的，要数正月间玩灯放炮仗嘘花看耍龙，再就是清明上坟放风筝；那些吃穿、玩山都在其次。

过年年味最浓郁是大年三十夜天近黄昏那时刻。酝酿了半把个月的节日氛围越来越隆重、越来越迫近，不晓得要迎来个什么样的庞然大物。一上了年饭桌，气氛就浓极而淡，渐渐稀释，终至索然。这就像雨意最浓是在黑云压城、金蛇隐现的时候一样。真把年过完了，又心有戚戚了。

腊月间就开始做过年的准备了。先是母亲带起人"打扬尘"，脑壳顶布袋，手拿捆在竹竿上的扫帚，打扫各房间的墙壁天花板。扬尘就是积在墙壁天花板上的飞尘。按规矩应该在腊八打，不过只要年前打了就可以。石城人不兴喝"腊八粥"，因为石城人不喜欢吃稀饭，生病也宁愿喝米汤不吃稀饭。

再过些日子，母亲带起人赶"尽头场"，买猪肉、肠衣、豆腐、豆腐干，在厨房摆开架势做腊肉香肠血豆腐干豆腐。厨房满是花椒盐的香气。大块猪肉抹上厚厚的花椒盐，码在瓦缸里。肠衣用竹圈翻套填肥瘦肉，填一段扎一根线。豆腐与猪血、肥肉丁加盐搅碎，团成球，裹青菜叶。豆腐干滚花椒盐，泡在腊肉汁里头。第二、第三天就要从瓦缸中取一块"暴腌腊肉"，做一顿生片火锅。必有一个人清早拎起糯米黏米出门，擦黑才拎起磕好的糕粑面回来。年前到磕面坊磕面是要预约排队的。有一天要安排打糕粑。糕粑面是按比例混合的黏米和糯米打成粉粉，上甑子蒸熟，倒在无甑底的空甑子里头，用粗头大棒压榨，压成圆柱形的糕粑。其实就是下江人喊的年糕。也可以用大布包起挤压搓揉，分淡味和混糖两种。淡味的为主，混糖的娃娃吃。米面蒸熟还没得压，大大小小像松花豆，夹一箸再浇上蘸子糖汁，就叫松糕。娃娃也喜欢。糍粑则是蒸熟糯米饭，倾入石碓窝，两个人手执粗头大棒对着舂打，粑粑棒是专制的，形如棒球棍。我和姐妹们都喜欢参加进去打一阵。开头轻松，越打碓中粑越黏稠，非大人不能提得起来。舂完，把棒头粘着的糍粑抓下来，残留的，小孩就争着"啃粑粑棒"。成粑之前的糯米饭，自然又是一顿点心，咸甜二吃。另外还要做小米粑、懒豆粑、高粱粑等等。腊肉香肠腌好上架，用柏枝火熏着。带香味的青烟从厨房后的杂物小屋里飘出来。香味越来越浓，年也就越来越近了。

腊月二十三，买枣子、糖送灶神菩萨上天。除夕点香烛接灶神回家。但不像侯宝林说的相声，要换灶神像，只是红纸写的神位。

除夕之夜的主角是火，"三十夜的火，十五夜的灯"。火盆比平时烧得旺，枫炭允许搭三层，像小灯一样又红又亮。年年发誓要守岁（叫"守年老者"，很奇怪的是，与西方圣诞老人不谋而合），好不容易到半夜过后，磕头拜年，领了压岁钱，就陆续睡去。但我总是熬得最久的。一觉醒来，已是大年初一。

初一整天禁动菜刀扫帚，饭食和扫除都于头晚做好。想是让妇女松弛一天之意。我记忆中的大年初一，总是阴沉沉的灰色天空，往往还有毛毛雨，还有因臃肿的新衣裳而显得又呆又村的小孩，东一簇西一簇的人堆，零零碎碎的炮仗响声。所有商店都关着铺板，倒显得不如闲天热闹。

新得傻乎乎的小孩是街上的主流，走来走去，不知道过年该怎么个大玩一通。只满街找可看的看。大人们在家里祭祖、休息、闲话、打牌。老头老太玩字牌，妇女儿童掷"状元红"（骰子博戏），海派打麻将。小儿满世界慢步行走，最吸引他们驻观的一是劈蔗秆，二是"跌十三"，都属底层游民的街头赌博。

石城不产甘蔗，都从炎热地区贩来。粗细色泽都近似细竹竿者称"蔗秆"，皮薄易剔，为小儿所喜。紫皮粗壮者称"糖蔗"，买来要请大人用菜刀劈削。以蔗秆博戏，是几个人聚钱买一整支连根带梢的蔗秆，割掉梢叶。立蔗于地，出钱多的人站在石阶上，手捏一把锋利小刀，用刀背压在甘蔗顶端使之立稳，然后翻转小刀，以刀刃触蔗，顺势往下劈去。蔗秆破多长，就切下多长归劈者所有；然后第二个人接着劈，直至破完这根甘蔗。刀只用一把，关键在手法高低。据说有一刀破全秆的，合资买的甘蔗归他一人独享。但我见过的，顶多破过一半就了不起。看人劈蔗秆只能稍稍看一会儿就离开，如果被家长或父执辈撞见，就会被目为"没出息"了。

劈蔗秆只输赢一段甘蔗，"跌十三"是赌现钱。赌者以右手握拳，摆三个小钱在虎口处，往地上一掷，口喊"十三！"大约是以三个钱的正反面组合关系来定得分，得分多者赢赌注。我对跌十三的规则不得其详。

当时的小学课本有一课："新年到，穿新衣，戴新帽，吃年糕，放鞭炮。"真正最吸引小男孩的，是末一项。有的小小孩，用压岁钱买了炮仗，却不敢放，只好请别人代劳，自己站一边眼巴巴地看。有一种"黄烟"，外形与炮仗无异，点燃后喷出极浓的黄色烟雾。如果捏着向水洼里写字画鬼脸，可以保留几秒钟，然后泅散。平常多受欺负的老实小孩，这时就用黄烟往墙上写仇人的名字，以示报复。"嘘花"也不响，喷出一蓬火花。有一年安宗表妹得了一枚很贵的"水仙花"，个头很大。拿在手里几天，终于下决心放了，我们围观，见喷出来的火花雪白精亮，一朵一朵辐射出来，果然呈水仙花形状。但我最喜欢的是"乘枝箭带电光炮"，大约就是北京人的"二踢脚"。特别是晚上放，带竹签的火箭挟着光尾破空而上，看看熄灭了，忽然一声巨响，发出雪亮的白光。电光炮细而硬，从广州来的，尾端黑色是标志。外形一样而尾端不加黑色的，叫"蚂蚱炮"，响声小得多，发光作红色，价格也要低些。东大街两侧的铺檐下，鳞次栉比地摆着炮仗摊，是最吸引顽童的所在，有一次，有人在我家大门外的摊子上买了一根"乘枝箭"，当场燃放，不知有意还是无意，火箭不上天而是射进对门的火炮摊。立刻乒乒乱响了半分来钟，火箭乱飞，引起一场骚动。我目击了这场乱子，但不知伤人没有，也不知最后如何了结。

正月间四郊还有跳神（地戏）、迎菩萨（迎神）等活动。我跟着母亲，到五官屯看过跳神，到镇宁看过迎汪公菩萨。印象是地戏简陋、铁炮震心；镇宁小街小巷铺了厚厚一层甘蔗皮，像在地毯上走路。正月间我最喜欢的是耍龙。

耍龙是初三拜庙,初九耍到十五。但我早已在每天放早学路过武庙时,溜进大殿看龙头从扎竹架到糊纸,从素白到彩绘,安长髯,贴金角,逐渐神气活现了。看得最满足的一次,是父亲却不过别人的一再动员,同意接了一回龙。龙到东道主家,要进去绕宅赐福,那硕大无朋的龙头勉强挤进宅侧的巷道,在两壁划出许多痕迹。当街的二楼,摆了几排长椅,供亲友观看。因位置高而近,不仅看得真切,而且烟火遮没了耍龙的人,只见一条龙在烟雾光焰中翻翻滚滚,还真有点飞龙在天的意思。

龙灯快到东道主家之前,先有鱼兵虾将灯作前队,随行有"炭花龙"。就是一个铁丝小笼,内贮燃着的炭皮,系以长绳,舞动起来,炭皮爆出密集火花,在夜色中画出灿烂的图案。我觉得这简单的炭花龙倒比正规的烟花还好看。

龙来了,舞了,这时放炮仗、嘘花、铁花。嘘花是粗竹筒填火药;铁花又叫"水仙花",用一小勺炽烈的铁水抛起来,旁边持木板的人用力拍击,铁水就变成雪白精亮的火花向空中飞溅。水仙花最好看,但也令观众最为害怕,须提防落在身上。持嘘花竹筒的人,一般远远对着滚动的龙身喷射,为神龙助威。但必有胆大心硬者对准耍龙尾人的赤膊喷去。耍龙尾巴的人必定赤着上身,骑着龙尾巴的竹竿。据说他们身上要厚厚涂一层油脂,以免皮肤烫伤。我确实看见那赤膊人坦然承受火花,但不知事后是不是真毫无关系。后来读巴金的三部曲,描写耍龙场面,称这是最残酷无人性的举动,义正词严。有一年烟火太猛,把龙头烧得七穿八孔,威风扫地,临时赶制了一个较为简朴的,好比一出戏的主角换了替身出场,令人扫兴。

石城耍龙,概由屠户行包办。不知什么缘故。不知别处是否也这样。

元宵临近，大十字的灯节，除夕以来三三五五，至此臻于极盛。一般是金鱼、玉兔、金蟾、菱角、八卦、荷花等形状。碧绿肥胖，后脚可以活动的三足金蟾比较有趣，但我都觉得有点小儿科。有一年罄其压岁钱，买了一条小龙灯。一头（此头虽小，也比斗大）、一身、一尾，外加一个元宝，与妹妹们持着在园子里耍，耍完藏在厨房的杂物间里。母亲闻知，叫拿去看看，我举着精致的龙头上楼，母亲看了笑骂：你就是条孽龙！

无可奈何年去远，似曾相识债归来。当务之急是赶做落下的寒假作业。马上要开学了。

二月做"观音生"，母亲吃三天"观音斋"。与小孩无关。我幼时痛恨素席，因为什么炒鸡丁、回锅肉、盐菜肉、火腿等，都是用豆制品做来骗人的。先母一生敬仰观世音菩萨。

三月清明，着新草鞋，踏青上坟放风筝，在野外吃新豌豆、新蚕豆、新蒜薹，快乐无比。

五月端午，挂菖蒲艾条，吃粽粑，大人蘸雄黄酒在脑眉心写个"王"字，想着自己是老虎了。争着端雄黄水，用饭帚蘸着遍洒各屋角落，驱虫祛病。午后就出门"游百病"，端午出游，百病消除，出游之处，是塔山和华严洞。我喜欢去华严洞。塔山虽近，没什么玩的。华严洞的佛寺，端午这天被城里好事者包下来办酒席，打围鼓（川戏清唱），一群一群持着臭烘烘冒黑烟的汽车外胎钻洞。洞口几只承接岩浆水的大石缸，平时一钱不值，端午也论杯将水卖钱供游人饮用。那股从喉咙冰到肚子，冰得你透不过气的感觉，终生难忘。

端午满街的人，满街的草药摊，民谚说端午百草都是药，又说"癞疙宝（癞蛤蟆）躲端午"，这天满世界无此物。有一年端午，一个农人在大十字大声喊："哪个来买这个宝！"路人一看，他提着一只饭碗大的癞疙宝。这是我亲眼所见。还有一项，是姐姐们分送手制的绸缎香包、五色丝线缠的菱角、填棉花的猴子。但男孩是不屑一顾的，谁带了就在同学中成为笑柄。

七月"接老祖公"，即祭祖，很隆重。月初，母亲就从柜子里取出祖宗牌，悬挂起来。祖宗牌不是木制的牌位，是石印的一幅画，画着标准的中国住宅、摆设、老幼四代各得其乐，等等。香烛之外，还供奉点上红绿色的寿桃、馒头、时鲜水果、清茶、糕点等。特别可爱的是一钵麦芽，一钵谷芽，青葱葱的一尺多高，用红线拦腰束住。这是在杂物间里预先育好，为老祖宗坐骑准备的马草。半个月里，顿顿供饭菜茶水，早晚叩首，香烛不灭。小孩们经过就跪下磕三个头。十四晚上"送老祖公上天"，除祭奠外，要"烧包"，即烧为祖宗准备的钱。"包"的封皮纸是木板印就的，像个大信封，右侧有"冥司"字样，中间和左侧留待填写亡人姓名和子孙姓名，包里用钱纸折成槽箱，贮放金银锞，然后封包，填写封皮。写包要请字写得好的堂叔、罗老表他们写，大姐二姐后来也得参加。我以下的，学历不够格。最逗人的是要买一个纸扎的马哥头和一匹纸马，护送老祖宗上天。马哥头穿一身黑色短打，歪戴博士帽，嘴角叼根香烟，蓄小胡子，右手执鞭，一副滑头相。纸马作匪夷所思的彩色。还要为马哥头起个姓名。有一次大姐灵机一动，起了个"姚大顺"，全家乐不可支，因为姚大顺是一个小店的老板，小店招牌就叫"姚大顺"。后来，姚大顺在我家就成了纸马哥头或真马哥头的代号。在户外烧包，还要烧些散钱给无人管的孤魂野鬼。

七月半鬼节，放河灯，为鬼魂照路。河灯放在几乎年年有人自溺的李家花园河里。石城人寻短见的，几乎都选择李家花园跳河。一跳就全城传遍："李家花园的河鬼又找替身了。"河灯在暗夜的河面荧荧地亮，缓缓地去，很有点瘆人。"瘆人"，石城话是"袭人"。

八月中秋，供月亮菩萨，吃月饼百果，跟各地差不多。毛豆就是还没十分饱满的黄豆荚，盐水加花椒煮熟，田园风味，越吃越香。石城月饼，不论馅为水晶、洗沙、火腿，都是撒满芝麻的酥壳饼，不同于广式、云式和省城的。尤其是石城洗沙麻饼，至今驰名。

八月十五偷老瓜的陋俗，似乎别处也有。中秋之夜，着人偷农家园子里的南瓜，赠送久婚不育的亲友，说是"宜子之兆"。取《诗经》"瓜瓞绵绵"之义。接瓜人家则设宴接待。并且，偷瓜时不忌主人发觉追骂，说是骂得越恶越秽，越是催生有效。古人笔记栽种芫荽要边撒种边说粗言秽语，越骂越长得好的风俗，似乎相近。

九九重阳，在古代是雅人之节，登高赋诗。但俗人也有俗人的过法。石城打糍粑过重阳，说是"牛王菩萨生日"，大约是酬谢耕牛劳苦之意。农家则酿酒。有一年重阳，父亲带着两位姐姐和我，与志斋吴先生、罗首明先生，出东门登高，走到山腰一个古寺小憩。这座庙颇见荒芜了，没有见到和尚，但佛菩萨们的塑像，金蓝尚有六七成新。我们坐在高高的后殿石阶上，正对着前面天王殿后面的护法菩萨韦陀——一个金盔金甲的英俊小将。殿柱有副小对联："大将军不离宝杵，真佛子何用袈裟。"吴先生忽然叫我念。我念了，他对父亲夸我念得有节奏。后来不知怎么又说到了陶渊明的《桃花源记》，边背诵边讲，亲切流畅。大姐回家佩服得不得了。

十月初一"送寒衣"，即烧纸衣供祖宗过冬。也给孤魂野鬼烧一些。

十一月冬至日，吃羊肉。我母亲不吃牛羊肉，我们也跟着一年只吃一顿冬至羊肉。而且不是炖汤，只用芹菜干炒羊肉丝。有一年去杨表舅家玩，看他家邻居的一大厚本志异笔记小说，忘了时间，在杨家吃饭。表舅妈特地到门口买了羊肉来炒。回家说起，母亲问我吃了羊肉没有，我谎称只吃了肉中的芹菜，母亲笑骂："假回子啰！"

入了腊月，又见母亲带着人打扬尘，蒸豆豉，一年周而复始。我们也"收拾书包过残年"了。

中秋节上午，好脾气师弟来约他去养老院看一位老同行，他一口拒绝。师弟劝道：我晓得你不喜欢去医院看病人去灵堂看死人，愿意留住他们活鲜鲜的样子；我们兹是去养老院看老人，全市前五名的养老院！都七老八十的人了，见一回少一回！他一想还真的没有参观过养老院，就一起去了。地方很远，坐的是电话约的专车。

养老院是一座蛮气派的大楼，靠近弧形高架桥。从自动门进到一个很宽敞的大厅，左手一排是大玻璃门，右手一排是医院设施。在登记台登记，查体温，经过几排看大电视的靠椅后面坐电梯上三楼。电梯很宽敞，容得下轮椅担架。走出电梯，一片饭菜味扑鼻子。拐过走廊见中间是大活动室，正在开饭。中间几张小桌子，靠墙几张棋桌麻将桌。十多个在吃饭的老人见来了探视者，都停住筷子，面无表情地目送他们走过。又转一个走廊，走进右手最后一间，给了那位慰问对象一份非常之大的惊喜，赶紧扒饭放筷子。客人连声说慢慢吃慢慢吃，主人连声说吃好了吃好了。客人递交了应节礼品月饼板栗毛豆大黄梨，又展开一个花花绿绿的挂历：你电话上要的。现在不时兴了，还不好找！只有银行还在做来送客户。主人说：其实要不要也无所谓，晓得我活得赢它不！客人说：看你说的！各自端起随身保温杯，坐下来说话。最近如何不如何，这里酸那里痛，血压血脂血糖，会过哪些熟人，听到什么消息。老朋友看去变化不大，就是反应迟钝了，说话费劲，找不到词，频频短路。谈着谈着，进来一男一女两个中年人，师弟介绍是房主人的儿子儿媳，把一口锅和大包小包放在靠墙条桌上，说是鸡汤和月饼。师弟和他对个眼色，起身告辞：我们先走了，你们好好过个团圆节！儿媳连声说：你们坐你们坐！我们还要去接娃娃回家，住得远，我们先走了。边说边走，走廊上一串高跟鞋响。两个客人又坐下来，好久找不到话说，就大声喝茶，很渴似的。主人连声说：今天高兴！今天高兴！又坐了几分钟，起身握手：好好保重，哪天又来看你！主人：今天高兴！今天高兴！

坐电梯下到大厅，师弟环顾四周：兹个养老院条件不错！过两年我来和他做伴。他说：那不如筹笔钱，就在你住的小区办个居家养老中心，连你带别个都养了。师弟惊笑：我会办哪样中心哟！他说：非常之简单！起步只要招几家愿意参加的；然后聘一个清洁工、一个退休护士长，见天登门打扫卫生、询问身体状况；你找个下手帮到办伙食，热饭热菜送上门。师弟指着大楼说：兹点样样齐备，现现成成的，还犯得着费那些手脚！他说：硬件不错，没得软件。师弟茫茫然。他说：你看老齐进来几个月，有啥变化没得？师弟认真想了一阵：看去没得多大变化，只是活鲜鲜的人变木了点。他说：不错，木了。再木下去，软件变硬件。师弟嘴都张大了：咋会呢？他说，你算算兹个账：一个老人从家里到养老院，得了哪样？只得了个饭来张口。失掉的呢？失掉住了几十年的家，失掉见天喝茶下棋打麻将的朋友圈，失掉了自由自在。朋友想看他不方便，儿女理直气壮卸责任。饭来张口又吃的哪样呢？你看见的，看了都不想吃！不怪厨子手艺，怪众口难调。兹个不吃辣，那个不吃酱，兹个要蔬菜为主，那个要低糖低盐，个个将就下来，换我掌瓢也只有做兹种淡而无味的大锅斋。你看大厅里头那些老者老奶，哪个的神气像住在个人家里头？说句不该的话，活像在医院候诊室排排坐，候的不是医生，是阎王老爷。

约车来了，坐进去回城。走了好一阵，师弟忽然说：哥，你说的有点道理！我们试它一试？他说：我出点主意可以，无钱入股。师弟叹气：就是兹样东西憋死人！要不我拿房子抵押贷款！他说：胡说哟！若是做不走，你睡大十字呀！我的想法既不建大楼又不聘职工，就是拿参加者的钱合起来请几个钟点工。做得成功慢慢扩大，人增钱也增嘛。师弟叹口气：理是兹个理，若是有钱，起步气派一点才安逸！……唉可惜醒水晏了！早几个月就找得到投资人了！他说：哪个？师弟说：就是老齐的外甥嘛！原先也是坐机关的，人聪明，下海得早；先在广东很赚了些钱，后来专门炒股，坐在电脑面前动脑筋，钱更好赚。有一次开起豪车去参加聚会，在饭店门口正遇一个老同事，老同事说，哟，又换新车了？他说：九牛一毛！师兄问：你咋讲晏了几个月呢？师弟说：得抑郁症了。他问：咋回事？师弟说：跟姑娘闹架！他姑娘也优秀得很，英国读大学，澳大利亚定居，还嫁个洋女婿。我去吃了喜酒的。宴会大厅，当门五颜六色几杆旗子，像到了联合国。问老齐才搞清楚：兹个洋女婿是一个叫塞哪样国的农村小伙，他们周围团转几个小国自古互相通婚，他身上算起来有四种血统；新娘是中国人，居住在澳大利亚。所以要插六个国家的国旗。只差两国就是八国联姻了。客人们无不羡慕。新郎那面的七八个亲戚也是代表四个国家来吃喜酒的，在最前面边上，用屏风隔开另安一桌……他问：后来呢？师弟说：后来？吃完席就扁担开花各人回家嘛。后来的情况不甚清楚，不过肯定美满嘛！老齐也只晓得两个老的搬到海南住大房子去了，每年根据签证规定的期限去澳大利亚女儿家团聚。有一次回石城办啥手续，来看望老齐，气色很好，说是那边的空气养人。还是爱讲话，葡萄话又多又快又急，时不时漏几个英文名词。几个月前，老齐急煎煎把我喊去，叫我看他外甥的一个网上声明啥意思，我一看很简单，就是宣布他的财产与女儿女婿毫无关系。我问啥意思，老齐说所以才找你来研究嘛。我两个研究下来，认为不是两爷崽吵架就是脑筋出了问题。又过了个多月，老齐又喊我过去，说是来龙去脉大致弄清楚了，两爷崽干了架，闹得很恼火，起因不知道，彻底翻脸。当爹的回来就发布那个公告；当姑娘的就发啥子推特说她老子自来有暴力倾向，经常殴打她和她妈，她是在老子暴力之下长大的，听说还发了物证照片。老齐说，几个回合下来，当爹的就抑郁了。

他点点头。师弟叹气：原来活泼得很嘞！又聪明，又肯讲，一见不合心就批评，拿美国英国澳洲来对照打比方，学问很大！老齐说，前不久见到他，变了个人。唉，兹样发展下去，一大笔家产不晓得又咋办！他说，律师多得很，兹种案子争得打破脑壳。

车到地方，各自回家。师弟在背后连声嘱咐师兄慢慢走，踩稳当再迈步；师兄举举手表示听见了。

《民国府志·灾异》

咸丰元年（1851年）彗星现，长、大。

光绪二十一年（1895年）大旱，谷每斗售银四钱余，有饿莩。

光绪二十五年（1899年）秋雨连绵，谷实不壮，每斗售银一两二三钱。

同治三年瘟疫流行,病"麻脚瘟"者甚众。有至亲友家赴宴者,席终遽殁,送葬者葬未毕,相随死墓侧。道路踣毙者累累不绝。城门日出柩二三百,棺市为空。路毙无殓,扛出掘大坑掩埋,俄顷即满。

他无意间惹了一台事。不过是自愿上钩。

那天给女娃娃们讲一锅菜,外号猴三的小侯说:听得我想开馆子了!他说:主意不错。你来开个真有点考究的私房菜,我帮你当顾问。小侯说:一言既出哈!他说:不哄你,兹件事我愿意做。

隔了一两个月,小侯忽然登门,才晓得她还当真了。小侯说已租得一套底层民居,简单装修过了,小区树木花草很茂盛,靠近虹山湖。他立马换鞋拿手杖上车。到地方一看,真还不错。底层虽看不见湖面,地势开阔空气清新。进门见壁上没有常见的五色牡丹青绿山水,挂的是些小画:齐白石黄宾虹林风眠吴冠中黄胄亚明傅抱石,都是画报上剪下来的印刷品。他说:好办法。大小两个餐室各安一张转盘桌,小间可以坐十来个人,大间挤能挤十五六个人。小侯说:房间窄了点。他点头:现在聚会喜欢热闹,人多菜更多,不怕不够吃只怕剩得多。又去看厨房:小了点。不要紧。空墙多打几层木格,码好等下锅的盘子都排在格层上。

巡视一通,坐下喝茶。小侯望着他:老老……他说:私房菜自古有之,诀窍八个字:八仙过海,各显神通。讲口味还要讲环境。王府相宅,燕参鲍翅,是京城私家菜;水石园林,苏系淮系,是江南私家菜;洋楼豪厅,生猛海鲜,粤闽私家菜;深巷公馆,蒸炒煎炖,成都私家菜。我们自古边远小地方,讲条件望尘莫及,只能是量体裁衣，看水焖饭，找自家的特色。大家闺秀要显仪态万方，小家碧玉只求楚楚动人。我们石城找地点，最好是小石头院，石板缝冒绿草，石屋基生青苔，石花台边两棵树，石高凳上几盆花，吞口上挂只画眉笼笼。先到的客，坐藤椅吃茶看花听鸟叫；客到齐了，进堂屋入席。我们地方的民宅多半是横窄竖深的格局，一个不起眼的小铺面，走进去另有天地，一个院子一层房子，一个院子一层房子，有三进的，四进的，非常之适合办私房菜。你才上手，将就小区房。慢慢存钱慢慢相地方，做出口碑来，兹个目标是达得到的。小侯听得眼睛放光，连连啄脑壳。他喝口茶接着说：环境在其次，第一菜要好。人家是为吃来，不是为参观来。菜也和环境一样，不跟人家争豪华气派，特色就是家常小菜。靠山吃山，山珍不输海味，关键是手艺精致，配搭得当。讲究精洁二字：色香味都要清爽洁净……等你锅瓢碗盏备好，我帮你设计三天的菜谱，到时候我带起你去菜市配办材料。小侯欢天喜地应了。

　　渐渐准备就绪，约了好脾气师弟，商量三天打炮戏如何唱。先拟嘉宾名单，很费斟酌，增增减减拟出十二位，他说，就是兹一桌，连吃三天，免单。小侯眼睛都定了。他解释道，一桌客连吃三顿不重样，才晓得我们的手艺；客人面又宽：媒体的旅游的本地老板外地商家怀旧的爱新鲜的，三顿饭吃下来，各自朋友圈一传，口碑立起来了。我们小时候听大人讲，胡文虎胡文豹创制虎标万金油，洋号洋鼓游街，抓起万金油两面撒，后来万金油成了家家必备的常用药，百倍千倍赚回来。万金油不晓得？跟风油精气味用途差不多，不过是黄颜色的油膏，小铁皮盒盒，红盖盖中间印只老虎。小侯连声说，就依老老就依老老！

　　正日子那天，好脾气师弟一早就去监厨，把一大鼎罐高汤炖好。他吃了中午饭才过去，进厨房一一复查，到时候入座陪客兼解说。六点来钟，客人前前后后光临，无石院可看，直接进屋，在客厅喝茶聊天，互相间多半相识或慕名，聊得很开心。入座后，桌上四盘下酒菜，一盘盐蛋，一盘糖醋排骨，一盘卤味拼盘：猪耳猪舌猪肝猪尾巴，一盘炸品拼盘：洋芋片花生米野慈姑白壳辣子。小侯端饮料致几句欢迎词，客人就动筷子，喝酒的喝酒，喝饮料的喝主人特别推荐的刺梨饮料。刺梨是本地特有野果，号称维C之王，消食化气恩物，民谚"刺梨上市，医生背时"。刺梨花还有个雅号叫送春归。刺梨过去生吃泡酒，近些年设厂深加工，做成多样品种。油炸慈姑特别受称赞，几位外地人没有吃过，纷纷询问。他说：兹是野慈姑，个小味甜，先过水焯过漉干，用刀面拍破油炸，起锅后撒花椒盐。不焯就炸，进嘴不酥，震牙齿。说话间上头道热菜清蒸三鲜，大瓷钵，鸡片肚片冬笋片，上面配莴笋条，下面垫芙蓉蛋，中间两枝豌豆苗。他请大家趁热，立刻筷子与调羹齐飞，汤尽盘空；撤下换炒鸡丁，客人说：宫保鸡！他说：宫保鸡是织金丁宝桢的私家菜。他领太子少保衔，所以称宫保鸡；贵州织金人，做过四川总督，所以贵州四川都认宫保鸡是本省菜。流传各地甚至海外，变出大同小异的派别来。都讲究做出荔枝香味，诀窍就在起锅时候喷的那点糖醋恰到好处。我们的炒鸡丁调料稍有不同，讲究醇香。以下依次上粉蒸排骨，炝辣子炒酸菜秆，然后是甜品八宝饭。他欠身拿起长柄调羹搅拌，介绍说：八宝饭各地都有，我们老年间只叫它甜饭，特点一是洗沙精细，二是浇荸荠芡。豆沙各地都有，石城洗沙细腻黑亮、甜味醇厚，自来名声在外。中秋节的洗沙麻饼最受欢迎。甜饭有的地方干吃，有的地方加水，石城加的是荸荠粉羹。荸荠有的地方叫"鼻荠"，有的地方叫马蹄。不过荸荠粉的原料不是水果荸荠，是一种个头很小的水荸荠，淀粉多水分少，干粗无甜味，专门种来做淀粉。这种淀粉调出来比藕粉稠厚，比芡粉醇香，是石城甜品离不开的主料，冬天用它做水晶锅炸，夏天用它做石榴米、做水晶凉糕，八宝饭炸羊尾用它挂卤。客人看这道菜，素瓷大窝盘中间是半球状的洁白糯米饭，上面一圈枣黑色洗沙，面上铺一层芝麻，中央一簇细碎的红绿橙黄蜜饯末，周围是淡青色的荸荠羹，像水里一座花草缤纷的小岛。他搅拌均匀，一声请用，风扫残云。接着上小吃油炸粑稀饭。每人一只小碗，里面半碗米糊，面上一小勺蘟子盐，一勺烫油。他举筷示范，请各自搅拌均匀，随即每碗加进一个刚出油锅的豆沙粑，剖为四瓣。客人一阵啧啧夸赞。他解说道：饭豆油炸粑好多地方都有，省城叫豆沙窝。但石城兹种吃法是独一无二的。巧妙之处是糯米黏米、油粑素羹、盐味油味、豆沙香蘟子香，矛盾互补，成综合之味。接着每人一只小碟，碟子里两只小卷子，晶莹半透明，沁出一些色彩。几位女客不约而同：裹卷！几位男客从未吃过，拈起来半截进嘴，半截观察，米皮里裹的黄瓜丝香葱黄豆折耳根，女客们趁势把他们碟子里的也代劳了。他笑笑说：兹是女娃娃们的首选，有的当正餐一吃几十个。我们小时候也喜欢吃，不叫裹卷，叫剪粉裹裹。剪粉就是米皮。对折成半圆形，摊子上堆一摞，娃娃交了钱，卖家摊开一整张，刷酱，刷油辣子，撒葱花，撒炸黄豆，裹成筒筒，捏起两头一折，淋点酱油递给买主。两个娃娃搭伙吃一个，就拿过剪刀一剪两半。大人一般喜欢吃碗装，也用剪刀剪成宽条。所以米皮叫剪粉。放黄瓜丝折耳根是后来时兴的。

　　接着是尾声：上主食。白米饭，六菜一汤一起上：糟辣肉片豆腐干、青辣椒炒山药果、白壳辣子炒干豇豆、虾仁白菜、盐菜扣肉、凉拌皮蛋；烧茄子肉片汤。他特别推荐这道汤，石城人特别喜爱而外地没有。几样菜都送饭,所以上白饭不上炒饭,炒饭抢味。

客人们陆续放筷子。他等最后一位也放了才开口:众位吃好了?都说吃好了。他说:那么,明天请早,一位不少。

接着两天,菜谱还是四样酒菜,四道行菜,一道甜品,两件小吃,六道坐菜一道汤送饭;只是内容不重复。比如腊味换卤味,野慈姑换山药丸,盐蛋换皮蛋,三鲜换竹荪、蹄筋,炒鸡丁换糟辣肉片,粉蒸排骨换小笼牛肉,甜饭换勾芡羊尾,水晶锅炸,坐菜换红油韭菜花、糖醋油菜薹、青椒细鱼、炒寡蛋,汤换羊角菜炖排骨、酸菜肉圆:一样不重复。他指着烧青椒凉拌皮蛋说:有个视频说老外最害怕松花蛋,叫它魔鬼蛋,电视剧《外交风云》也讲到这一点。其实是吃法不对。皮蛋碱味大,用醋中和,再加葱蒜青椒酱油一拌,巴嘴香!剥壳就进嘴等于吃石灰,当然不好吃。有一道碎辣椒里黄片片的菜,他举筷劝尝,客人尝了有说好的,有说太辣的,有问名目的。他说:兹道菜叫炒寡蛋,就是没有把鸭儿孵出壳的鸭蛋。六百年前下江人屯兵屯田带来的。他们至今还吃,生喝,叫喜蛋。石城人听见吓得打冷噤!我们的老祖辈把它改造了,化腐朽为神奇了。连壳煮熟,剥出来拣得干干净净,切小块下油锅炸酥壳,另炒青椒蒜苗蒜瓣,合炒上盘,撒葱花。女客们哇哇惊叫。他笑道:有些地方油炸打屁虫偷油婆都上席,还怕炒寡蛋?众人一听有理,大胆吃起来。他对一位男客:你拌饭吃试试。那位一试,不声不响再添小半碗饭,端起盘子全部"垄断"。得全票的是水晶锅炸,有个省城的客说:锅炸这个名字太配不上了!这道菜应该叫水晶传奇!小侯说:我都是久闻其名今天才见真身!

三日之宴结束,小侯把食客请到客厅,喝茶论道。食客们纷纷点赞，纷纷列举自己的最爱。小侯请他做总结，他说：石城是边远小地方，是明朝开国皇帝朱元璋要解决云南割据，石城是必经之地、咽喉要道，才屯兵屯田修驿道，有了路才有了城。从江南来到贵州的屯堡人，白手起家，日子艰难，饮食只有靠山吃山的家常小菜饭，品种不多，又要天天吃，想方设法变花样，渐渐形成了自家的特点。菜式虽不多，但几天也展示不全。我们中国地大物博，百姓智慧，饮食之美千种百样，满汉全席好比金枝玉叶，八大菜系好比名门闺秀，我们石城小菜饭充其量算个小家碧玉。有一段诗话说，甲诗人向乙诗人称赞一首小诗，那位看了说：虽好却小！这位回敬说：虽小却好！可以借兹两句话来比喻石城烹调。美食的规律是猎奇、遍尝、变风味，所以石城菜适合开私家小馆，自有立足之地，让吃惯生猛海鲜麻辣火锅的朋友换个口味。奇葩皇帝正德天子明武宗看惯三宫六院美女名妓，招之即来，为啥在梅龙小镇见到客栈老板的妹妹就放不下，厚起脸耍流氓定要娶回宫去，是一样的道理。众人大笑。小侯说，各位认为我这个馆子开得走？众人轰然认同。小侯说那拜托各位多多推荐给亲朋好友。各位欣然应允。小侯又道：趁今天群贤毕至，大家帮想个招牌名字！老老先说！他想想道：我们当娃娃的时候，北门南门各有一家老字号面馆，一家叫"老味道"，一家叫"试一试"，从中选一个？马上反对声音一片，没劲！窝囊！直白！他连忙拱手认输，请他们来起。很快出现百家争鸣的局面，浮想联翩，精彩纷呈，有人建议叫独树一帜，有人建议叫情有独钟、独此一家、独一无二、绝无仅有，后来什么独孤求败、惊艳、特酷、秒杀、灭绝师太都出来了，笑声震天。

　　后来起用的名字叫侯门一着（桌）。那三天打炮戏的食客果然广立口碑，引朋荐友，渐渐做到须半月预订的局面。

蒙卜《定南旧事》(摘录)

定南这地方，人们都较为贫困，多数人连五分钱一张的电影票钱也掏不出。偶尔有一两场露天电影，小城便热闹起来，连城外新街、龙潭的人都赶来，这是小城的节日。逢到这个时候，或者是政府为要宣传什么事聚拢群众放电影，或者是哪家娃儿到生产队地里偷苞谷，被逮住，按"乡规民约"罚款放电影，这叫"吃乡例"。于是，这被罚的人家便号啕了。

没有露天电影看，孩子们便聚在一起玩，问天上的星星有多大，年纪大些的，就告诉小的"有簸箕大"。问原子弹是什么东西，年纪大些的便说，那东西美国才有，是用手掐，在飞机上掐一坨丢下来，指头这么一截，能把定南城炸翻。这些我都信过。听到摆鬼故事的时候，几天不敢上街。街上没有灯，有月亮的时候，小城的各条街道，到处是孩子的声音，游戏中夹着歌词：莲花板板翘，火烧对门坡，雷打板凳脚，火烧大岩脚。栽白菜，吃白菜，栽一窝，吃一窝，老板，按倒哪里摸？月亮婆婆，点点哟哟，张家吃酒，李家唱歌，唱个哪样歌？唱个南山北大歌。六点钟光景，家家的妈便长声吆吆呼喊，娃儿应答着。秋收后，蟋蟀多了起来，就下河抠胶泥，用口水反复捶揉至柔韧，做盒子关蟋蟀，各条街道斗蟋蟀，满街都是蟋蟀的打斗声。

贯城河那些年长流不断，冬天最为冷清。春暖花开季节，大姑娘、小媳妇拆下被面，到河里浣洗。没钱买肥皂的人家，从树上摘下皂角来，把皂角用捣衣棒捶碎，夹在被面间用捣衣棒不断地捶，然后漂洗。不多时，从西门到北门的河边，花花绿绿地一路晾下去。城里最热闹的是七月半，接死去的亡人，各家门前，都堆封好纸钱的包,有钱的人家,差不多要堆有一个大人高,断黑以后,点上火,满大街都是呼呼燃着的封包,有讲究的人家,还摆上案桌,上香烛,供祭品。小城笼罩在一片烟雾里。断黑以后,人们就到河里放灯,初放的时候,河里是一片光明,去三十多米,便翻掉一半,去百米以后,就所剩不多了。城关小河水浅,河床不平,是不宜放河灯的地方。七月半大众烧包之前,常有妇人啼哭,数着哭,那是新亡人家,听着凄惨,要是旁边还有一个有小娃的人家,众妇人便上前去劝着,有的劝着劝着,自己也哭了起来。

　　七月半、八月十五的夜晚,倘是晴朗的天,就在西门对山歌。印象中有个六十多岁的老者,姓姚,一晚下来,能对十几个对手,声音不高,但清晰。定南人对山歌,要求歌的词赶词,如果对不上来,转换别的内容的,你就输了。所谓"会织布的梭赶梭,会唱歌的歌赶歌"。在朗月的映照下,小个子老头,清清嗓子,山羊胡子一翘一翘,开了个头:昨夜一梦梦得习,梦见耗子偷核桃,核桃壳硬难啃破,架起柴来用火烧。答歌的答:耗子只是偷苞谷,倒二才说啃核桃;物和物间要比对,我来教你两三招。这种歌一直对下去,一唱一答为一个来回,对得好的要唱几百个来回,唱到妙处,听众齐声喝彩。唱的歌词,有的诙谐,如这首:公公老到六十六,跑到后园摇苦竹,天上落个牛卵子,打到公公鼻梁骨。对山歌很少有女人上阵,如果有女人上阵,气氛更加热烈,唱的内容都是男歌手要拿女的当婆娘,女歌手要拿男的当儿。困难时期虽然饿肚子,有时还能听到一些。"文革"开始后便绝迹了。

　　小院子那棵大石榴树,天天早晨飞来一只浑身黑的长尾巴鸟,停下来就叫几声;一叫就召拢几个同伴,叽叽喳喳议论。达成共识又扑棱棱散了。他想起那年三个人骑在树上面研究治小偷方案，吃完一斤鸡蛋糕才下树。鸟们天天叽喳，听久了就听不见了，它们在树上喳它们的，他对镜子讲他的。有一天雨大鸟儿没有来，他倒觉得岔生生的，好像独唱缺了伴奏。

忽然想起，好像多年没得见过麻雀了？以前天天来一大群。他还带起祖佑和竺毛毛支起簸箕逮过。现在城里人都吃袋装米，麻雀可能朝有谷子的地方搬迁了。

又莫名其妙想起那年中秋节。那年突然传来日本投降的消息，小县城像是一晚上天翻地覆，像是人人面前都冒出一张考试卷纸，要你往上填许多问题的答案。紧接就是中秋节。你舅舅自来不问这些事情的，随婵孃安排；兹一回却像是嘱咐了几句，你舅妈很当回事来准备。晚饭收洗了碗筷，就安排我在园子的石桌上摆开月饼花生葵花子雪梨毛栗地萝卜，当然还有你们几个最爱吃的盐水毛豆。石桌中间加了几张小板凳，外面还安了四把帆布躺椅。

时候差不多了，你们一伙都把石桌子围拢了，小冬姐和刘大哥也来坐得远远的了，才见你舅舅舅妈陪着张院长夫妇下楼进园子来。我就动手剥地瓜皮，切成两牙，然后削雪梨。你见我削的梨皮薄薄地包住梨子，削完一抖像弹簧丝一样垮下来，就夺过刀去对准心心一刀破成两半。我赶紧抢过刀来，啪啪啪改成些滚刀块。别样水果可以一切两半，梨子要乱刀削小片。不兴一破两半，"分梨分离"，不吉利的！我悄悄起眼看看婵孃，她总是尽量避开这一类忌讳，说是宁可信其有不可信其无。亏得她正在陪张太太讲话，没有看见。

那天的外人，除了张院长夫妇，还有你和你表妹的两个女同学，半大姑娘就成了流亡学生，下江人。其实姓吴的那个好像是湖南人，姓沈的那个不晓得哪里的。反正难民通称下江人。两个姑娘在你舅舅家足足住了半把年，在你舅妈跟前"妈妈妈妈"喊得很亲热。后来姓吴的先找到机会回家乡，姓沈的又住了两三个月才走。临行你舅妈都给她们准备了路上花销，嘱咐到家一定来信报个平安，免得挂牵。都"好的好的"答应去了，去了都音信杳无。你想起就骂，你舅妈说，大地方的人不实在。石城老百姓以为外边都是大地方。

　　后来我省悟这个中秋节显得有点特别，是先生婵孃都想到几个外乡客离乡背井好些年，现在仗打完了可以回去，都是不会再来的客，有点饯行的意思。所以婵孃不等吃晌午饭就叫我去北街杨裕盛隆加买两封火肘月饼，还扎咐我先看清楚杨大姨妈不在铺子才去买。假若她在，不肯收钱的。人家昨晚上才打发学徒送了来，火肘的，洗沙的，水晶的。杨大姨妈和婵孃是干亲戚。原先不认识；杨大姨妈生七个娃娃都夭亡，怀上第八个，请算命子掐算，要找一个全福人做干妈就能保住。访来访去，选定你舅妈，弯弯拐拐请说得上话的亲友玉成了兹件事情。后来她果真连生了两个儿子，还愈长愈大的，所以对你舅妈亲热得很，逢年过节必定派学徒来送礼，见面倒是不多。杨裕盛隆京果铺虽是杨家祖传三代的产业，商标上还印得有杨大姨爹的相（比豌豆大点一个蓝圆圈，模模糊糊看不清眉眼），但他老实过人，少言寡语，只挂个老板的名，百事不管，店务完全是老板娘一肩挑。杨大姨妈矮小清瘦，不识字，大近视眼，看字拿鼻子闻，手脚麻利，口齿灵便，里里外外一把手，非常之干练！我买月饼转来，你抢先掰了一块进嘴，好吃好吃！你舅妈说，杨家京果出名，一是猪油好，二是功夫地道。他家一年喂六头肥猪，只吃烤酒的酒糟、晒酱油醋的下脚、筛剩的碎米。猪肥得站不起来，睡在猪圈打扑鼾，气都出不匀，靠放连珠屁。你听了笑得岔气。后来你一见月饼就要想起这些猪，就忍不住笑。

那时候县城几家京果铺各有看家本领，也各有固定的老顾客。中秋第二天一定要合铺板歇业，表示已销售一空。哪怕一封月饼没卖出去也要绷一回面子，要不以后更难维持。有个笑话讽刺陷入恶性循环的京果铺。说是半夜三更，睡店堂的学徒听见有小偷摸进来，懒得出声音，顺手抓个鸡蛋糕砸去。小偷脑壳挨了一下：哎哟。学徒说，哎哟？我还没得拿云片糕砍你！

杨裕盛隆后来公私合营，再后来几家京果铺合并成国营糕点厂，统一生产，为顾客省了货比三家的麻烦。现在又恢复私家生产了，顾客又只好不厌其烦地挑挑拣拣。如今交通发达信息普及，石城的芝麻洗沙月饼驰名遐迩。

杨家的油鸡㙡、酱油鸡㙡是招牌产品，你最爱吃的。

我就是那个中秋晚上听见你舅舅舅妈劝张家夫妇不要心急，一定等局势稳定了再上路。张院长点头说，是的是的！只不过常言说归心似箭，那时候车又难找，一有机会就急匆匆上路，不多久就传来半路遭遇了惨祸的消息。

那晚上你们吃厌了又唱歌。四个大人起身回楼上去了。你们唱了一首又一首。连那位下江的沈同学都忍不住唱了几句：月儿高挂在天上，光明照耀四方，在这个静静的深夜里，记起了我的故乡。半夜里炮声高涨，火光布满四方，我独自逃出了敌人手，到如今东西流浪。往下不唱了。下面的歌词我知道：故乡远隔在重洋，旦夕不能相忘！那儿有我高年的苦命娘，盼望着游子返乡。然后又回到前四句：月儿高挂在天上……

那晚上天上大团大团的云，月亮露面又躲起，躲起又露面，园子忽明忽暗。你们兴高采烈地唱凄惨的歌，唱了一首又一首……

一晃多少年了？

"人事有代谢,往来成古今。"唐朝诗人兹样讲。"我不能证明岁月有脚,然而确信它们奔跑。"美国诗人也兹样讲。同心同理。我刚跨进初中门槛那时候,听一个留级生讲,志斋老师在高班布置作文题以后总要宣布禁用两句话开头,一句是"光阴似箭,日月如梭",一句是"啊,偌大的宇宙!",兹两句是那时候中学生写作文最流行的陈词滥调。

我七老八十了也还是跳不出这个框框!

正想着,走廊噼噼啪啪响起来。

● 尾　声

非老！老非！

我要去开审稿会了！开半天。下午玩新开发的阿歪寨，传说就是《三国演义》中诸葛亮火烧藤甲兵的地方，藤甲手艺流传至今。我去过一次，小小布依寨，围在山里头。尽都是长相清秀的小山，个个绿茸茸的，你揖我让把寨子拥起。有个八十多岁的宋老艺术家一来就不肯走了，说兹就是仙境。这个寨子世世代代封闭惯了，讨嫌外人，私下议论，寨民兹样歪，难怪叫歪寨。经过年把时间的开发，进进出出的人多了，设计的、施工的、指挥的、参观的。周围环境天天在变；寨民的歪脾气也不警不觉地在变，见外人有笑模样了。有个年轻寨民犯事坐了六年牢回来，认不出寨子和邻里了，竟放声大哭。已经有好几个艺术家在村房改建的民宿长住了。前些天有年轻人发了个视频：老寨门口的石晒坝上，大月亮照得亮堂堂的，画出些条的圆的影子；老人娃娃三三五五坐在阴影里；一个新近入驻的民谣歌手在坝子中间走来走去吹他的尺八箫，他的影子寸步不离跟到他转；一个男娃娃蹬起三轮车寸步不离围到他的影子转，一个才学会走路的偏偏倒倒在他后面撑。听完了，男娃娃停车鼓掌，屋檐下那些娃娃也跟到拍手。

听说紧邻阿歪寨的牛蹄关也按村寨原样整修了，但是在空地上建了一个图书文献博物馆。我想去住两天。随便找个地方坐下，抬脑壳一望，陷在一个绿旋涡里头。

他在窗子边换件外出衫衫，顺便看一眼石榴树，绿沉沉的，隐着几朵很低调的红花。走到前院，石板地落了一些紫荆花；在树上不肯落的还非常之多，多得起饼饼。

他避开地上的花瓣走。忽然想起有一回随婵孃全家上坟，回城路上见到一种从来没有见过的野花，不是寻常的一枝一枝单长，而是细枝枝你搭我我搭你，搭成一个宫灯骨架似的复杂结构。他连根拔起来，像拎起一盏透明的宫灯。一路上人人见了说稀奇。这野花跟那只萤火毛毛虫一样，再没得见过二回。

动笔于己亥岁杪
初稿成于庚子立秋后
壬寅芒种三稿竟
壬寅立秋后十日改定